KERRY FISHER

Die Liebe, das Glück und ein Todesfall

GOLDMANN
Lesen erleben

Buch

Amaia Etxeleku, genannt Maia, stellt wahrlich keine hohen Ansprüche ans Leben, aber etwas mehr als eine Sozialwohnung in einer miesen Reihenhaussiedlung und ein Couchpotato-Mann sollte doch eigentlich drin sein. Maia, die seinerzeit die Schule geschmissen hat, zerreißt sich fast, um mit diversen Putzstellen ihre kleine Familie über Wasser zu halten – umso tiefer sitzt der Schock, als sie erfährt, dass ihre Lieblingskundin, eine stets freundliche Professorin, verstorben ist. Doch dann die Überraschung: Maia wurde im Testament bedacht, vielmehr: ihre Sprösslinge. Aus dem Nachlass soll das Geld für eine teure Privatschule bestritten werden. Maias »bessere« Hälfte Colin hat außer Hohn und Spott nichts beizutragen, der fast elfjährige Harley ist begeistert, seine zwei Jahre jüngere Schwester deutlich weniger – doch Maia beschließt, es drauf ankommen zu lassen. Und plötzlich finden sie und ihre Kinder sich in einer Welt wieder, in der ein Leben ohne Bio-Obst und Geigenunterricht undenkbar ist – und in der ein hinreißender Lehrer Maias Herz höher schlagen lässt …

Weitere Informationen zu Kerry Fisher
finden Sie am Ende des Buches.

Kerry Fisher

Die Liebe, das Glück und ein Todesfall

Roman

Aus dem Englischen
von Marie-Luise Bezzenberger

GOLDMANN

Die Originalausgabe erschien 2014 unter dem Titel
»The School Gate Survival Guide« bei Avon,
a division of Harper-Collins Publishers, London.

1. Auflage
Taschenbuchausgabe April 2016

Neumarkter Str. 28, 81673 München
Dieses Werk wurde vermittelt durch die
Literarische Agentur Thomas Schlück GmbH, 30827 Garbsen
Umschlaggestaltung: UNO Werbeagentur München
Umschlagillustration: FinePic®, München
Redaktion: Sigrun Zühlke
LT · Herstellung: Str.
Satz: omnisatz GmbH, Berlin
Druck und Bindung: GGP Media GmbH, Pößneck
Printed in Germany
ISBN: 978-3-442-48213-9
www.goldmann-verlag.de

Besuchen Sie den Goldmann Verlag im Netz:

Für
Steve, Cameron und Michaela

Kapitel 1

Feine Damen mit dreckigen Häusern rufen mich manchmal an. Feine Herren nie.

Bis heute, als dieser Anwaltsfuzzi mit jener Sorte dröhnender Zuversicht in meinen Vormittag hineinplatzte, der man unmöglich widersprechen konnte. Meine Ohren machten dicht, rebellierten gegen diese Dampfwalzenstimme, wehrten seine Worte ab.

»Ich bedauere es außerordentlich, der Überbringer schlechter Nachrichten zu sein.«

Ich war eben erst von dem Putzjob nach Hause gekommen, der immer der schlimmste der ganzen Woche war – die Umkleidekabinen von Surreys versifftestem Freizeitzentrum. Das Telefon klingelte, als ich gerade nach oben gegangen war, um zu baden und mir sämtliche Spuren alter Heftpflaster und Duschabfluss-Haarfänger von der Haut zu schrubben. Während ich, in ein Handtuch gewickelt, das kaum meinen Hintern bedeckte, die Treppe hinunterstapfte, betete ich, dass es Colin mit guten Neuigkeiten in Sachen Arbeit sein möge. Stattdessen stand ich da und hielt mir den Hörer vom Ohr weg, damit kein Wasser hineintropfte, während Mr Vornehm aus kürzester Entfernung drauflosbrüllte, so eine Art Nebelhorn mit Eliteschule-Akzent. Dann hörte ich die Nachricht.

»Ich fürchte, Professor Rose Stainton ist am Freitag verstorben.«

Ich drückte den Hörer gegen die Stirn, während ich mich bemühte zu begreifen, dass meine Lieblingskundin – die auch am besten gezahlt hatte – gestorben war. Meine schrullige Verbündete mit ihren unglaublichen Alte-Dame-Kommentaren und jenen plötzlichen Anwandlungen unerwarteter Freundlichkeit war tot. Ich hatte mich nicht einmal von ihr verabschiedet. Shampooschaum sickerte unter meinem Handtuchturban hervor und vermischte sich mit dem Brennen in meinen Augen.

»Mrs Etxeleku? Sind Sie noch dran?«

»Ja, ich bin noch dran.« Ich machte mir nicht die Mühe, ihn zu verbessern. Ich bin keine Mrs. Inzwischen hatte ich es aufgegeben, darauf zu warten, dass Colin mir einen Antrag machte. Und mein Nachname wird *Ech-eleku* ausgesprochen, nicht *Et-zeleku*. Wäre mein Vater doch nur bis zu meiner Geburt bei der Stange geblieben, dann hätte ich einen netten englischen Namen – Windsor, Jones, meinetwegen auch Sidebottom – auf der Geburtsurkunde haben können. Und nicht diese Leerstelle, die meine Mutter stets dazu veranlasste, den Mund zuzukneifen wie eine Venusfliegenfalle, wenn ich darauf zu sprechen kam. Stattdessen schleppe ich seit sechsunddreißig Jahren einen baskischen Nachnamen mit mir herum, den niemand aussprechen kann.

»Wie ist sie gestorben?« Ich hörte das Zittern in meiner Stimme und lehnte mich gegen die Wand. Die kalte Novemberzugluft pfiff unter der Hintertür hindurch und kroch um meine nassen Knie.

»Ein Herzinfarkt.«

»War sie allein?«

»Ja, sie hat es noch geschafft, den Notarzt zu rufen, aber als der Rettungswagen ankam, war sie schon tot.«

Er hörte sich an, als ginge es um eine Bestellung beim

Chinesen. Ich war eindeutig bloß eine Nummer auf seiner säuberlich getippten Telefonliste – ein Niemand, jemand, dem er mitteilen musste, dass er keinen Job mehr hatte. Er hielt inne. Ich stellte ihn mir hinter einem schweren Holzschreibtisch vor, wie er rasch auf die Liste hinunterschielte, um zu sehen, wer nach »Putzfrau« kam. Dass ein Mensch, der sein Leben damit verbrachte, Zahnpastaspritzer aus Waschbecken zu wischen, mit jemandem befreundet sein könnte, der seines damit zubrachte, über Kafka zu debattieren, war ihm bestimmt nie in den Sinn gekommen. Unwillkürlich fing ich an, in der Küche herumzuhantieren, stellte schmutzige Cornflakesschalen in die Spüle und schmiss Turn- und Fußballschuhe neben der Hintertür auf einen Haufen. Ich hatte keinerlei Ansprüche an Rose Stainton, ich war nur die Frau mit dem Wischmopp, die Dienstmagd, die den Küchenmülleimer ausspülte.

»Wie dem auch sei, ich rufe unter anderem an, weil ihr Anwalt Sie sprechen möchte«, verkündete er.

»Anwalt? Ist irgendwas weggekommen?«, stieß ich in heller Panik hervor. Die versuchten doch wohl nicht, die Papageien-Buchstützen ausfindig zu machen, die die alte Dame mir geschenkt hatte. Die Dinger gefielen mir nicht mal. Meiner Erfahrung nach waren Anwälte keine Menschen, die mit einem sprechen wollten. Es waren Menschen, die beauftragt worden waren, mit einem zu sprechen. Männer in mittleren Jahren und zu engen Hemden, die auf Polizeirevieren aufkreuzten, um sich mit den jämmerlichen Geschichten der Junkies, Säufer und Durchschnittspenner zu befassen, die in unserer Wohnsiedlung herumhingen. Die Sorte Männer, die mehr als einmal Colins erbärmlichen kleinen Arsch gerettet hatten.

»Aber nein, Mrs Etxeleku. Nein, selbstverständlich nicht,

nichts dergleichen. Ich glaube, im Testament der Professorin steht etwas, worüber Mr Harrison gern mit Ihnen sprechen würde.«

Erst als ich aufgelegt hatte, ließ das taube Gefühl allmählich nach. Meine Zähne klapperten. Ich zog die Jogginghose an, die Colin auf einem Stuhl liegen gelassen hatte, und nahm meine lange Strickjacke vom Wäscheständer, die noch ein wenig feucht war. Im Film sieht man immer, wie die Leute zusammenbrechen und schluchzen: »Ich kann gar nicht fassen, dass sie tot ist.« Ich jedoch fing an zu brüllen: »Furchtbar. Schlimm. Grauenhaft. Fürchterlich. Entsetzlich. Widerlich. Mist.« Das war eins von den Spielchen der Professorin, mit dem sie mich dazu gebracht hatte, mir unterschiedliche Worte für ein und dasselbe auszudenken. Als ich bei »Mist« ankam, klopfte ich ans Fenster, weil der beknackte Spinner von nebenan schon wieder die Hundekacke seines Terriers durch den kaputten Zaun schmiss. Anscheinend zielte er auf das Planschbecken, das seit dem Sommer dort stand und jetzt zu einem schleimig grünen Heim für Wasserwanzen und anderes Getier geworden war. Er winkte mir mit seiner Schaufel zu und grinste wie ein Irrer.

Die Professorin hatte immer mit mir geredet, als würden meine Ansichten zählen. Sie kannte sich mit Shakespeare, Dickens und ausländischen Schriftstellern aus, von denen ich noch nie gehört hatte. Gabriel García Márquez fand sie wirklich toll, und sie bat mich andauernd, spanische Worte auszusprechen. Das war mir peinlich, weil Mum und ich meistens Englisch miteinander gesprochen hatten, zumindest das eigenartige Englisch meiner Mutter. Ich wünschte, sie hätte mehr Spanisch oder Baskisch mit mir gesprochen, aber Sandbury war in den Siebzigern nicht das richtige Pflaster für Ausländer gewesen. Es war eine englische Marktgemeinde, wo ein Wollladen, eine Schusterwerkstatt und ein Geschäft für Briefmarkensammler zu den spannenden Vergnügungen entlang der Hauptstraße gehörten. Mum betrachtete England als das Land der unbegrenzten Möglichkeiten. Sie mochte vielleicht reden, als sei sie eigentlich dazu bestimmt gewesen, Manuels Ehefrau in *Fawlty Towers* zu spielen, aber sie würde verdammt noch mal dafür sorgen, dass sich ihre Tochter nicht anhörte wie eine »zweitklassige Immigrantin«.

Ich gab den Versuch auf, meinen Saustall von Küche aufzuräumen, und ließ mich auf einen Stuhl fallen. Dann schob ich Colins schmutzigen Teller weg und nahm das Anmeldeformular für die Open University zur Hand, das heute Morgen gekommen war. Diese Woche hatte ich der Professorin erzählen wollen, dass ich mich definitiv einschreiben würde. Ich hatte mich darauf gefreut zu sehen, wie ihre förmliche Art jenem freudig erregten Herumfuchteln Platz machte, zu dem sie neigte und das oft damit endete, dass sie die kleine Teetasse aus Porzellan auf ihrem Tablett umstieß. Es gab mir immer den Rest, wenn sie fluchte. Manchmal sagte sie »Ja, leck mich doch!« oder »Verflucht noch mal!«, aber sie hörte sich nie an wie Colin, wenn er ein paar Guinness intus hatte. Mehr so, als experimentiere sie nur, um zu sehen, wie sich die Schimpfwörter anhörten. Ich fand es toll, wie sie sprach, alle Worte so vollendet geformt, sämtliche Buchstaben da, wo sie sein sollten. Nie benutzte sie Sprache dazu, mich dumm dastehen zu lassen.

Ich riss das Anmeldeformular in winzig kleine Stücke, wie einen Lottoschein, der sich als Niete erwiesen hat. Jetzt konnte ich mir das auf keinen Fall mehr leisten. Dann ließ ich die Fetzen auf den Korkboden rieseln, und mir fiel wieder einmal auf, dass sich ständig irgendwelcher Dreck in den Fugen festsetzte, egal, wie oft ich wischte. Nicht einmal richtig putzen konnte ich. Ich hatte mir wohl ganz schön was eingebildet zu glauben, ich könnte den Schulabschluss nachholen. Dabei hatte ich einfach nur gedacht, dass die Kinder, wenn sie sähen, dass ich etwas aus mir machte, sich vielleicht auch etwas höhere Ziele setzen würden. In der Morlands Junior School, wo die Lehrer nach zwei Jahren das Weite suchten und das Vermeiden von Ausschreitungen wichtiger war als der Unterricht, waren Menschen, zu denen man aufblicken konnte, recht dünn gesät.

Es brachte nichts, wegen Dingen zu flennen, die ich nicht ändern konnte. Ich würde nicht darüber nachdenken, wie viel Angst Rose Stainton gehabt haben musste, als ihr klar geworden war, dass ihr gebrechliches altes Herz ihr endgültig den Dienst versagte. Oder wie allein sie sich gefühlt haben musste, in dem großen alten Haus. Hoffentlich war sie in der Bibliothek gestorben, von all ihren Büchern in den Schlaf gesungen. Ich machte mich daran, Bleiche auf die kaffeefleckigen Arbeitsplatten zu kippen, versuchte, mich dem Bild zu entziehen, wie sie vornüber gesunken im zerknautschten Leder ihres Ohrensessels hing. Wie sich das graue Haar aus den Nadeln gelöst hatte, wie eine Tasse Tee – immer Earl Grey – neben ihr kalt wurde. Im Stillen versprach ich ihr, dass ich nie wieder ein »t« verschleifen würde, und sagte laut »Computer, Butter, Bretterbude« vor mich hin.

Die Haustür flog krachend auf. Colin trampelte durch den Flur und kam in die Küche, wobei er eine Matschspur hinter sich herzog. Ich sagte nichts. Tatsächlich schaute ich sogar absichtlich nicht hin. Er war immer wahnsinnig reizbar, wenn er vom Arbeitsamt kam. Wir hatten nur noch so wenige Teller, dass wir bald direkt vom Tisch essen würden.

»Herrgott noch mal, das is' vielleicht 'n Scheißladen. Da holt man sich eher 'ne TB, als dass man 'n Job kriegt. Was für dämliche Fragen! Was für Bewerbungen haben Sie diese Woche geschrieben? Hatten Sie Vorstellungsgespräche? Als ob man zu 'nem Vorstellungsgespräch geht, um irgendwem den Scheißflur zu streichen.«

»Hat sie was davon gesagt, ob du trotzdem das Geld bekommst?«, fragte ich und hielt die Luft an.

»Ja, in 'nem Monat woll'n die ›neu bewerten‹. Na ja, siebzig Piepen die Woche sind besser als nix – damit schaffen wir's wenigstens über Weihnachten«, knurrte er und riss eine Kekspackung auf.

Obwohl die Arbeitslosenzahlen zurückgegangen waren, unkte Colin unverdrossen weiter, überzeugt davon, dass die Malerbranche noch lange leiden würde. »Das Bad streichen lassen hat ja wohl nich' grade oberste Priorität, stimmt's? Nein, ich sag's dir, für mich wird's noch sehr lange keine Arbeit geben.«

Um ganz sicherzugehen, dass er nicht versehentlich über ein Jobangebot stolperte, ließ Colin sich auf einen Küchenstuhl fallen und machte sich daran, Schokokekse einzuwerfen wie ein Hamster, der Futter für eine bevorstehende Hungersnot bunkert. Im Gegensatz zu mir war er so groß, dass er sich das eine Zeitlang erlauben konnte, doch das Handwerker-Sixpack verschwand allmählich unter einer Schwabbellawine.

Ich wollte ihm von Rose erzählen. Nur ganz kurz wollte ich mich von ihm auffangen lassen. Ich wollte den Kopf an seine Schulter legen, er sollte mir übers Haar streichen, und ich wollte Rotz und Wasser heulen, bis ich Augen wie Golfbälle hatte. Ich versuchte, mich zu erinnern, ob ich mich in fast neunzehn Jahren jemals von ihm hatte tragen lassen.

Jetzt musste ich ihm sagen, dass wir sogar noch weniger Geld hatten. Es war ja nicht so, als würde ich von ihm erwarten, dass er das ausglich. Und selbst wenn, hätte ich das Geld nicht für die Open University ausgeben können. Für Colin war Bildung verschwendete Fernsehzeit. Warum nach den Sternen greifen, wenn man Satellitenempfang hatte?

Ich zählte bis drei. »Rose Stainton ist am Freitag gestorben.«

»Wie, diese alte Nobelschrulle mit der Villa? Mann, Maia, wo solln wir 'n jetzt Kohle herkriegen? Wie beschissen ist denn das Timing von der Alten! Seit Jahren krank, und ausgerechnet jetzt muss sie abkratzen? Bezahl'n die dich wenigstens dafür, dass du der ihren ganzen Kram wegräumst? Mach dich ma' lieber auf die Socken und schau dich nach 'nem neuen Job um.«

Scharrend schob er seinen Stuhl zurück und fing an, im Küchenschrank zu wühlen, als hinge sein Leben davon ab, eine Dose Ravioli zu finden. Ich gab mir alle Mühe, mich daran zu erinnern, warum er mich damals so fasziniert hatte. Warum ich ihn genug geliebt hatte, um zwei Kinder von ihm zu bekommen. Vielleicht hatte ich seine rebellische Ader romantisch gefunden, jene Ungezogenheit, wegen der ich die Schule geschwänzt hatte und mal eben für einen Tag nach Brighton abgehauen war, um am Strand Fish and Chips zu essen, unter der Konzertbühne zu frieren und meinen Schal mit ihm zu teilen. Er erschien mir so glamourös und erwachsen, ein Zwanzigjähriger mit einem Motorrad und rotblondem Charme. Zum Entsetzen meiner Lehrer ließ ich meinen Schulabschluss und meine Uni-Ambitionen sausen, trampelte dann die Träume meiner Mutter nieder und machte Karriere an der Supermarktkasse. Eine Beförderung zur Imbissleiterin folgte. Dann stieg ich zu dem erhabenen Posten der stellvertretenden Fischfrittiererin in der Pommesbude auf und hatte nunmehr den Gipfel meiner beruflichen Laufbahn erreicht: Putzfrau für jene, die lieber sterben würden, als »Klo« statt »Toilette« zu sagen, es aber trotzdem schafften danebenzupissen.

Jetzt war ich endlich erwachsen. Jetzt gerade hätte ich am liebsten eine Mordstirade vom Stapel gelassen, von wegen Verantwortung, ihm mit dem hölzernen Schneidebrett den Schädel eingeschlagen und dabei gellend gelacht. Stattdessen machte ich ihm eine Tasse Tee und schlug jenen Tonfall an, in dem ich auf Harley und Bronte eingeredet hatte, als sie klein waren und nicht ins Bett wollten.

»Ich mache einen Aushang im Postamt. Hast du den Typen vom Bauhof angerufen? Der, der gedacht hat, sie bräuchten vielleicht jemanden, der mithilft, die Schule zu streichen?«

»Na, super. Du verlierst dein' Job und fängst sofort an, mir Druck zu machen. Kapier's doch endlich, Maia, wir ham immer noch Kreditklemme. Die Leute geben kein Geld aus, um ihr Gästezimmer streichen zu lassen.«

»Ich weiß, aber es ist doch eine Schule, da hab ich eben gedacht …«

Das Radio grölte los und übertönte, was ich eben gedacht hatte.

Kapitel 2

Der Tod der Professorin brachte den Sorgenmacher in mir auf Touren. Anders als viele Leute in unserer Gegend, die sich anscheinend erst daran erinnerten, dass sie Kinder hatten, wenn diese neben einem Mann in blauer Uniform auf der Matte standen, wusste ich gern, wo meine waren und was sie trieben. Colin konnte es nicht leiden, wenn ich »verdammte Weicheier« aus ihnen machte, indem ich sie von der Schule abholte, doch heute musste ich unbedingt die Gedanken an die Toten abschütteln, indem ich die Lebenden in die Arme schloss. Ich wollte ihren »Gleich nach der Schule«-Geruch einatmen, jenen feuchten Dunst, der in ihren Kleidern hing, irgendwas zwischen Schulessen, stickigen Klassenzimmern und dem Mief der Kinder anderer Leute. Sie mochten die Professorin und hatten oft in dem riesigen Garten gespielt, während ich arbeitete. Ich wollte ihnen sagen, dass sie gestorben war, ohne dass Colin im Hintergrund hämische Kommentare abgab.

Ich stand in den verblassten Hopse-Kästchen auf dem Schulhof und reckte den Hals. Bronte kam oft als Erste heraus und marschierte mit einer Miene durch das Gedrängel und Geschubse, über die Colin und ich oft als ihr »Verpiss dich lieber«-Gesicht lachten, kurz VDL. Der heutige Tag war keine Ausnahme. Während um sie herum Mädchen mit halb offenen Rucksäcken aus der Tür gestürmt kamen, die Strümpfe bis zu den Knöcheln abgerutscht und mit weit herunterhängenden Schals, wand Bronte sich mit der Anmut einer Ballerina durch die Menge, das dunkle, lockige Haar noch immer mit Spangen aus dem Gesicht gehalten, den Reißverschluss der Jacke hochgezogen, und beachtete das Gewühl um sie herum gar nicht. Sie hatte mehr Selbstbeherrschung in ihrem neun Jahre alten kleinen Finger, als ich in drei Jahrzehnten zustande gebracht hatte. Als sie mich sah, lächelte sie, aber Enthusiasmus gehörte eigentlich nicht zu ihrem Wesen.

»Mum! Was machst du denn hier?«, fragte sie in einem Tonfall, der einen dünnhäutigeren Menschen hätte kränken können.

»Ich musste zur Post, also hab ich gedacht, ich geh mit dir nach Hause. Ich hab heute schlechte Nachrichten bekommen, deswegen wollte ich ein bisschen frische Luft schnappen.«

Bronte musterte mich argwöhnisch. Ich konnte sehen, wie sie dichtmachte, bereit, jegliche Bedürftigkeit meinerseits abzuschmettern. »Was denn?«

»Erinnerst du dich an Rose Stainton, die Englischprofessorin mit der großen weißen Villa? Sie ist letzte Woche gestorben.«

Bronte schaute zu Boden. »Die konnte ich gut leiden. Die war nett.« Ich wartete darauf, dass sie mich etwas fragte, irgendetwas. Wahrscheinlich dachte ich, sie würde vielleicht weinen. Doch sie hatte sich in sich zurückgezogen und sperrte mich aus.

Ich brach das Schweigen. »Soll ich deine Tasche nehmen?« Dabei sehnte ich mich schmerzlich danach, sie ganz fest zu drücken, doch ich tat es nicht. Niemand hatte die Bügelbrett-Nummer so gut drauf wie Bronte.

»Okay«, antwortete sie mit einem kleinen, einseitigen Achselzucken. »Warten wir auf Harley?«

Kaum hatte sie die Frage ausgesprochen, kam er aus dem Schulgebäude geschossen, den Parka unter dem Arm, das weiße Polohemd fast ebenso grau wie seine Hose. Mit dem völligen Unverständnis eines Zehnjährigen in Bezug auf Masse, Geschwindigkeit und Energie krachte er in mich hinein. Ich taumelte rückwärts gegen die Frau mit den strähnigen Haaren neben mir, deren »Pass doch auf!« ihn in keiner Weise bremste. Völlig unbefangen schlang er die Arme um mich, und seine grauen Augen strahlten zu mir empor. Ich ließ das Gesicht auf seinen Kopf sinken, atmete ihn ein und wand meine eiskalten Finger in die warme Kuhle, wo sich sein Haar über den Kragen lockte. Er zog die Schultern hoch, als er die Kälte spürte, aber er schob mich nicht weg. Harley verbarg seine Gefühle niemals, sie marschierten Hand in Hand über sein Gesicht, hockten in den Winkeln seines Körpers, barsten aus seinen Worten hervor.

»Was machst du denn hier? Ich wusste gar nicht, dass du heute kommst. Voll klasse! Können wir zum Bäcker gehen und uns was Süßes holen?«

Ich musste unbedingt Nein sagen. Liebesknochen würden den Stapel unbezahlter Rechnungen nicht kleiner werden lassen. In meiner Tasche konnte ich ein paar Ein-Pfund-Münzen fühlen, dick und schwer. Bronte ging neben mir her, während Harley sich die Nase an Autofenstern platt drückte, Lenkräder begutachtete und alles Mögliche über Radkappen und Hubraum johlte, von dem ich nicht einmal mehr so tat, als verstünde ich es. Ich wartete, bis er damit fertig war, durch die dunkel getönten Scheiben eines BMWs zu spähen, ehe ich ihm von der Professorin erzählte.

»Die war echt voll in Ordnung, stimmt's? Bist du traurig?«

Harley blieb stehen und umarmte mich. »Woran ist sie denn gestorben?«

Diese Frage war der Beginn einer ausführlichen Diskussion darüber, was nach zwanzig Jahren noch von einem Leichnam übrig ist, ob Würmer auch Augäpfel fressen, ob Zähne sich auflösen und ob ich jemanden kennen würde, der lebendig in einen Sarg gelegt worden wäre. Fast war mir Brontes Gleichgültigkeit lieber. Es gelang mir, Harley abzulenken, indem ich ihm einen Mercedes SLK zeigte, der mit Sicherheit einem der ortsansässigen Drogenhändler gehörte.

Dann wandte ich mich wieder Bronte zu. »Also, mit wem hast du heute gespielt?«

»Mit niemandem.«

»Mit irgendjemandem musst du doch gespielt haben.«

»Na ja, hab ich aber nicht«, gab Bronte zurück.

»Dann hast du also die ganze Pause allein dagesessen?«

»Ja.«

Ich seufzte. Colin musste nie mit Gewalt ein Gespräch aus Bronte herausquetschen. Die beiden lagen stundenlang im Wohnzimmer auf dem Boden und kicherten. Sie hatte ihn dazu überredet, mit ihr mit ihren Polly-Pocket-Figuren zu spielen; seine Riesenhände stülpten winzige rosa Schühchen über schwimmhautbewehrte Füßchen und reihten Miniatur-Milchtüten in ihrem Einkaufsladen auf. Ich konnte sie nicht mal dazu bringen, mir zu erzählen, mit wem sie sich ihre Kartoffelchips geteilt hatte.

Wir kamen an einer Gruppe Teenager vorbei, die sich auf der Mauer vor der Bäckerei versammelt hatten. Alle trugen schlabbrige T-Shirts, und die Ärsche hingen ihnen aus den Jeans. Sie schoben sich abwechselnd in einem Einkaufswagen herum. Der Wagen kippte von dem hohen Bordstein und schleuderte einen Jungen mit einem Spinnen-Tattoo auf dem Hals und einem Sweatshirt, auf dem »Shit Happens When You Party Naked« stand, kopfüber auf die Straße. Gegröle und Pfiffe erfüllten die Luft. Keiner sprang von der Mauer. Ich scheuchte die Kinder in die Bäckerei, wo Harley auf die Schokoladen-Donuts mit den bunten Streuseln zustürzte.

»Was möchtest du, Bronte?«, fragte ich und spähte durch die Spiegelungen in der Schaufensterscheibe auf die Straße hinaus. Ein blondes Mädchen, deren glitzernder Stringtanga etliche Zentimeter aus ihrer Jeans hervorschaute, hockte über dem Jungen.

»Ich hol mir einen Lebkuchenmann. Kaufst du auch eine Vanilleschnitte für Dad?«

Ich nickte, obwohl Colin keine weiteren Speckschichten am Hintern brauchte. Ich hatte es immer toll gefunden, wie sein muskulöser Körper meine kleine, zierliche Gestalt überragte. Inzwischen jedoch sah er mehr nach Dart aus als nach Rugby.

Harley hatte gelbe und grellrosafarbene Streusel um den Mund, noch ehe wir aus dem Geschäft heraus waren. Bronte knabberte ordentlich eine Lebkuchenmann-Gliedmaße nach der anderen ab. Die Gang war verschwunden, doch der Junge war noch da; halb sitzend, halb liegend lehnte er zwischen Kuchenpapier, Coladosen und Zigarettenpackungen am Bordstein. Das Mädchen versuchte, seinen Kopf in Augenschein zu nehmen.

»Geht gleich wieder. Is' doch bloß 'ne Schramme, oder?«, knurrte der Junge.

»Alles okay?«, erkundigte ich mich.

Das Mädchen fuhr herum. Der schwarze Eyeliner und die dicke Wimperntusche waren auf ihrem jungen Gesicht fehl am Platz. »Tarants sagt, es is' okay, aber irgendwie blutet er voll am Kopf. Ich glaub, das muss genäht werden oder so. Die Ecke von dem Wagen hat ihm voll eins mitgegeben.«

»Darf ich mal gucken?« Ich hoffte, dass mir dafür später kein Ziegelstein durchs Fenster fliegen würde. Rasch bedeutete ich Bronte und Harley, sich auf die Bank zu setzen.

Der Junge nahm die Hand vom Kopf. Sein Sweatshirt war durchtränkt. Ich schaffte es gerade eben, nicht herumzuhüpfen, mit den Armen zu wedeln und »Oh mein Gott, oh mein Gott, du verblutest!« zu schreien, aber ich spürte, wie sich mein Magen zusammenzog wie eine Schnecke, die sich in ihrem Haus verkriecht. Zum ersten Mal wurde mir klar, wie es sich anfühlen könnte, ohnmächtig zu werden. Ich kniff die Augen fest zu und tastete nach dem Handy.

»Tut mir leid, aber du brauchst wirklich einen Arzt. Ich ruf mal einen Krankenwagen, okay?«

Der Junge wiegte sich sachte vor und zurück und gab einen langgezogenen, singenden Klagelaut von sich; die ganze »Harter Kerl, was guckst du so?«-Nummer hatte sich in Luft aufgelöst. Dann nickte er und übergab sich zwischen seine Füße, wobei er seine Turnschuhe bespritzte. Unwillkürlich trat ich einen Schritt zurück. Für Blut und Kotze war bei uns Colin zuständig, ich kümmerte mich um Nissen und Würmer. Ich hielt die Luft an, tätschelte ihm den Rücken und überlegte, ob ich ihm meinen Mantel umlegen sollte. Doch das Blut würde nie wieder rausgehen. Also rief ich Harley zu, er solle in die Bäckerei gehen und um ein Handtuch bitten. Ich hatte noch nie den Notarzt gerufen, ich wusste nicht genau, wie schlimm jemand dafür dran sein musste. Was, wenn ich das bezahlen musste, falls er nicht schwer genug verletzt war? Tarants würgte abermals. Ich wählte die Notrufnummer.

Bronte schob ihre Hand in meine. Es brauchte sich nur

jemand halb umzubringen, damit sie Zärtlichkeit empfand. »Stirbt er, Mum?«, fragte sie.

»Nein, nein, natürlich nicht. Eine kleine Wunde kann ganz fies bluten, also ist es wahrscheinlich gar nicht so schlimm, wie es aussieht«, erwiderte ich und traute mich dabei nicht mal, den Einkaufswagen anzusehen, weil ich fürchtete, dass Tarants' halber Skalp daran baumelte. Mit Stachelhaar und allem Drum und Dran.

Harley sah den Rettungshelfer vor mir. Ich hatte nicht mit einem Motorrad gerechnet. Der Mann nahm den Helm ab, und ein schmales, kluges Gesicht und dunkles Haar mit grauen Schläfen wurden sichtbar. Mit einem knappen »Ich heiße Simon« machte er sich umgehend ans Werk, zog Latexhandschuhe über und leuchtete Tarants mit einer kleinen Stablampe in Augen und Ohren. Ich spürte, wie die Verantwortung von mir abfiel. Harley schob sich näher heran, um besser zusehen zu können.

»Mum, nimmt der Doktor ihn mit ins Krankenhaus? Muss er dann dableiben? Kriegt er jetzt Stress, weil er mit dem Einkaufswagen rumgemacht hat?« Wie immer war ich hin- und hergerissen. Halb machte Harleys Begeisterungsfähigkeit mich stolz, halb war es mir peinlich, dass er so auf Blut abfuhr und sich nicht unterhalten konnte, ohne in Sachen Lautstärke einem vorbeifliegenden Düsenjäger Konkurrenz zu machen.

Dass Harley Simon ins Ohr brüllte, half dem wahrscheinlich auch nicht dabei, sich zu konzentrieren. Ich versuchte, ihn wegzuziehen, aber Harley sah aus, als wäre er drauf und dran, die Wunde selbst zu nähen. Mit einem kleinen Augenzwinkern gab Simon ihm mit einer Kopfbewegung zu verstehen, wo er stehen und alles sehen konnte, ohne ihm im Wege zu sein.

»Wie heißt er?«, fragte Simon.

»Tarants«, antwortete das Mädchen. »Is' 'ne Abkürzung für Tarantula. Eigentlich heißt er Kyle, aber so nennt ihn keiner.«

Simon nickte ihr zu, als begegne er in seinem Beruf oft Menschen namens Black Widow oder Daddy Long Legs. Er untersuchte die Wunde. Seine langen Finger strichen und klopften sachte, als lese er Blindenschrift, und dabei redete er die ganze Zeit in beruhigendem Tonfall. Harley warf sich sichtlich in die Brust, als Simon ihn bat, eine Schachtel mit Verbandsmaterial aus dem Kasten hinten auf dem Motorrad zu holen.

»Hat jemand seine Eltern benachrichtigt?«, erkundigte sich Simon über die Schulter hinweg, während er ein Verbandspäckchen aufriss.

Seine Schultern sackten herab, als er erfuhr, dass Tarants bei seiner Schwester wohnte. Wir alle wussten, dass die Gegend mit unserer SD1-Postleitzahl – Messerstechereien, häusliche Gewalt, gelegentlich eine Überdosis Heroin – diejenige war, die Polizei und Rettungsleitstelle weiterzureichen versuchten wie eine heiße Kartoffel. SD2, eine merkwürdige Oase aus viktorianischen Prachtvillen, die an unser Viertel aus Sechzigerjahre-Reihenhäusern mit Flachdach und Betonbungalows grenzte, war der Leckerbissen, auf den jeder scharf war – auf Bäumen gestrandete Perserkatzen, Herzinfarkte und mit der Heckenschere amputierte Finger.

Als Simon fertig war, lächelte er mich an. Er sah zu jung aus für einen Mann, den wir alle anstarrten, als könne er auf dem Wasser wandeln. Harley jedoch schien keine übermäßige Ehrfurcht vor Ärzten zu empfinden. »Voll krass! Woher wissen Sie denn, was Sie machen müssen? Haben

Sie schon mal jemanden sterben sehen? Muss er sterben? Ich will auch mal Arzt werden, so wie Sie.«

»Ich habe schon Leute sterben sehen. Manchmal passiert das, auch wenn wir versuchen, unser Bestes zu tun. Aber Tarants wird schon wieder. Nichts hält dich davon ab, Arzt zu werden, du musst dich bloß in der Schule richtig anstrengen – und du musst Blut sehen können, aber das kannst du ja offensichtlich.« Er sagte das, als glaube er tatsächlich, Harley könnte das schaffen. Und dafür hätte ich ihn am liebsten mit dicken, dankbaren Küssen überhäuft.

Gerade als mir auffiel, dass er wirklich schöne Lippen hatte, hörte ich: »Hey, Bronte, was machste denn hier? Ich hab gedacht, du kommst aber ganz schön spät ausser Schule, also bin ich los und wollt sehn, wo du bist.« Ich drehte mich um und sah Colin hinter uns stehen, die Hände in die Hüften gestemmt. Wenn er loszog, um zu sehen, wo seine kleine Prinzessin war, war er einfach nur ein guter Vater, ich dagegen war »total neurotisch«.

»Verdammt noch mal, Maia, ich hab gedacht, du bist um vier zu Hause. Hab nich' mitgekriegt, dass du die Kinder abholn wolltest. Jetzt haste ja keine Zeit mehr, Abendbrot zu machen, bevor du zur Arbeit musst.«

Ich wollte Simons SD1-Erwartungen nicht erfüllen, indem ich mich auf offener Straße auf einen Pöbel-Wettstreit mit Colin einließ. Colin blickte kurz auf Tarants hinunter, doch anscheinend war die Vorstellung, einen Dosenöffner anfassen zu müssen, eine viel größere Tragödie als die Tatsache, dass jemand sein Hirn auf der Straße verspritzte.

Ich gab mir alle Mühe, ihn zu besänftigen. »Ich wollte einen Aushang im Postamt machen, und weil sowieso Schulschluss war, hab ich gedacht, ich hol die Kinder ab, und dann …«

Simon blickte hoch, geradewegs auf Colins Sweatshirt voller Farbflecken. »Ihre Frau hat gesehen, wie der junge Mann hier sich verletzt hat, also hat sie netterweise die Notrufzentrale angerufen und war so freundlich hierzubleiben, bis klar war, dass er okay ist. Er sollte eigentlich okay sein, aber ich lasse einen Krankenwagen kommen, damit sie ihn im Krankenhaus durchchecken können«, erklärte er, als hätte Colin sich schier überschlagen, um Tarants' Wohlbefinden zu seiner obersten Priorität zu machen und nicht seinen ständig knurrenden Magen.

»Na ja, Mai, jetzt haste deine Samariter-Nummer abgezogen, also steh hier verdammt noch ma' nich' weiter rum und komm in die Hufe.« Colin beachtete Simon nicht mehr als die Hintergrundmusik im Supermarkt.

Offenkundig waren Simon SD1-Sitten fremd. Er schaute mich an und deutete mit einem Kopfnicken auf Colin. »Stört es Sie nicht, wenn er so mit Ihnen redet?«

Für einen Rettungshelfer mit all diesen Qualifikationen war er nicht besonders helle. Ich zuckte die Achseln. Mir war klar, dass »in die Hufe kommen« sich gerade schlagartig von einem Befehl zu einer dringenden Notwendigkeit entwickelt hatte. Also machte ich mich daran, Schultaschen aufzuheben, und scheuchte Bronte und Harley los, während die ersten Panikspitzen mich durchzuckten.

Die Arme verschränkt, den Unterkiefer vorgeschoben, stand Colin da wie der Türsteher eines billigen Nachtclubs.

»Komm, lass uns gehen«, drängte ich und packte ihn am Ärmel.

»Sekunde. Haste was zu sagen, Kumpel? Maia hat zu arbeiten, die soll zu Hause ihre eigene Familie auffe Reihe kriegen und nich' 'n Rüssel in anderer Leute Angelegenheiten stecken und sich Ärger einfangen, wo wir schon selbst genug ham. Wieso rettest du nich' weiter die Welt und überlässt es mir, wie ich mit meiner Alten quatsche?«

Inzwischen umklammerte ich seinen Arm mehr, als dass ich ihn umfasst hielt.

»'Tschuldigung«, sagte Simon. »Ich wollte hier niemanden anmachen. Ich meine, Ihre Frau hat Tarants einen Riesengefallen getan, und ich finde es respektlos, so mit ihr zu reden. Sie sollten stolz auf sie sein. Sie haben echt Glück.«

Ich versuchte, Simons Miene zu deuten. Nicht angriffslustig, einfach nur sachlich. Sogar höflich überrascht, dass Colin so mit mir geredet hatte, anstatt den Boden vor meinen Füßen zu küssen. Ich versuchte, ihn mit reiner Willenskraft dazu zu bringen, die Klappe zu halten, bevor er sich selbst zu seinem eigenen Patienten machte.

»Seit wann bist 'n du Experte für meine Alte?« Doch ich spürte, wie die Anspannung in seinem Unterarm nachließ. Colin fuhr immer mächtig darauf ab, etwas zu besitzen, das jemand anderes bewunderte: die rote Kawasaki, damals, als ich ihn kennengelernt hatte. Bronte als Kleinkind, mit ihren braunen Löckchen und den Walnussaugen. Dieses verdammte Handy, wegen dem er beinahe wegen Hehlerei im Knast gelandet wäre. Simon antwortete nicht, er packte ungerührt weiter seine Sachen zusammen, sortierte Mullbinden in seiner Tasche und überprüfte Tarants' Kopfverband. Colin war Männer gewöhnt, die entweder Schiss vor ihm hatten oder auf ihn losgingen, mit wild fuchtelnden Armen und Beinen wie bei einer *Tom und Jerry*-Prügelei. Gleichgültigkeit haute ihn anscheinend um.

Ich rief Bronte zu mir. »Geh schon mal mit Dad vor. Ich komm gleich nach.«

Bronte schob ihre Hand in Colins. »Arschgesicht«, knurrte Colin über die Schulter hinweg und ging davon, ganz der harte Kerl. Ich atmete aus.

Harley blieb bei mir stehen. Ich sagte Tarants leise Auf Wiedersehen, doch er antwortete nicht. Das Mädchen murmelte »Danke noch ma'« und winkte mir zu, was in dieser Gegend fast einem handschriftlichen Dankschreiben gleichkam. In ihrem Gesicht war nichts von Schock zu sehen, kein sanftes Mitgefühl. Ich wappnete mich gegen das Mitleid in Simons Miene, doch stattdessen dankte er mir und wandte sich dann dem Krankenwagen zu, der gerade um die Ecke gerast gekommen war.

Kapitel 3

Vierundzwanzigtausend Pfund pro Jahr, bis die Kinder achtzehn sind?«, stieß ich hervor. Vierundzwanzigtausend Pfund, das waren so viele Putzstunden, dass ich dachte, ich würde gleich laut loslachen und nie wieder aufhören.

Mr Harrison, der Anwalt der Professorin, nickte und blätterte in seinen Unterlagen. »Ja, sie hat genug Geld hinterlassen, dass die Kinder bis zur Hochschulreife auf der Stirling Hall School bleiben können, falls sie das möchten.«

»Aber warum?«, fragte ich. »Ich hab gedacht, sie hat mir vielleicht irgendeine Kleinigkeit hinterlassen, Sie wissen schon, ihre Leselampe oder ein paar von den Büchern. Ich meine, nicht dass mir das lieber gewesen wäre, ich bin echt dankbar, aber ich war doch bloß ihre Putzfrau.« Unbehaglich rückte ich auf diesem Stuhl mit der sehr geraden Lehne herum. Ich war es nicht gewohnt, einen Rock anzuhaben, und kam mir vor, als hätte ich in der Verkleidungstruhe meiner Mutter gewühlt. Aber Hosen waren mir nicht richtig erschienen, und ich wollte nicht, dass dieser Typ in seiner Nadelstreifenweste dachte, ich würde der Professorin nicht den gebührenden Respekt erweisen.

Mr Harrison steckte die Kappe auf seinen Füllfederhalter. Er hatte diesen ganz bestimmten Gesichtsausdruck. Lehrer haben den immer an Elternabenden, diese ausdruckslose Miene, die nichts verrät. »Sie hat Ihnen einen Brief geschrieben. Möchten Sie vielleicht ins Wartezimmer gehen, um ihn zu lesen? Ich muss ein paar Anrufe erledigen, also lassen Sie sich ruhig Zeit.«

Ich ging und nahm in einem hellen kleinen Zimmer neben Zeitschriftenstapeln Platz. Meine Augen prickelten, als ich Professor Staintons saubere Handschrift sah. Sie hatte den Brief an Amaia Etxeleku adressiert, worüber ich fast gelächelt hätte. Niemand nannte mich Amaia, aber Professor Stainton hatte Spitznamen für reine Faulheit gehalten, »besonders wenn man einen Namen hat, der die eigene Herkunft reflektiert«. Die Tatsache, dass meine Mutter aus einem kleinen Dorf im Baskenland kam, faszinierte sie. Ich war seit meiner Teenagerzeit nicht mehr dort gewesen. Mum und ich hatten immer vorgehabt, gemeinsam dorthin zu fahren, doch sie war gestorben, ehe genug Geld für Auslandsreisen da gewesen war. Diese ganze Baskennummer hätte mir wahrscheinlich gar nichts bedeutet, nur war es eben offenkundig, dass ich keine Engländerin war. Oft wurde ich für eine Italienerin gehalten, mit meinem langen dunklen Haar und den großen Kuhaugen. Nur eben nicht annähernd so modisch gestylt.

Fast wollte ich den Brief nicht aufmachen. Mir war klar, dass er mein Leben verändern könnte, und Veränderungen, auch zum Guten, machten mich nervös.

Gatsby,
Stamford Avenue,
Sandbury,
Surrey,
SD2 7DJ

23. November 2013

Liebe Amaia,
dies hier wird Sie vielleicht überraschen, ich weiß ja, dass Sie niemals etwas von mir haben wollten. Ich habe Sie immer für eine hochintelligente junge Frau gehalten, deren Leben sehr viel anders sein könnte, wenn Ihnen eine bessere Schulbildung zuteil geworden wäre. Meiner Meinung nach ist es nicht zu spät dafür. Ich weiß, wir haben darüber gesprochen, dass Sie zur OU gehen wollen, und ich bin sicher, dass Sie das auch tun werden.

Aber in meinem Alter muss ich Entscheidungen hinsichtlich der Zukunft treffen, die für mich kürzer und kürzer wird. Seit dem Tod meines Sohnes war ich gezwungen, mir Gedanken zu machen, wie das Wenige, das mir noch am Herzen liegt, am besten genutzt werden kann, und über das Vermächtnis nachzudenken, das für meine Zeit auf dieser Erde stehen soll. Für mich ist Bildung das Kostbarste, was man besitzen kann, außer Gesundheit und stabilen Beziehungen natürlich. Deshalb würde es mir große Freude bereiten, Ihren reizenden Kindern einen guten Start ins Leben zu ermöglichen. Nach all der Zeit, die ich mit ihnen verbracht habe, glaube ich, dass beide intelligent sind und gern lernen, und dafür Geld auszugeben, wäre meiner Ansicht nach bestimmt klug. Allein wegen Ihrer häuslichen Situation und aus Angst, dass unverhofftes Geld vielleicht den Weg zum Pferderennen in Newmarket findet, habe ich mein Tes-

tament so abgefasst, dass das Geld ausschließlich für den Besuch der Stirling Hall School verwendet werden kann. Von meiner Zeit im dortigen Vorstand her weiß ich, dass diese Schule Ihren Kindern hervorragenden, ausgewogenen Unterricht angedeihen lassen und ihnen Türen öffnen wird, die ihnen sonst vielleicht verschlossen bleiben würden. Ich hoffe, Sie werden die Gelegenheit ergreifen, ihnen zu helfen und George Peabodys weise Worte beherzigen, der Bildung als eine Verbindlichkeit bezeichnet hat, die die Generation der Gegenwart denen der Zukunft schuldet.

Und zum Schluss, Amaia, wünsche ich Ihnen und Ihrer Familie alles Gute. Ich bin Ihnen so dankbar dafür, dass Sie mir meine letzten Jahre so behaglich wie möglich gemacht haben, mit Ihrer Gründlichkeit, die weit über die Grenzen der Pflicht hinausgeht. Ich bitte Sie eindringlich, sehr ernsthaft über meinen Vorschlag nachzudenken.

Mit meinen allerbesten Wünschen,
Rose Stainton

Wer zum Teufel war George Peabody? War der berühmt? Die Professorin konnte nicht widerstehen, mir ein letztes Rätsel zu hinterlassen, um meinen Horizont zu erweitern. Unwillkürlich fing ich an, mir mit den Fingern durchs Haar zu fahren und sämtliche losen Fusseln herauszureißen. Ein Wunder, dass ich noch keine Glatze hatte.

Ich kniff die Augen zu und versuchte, einen Gedanken zu finden, an dem kein verknotetes Bündel neuer Probleme hing. Schweiß sammelte sich in meinen Achselhöhlen, färbte die blassblaue Seidenbluse dunkelblau und erinnerte mich daran, warum ich sie nur zu ganz besonderen Anlässen trug. Inzwischen sollte ich gelernt haben, dass Seide und Etxeleku-Schweißdrüsen sich nicht miteinander vertrugen.

Gerade erwog ich eine Schadensbegrenzungsmaßnahme mit der Küchenrolle neben dem Wasserspender, als Mr Harrison mich wieder hereinrief. Der Anwalt sah erleichtert aus, als hätte er damit gerechnet, mir sein Taschentuch für ein gewaltiges Schnäuzen leihen zu müssen. Er ließ sich in seinen großen Chefsessel zurücksinken und knackte mit den Fingerknöcheln. »Ich gehe davon aus, dass Sie die Gelegenheit nutzen werden, die Kinder nach Stirling Hall zu schicken.«

Ich gehe davon aus. Wie wunderbar, in einem Leben zu sein, wo man von etwas ausgehen konnte. Davon, dass dein Ehemann für dich sorgt. Davon, dass deine Kinder auf eine Schule gehen, wo ihre Schultage sich um Bildung drehen und nicht ums Überleben. Davon, dass vierundzwanzigtausend Pfund im Jahr eine fantastische Nachricht sind und keine riesengroße Brechstange, um den Deckel von der Büchse der Pandora herunterzuhebeln.

Meine Achseln fielen mir wieder ein, und ich faltete die Hände im Schoß. »Ich muss darüber nachdenken. Ich meine, ich bin natürlich dankbar, die Professorin war unheimlich großzügig, aber ich muss das doch mit dem Vater der Kinder besprechen«, sagte ich und hörte augenblicklich Professor Staintons Stimme in meinem Kopf. »Amaia, ›unheimlich‹ sind Gruselgeschichten.«

»Darf ich so frei sein zu fragen, was dagegen spricht?«, erkundigte sich Mr Harrison.

Ich ignorierte das »so frei sein«. Natürlich könnte er einfach fragen, aber er gab sich Mühe, nett zu sein. »Gott, das ist mir ja so peinlich. Entschuldigen Sie, dass ich so blöd bin, aber wie hoch sind die Schulgebühren in Stirling Hall? Sie haben gesagt, sie hätte mir vierundzwanzigtausend Pfund im Jahr hinterlassen. Das kann doch nicht nur das Schulgeld sein.«

»Ich fürchte doch. Viertausend pro Trimester, für jedes der Kinder.«

»Meine Fresse«, stieß ich hervor und wand mich dann vor Scham. »Entschuldigung, ich meine, das ist echt 'ne Menge Geld. Tut mir leid, dass ich mich so undankbar anhöre. Dann geht das ganze Geld also nur fürs Schulgeld drauf? Wow. Und das ist die einzige Möglichkeit?«

»Ich fürchte, die Professorin hat sich sehr klar ausgedrückt. Sie hat das Geld so angelegt, so dass es nur für Stirling Hall verwendet werden kann. Es wird zu Beginn jedes Trimesters direkt an die Schule überwiesen. Falls Sie ihr Angebot nicht annehmen, hat sie Anweisungen hinterlassen, dass das Geld an das Krebshospiz in der Stadt gehen soll.«

Die Haare auf meinen Armen stellten sich auf. Dort war Mum vor drei Jahren gestorben. Rasch verdrängte ich die Erinnerung an ihr kleines Zimmer mit der Blumenbordüre und an die grauenhaften Stunden, die ich dort verbracht und in denen zugesehen hatte, wie sich ihr armer, geschundener Körper hob und senkte. Ich musste an die nächste Generation denken, nicht an die vorige.

»Ich möchte ja nicht gierig klingen, aber hat sie Geld für Schuluniformen und all so was hinterlassen?« Dort, wo ich putzte, hatte ich haufenweise Hockeyschläger, Rugbyausrüstungen und Mäntel und Jacken für alle möglichen Anlässe in den Kinderzimmern gesehen. Ein alter Anorak und West-Ham-Fußballklamotten würden nicht reichen.

»Nein, aber ich glaube, die meisten Privatschulen haben ausgezeichnete Secondhand-Angebote.«

Mein Verstand mühte sich mit aller Kraft, eine Möglichkeit zu ersinnen, wie ich mir das leisten könnte, auch Secondhand. Harley würde auf dünngescheuerte Ellenbogen oder Knie pfeifen, Bronte hingegen würde einen Riesenaufstand machen. Sogar in Morlands schaffte sie es, dass ich zu spät zur Arbeit kam, weil ich mich um zueinander passende Haarbänder und selbst um die winzigsten, ameisengroßen Löcher in ihren Strumpfhosen kümmern musste. Wenn ich versuchte, sie mit etwas abzuspeisen, das nicht brandneu war, würde das sein, als schiebe man ein Lamm bergauf zur Schlachtbank.

Anders als Morlands, wo ein Schulausflug einen Fußmarsch zum hiesigen Museum mit seinen zwei römischen Münzen und ein paar vergammelten alten Fossilien bedeutete, war Stirling Hall in Sachen Klassenreisen die absolute Nummer eins. Ich hatte im *Surrey Mirror* Fotos der Stirling-Hall-Cricketmannschaft auf Barbados gesehen. Die Karibik als Ziel einer Klassenfahrt! Mal eben so auf die Westindischen Inseln, um ein paar Bälle zu schlagen. Das war keine Nummer mit einem Pfund Taschengeld, einem Marmeladenbrot und einer Packung Käsechips, ich würde mir das für Harley niemals leisten können. Na ja, er hatte ja auch noch nie im Leben Cricket gespielt, also würde er es hoffentlich nicht in die Schulmannschaft schaffen.

Ich pulte an meinen ungepflegten Fingernägeln herum. Eine Vision davon, wie Bronte mich anflehte, nicht zu Schulaufführungen, Sportfesten oder Chorkonzerten zu kommen, tauchte in meinem Kopf auf. Sie fand es furchtbar, wenn andere Leute erfuhren, dass ich Putzfrau war. Immer wieder versuchte sie, mich zu überreden, mich bei *X-Faktor* zu bewerben, damit ich stattdessen Popstar werden konnte, obwohl ich mich beim Singen anhörte wie ein Staubsauger, der eine Socke verschluckt hat.

Vielleicht würde ich Mr Harrisons Taschentuch ja doch noch brauchen.

Kapitel 4

Also?«, fragte Colin durch eine Handvoll Chips hindurch. »Hat die Alte ordentlich was abgedrückt?«

»Kommt drauf an.« Ich machte das Fenster auf, um den Dunst von Colins erstem, aber wahrscheinlich nicht letztem Joint des Tages hinauszulassen. Dann sammelte ich die Seiten der *Racing Post* ein, die überall um das Sofa herum verstreut lagen.

»Jetzt zieh hier keine Spielchen ab«, knurrte Colin und leckte seine Finger an, um die Krümel auf seinem T-Shirt aufzutupfen. »Wie viel ham wir gekriegt? Erzähl mir bloß nich', die hat dir irgend so 'n altes Scheiß-Teeservice vererbt.«

»Nein, sie hat uns genug Geld hinterlassen, dass wir die Kinder auf die Stirling Hall School schicken können.«

»Was? Ich schick doch meine Kinder nich' auf irgend so 'ne Nobelschule. Wie viel isses denn nun?«

»Vierundzwanzigtausend Pfund im Jahr, bis sie mit der Schule fertig sind, aber ...«

»Vierundzwanzig Riesen im Jahr? Voll der *Hammer*!« Colin sprang vom Sofa auf und fing an zu rocken. »Wahnsinn! Megageil! Lass uns irgendwohin in Urlaub fahrn. Haste Bock auf Benidorm? Oder Korfu?«

»Sie hat mir das Geld nicht vererbt, damit wir uns sonnen fahren können. Sondern damit wir die Kinder auf eine anständige Schule schicken können, damit sie eine gute Bildung bekommen.«

»Is' doch unsre Kohle. Die könn' wir doch ausgeben, für was wir wolln.«

»Nein, können wir nicht. Das ist es ja gerade. Du hörst mir nicht zu – wenn wir die Kinder nicht nach Stirling Hall schicken, kommen wir gar nicht erst an die Kohle ran. Dann bekommt das Krebshospiz alles.«

Eine gewaltige finstere Wolke rollte über Colins Züge. »Nur dass ich das richtig versteh: Die alte Schachtel hat uns vierundzwanzigtausend im Jahr hinterlassen, und die müssen wir für irgend so 'ne Bonzenschule ausgeben, oder wir kriegen gar nichts?«

Ohne etwas zu sagen, stellte ich mich vor meine rote Lieblingsvase und verharrte dort reglos. Die Fernbedienung pfiff an meinem Ohr vorbei und knallte gegen das Wohnzimmerfenster. Sie riss einen Splitter aus dem Rahmen, verfehlte jedoch die Scheibe. Die Batterien fielen heraus und rollten unter den Sessel.

»Herrgott noch ma'!« Colin trat gegen das Sofa. »Diese eingebildete Zicke! Ich wette, da hast du sie draufgebracht. Oder etwa nich'? Immer dein verdammtes Gelaber über Bildung, und den Kindern Flausen in 'n Kopf setzen, von wegen studieren und so. Sitzt dauernd da und hast die Nase in irgend 'nem Buch, *Sturmdröhnung* oder *David Crapperfield*. Du und deine Riesenfantasien. Kannste dir Harley mit so 'ner grünen Schulmütze vorstellen? Der wird hier doch zur Lachnummer. Den machen sie rund, bevor er aus unsrer Straße raus is'.«

»Ich hab überhaupt nichts damit zu tun, ich wusste gar nicht, dass sie uns irgendwas vermacht hat. Großer Gott, das ist doch besser als gar nichts. Ich glaube, für Bronte wäre das super. Sie ist echt klug. Mit der richtigen Schulbildung könnte sie es weit bringen.« Meine Kehle schmerzte vor Anstrengung, nicht loszubrüllen.

»Wohin soll die's 'n bringen? Die hat doch wahrscheinlich eh mit sechzehn 'n Braten inner Röhre. Die soll anfangen, ich weiß auch nich', Tippen zu lernen oder so, und nich' Blödsinn eingetrichtert kriegen, den sie nie braucht.«

»Bronte wird nicht so dumm sein, sich von irgendeinem hoffnungslosen Schmarotzer hier schwängern zu lassen«, erwiderte ich und betrachtete Colins Wanst, der aus seinem T-Shirt hing. Blaue Flusen steckten in seinem Bauchnabel. Ich konnte nicht zulassen, dass Bronte bei einem Typen endete, der glaubte, vom Duschen würde man einlaufen.

Colin riss mir die Zeitung aus der Hand, dann wälzte er sich aufs Sofa, raschelte die Sportseite so hin, dass ich sein Gesicht nicht sehen konnte. Daran, wie sein Fuß zuckte, erkannte ich, dass ich einen Treffer gelandet hatte.

»Willst du denn nicht, dass die Kinder es einmal besser haben als wir? Wünschst du dir für Harley nicht mehr, als dass er den Unterschied zwischen Altweiß und Magenta kennt? Möchtest du, dass Bronte bei irgendwelchen Frauen die Bremsspuren aus den Klos schrubbt, deren Dads Rechtschreibprüfungen nicht für Zeitverschwendung gehalten haben? Oder hoffst du einfach nur darauf, dass Bronte mal einen West-Ham-Stürmer heiratet?«

Er antwortete nicht. Normalerweise war ich klug genug, nicht »immer weiter rumzustressen«, aber Leute wie wir bekamen nicht viele Chancen. Ich setzte mich ans Ende des Sofas und hob seinen Fuß auf meinen Schoß. »Kannst du die Zeitung mal weglegen, nur ganz kurz?«

Mürrisch schielte er über die Seite hinweg. Seine Augen waren immer noch sehr schön.

Ich ließ nicht locker. »Ich finde, das ist wirklich eine Riesenchance für die beiden. Ich hab die Schule nicht fertig gemacht, und du auch nicht, und deswegen sitzen wir hier fest. Morlands ist so eine miese Schule, wenn sie da bleiben, enden sie noch wie wir. Wir werden nie genug Geld haben, um in eine bessere Gegend zu ziehen. Aber mit einer guten Schulbildung in Stirling Hall könnten die Kinder Ingenieure werden, Architekten, Ärzte, alles, was sie wollen. Ich find's nicht fair, ihnen da im Weg zu stehen.«

»Ja, aber was is', wenn sie ihre Schulfreunde mitbringen wolln? Hier fährt doch keiner mit sei'm BMW hin, nich' dass die Karre noch auf Betonklötzen endet. Du denkst das alles nich' zu Ende. Sagen wir ma', sie gehen wirklich da hin. Für die Schule könn' wir blechen, aber was is' mit all dem anderen Krempel, der dazugehört? Die Eltern da werden doch nich' wolln, dass ihre vornehmen kleinen Schätzchen sich mit Bronts und Harley abgeben, oder? Nich' dass die sich noch irgendwas Schlimmes von ihnen einfangen. Die wohnen bestimmt alle in so Riesenvillen – ich will nich', dass hier irgend so 'n Balg namens Verity oder Jasper aufkreuzt, um mal zu gucken, wie arme Leute so leben. Wie Harley hinten an 'n Zaun pisst, wenn ich grad auf 'm Klo bin, oder wie wir uns jedes Mal mit 'nem Streichholz auf 'n Stuhl stellen müssen, um das Gas für den Boiler anzuzünden, wenn wir verdammt noch mal duschen wolln.«

Ich hatte in Villen gearbeitet, wo Gitarrenunterricht, Französischclub und Volleyball-Turniere die Norm waren, genauso alltäglich wie in einem Haus zu wohnen, wo die Kinder ein Spielzimmer und die Erwachsenen ein Arbeitszimmer hatten. Natürlich würde es da arrogante kleine Scheißer geben, wie den Jungen, der zu mir gesagt hatte: »Du kannst gar keine Mummy sein, du bist doch eine Putzfrau.« Aber es hatte auch ein paar nette Kinder gegeben, die ihre alten Puppen, Spielsachen und Puzzles hervorgekramt hatten, damit ich sie Bronte geben konnte.

Das Einzige, was sie alle gemeinsam hatten, war dieses Selbstvertrauen, die Vorstellung, dass sie das Recht hatten, gehört zu werden, wenn sie etwas sagten. Ich war sechsunddreißig und musste immer noch all meinen Mut zusammenkratzen, um zu sagen, was ich dachte, wenn in der Schule eine Elternversammlung stattfand, um die Disziplin zu verbessern. Immer dachte ich, okay, als Nächste melde ich mich zu Wort. Nein, als Nächste. Und dann ließ jemand ein »statistisch gesehen« oder ein »kostendeckend« fallen, und ich beschloss, dass das, was ich sagen wollte, wahrscheinlich ohnehin ein bisschen zu selbstverständlich war, und irgendein Typ mit einem Klemmbrett dankte allen für ihre wertvollen Beiträge, und Colin maulte rum, er wolle es vor der Sperrstunde noch in den Pub schaffen, und das war's dann. Wenn man Selbstvertrauen für Geld kaufen könnte, dann hatte ich jetzt die Chance, einmal in meinem stupiden Leben etwas Kluges zu tun.

»Für dich ist das verdammte Glas immer halb leer«, meinte ich. »Ja, vielleicht tauchen hier ein paar Gören auf, die uns für scheißgewöhnlich halten. Aber Bronte und Harley könnten vielleicht auch nette Freunde finden, ganz normale Kinder, für die ein gelungener Samstagabend nicht darin besteht, an den Autos in der Siedlung die Seitenspiegel einzutreten.«

»Du willst's nich' raffen, wie? Die zwei werden Sozialsiedlungskids in 'nem Haufen Nobelbälger sein, die werden da nie reinpassen.«

»Wir müssen ihnen doch eine Chance geben. Vielleicht sehen sie ja, dass es im Leben mehr gibt, als in irgendeiner Gasse am Zaun 'ne schnelle Nummer zu schieben oder sich im Wartehäuschen an der Bushaltestelle mit Billigfusel die Birne zuzuknallen.« Ich fing an, im Geist alle möglichen Taktiken durchzugehen, mit denen ich Colin dazu bringen könnte zuzustimmen. Ich war erst bei zwei angelangt – Betteln und ihm einen blasen –, als Colin die Achseln zuckte.

»Scheiße, ich weiß nich'. Ich denk, da liegste falsch. Wie solln wir denn all die Ausrüstung und den ganzen Scheiß bezahln, den die brauchen? Das macht doch bloß jede Menge Probleme.«

Colin sprach meine Sorgen laut aus. Irgendwie machte mich das noch wütender. »Das ist mal wieder typisch. Du sitzt einfach da und resignierst. Als ich wollte, dass du beantragst, dass sie auf eine bessere Grundschule kommen, war's genauso. Du gibst auf, noch bevor wir angefangen haben, anstatt ein bisschen Gehirnschmalz zu investieren, um zu sehen, wie wir das hinkriegen könnten. Ich muss eben noch mehr Putzstellen annehmen. Vielleicht wird die Lage ja besser und du schaffst es, Arbeit zu finden. Das ist doch eine richtig gute Chance.«

»Verlass dich bloß nich' drauf, dass ich in nächster Zeit was finde. Sieht nich' gut aus da draußen.«

Ich bemühte mich, nicht zu vergessen, dass ich ihn auf meiner Seite haben musste, um diesen Kampf zu gewinnen, und verkniff mir die Bemerkung »leg mal 'ne andere Platte auf«.

Er bohrte sich im Ohr, begutachtete das Resultat und wischte es am Trainingsanzug ab. »Die Kinder werden dir das nich' danken. Na ja, vielleicht kann ich ja mein' Stundensatz erhöhn und mir bei den Eltern 'n lockeren Job angeln. Ein paar von denen ham doch bestimmt schicke Häuser, die wo ma' 'n bisschen Farbe vertragen könnten«, meinte er.

Wenn Colin erst einmal auf der »Was springt für mich dabei raus?«-Schiene war, brauchte ich mich nur noch anzuschleichen und die Tür hinter ihm zu verrammeln, das wusste ich. »Können wir's ein Trimester lang probieren? Morlands ist doch nie voll. Die Leute stellen extra Anträge, um da nicht hinzumüssen, wir können die beiden also bestimmt wieder da unterbringen, wenn's sein muss.«

Colin machte sich daran, auf dem Boden nach den Batterien für die Fernbedienung herumzutasten. Er schaltete das Spiel West Ham gegen Arsenal ein, das er gestern Abend aufgenommen hatte. Ich musste das Gespräch zu Ende bringen, bevor er die Vereinshymne anstimmte. Mein Gott, er fing schon an zu summen. Mir blieben noch etwa fünf Sekunden.

»Colin, hör zu.«

»Der Schiri braucht 'ne verdammte Brille. Hey, Blindschleiche. Herrgott noch ma', der würde doch 'n Foul nich' ma' sehn, wenn ihm einer auf die Nase tritt. Haste das gesehn, Maia?«, fragte er und schmiss eine leere Coladose nach dem Fernseher, so dass braune Tropfen im hohen Bogen gegen die Wohnzimmerwand spritzten. Colin machte keinerlei Anstalten, einen Lappen zu holen.

Ich stellte mich vor den Fernseher.

»Maia! Weg da!«

»Soll ich sie für ein Trimester da hinschicken?«

»Mach, was du willst, aber heul mir nich' die Ohren voll, wenn's schiefgeht«, erwiderte er und versuchte, um mich herumzusehen.

Ich ging geradewegs zu meiner Handtasche und suchte die Visitenkarte des Anwalts hervor.

Kapitel 5

Der eisige Januarmorgen sagte meinem Kastenwagen überhaupt nicht zu. Er suchte sich genau den ersten Schultag der Kinder in Stirling Hall aus, um plötzlich so ein komisches Tuckergeräusch zu machen. Ich hatte schreckliche Angst, dass er angesichts der Anstrengung, die Bremsschwellen in der Auffahrt von Stirling Hall zu erklimmen, einfach stehen bleiben würde. Großer Gott, die Schule hatte ein eigenes Einbahnstraßensystem! Superblanke Nobelkarossen strömten in einer langsam fahrenden Schlange durch das eine Tor herein und zum anderen wieder heraus, wie auf einer Autoshow. Ich hatte Visionen davon, wie mein Wagen da mittendrin verreckte, so dass sich alle an mir vorbeidrängeln müssten. Harley bekam davon nichts mit, er hing aus dem Fenster, die Schulmütze kess schief auf den blonden Locken, und johlte wegen der anderen Autos.

»Voll der Hammer, Mum, schau mal, schau doch mal, da ist ein Bentley. Ein Bentley Continental. Wow. Glaubst du, der gehört wirklich den Eltern von irgendwem hier? Mann, so einen hab ich mal in *Top Gear* gesehen. Glaubst du, ich darf da mal drin mitfahren, Mum? Fragst du die Leute für mich? Was glaubst du, wem der gehört? Glaubst du, die haben den neu gekauft? Jeremy Clarkson sagt, so ’n Ding kostet hundertdreißigtausend. Glaubst du, die haben so viel dafür bezahlt? Cool!«

»Warten wir's ab, Harley. Vielleicht geht der Junge ja in deine Klasse, und vielleicht lädt er dich mal zu sich ein«, antwortete ich und betrachtete die Frau am Steuer. Sie hatte keinen Haarschnitt, sondern eine ganz offizielle »Frisur«. So eine große, aufgeblähte Kreation, bei der bestimmt Lockenwickler im Spiel gewesen waren. Definitiv kein Küchenschereneinsatz vor einem Rasierspiegel und einmal kopfüber föhnen. Lieber würde ich den ganzen Tag damit verbringen, verklebte Haarknäule aus Abflussrohren zu ziehen, als dass die bei einem Streichkäse-Sandwich den Stab über Harley brach – oder bei einem halben Hummer oder was immer die Kinder auf Stirling Hall eben zum Abendbrot aßen.

Bronte umklammerte den Rucksack auf ihren Knien und blickte starr geradeaus. Sie sah aus wie Colin, wenn die Pferde, auf die er gewettet hatte, am letzten Hindernis stürzten. Heute Morgen hatte ich sie ganz fröhlich und gut gelaunt geweckt, aber sie hatte mich angepflaumt, ich solle abhauen, sie ginge da verdammt noch mal nicht hin, und hatte sich wie ums liebe Leben an ihre Decke geklammert. Hatte mich doch tatsächlich angepöbelt. Freche kleine Kröte. Ich hatte meinen Blumenwiesen-Tonfall gegen einen Marke »Du tust verdammt noch mal, was ich dir sage« eingetauscht und sie praktisch an den Knöcheln aus dem Bett gezerrt. Sie hatte sich mit einer Langsamkeit angezogen, die an Aufsässigkeit grenzte. Den rot-grün karierten Rock fand sie grässlich; er sei altmodisch und potthässlich, und sie wolle schwarze Hosen anziehen, solche, wie sie sie auf Morlands getragen hatte. Ich half ihr in den Blazer, für den ich einen Wochenlohn ausgegeben hatte, dabei hätte ich einen gebrauchten für zwanzig Pfund kriegen können. Als sie an den Knöpfen herumdrehte, musste ich wegsehen, während sie jammerte, die ließen sich nicht richtig zuknöpfen.

Harley hatte seine Mütze schon eine Viertelstunde lang um den Finger kreiseln lassen, als Bronte endlich aus der Tür getrottet kam. Gerade als ich dazu ansetzte, ihr zu sagen, dass sie ganz toll aussähe, starrte sie mich an, und ihre dunklen Augen wurden schmal. »Du siehst voll ätzend aus. Bestimmt sehen alle, dass du die Scheiße von anderen Leuten wegmachst.«

Ich beschloss, nicht mit ihr zu reden. Meine Hand kribbelte vor Verlangen, ihr ordentlich eine zu kleben, aber Disziplinarmaßnahmen würden warten müssen. Sie zur Schule zu schaffen, musste fürs Erste reichen. Als ich mich nach einer Stelle umsah, wo ich parken konnte, fuhr ein Mitsubishi Pajero so dicht auf meine Stoßstange auf, als wolle die Fahrerin sich in meinem Windschatten halten. Ich warf einen wütenden Blick in den Rückspiegel und sah, dass mein Make-up ein wenig orange aussah und dass ein paar schwarze Haare auf meiner Oberlippe der Pinzette entgangen waren. Super. Ich konnte es kaum erwarten, als Damenbartträgerin bekannt zu werden.

»Kurbel das Fenster hoch, Harley. Und hör auf rumzubrüllen.«

»Mum, da ist ein Porsche Boxter. Jeremy Clarkson sagt, so einen kauft man sich nur, wenn man sich keinen 911er leisten kann«, sagte Harley, drehte sich auf seinem Sitz um und schubste Bronte dabei gegen den Schaltknüppel.

»Aua. Lass das«, maulte Bronte und schubste ihrerseits Harley.

»Hör auf, sie zu schubsen, Harley. Und jetzt mach das Fenster zu.« Ich gab mir Mühe, nicht zu brüllen, nicht dass ich dann am Ende nicht mehr aufhören konnte.

»Der ist echt voll klasse, Mum«, verkündete Harley, ohne mich zu beachten, und zeigte auf ein BMW-Cabriolet.

Ich gab es auf und wandte mich Bronte zu. »Hey, Bronte, schau dir mal den Rasen an. Der sieht doch aus, als könnte die Queen da eine Teeparty geben. Im Sommer spielen sie da bestimmt Schlagball. Was meinst du? Sieht das nicht toll aus?«, fragte ich und hoffte auf einen Hauch von Bestätigung. Sie schüttelte den Kopf.

Ich versuchte es noch einmal. »Jetzt komm schon, Liebling. Versuchen wir, einen guten Start zu erwischen. Am ersten Tag ist doch jeder ein bisschen nervös, stimmt's, Harley? Du findest bestimmt bald Freundinnen.«

Harley versuchte zu helfen. »Ja, komm schon, Bronts, das wird bestimmt ganz okay. Und außerdem hat Dad gesagt, wir können nach Morlands zurück, wenn's uns hier nicht gefällt.«

Bronte zog die Mundwinkel so weit herab, dass ich fast lachen musste. »Dad hat gesagt, Stirling Hall ist sowieso nur was für Wichser. Aber er findet, ich seh in meiner Schuluniform echt hübsch aus.«

Der gute alte Dad. Colin war in Boxershorts in der Küche herumgetappt, hatte Toast ohne Teller gegessen und sich angehört, als schlürfe er seinen Tee durch einen Strohhalm. Er unternahm keinerlei Versuch, mir zu helfen, als ich noch einmal die Fußballstutzen mit Namensschild, die Rugbystiefel »mit Schnürsenkeln, keine Klettverschlüsse«, die marineblauen Sporthosen »ohne Logo« und all den anderen verdammten Krempel durchsah, den ein künftiger Olympiateilnehmer brauchen könnte. Dabei hatte ich mich geweigert, den »T-Shirt und Trainingsanzug«-Tagen nachzutrauern, jedenfalls nicht laut.

Ich bemühte mich, rückwärts in die einzige winzige Parklücke zu setzen, die nicht von irgendeinem Allrad-Monster blockiert war. Die Mitsubishi-Frau »Jen1« hupte langgezogen, als ich es ein zweites Mal versuchte. Offensichtlich musste sie eilig irgendwohin. Nach ihrer hässlichen Visage zu urteilen bestimmt zu ihrem Schönheitschirurgen. Ich wünschte ihr einen Platten, als ich es endlich schaffte einzuparken.

Wir stiegen aus. Ich rückte Brontes Mütze zurecht und wandte dabei den Blick von den Händen ab, die ich hinter der blanken Windschutzscheibe des Mitsubishi wedeln sah. In einem Buchstabier-Wettbewerb würde ich eine Stirling-Hall-Mutter niemals schlagen, bei einem Pöbel-Match jedoch standen meine Chancen wohl ganz gut. Ich würde es Jenı ein andermal heimzahlen.

»Warum hat die Lady da dir denn gewinkt, Mum?«, fragte Harley.

»Keine Ahnung.« Ich schob ihn vorwärts.

»Die hat versucht, mit dir zu reden. Findet die dich jetzt nicht unhöflich? Du hast uns doch gesagt, wir sollen heute zu jedem höflich sein, dem wir begegnen.«

Gerade als der Zahnstocher, der meine Geduld zusammenhielt, zu brechen drohte, schmiss Bronte ihren neuen Rucksack auf den Weg und blieb stehen wie ein dicker alter Labrador, der beschlossen hat, keinen Schritt mehr weiterzugehen.

»Mum, ich geh da nicht rein. Ich will wieder nach Morlands. Wir hätten im September anfangen müssen, Januar ist zu spät. Bestimmt haben alle schon Freundinnen, und ich werd niemanden zum Spielen finden.«

Ich ging tief in mich. Suchte nach einem freundlichen Wort. Versetzte mich in meine andere Welt, in der Julie Andrews wie in *The Sound of Music* herumtanzte und »Do-Re-Mi« sang. So wie ich es innerlich bei der Arbeit immer machte, wenn Leute, die zu faul waren, ihre Hosen vom Boden aufzuheben, anfingen, mich blöd anzumachen. Die Stimme in meinem Kopf schrie: »Du undankbares Miststück! Ich sorge hier dafür, dass du eine fantastische Schulbildung bekommst, und alles, was dir dazu einfällt, ist rumjammern.«

Ich brachte eine einigermaßen ruhige Antwort zustande. »Für Morlands ist es zu spät. Keine Sorge, das wird schon. Ich hab mit deiner Lehrerin geredet, und sie schien echt nett zu sein.« In Wahrheit konnte ich mich nur daran erinnern, wie ich verständnislos genickt hatte, während Brontes Lehrerin sich eine reichliche Viertelstunde lang über »selbstbestimmtes Arbeiten« ausließ, bis ich kapierte, dass sie Hausaufgaben meinte.

Ich stand am Rand eines Meeres aus grünen Grundschulkinderblazern. Ein steter Strom älterer Schüler, in Grau gekleidet, wand sich um die Kleinen herum und marschierte auf das Oberschulgebäude auf der anderen Seite des Cricketfeldes zu. Es hatte Türme. Türme! Ich würde ja so stolz sein, wenn Harley und Bronte mal dort landeten. Allerdings standen die Chancen, dass es dazu kommen würde, nicht besonders gut, wenn ich Bronte heute nicht mal dazu bewegen konnte, durch das Tor der Grundschule zu gehen.

Harley war neben mir stehen geblieben, so entspannt, als stünden wir vor dem Kino an, und glotzte vergnügt die Autos an. Die anderen Kinder schwärmten durch den steinernen Torbogen auf den Schulhof dahinter. In meiner Eile, Colin und seinem endlosen »Es grünt so grün, wenn Spaniens Blüten blühen« zu entkommen, hatte ich vergessen, den Brief noch einmal zu lesen und nachzuschauen, wo ich die beiden hinbringen musste. Ich schaute mich nach einer Mum um, die nett aussah. Was schwieriger war, als es zunächst den Anschein hatte. Nicht die Frau mit dem langen grauen Zopf, der ihr den Rücken hinunterhing. Bestimmt so eine verdammte Linsenfresserin. Die sah aus, als würde sie ihre Unterhosen selber stricken. Vielleicht die daneben. Nein, die hatte eine Aktentasche dabei. Und trug hochhackige Schuhe. Offenkundig auf dem Weg zu irgendeinem Mega-Job in der City. Keine Zeit, den Schülerlotsen für mich zu spielen, wenn es andernorts einen Bonus abzugreifen gab. Mein Gott, es war hoffnungslos. Ich empfand Heimweh nach den anderen Morlands-Müttern mit ihren Flipflops und den dunklen Haaransätzen, die pummeligen Kindern Chipstüten in die Hand drückten und von *EastEnders* sprachen, als sei es Realität.

Bronte schaute zu mir auf. »Ich geh nicht, verdammt noch mal!«, verkündete sie, und ihr Blick huschte umher auf der Suche nach einem Fluchtweg. Das brachte mich in Gang. Ich ging direkt auf die Person zu, die mir am nächsten stand, eine junge Frau mit wasserstoffblondem Haar und hautengen Jeans, die einen Spaniel an der Leine hielt.

»Entschuldigung, wissen Sie, wo die Kinder aus der 4H oder der 5R hinsollen?«

»Verzeihen?«, sagte sie und entwirrte sich aus der Leine des Spaniels. »Mein Englisch sehr schlecht.«

»Egal.« Ich winkte ab. Hier gab es keine netten Morlands-Omas mit Fluppe im Mund und Bonbons in der Handtasche. Stirling-Hall-Nannys hatten Dienstwagen und einen ausländischen Akzent. Bronte fing an zu weinen. Gerade als ich mir meine allerschlimmste Drohung für sie ausdenken wollte, kam eine blonde Frau zu mir herüber. Keine Pauline-Putzig-Frisur, kein roter Lippenstift, keine Handtasche mit großer goldener Schließe. Sie trug Reithosen. Und wenn das da unter ihrem Sweatshirt wirklich nur Titten waren, dann hatte sie einen außergewöhnlich großen Busen.

»Hi, alles klar? Ich hab Sie nach 4H und 5R fragen hören.

Ist das Ihr erster Tag? Am Anfang vom Trimester ist hier immer die Sau los. Ich heiße übrigens Clover.« Sie hörte sich so sehr wie Johanna Lumley in *Absolutely Fabulous* an, dass ich dachte, sie mache sich über mich lustig. Dann streckte sie mir eine Hand mit Fingernägeln hin, die aussahen, als hätten sie einige Zeit in einem Schrebergarten verbracht. Verglichen damit wirkten meine rauen Griffel geradezu vornehm.

Sie wandte sich an Bronte. »Hör mal, meine Zwillinge sind auch in der 4H.« Sie rief zwei vollkommen identische Mädchen mit lockigem weißblondem Haar herbei, das zu struppigen Pferdeschwänzen zusammengeschnürt worden war. »Das hier ist Saffy und das ist Sorrel. Merk dir einfach, dass Sorrel ein Muttermal über dem linken Auge hat. Sogar ich kann sie manchmal nicht auseinanderhalten.«

Bronte machte keinerlei Anstalten zu sagen, wie sie hieß, also füllte ich die Leerstelle. Clover beugte sich zu Bronte hinunter und zerrte dabei an einem BH-Träger, um der Schwerkraft zu trotzen. »Weißt du was, Bronte? Deine Klassenlehrerin ist echt nett. Malst du gern? Mrs Harper kann super Pferde zeichnen. Sie hat Sorrel beigebracht, wie man wirklich unheimlich tolle Ponys malt. Lässt du dich von den Zwillingen in deine Klasse mitnehmen? Hier, nimm Sorrels Hand, sie zeigt dir, wo du hinmusst.«

Wundersamerweise hörte Brontes Geschniefe allmählich auf. Sie blickte auf Sorrels Hand hinunter, die aussah, als hätte sie gerade einen Meerschweinchenkäfig umgegraben. Ich dachte schon, ich bekäme es vielleicht gleich mit einer Rebellion zu tun, doch Bronte streckte einen steife kleine Pfote aus, die Sorrel festhalten konnte, während Clover das Geschehen unablässig weiter kommentierte. »Macht's gut, ihr Süßen, seid brav, Saffy, denk daran, du sollst Mme Blanchards Akzent nicht nachmachen. Und versucht bitte, in der Pause euren Apfel zu essen. Sorrel, hast du deinen Füller eingesteckt? Und sag Mrs Bairns, dass ihr nächstes Trimester nicht beim Theaterkurs mitmacht.«

»Scheiße, Mum«, knurrte Saffy. »Hal' doch mal den Rand.«

So fröhlich hatte Bronte den ganzen Morgen noch nicht ausgesehen. Ich musste mich ermahnen, den Mund zuzuklappen.

»Saffy, ich hab's dir doch gesagt, du sollst nicht immer das t weglassen. Lass mich das ja nicht noch mal hören, sonst mistest du den Rest der Woche den Pferdestall ganz allein aus.«

Diese Geschichte mit dem t fing an, in meinem Leben mehr Raum einzunehmen, als ich gedacht hatte. Wenn das so weiterging, würden wir im Auto bald alle die Lieblings-Zungenbrecher der Professorin aufsagen: »Betty Botter aß gern Butter ...« Obwohl ich ja das Gefühl nicht loswurde, dass Clover etwas überhört hatte, etwas, das mit »Sch« anfing.

Sie bedeutete den Mädchen, sich auf den Weg zu machen. Ich spürte, wie meine Schultern sich von meinen Ohren lösten und herabsanken, als Bronte mit den Zwillingen davonschlurfte, ohne sich umzudrehen. Clover wandte sich zu mir um. »Entschuldigen Sie. Ich kann's nun mal nicht ausstehen, wenn jemand das t weglässt, geht's Ihnen auch so? Also, dann kümmern wir uns mal um Ihren Jungen. Wie heißt er denn? Harley? Orion kann ihn zur 5R mitnehmen – Orion, Orion, komm mal her.«

Orion kam mit schlenkernden, schlaksigen Gliedmaßen, verrutschtem Schlips und Schlamm auf dem Blazer angerannt. Sein lockiges braunes Haar war zu kurz geschnitten, so dass es im rechten Winkel vom Kopf abstand, was ihn etwas merkwürdig aussehen ließ, aber er hatte ein freundliches, offenes Gesicht. »Ja?«

Clover deckte Orion mit Anweisungen ein, woraufhin er sich umwandte, um Harley die Hand zu geben. Verdammt, das war ja wie bei den Freimaurern hier. Harley kriegte gerade noch rechtzeitig die Hand aus der Tasche, bevor das Ganze peinlich wurde.

»Krass, bist du nach 'nem Auto benannt worden? Is' ja voll abgefahren. Mein Dad hat mich nach seinem Lieblingsmotorrad genannt.«

Orion machte ein verdutztes Gesicht. »Ich bin nicht nach einem Auto benannt worden, sondern nach dem Jäger, nach dem Sternbild. Mein Dad macht Astronomie, das ist sein Hobby.«

Jetzt war Harley an der Reihe, verdutzt zu gucken. »Also kein Ford Orion?« Er klang entrüstet, als hätte Orion irgendwie die Ursprünge seines Namens durcheinandergebracht. Und nicht etwa beschämt, weil ich ihn – neben meinen zahlreichen anderen Schwächen als Mutter – nicht seit seinem sechsten Lebensmonat die verdammten Sternbilder gelehrt hatte. All dieses Selbstvertrauen, all diesen Optimismus in einem Zehnjährigen mit Babygesicht geballt zu sehen – am liebsten hätte ich ihn umarmt. Zum Glück klingelte es, und Harley bedachte mich mit einem raschen Winken und einem etwas ungeduldigen »Ich komm schon klar, Mum« und zog mit Orion ab.

Ich hörte Harley fragen: »Und was für 'n Auto hat dein Dad dann?«

Rasch wandte ich mich ab, ich wollte die Gegenfrage – oder die Antwort – nicht hören. »Danke, dass Sie das mit Bronte geregelt haben. Sie hatte heute Morgen echt Angst, hier anzufangen.«

»War mir ein Vergnügen. Ist schwer, wenn man mitten im Schuljahr anfängt, und der Januar ist so ein grauenhafter Monat, aber die beiden werden's hier bestimmt ganz toll finden. Es ist eine fantastische Schule, sie werden sich in null Komma nichts eingewöhnen. Sie müssen unbedingt nächste Woche zu unserem Kaffeevormittag kommen. Am Montag. Wir veranstalten nach jeden Ferien einen, damit die Mütter sich gegenseitig auf den neuesten Stand bringen können. Bei Jennifer, Hugos Mum, er ist in Harleys Klasse. Ich nehme Sie mit, wenn Sie wollen.«

»Nein, nein, ist schon okay, trotzdem vielen Dank.«

»Aber Sie kommen doch, ja? Ich schicke Ihnen die Wegbeschreibung in Harleys Schultasche. Da lernen Sie die ganzen anderen Mütter kennen und können Verabredungen organisieren. Also, ich muss jetzt los, die Pferde müssen bewegt werden. Reiten Sie? Nein? Ich wette, Sie machen irgendwas viel Scheißvernünftigeres, Pilates zum Beispiel. Sie sind so schön schlank. Große Titten waren schon immer mein Ruin.«

Und damit marschierte Clover, die Mutter zweier Kräutermädchen und eines Sternbildes, in ihren Gummistiefeln auf einen schlammbespritzten alten Land Rover zu. Clover hatte mir den Arsch gerettet.

Kapitel 6

Noch einmal schaute ich auf die Nachricht, die Clover geschickt hatte. Obwohl sie sie offenbar mit Wachsmalkreide oder Augenbrauenstift geschrieben hatte, stand da eindeutig Little Sandhurst. Was bedeutete, dass sich Jennifers Haus hinter diesem schmiedeeisernen Tor befand, ein rötlicher Schemen am Ende einer Zufahrt, die von Kastanienbäumen gesäumt war. Großer Gott. Noch ehe ich auch nur auf den Klingelknopf gedrückt hatte, schwenkte eine Überwachungskamera über meinem Kopf herum. Gott sei Dank war ich schlau genug gewesen, den Kastenwagen auf dem Parkplatz des Pubs am Ende der Straße abzustellen, sonst hätte ich definitiv riskiert, zum Lieferanteneingang geschickt zu werden.

Vor der Tür zerrte ich mein T-Shirt herunter, um sicherzugehen, dass mein Bauchnabel-Piercing nicht zu sehen war. Der lange Marsch die Auffahrt hinauf hatte sich mit meiner Unterwäsche nicht recht vertragen, und ich war gerade dabei, mir die Unterhose aus der Arschritze zu zerren, als mir die Kameras wieder einfielen. Hastig sah ich mich um und betete, dass nicht live in die Küche oder ins Wohnzimmer übertragen wurde, wie ich zwischen meinen Pobacken nach meinem Billigschlüpfer wühlte. Dann bemerkte ich etwas anderes. Einen silbernen Mitsubishi Pajero. Jen-Pissnelke-1. Ich hatte mir einen Wolf geputzt, hatte gewischt und gesprayt und gesaugt wie eine Henne auf Ecstasy, um früher Schluss zu machen und bei einem Kaffeetrinken bei niemand anderem als dieser dämlichen Huptussi aufzukreuzen. Blöde Kuh. Am liebsten wäre ich überhaupt nicht gekommen, aber Harley und Bronte hatten es auch so schon schwer genug dazuzugehören. Wenn ich ihnen helfen konnte, indem ich anderen Mums freundlich zunickte und über einem Stück Kuchen den kleinen Finger abspreizte, dann nichts wie los. Hoffentlich erkannte sie mich ohne den Kastenwagen nicht.

Die Tür ging auf und da stand Jenı, ein spindeldürres Wesen mit superglattem blondem Haar, das ihr fast bis zur Taille reichte. Jedenfalls glaube ich, dass es ihre Taille war, denn mit dem weiten Gürtel darum herum sah sie eher aus wie mein Handgelenk. »Sie sind bestimmt Harleys Mummy. Ich bin Hugos Mummy Jennifer, wie geht es Ihnen?« Sie streckte mir eine Hand entgegen, die definitiv von jenen Cremes profitiert hatte, die ich auf Frisierkommoden abstaubte – so Zeug aus Nachtigallenhäufchen, chilenischem Schneckenschleim und Schlangengift, für hundert Pfund pro Klecks. »Ich bin Maia, freut mich, Sie kennenzulernen, Jenny.« Ich überlegte, ob Jenı sich wohl auch als Hugos Mummy vorstellte, wenn sie beim Friseur anrief.

»Ich bevorzuge Jennifer, wenn es Ihnen nichts ausmacht«, erwiderte sie, während sie mich mit dem bedachte, was ich insgeheim den Fahrstuhlblick nannte. Sie fing an meinem Scheitel an, als hätte sich ein exotischer Papagei auf meinem Kopf niedergelassen, und wanderte dann abwärts, musterte mein T-Shirt, meine Strickjacke mit dem fehlenden Knopf, meine Primark-Jeans. Ihr Blick wanderte bis zu meinen Schuhen hinunter und huschte dann wieder bis ganz nach oben. Sobald ihr klar war, dass ich so weit unten in der Nahrungskette stand, dass keinerlei Rivalität bestand, änderte sich ihr ganzes Auftreten. Sie setzte eine andere Miene auf, als suche sie die passende aus ihrem Kleiderschrank hervor. Die Maske, die sie für mich ausgewählt hatte, hatte einen begrenzten Lächel- und Freundlichkeitsgehalt, so dass ich nicht losgehen und über sie herziehen konnte, aber auch nicht anfing, mir einzubilden, ich würde jemals ihre beste Freundin werden.

»Kommen Sie doch rein, kommen Sie, wir sind alle in der Küche«, sagte sie. Ich trat in den Flur. Cremefarbener Teppichboden ohne einen einzigen Fleck, keine Teespritzer, keine Matschstapfen. Nichts für die Crocs, in denen ich am Wochenende auf dem Fußballplatz herumgestiefelt war. Ich streifte sie ab und wünschte mir, ich hätte andere Strümpfe angezogen als die *Boozy-Birds*-Socken, die Colin mir zum Geburtstag geschenkt hatte.

Ich folgte Jenı's Parfümspur in die Küche. Ungefähr zwölf Frauen standen in mehreren Grüppchen um eine Kücheninsel mit schwarzer Marmorplatte und eingebautem Weinkühler herum. Jenı brauchte offenkundig nicht alles umzuräumen und die Milch draußen vor die Küchentür zu stellen, wenn sie mal ein Huhn als Sonntagsessen gekauft hatte. Ich reichte ihr die Packung Fertigtörtchen, die ich auf dem Hinweg im Supermarkt gekauft hatte. Fast ohne sich zu bedanken, knallte sie sie neben eine Schachtel Waitrose-Pralinen und eine Keksdose von Harrods. Dann stellte sie mich ein paar Frauen vor, die Namen wie Francesca, Elizabeth und Charlotte hatten, jede mit ihrer eigenen Version des Fahrstuhlblicks.

Ich hörte Clover fluchen, noch bevor ich sie sah. Ein Helm aus widerspenstigen Locken inmitten etlicher glänzender Bobfrisuren. Sie trug eine dicke runde Brille, und ein

Kaftan-Hemd bildete ein perlenbesticktes Tablett über ihren enormen Brüsten, wie der Bauchladen eines Eisverkäufers. Eilig kam sie um die Kücheninsel herum.

»Maia, wie geht's Ihnen? Gewöhnen sich die Kinder allmählich ein? Orrie hat was davon gesagt, dass es Probleme wegen Harleys Haaren gegeben hätte. Die sind manchmal solche Scheiß-Faschisten da an der Schule. Ich meine, die haben's ja echt drauf, den Kindern zu sagen, worin sie gut sind, all diese Sternchen-Tabellen und diese verdammten Auszeichnungen für die beste Handschrift und so, aber Individualität, davon haben die nicht den geringsten Schimmer. Na ja, schätze mal, dafür bezahlen wir sie auch irgendwie. Die bringen ihnen Disziplin bei, damit wir uns keinen Kopf machen müssen.«

Als sie Luft holte, erzählte ich ihr von dem Brief, den mir der Klassenlehrer geschickt hatte, dass Harley erst wieder zum Unterricht kommen dürfe, wenn seine Haare geschnitten worden wären. Am selben Abend hatte ich ihm mit Colins Schergerät in der Küche einen Bürstenschnitt verpasst und zugesehen, wie sich seine Locken auf dem Küchenboden ballten wie eine alte Perücke. Als ich fertig war, sah mein wuscheliger Goldjunge aus, als wolle er als Kadett in die Armee eintreten. Harley hatte sich mit der Hand über den Kopf gestrichen, die Achseln gezuckt und gemeint: »Ist schon okay. Fühlt sich an wie 'n Tennisball.«

Als Colin ihn gesehen hatte, hatte er die Hand zum Nazi-Gruß gehoben und Harley erklärt, er sähe aus wie einer von der British National Party. Ich hatte eine Locke aufgehoben, sie in Alufolie gewickelt und in die alte Keksdose unter meinem Bett gelegt, in der ich all meine Kostbarkeiten aufbewahrte. Ganz oben auf dem Haufen lag sein Schulfoto vom letzten Jahr. Darauf sah er so viel jünger aus, mit zerzausten Locken, die ihm ins Gesicht fielen, frech und unbeschwert. Ich hatte den Deckel wieder auf die Dose geknallt.

Jenı erschien an meiner Seite, umtriebig und effizient in ihrem schwarzen Pulli mit Polokragen und dem Bleistiftrock. Sie hielt uns einen Teller mit Mini-Brownies hin. Clover nahm sich eins und griff sich dann noch zwei. »Die sind ja toll, haben Sie die selbst gemacht?«

»Hugo und ich backen jeden Sonntagnachmittag. Ich finde, es ist von essentieller Bedeutung für Kinder, kochen zu lernen. Kein Wunder, dass es so viele von diesen fetten Proll-Kindern gibt, wenn die Mütter ihnen einfach irgendwelchen Fertigmüll geben«, erwiderte Jenı.

Ich schielte zu meinen Törtchen hinüber, noch immer in der Packung, mit dickem, glänzend weißem Zuckerguss und kandierten Kirschen obendrauf. Es tröstete mich, dass sie nicht einmal dem Butter-Shortbread von Harrods gestattet hatte, ihre Küche zu besudeln.

»Wir essen soweit es geht nur biologisch. Ich lasse den Gärtner dieses Jahr sogar Gemüse anpflanzen, im Sommer müssten wir unseren eigenen Rucola, unseren eigenen Lauch und unsere eigenen roten Paprikaschoten haben.« Sie wandte sich an mich. »Möchten Sie Kaffee, Maia? Ich habe Linizio, Livanto oder Capriccio, wenn Sie gern einen Espresso hätten, oder Vivalto oder Finezzo, wenn es etwas Größeres sein soll. Oder Mao Feng Grüntee und weißen Ginseng Tee. Oder Tung Ting Oolong.«

Ich hatte keinen blassen Dunst, wovon sie redete. Bestimmt sah ich ein bisschen dämlich aus, denn sie deutete auf die Kaffeemaschine auf der Arbeitsplatte. »Kaffee wäre wunderbar. Ist mir egal, was für einer. Vielen Dank«, sagte ich.

Clover rückte einen BH-Träger zurecht und hob dabei ihre linke Titte kurz an wie eine Kugelstoßerin kurz vor dem Stoß. »Bei mir gibt's nur Nescafé«, bemerkte sie und schaffte es nicht ganz zu flüstern

Eine hochgewachsene Frau kam angetrottet, Pferdegebiss, knallorangefarbener Lippenstift und ein Peter-Pan-Kragen mit Rüschen. »Clover, wie geht's denn so? Und Sie sind bestimmt die Mutter von dem Neuen. Wie geht es Ihnen? Ich bin Venetia Dylan-Jones. Willkommen in Stirling Hall, oder SH, so nennen wir es alle. Wir kommt Ihr Sohn denn zurecht?«

»Gut, danke. Ich glaube, er findet es manchmal ganz schön schwer, aber ich hoffe, er wird noch aufholen.«

»Ich finde ja, Lesen ist in diesem Alter einer der Schlüssel, nicht wahr? Theo ist ein großer Fan von Beverley Naidoo.« Venetias Miene machte deutlich, dass wir beeindruckt sein sollten. Offenbar riss ich die Augen nicht weit genug auf.

»Ich glaube, ich weiß nicht, wer das ist.«

»Aber natürlich, sie hat doch all diese Bücher über Rassismus und Vorurteile in Südafrika geschrieben. Sie kennen doch bestimmt *Reise nach Johannesburg*«, beharrte Venetia. »Es ist doch schrecklich wichtig, dass unsere Kinder andere Kulturen zu verstehen lernen.«

»Ich glaube nicht, dass ich schon mal was von ihr gelesen habe.«

Venetia sah aus, als glaube sie, ich würde sie auf den Arm nehmen. Sie ließ nicht locker. »Er mag natürlich auch Fantasy-Geschichten. Anthony Horowitz, David Almond und Harry Potter.«

»Er hat Harry Potter gelesen?« Harley las gerade *Gregs Tagebuch* und tat sich echt schwer damit.

Wieder sah Venetia mich an, als spräche ich eine andere Sprache. »Die meisten hat er schon mit acht gelesen.« Sie hatte so einen »Wer nicht?«-Ton drauf. »Das Letzte hat ihm nicht so gut gefallen, ich glaube, das war ihm ein bisschen zu leicht.«

Heute Morgen hatten mich Harleys Rechtschreibkünste richtig in Wallung gebracht. Er hatte noch immer nicht kapiert, dass manche Worte Verstärkungsbuchstaben hatten. Er schrieb immer noch »gefärlich«, »stamfen« und »puzen«, während Bronte danebensaß und die Augen verdrehte. Im Vergleich dazu, wie verdammt gestresst ich mich jetzt gerade fühlte, war das gar nichts. Las denn keiner von den anderen Jungs Comics?

Venetia tätschelte mir den Arm. »Vielleicht hat er's ja mehr mit Naturwissenschaften?«

Ich erzählte ihr nicht, dass wir die Bio- und Physik-Hausaufgaben bisher nur einmal hatten machen können, weil man dafür nämlich ins Internet musste und der eine beschissene Computer in der Bibliothek kaputt gewesen war. Stattdessen zuckte ich ein wenig die Achseln und meinte: »Wir werden sehen.«

Venetia ließ sich nicht beirren. »Ich kann Ihnen die Nummer von einem hervorragenden Nachhilfelehrer geben. Auch wenn er später mal nichts Naturwissenschaftliches studieren möchte, hilft ihm das vielleicht ja, einen Studienplatz zu bekommen, wenn es zu viele Bewerber gibt. Theo bekommt zweimal die Woche Nachhilfe in Naturwissenschaften, und er hat außerdem gerade mit Mandarin angefangen. Mein Mann möchte unbedingt, dass er nach Oxford geht. Fremdsprachen sind anscheinend furchtbar wichtig für die besten Unis.«

»Wie alt ist er denn?«, erkundigte ich mich.

»Fast elf, er ist in Mr Ricksons Klasse, zusammen mit Ihrem Sohn. Es ist doch wichtig, früh anzufangen. Haben Sie sich schon Gedanken über die richtige Uni gemacht?«

»Nein, noch nicht.« Allerdings gab ich mir alle Mühe, nicht so auszusehen, als wäre mir dieser Gedanke noch nie gekommen.

»Ich hab mir da noch überhaupt keinen Kopf drum gemacht«, meinte Clover. »Mir ist es egal, ob die Kinder studieren oder nicht. Einige der hohlköpfigsten, langweiligsten Leute, die ich kenne, waren auf der Uni. Hab das selbst nie für nötig gehalten. Mir ist es egal, ob meine Kinder ihr Leben damit verbringen, Tropenfische zu züchten, solange sie das wirklich begeistert.« Sie leckte sich Schokolade von den Fingern.

»Mein Mann sieht das nicht so. Wir waren beide in Oxford, und er hätte es gern, wenn Theo die Familientradition fortführt.« Venetia sah aus wie eine Katze, die gegen den Strich gestreichelt worden war. Ich war auch nicht dafür, Kindern intravenös Mandarin einzutrichtern, aber ich hoffte doch, dass Stirling Hall sie zu etwas Intellektuellerem ermutigen würde, als Papageienfische zur Fortpflanzung zu nötigen. Mein Gott, ich hoffte ja immer noch, dass es für mich noch nicht zu spät war, geschweige denn für die Kinder. Auch wenn ich mir die Open University nicht leisten konnte, arbeitete ich mich durch die Klassiker in der Bibliothek. Die meisten As und Bs hatte ich inzwischen durch, solange sich die Leute also auf Jane Austen und die Brontës beschränkten, hatte ich eine gewisse Chance, ein kleines bisschen gebildet zu klingen.

»Wo haben Sie denn studiert, Maia?«, erkundigte sich Venetia.

»Ich hab die Schule nicht fertig gemacht.«

Venetia sah aus, als brauche sie Riechsalz angesichts der Vorstellung, sich mit jemandem im selben Raum-Zeit-Kontinuum aufzuhalten, der nicht einmal die Hochschulreife besaß, geschweige denn studiert hatte. Ich fand ihr »Oh« als Antwort nicht besonders eloquent für jemanden, der in Oxford gewesen war.

Clover nahm meinen Arm. »Würden Sie uns kurz entschuldigen, Venetia? Ich habe Maia versprochen, sie unserer Promi-Mum vorzustellen.« Sie zeigte auf eine dunkelhaarige Frau in der Ecke. »Erkennen Sie sie wieder? Sie heißt Frederica Rinton, sie war in *Holby City* und *Casualty*, und ich glaube, sie hat auch bei irgend so einer amerikanischen Soap Opera mitgemacht. Weiß nicht mehr, wie die hieß.«

Ich schaute hinüber. Erst gestern Abend hatte ich sie in einem Krankenhausdrama gesehen. Im richtigen Leben war sie viel schlanker. Am liebsten wäre ich hingestürzt und hätte ihr gesagt, dass sie beim National Telly Award in der Kategorie Bestes Drama hätte gewinnen müssen. Aber daran wollte sie wahrscheinlich nicht erinnert werden. Ich konnte es kaum erwarten, meiner Nachbarin Sandy zu erzählen, dass ich tatsächlich Frederica Rinton kennengelernt und sogar in ihrer Gegenwart Brownies geknabbert hatte. Sandy verschlang Klatschmagazine wie *Hello!* und *Heat* und redete über Talkshowhosts, als wären die ihre Kumpels. Bis dahin versuchte ich, so zu tun, als plaudere ich andauernd mit Promis.

Clover marschierte auf die Frau zu und wand ihren dicken Hintern zwischen den Chrom-Barhockern hindurch. »Lange nicht gesehen, Freddie. Ich seh Sie öfter im Fernsehen als in der Schule. Was macht die glitzernde Fernsehwelt? Sollen wir uns geehrt fühlen, dass Sie Zeit gefunden haben, zu unserem bescheidenen Kaffeetreffen zu kommen?«

Dann stellte Clover mich vor und erklärte »Freddie« alles, was sie wissen musste. Harley ging mit ihrem Sohn Marlon in dieselbe Klasse. Ich stand da und nickte zu Diskussionen über Nachmittags-Rugby, die bevorstehende Schulaufführung, die schockierenden Standards beim Schulessen. Während Frederica redete, wünschte ich mir die ganze Zeit, dass sie irgendetwas Starmäßiges tun möge oder dass sie ganz nebenbei ein paar Namen fallen ließ, die ich nur im Abspann irgendwelcher Filme gesehen hatte. Dass sie über ihre Kollegen herzog und mir einen dicken, fetten Batzen Showbizz-Klatsch liefern würde, den ich über einem Malibu mit Cola mit Sandy zerpflücken konnte. Ich sagte nicht viel, suchte bloß ihr Gesicht nach Botox-Zeichen ab, über die ich berichten könnte, und überlegte, wie ich sie auf coole Art und Weise um ein Autogramm bitten könnte. Es gab keine coole Art und Weise. Verstohlen beäugte ich die Serviette, auf der sie ihren Brownie gehalten hatte. Sandy wäre hin und weg. Die würde ich mir später unter den Nagel reißen.

»Ich hab Sie in diesem Kostümdrama gesehen. Mann, haben Sie ein Glück. Sie dürfen mit Colin Firth rumknutschen, und ich kann den ganzen Tag Pferdescheiße aufsammeln. Das Leben ist einfach nicht fair. Sagen Sie schon, konnte er wenigstens überhaupt nicht küssen?«, wollte Clover wissen.

»Ich muss Sie enttäuschen: Er hat geküsst wie ein Gott. Ich fand's hinterher ganz schön schwer, meinen Mann zu küssen. Aber erzählen Sie ihm das nicht«, antwortete Frederica.

Ich bemühte mich gerade, mir jeden Satz der Unterhaltung zu merken, um des vollen dramatischen Wiedergabeeffekts willen, als Jeni mit einer Liste in der Hand angewuselt kam. »Frederica, wie Sie ja wissen, ist demnächst die Stirling-Hall-Schulfeier, und ich habe mich bereit erklärt, die Verkaufsstände zu koordinieren. Hat man Sie darauf angesprochen, das Fest zu eröffnen? Das machen Sie doch immer so wunderbar. Ich weiß, die Leute finden es toll, Sie dort zu sehen.«

»Ja, der Hochadel unserer Schule. Frederica ist doch ein toller Name für eine Queen. Wir versuchen auch, dieses Jahr einen roten Teppich für Sie aufzutreiben«, bemerkte Clover. Jenı schnalzte missbilligend mit der Zunge und schaute stirnrunzelnd auf ihre Liste. Frederica kicherte und versicherte Jenı, es wäre ihr ein Vergnügen.

»Gut. Wir müssen die Stände verteilen. Wenn bitte alle mal kurz herhören könnten.« Jenı nahm einen Löffel und klirrte damit gegen ein Glas.

»Erstens, der Stand mit dem selbstgebackenen Kuchen. Wenn alle einverstanden sind, würde ich den gern selbst übernehmen. Jeder muss mindestens einen Kuchen beisteuern. Ich schicke den Kindern Pappteller mit nach Hause, also achten Sie darauf. Letztes Jahr haben viele Leute gekauften Kuchen gespendet, aber schauen wir doch mal, ob Sie nicht dieses Jahr alle Ihren Beitrag in der Küche leisten können. Kommen Sie, wie schwer kann das schon sein? Kochen Sie mit Ihren Kindern, nicht vergessen, Zeit mit Kindern ist gut investierte Zeit. Und denken Sie daran, keine Nüsse, auf gar keinen Fall, und bitte listen Sie auf dem Schild sämtliche Zutaten auf.

Wer möchte den Stiefelwerfen-Stand leiten? Emilia? Wunderbar. Also, dieses Jahr wird's wirklich subversiv, wir haben einen Tattoo-Stand. Natürlich abwaschbare Tattoos. Ich weiß, widerwärtig, so prollig wie nur etwas, aber die Kinder finden's toll. Der Direktor ist einverstanden, solange die Tattoos am Montag in der Schule verschwunden sind.«

Sie sah sich in der Küche um. »Maia, Sie können unsere Tattoo-Expertin sein. Ich denke, Sie wären genau die Richtige dafür.«

»Ich mach auch mit«, sagte Clover, allerdings nicht schnell genug, um das Schweigen im Raum zu kaschieren.

»Okay, kein Problem, lassen Sie mich wissen, was ich tun soll.« Ich war hier, um einen so netten Eindruck zu machen, dass andere Mütter meine Kinder zum Spielen zu sich einluden, ermahnte ich mich. Weshalb es sich auch verbot, das Herz auf meiner linken Pobacke vorzuzeigen oder zu fragen, wieso ausgerechnet ich die Richtige für den Tattoostand sei, und nicht für die verdammte Tombola oder den Getränkestand. Die anderen wandten die Blicke vom hintersten Rand von Jenı's perfekt gepflegtem Rasen ab, als es um die Frage ging, wer das Süßigkeitenglas fürs Nummernraten stiften würde.

»Und dann brauchen wir noch Freiwillige für die Eintrittskarten und die Erfrischungen für *Oliver!*, das Theaterstück. Das ist gar nicht mehr lange hin, allerdings glaube ich, die Kinder wissen noch gar nicht, welche Rollen sie haben, oder?«, fragte Jen.

»Doch, sie proben ja schon«, erwiderte Frederica. »Marlon spielt Oliver.«

»Hugo hat gar nichts gesagt.«

»Ist er nicht eins von den Armenhauskindern?«, erkundigte sich Frederica.

»Aber das ist doch bloß eine Nebenrolle, oder? Hugo hat doch immer eine Hauptrolle. Wir haben jeden Mittwoch einen Tutor von der Theaterschule in London hier, der ihm Unterricht gibt. Wer spielt denn die anderen Hauptrollen, den Artful Dodger? Wer spielt Fagin?«

Ich hatte *Oliver!* nie gesehen, aber bei dem Namen »Artful Dodger« klingelte irgendwas bei mir. Doch das Vorsprechen war am zweiten Schultag gewesen, also war ich ziemlich sicher, dass Harley keine Hauptrolle hatte. In Morlands hatte er nur ein einziges Mal bei einer Schulaufführung mitgemacht, da hatte er einen Spielzeugsoldaten gespielt. Ich nahm also an, dass sie ihm irgendeine miese Statistenrolle gegeben hatten, als zufällig vorbeikommender Spaziergänger oder als Laternenpfahl, nur damit er auch mitmachen konnte.

Frederica warf mir einen raschen Blick zu. »Spielt Harley nicht den Artful Dodger?«

»Ich glaube, das hat er gesagt, aber ich könnte da auch was falsch verstanden haben.« Ich sah Jeni an, deren Lippen vollständig verschwunden waren, verkniffen und zerknittert wie ein altes Bonbonpapier. Sie hopste von ihrem Barhocker und fing an, in der Küche herumzusausen, Kaffeetassen einzusammeln und sie in die Spülmaschine zu knallen. Ich sah, wie sie die restlichen Brownies in ihren Designermülleimer schmiss. Der perfekten Gastgeberin war jegliche gastfreundliche Gesinnung abhandengekommen.

Zeit zu gehen, aber erst musste ich aufs Klo. Jeni deutete mit einer raschen Handbewegung auf die hintere Küchentür. »Da draußen.« In der Toilette gab es so eins von diesen komischen freistehenden Waschbecken aus Glas, die echt schwer sauber zu kriegen sind, weil die ganzen Spritzer außen daran runterlaufen und sich zu einer ekligen Pfütze sammeln. Ich ließ mir Zeit, betrachtete die Collage aus Bikini-Fotos von Jeni, auf einem Motorboot, in einer Hängematte. Ihre Rippen ragten heraus, als brauche sie dringend ein verdammt gutes Steak mit Pommes und ein paar Sahnetörtchen. Dann verbrachte ich eine halbe Ewigkeit damit, die Handcreme von Molton Brown einzumassieren. Bei diesem Besuch konnten ruhig seidig weiche Hände für mich herausspringen.

Als ich die Tür öffnete, hörte ich sie sagen: »Ich wusste

gar nicht, dass Stirling Hall Stipendien an sozial schwache Kinder vergibt. Wahrscheinlich wollen sie unsere Kinder mit allen gesellschaftlichen Schichten in Kontakt bringen. Ist das etwas Neues?«

Ich trat in die Küche, und es gelang mir nicht, meine Stimme nicht gepresst klingen zu lassen, als ich sagte: »Ich bezahle für meine Kinder, genau wie Sie. Es war nett, Sie alle kennenzulernen, ich muss jetzt los. Danke für den Kaffee, Jenny.«

»Jennifer«.«

Sie brachte mich nicht zur Tür.

Kapitel 7

Der Freitag war immer ein Tiefpunkt in meiner Woche, weil ich den ganzen Tag in dem Haus verbrachte, das zu putzen ich am meisten hasste. Massen von diesem weißen Nippes, kitschige Figürchen von Frauen mit Babys im Arm und so, und regalweise Deko-Glöckchen und Silberlöffel, auf denen Lissabon, Sizilien, Madeira und alle möglichen Orte eingeprägt waren, wohin Cecilia und Arthur Kreuzfahrten unternommen hatten. Und dann natürlich Cecilia selbst, deren Vorstellung davon, die Dinge mal etwas lässiger angehen zu lassen, darin bestand, den Wäscheschrank nicht jede Woche auszusaugen.

Dieser Freitag, fast zwei Wochen, nachdem die Kinder in Stirling Hall angefangen hatten, war besonders schlimm. Ich hatte den Staubsauger drei Treppen hinauf- und hinuntergeschleppt, denn Cecilia erwartete »Gäste vom Land«, deswegen musste ich im zweiten Stock »kurz mal durchgehen«, allerdings ohne dass sie mir eine meiner übrigen Aufgaben erließ, damit ich Zeit dafür hatte.

Ich hatte Harley und Bronte diese Woche schon einmal zu spät abgeholt, und die Schule hatte mir sehr klar zu verstehen gegeben, dass sie Hortgebühr berechneten, wenn man mehr als zehn Minuten zu spät kam. Jetzt brauchte ich bloß noch den Küchenboden zu wischen, als Cecilia mich in ihre »Klause« rief, wo der Duft von Lavendel mit irgendetwas Zitronigem im Clinch lag. Cecilia saß an einen Stapel Kissen gelehnt da, die Füße in einem blubbernden Fuß-Spa, als gäbe es nichts Wichtigeres zu tun, während eine Frau mit ordentlichem Pferdeschwanz in weißer Kluft ihre Hände massierte. »Ach, Maia, ich bin fix und fertig. Ich gehe heute Abend mit Arthur auf einen Ball, Abendgarderobe, und ich kann mich einfach nicht entscheiden, welcher Nagellack zu meinem Kleid passt. Sind Sie wohl ein Schatz und holen es mir mal schnell aus dem Schrank? Das lange Violette mit der Schleppe und dem Goldbesatz.«

Es gelang mir wohl nicht ganz, ein überglückliches Gesicht zu machen, doch ich sauste trotzdem immer zwei Stufen auf einmal nehmend die Treppe hinauf und dann wieder hinunter, ohne darauf zu achten, dass ich die Seide knüllte, während ich mich bemühte, nicht darüber zu stolpern. Ich kam wieder ins Zimmer geschossen und dachte gerade noch rechtzeitig daran, das Kleid an die Tür zu hängen, anstatt es aufs Sofa zu schmeißen.

»Danke, Maia. Schauen Sie sich doch mal die Nagellacke an und sagen Sie mir, welcher Ihrer Meinung nach am besten dazu passt«, sagte Cecilia.

Die Standuhr schlug drei. Innerhalb der nächsten dreißig Sekunden musste ich mich auf den Weg machen. Ich griff nach so einem rosa Dings in der ersten Reihe auf dem Regalbrett.

»Hier, wie wär's mit Pinking Sheer?«, las ich vom Boden des Fläschchens ab.

»Das ist recht hübsch. Könnten Sie schnell Poolside Passion heraussuchen, zum Vergleich? Das ist eine ziemlich kräftige Farbe … das da könnte es sein, in der zweiten Reihe.«

Ich fing an, die verschiedenen Fläschchen mit ihren bescheuerten Namen umzudrehen – Punks in Pink, Pinking the Perky, Pinking obvious, aber kein Poolside Passion.

Die Kosmetikerin fuhr fort, Creme in Cecilias Hände einzumassieren, und machte keinerlei Anstalten, mir zu helfen, In der Dienstbotenhierarchie galt jemand, der Schamhaare ausrupfte, offenbar sehr viel mehr als jemand, der bloß die Dusche sauber machte.

»Hören Sie, Cecilia, es tut mir wirklich sehr leid, aber ich muss jetzt los, ich muss die Kinder abholen. Ich hab alles erledigt, der zweite Stock ist für Ihre Gäste gründlich durchgeputzt. Aber ich fürchte, ich hab's nicht mehr geschafft, den Küchenboden zu wischen. Gesaugt habe ich ihn, man braucht also bloß noch mal kurz drüberzugehen.«

Das sagte ich ganz nebenbei, zog meine Arbeitsschlappen aus und wandte mich zur Tür. Doch die Vorstellung, sich mit einer Flasche Putzmittel zu besudeln, brachte Cecilia anscheinend in Wallung. Es war wie in einem von diesen schlechten Schiffsunglücks-Filmen aus den Siebzigern, die Mum so gern gesehen hatte, wo ein ganz leichter Wind anfängt, die Bäume ein wenig zu zausen, und ehe man sich's versieht, schwemmen die Wellen Menschen über Bord, und Segel gehen in Fetzen, wo sich das Wasser doch eben noch nicht mal gekräuselt hat.

Sie setzte sich auf dem Sofa bolzengerade auf, ihr dunkler Bob so starr wie ein Metallhelm. »Tut mir leid, Maia, aber halbe Sachen gibt es bei mir nicht, nicht, wenn ich so schrecklich viel zu tun habe. Ich wäre Ihnen also wirklich dankbar, wenn Sie Ihre Arbeit zu Ende bringen würden.«

Ich versuchte es noch einmal. »Es tut mir leid, aber wenn ich mich jetzt nicht auf den Weg mache, muss ich sechzehn Pfund Hortgeld zahlen, und das kann ich mir im Moment nicht leisten. Ich hab doch heute eine Menge extra geschafft.« Dabei lächelte ich, um zu zeigen, dass ich nicht gekränkt war.

»Bedaure, aber wenn Sie nicht ein paar Minuten länger bleiben oder Ihre Arbeit besser organisieren können, um ein paar winzige Kleinigkeiten zusätzlich zu erledigen, dann muss ich wohl darüber nachdenken, jemand Flexibleren anzustellen.«

»Was soll das heißen? Ich bin doch flexibel. Ich komme auch mal kurzfristig außer der Reihe, ich mache Sonderschichten, wenn Sie Gäste haben, ich komme am Sonntag zum Aufräumen, wenn Sie eine Dinnerparty hatten. Und das waren keine winzigen Kleinigkeiten, ich hab ein ganzes Stockwerk von oben bis unten sauber gemacht.«

»Ich würde Sie nur ungern verlieren, aber wenn Ihre anderweitigen Verpflichtungen bedeuten, dass Sie nicht in der Lage sind, ein zufriedenstellendes Maß an Sauberkeit zu gewährleisten, dann denke ich, es ist besser, wenn Sie sich nach einer anderen Stelle umsehen.«

Ich stand da und war das, was die Professorin wohl perplex genannt hätte. Die Hände der Kosmetikerin schmierten und strichen. Das Fußbad blubberte sachte. Ich konnte es mir nicht erlauben, weitere sechzig Pfund die Woche sausen zu lassen. Harley quengelte schon wegen Gitarrenunterricht für hundertsechzig Piepen pro Trimester. Unglücklicherweise öffnete sich mein Mund, bevor ich das mit dem Zu-Kreuze-kriechen auf die Reihe kriegen konnte.

»Schade, dass Sie das so sehen. Übrigens, Ihren Vibrator hab ich wieder in den Badezimmerschrank gelegt, falls Sie den suchen.«

Ich sah, wie die Hände der Kosmetikerin langsamer wurden und dann innehielten. Dann ließ ich ein »War nett, für Sie zu arbeiten« über die Schulter fallen und gönnte mir eine Sekunde Genugtuung bei dem Anblick, wie Cecilias gewölbte Brauen im Haaransatz verschwanden, ehe die Erkenntnis, dass ich jetzt noch schlechter dran war, mich zutiefst deprimierte.

Ich beschloss, Colin nichts zu sagen. Er hatte schon genug rumgemault, als ein Todesfall mich eine Stelle gekostet hatte. Irgendwie würde er dieses jüngste Ungemach darauf zurückführen, dass die Kinder in Stirling Hall waren, das wusste ich.

Sobald er an diesem Abend zum Billardspielen in den Working Men's Club abgezogen war – ich traute mich immer nicht, auf die Ironie seiner Kneipenwahl hinzuweisen –, schnappte ich mir meine Flasche Malibu und ging zu Sandy nach nebenan. Seit elf Jahren wohnten wir jetzt Tür an Tür, seit das Sozialamt mir ein Reihenhaus zugestanden hatte, als ich mit Harley schwanger gewesen war. Colin hatte sich erst mal ein paar Monate verpisst, kaum dass die Worte »ich bin schwanger« aus meinem Mund heraus gewesen waren, doch er war wieder aufgetaucht, pleite und voller rührseliger Versprechen, als der Kleine ungefähr vier Monate alt war. In der Zwischenzeit hatte Sandy mir durch den Nebel der ersten Monate geholfen, Harley mit zu sich nach drüben genommen, damit ich eine Weile Ruhe von seinem Geschrei hatte, und mir Babysachen geschenkt, aus denen ihr Sohn Denim herausgewachsen war.

Sandy und ich wussten Dinge übereinander, die erwachsene Menschen eigentlich nicht miteinander teilen sollten. Wir hatten über die Geräusche, die Männer beim Sex von sich geben, gemeinsam Rotzblasen gelacht. Einmal hatte ich ihr nach zu viel Malibu erzählt, dass Colin immer »Tor!« brüllte, wenn er kam, deshalb nannte sie ihn jetzt immer den Stürmer. Manchmal fragte sie ihn: »Na, in letzter Zeit viel Fußball gespielt?«, wenn sie genau wusste, dass ich es mitbekam. Das schlechte Gewissen bremste mein Gelächter ein wenig aus.

Sandy dagegen trieb die Mitteilsamkeit bis in unangenehme Extreme. Anstatt zu fragen: »Erinnerst du dich noch an So-und-so, blond, Herztattoo?«, sagte sie: »Erinnerst du dich noch an Dave, der, der's so gern vorm Spiegel gemacht hat?« oder »Du weißt schon, Jim, der, der immer rangegangen ist wie 'n rolliger Bulle.« Sie kannte kein Erbarmen, wenn es darum ging, die Fähigkeiten irgendwelcher Männer im Bett zu schildern, marschierte in ihrer Küche herum und machte den Guppy-Angler: »*So* groß war er«, verkündete sie und schielte auf den winzigen Spalt zwischen ihrem Daumen und ihrem Zeigefinger hinunter.

Die Freitagabende waren zu meiner einzigen kleinen »Auszeit« geworden, wie die Frauen, für dich ich arbeitete, so was nannten. Die ließen sich die Füße massieren, ich machte mich in Sandys Küche breit und fabrizierte aus dem Elend der Woche etwas, worüber wir lachen konnten. Das war wie Kuscheln unter einer Daunendecke, wenn's draußen schneit.

Als Sandy an diesem Abend die Tür öffnete, hatte sie einen Streifen Bleiche auf der Oberlippe. Der Geruch nach modrigem Heu verriet, dass unter der Plastiktüte, die sie über ihr Haar gestülpt hatte, Henna sein rotes Hexenwerk verrichtete. Bronte und Harley drängten sich wie immer an ihr vorbei und nuschelten ein undeutliches Hallo. Ihnen war viel mehr daran gelegen, sich neben Sandys Söhnen Denim und Gypsy ein Kissen zu krallen und sich mit einer Riesentüte Chips ausgerüstet *Doctor Who* reinzuziehen.

»Hallo, Bronte, hallo, Harley«, rief Sandy ihnen ins Wohnzimmer nach. »Ich dachte, die geben mir jetzt die

Hand und machen jeder so 'n kleinen Diener. Du solltest dir deine Kohle wiedergeben lassen.«

Ich zuckte die Schultern und folgte ihr in die Küche, wo ich mir ein paar Gläser schnappte. Mein Sinn für Humor hatte seine Siebensachen gepackt und vollständig das Feld geräumt.

»Also, wer ist denn der Glückliche?«, erkundigte ich mich, während ich den Malibu einschenkte und zusah, wie die Cola zu Kokosschaum emporbrodelte.

»Wer sagt denn, dasses da 'nen Neuen gibt?«, fragte sie, und ein breites Grinsen machte ihr Elfengesicht noch spitzer.

»Hör schon auf, die Kaninchenkacke da packst du dir doch nur auf den Kopf, wenn du 'nen neuen Kerl hast.«

Sandy war alleinerziehende Mutter und verpackte in der Fabrik ein Stück die Straße runter im Schichtdienst Hundekuchen. Im Gegensatz zu mir schien es ihr nichts auszumachen, arm zu sein. Es war ihr egal, dass sie für die Kleider ihrer Kinder auf die wohltätige Stiftung in der Stadt angewiesen war. Oder dass sie ihr Leben damit verbrachte, eine Kreditkarte gegen die nächste auszutauschen, die sie alle niemals würde abbezahlen können, trotz null Prozent Zinsen.

»Er is' neu inner Fabrik«, erzählte Sandy.

»Und heißt?«

»Shane.«

»Wann hat er denn angefangen?«

»Vor 'n paar Wochen.« Sandy zündete sich eine Marlboro Light an. Ich überlegte, ob die Bleiche brennbar war, doch mir war klar, dass sie anfangen würde, mich mit meiner ewigen Vernunft aufzuziehen, wenn ich den Mund aufmachte.

»Na, dann los. Raus mit der Sprache. Passt gar nicht zu dir, so auf geheimnisvoll zu machen«, sagte ich.

»Ich hab doch gar nich' auf geheimnisvoll gemacht. Du warst ja viel zu sehr mit Blazern und Bücherlisten zugange, um dich für meine Faxen zu interessiern.«

»Tut mir leid.« Ich seufzte. »Ich hatte echt viel um die Ohren.« Ich wartete darauf, dass sie grinste und dann anfing, Pimmelgröße sowie Anzahl der Exfrauen und der Kinder auf einer Skala von eins bis zehn anzusiedeln, wie sie es für gewöhnlich immer tat. Stattdessen saß sie da und blies Rauchringe, bis ich das Gefühl hatte, mich erklären zu müssen.

»Ich hab für so gut wie nichts mehr Zeit. Das ist echt ein Vollzeitjob, immer dran zu denken, nur ja ganz einfache Kekse zu kaufen, damit die dich nicht antanzen lassen, weil du einen verdammten Schokokeks in die Schule mitgegeben hast. Die Hälfte der Zeit verbringe ich damit aufzupassen, dass Brontes Haar mit grünen Schleifen zusammengebunden ist und nicht mit rosa Haargummis, und mir den Kopf zu zerbrechen, wie ich Ballett-, Gitarren- und Flötenunterricht bezahlen soll, während mir jeder einigermaßen anständig bezahlte Job flöten geht, den ich je hatte.« Ich trank einen Riesenschluck Malibu, um das Beben meiner Unterlippe zu verbergen.

»Was? Du hast schon wieder 'nen Job verloren? Mann, demnächst brichste noch meinen Rekord.« Wenn man bedachte, dass ihr Arbeitsleben eine einzige mündliche Verwarnung war, klang Sandy einigermaßen mitfühlend. Während ich mich daranmachte, von Cecilia zu erzählen, zog sie mit einem genuschelten »Stört dich doch nich', oder?« ihre Jogginghose aus und nahm einen kleinen Topf mit Wachs vom Herd. Dann spreizte sie die Beine und machte sich über ihre Bikinizone her. Ihre Stimme blieb kurz weg wie bei einem schlecht eingestellten Radio, als das Wachs nicht mit einem einzigen Ruck abgehen wollte.

Harley kam in die Küche gestürzt. Er starrte Sandy an, deren roter Spitzenstring offenbar für einen Zehnjährigen überaus faszinierend war. Sie machte keinerlei Anstalten, die Beine zu schließen. »Du weißt doch, wie's so schön heißt, Harley, geht nichts über 'ne ältere Frau. Komm in 'n paar Jahren wieder vorbei, dann zeig ich dir, was ich meine.«

Harley zuckte die Achseln, doch daran, wie er rückwärts zu mir herübertappte, merkte ich, dass er sich nicht ganz im Klaren war, ob das ein Witz sein sollte.

»Mum, Denim sagt, er hat das neueste iPhone. Aber seins ist doch bloß ein iPhone4, stimmt's? Das ist doch gar nicht das neueste, oder? Marlon hat ein iPhone5, er hat's früher gekriegt, weil er nächste Woche Geburtstag hat, und seine Mum hat's ihm gekauft, als sie in Amerika einen Film gedreht hat. Aber Denim haut mich immer, wenn ich das sage. Kannst du ihm sagen, dass seins ein altes ist? Er sagt die ganze Zeit, ich wär ein Lügner.«

Obwohl bei Harleys »selbstbestimmtem Lernen« im Bereich Persönlichkeitsbildung und Gemeinschaftserziehung das Hauptaugenmerk auf sozialer Kompetenz lag, passte das, was er gelernt hatte, noch immer in einen Eierbecher. Ich hatte diese Woche so viel aufs Dach gekriegt, dass mein vom Alkohol getrübtes Reaktionsvermögen ein wenig schwerfällig war. Sandy dagegen startete augenblicklich durch.

»Du verwöhnter kleiner Scheißer! Hast du 'ne Ahnung, wie viele verdammte Nachtschichten ich geschoben hab, um die Kohle für das Teil zusammenzukriegen? Er hat das Ding erst seit 'n paar Monaten, und jetzt liegt er mir bestimmt wegen dem neuen in den Ohren. Sind Denim und Gypsy etwa nich' mehr gut genug für dich, wo du jetzt mit all den hochnäsigen kleinen Lord Fauntleroys spielen kannst? Tut mir leid, wenn ihre Sachen den hohen Ansprüchen Eurer Majestät nich' genügen.«

Harley war das Blut in die Wangen geschossen, seine grauen Augen waren riesengroß. Er warf mir einen schnellen Seitenblick zu. Ich konnte seine Verwirrung spüren. Und auch meine eigene. Sandy war doch immer so ein Softie gewesen, hatte immer zu mir gesagt: »Nun lass sie doch, sind doch noch Kinder.«

Ich zog Harley zu mir heran. Sandy hatte meinen Sohn Scheißer genannt. Ich pöbelte Kinder niemals an. Schon gar nicht die Kinder anderer Leute. Auf der anderen Seite des Tisches sträubte Sandy noch immer das Gefieder. Normalerweise machten wir gemeinsam Front gegen die Frau ein paar Häuser weiter, deren Kinder in der Siedlung Fahrräder klauten. Gegen Sandys gemeinen Boss, der nach billigem Rasierwasser roch. Gegen die Schweine vom Sozialamt. Aber doch nicht gegeneinander. Ich sah Harley unverwandt in die Augen und wollte ihn mit schierer Willenskraft dazu bringen, auf mich zu hören.

»Warum gehst du nicht zu Denim und entschuldigst dich und sagst, dass du dich geirrt hast.«

»Ich hab mich nicht geirrt. Marlon hat ein iPhone5.« Ich verdrehte die Augen und widerstand der Versuchung, ihn zu schütteln. »Harley. Fändest du es etwa toll, wenn du was Neues hast und Denim behauptet, das wäre in Wirklichkeit alter Schrott? Nein, fändest du nicht. Geh. Und. Entschuldige. Dich. Und ich glaube, dann ist es auch Zeit, dass wir nach Hause gehen. Sag Bronte Bescheid.«

Ich schraubte den Malibu wieder zu. »Entschuldige.«

Sandy fuhr fort, einigen hartnäckigen Haaren mit der Pinzette zu Leibe zu rücken. »Na ja, mit so was muss man wohl rechnen, wenn man denen lauter so hochtrabenden

Kram in ’n Kopf setzt. Aber du wirst dir das alles bestimmt auch nich’ leisten könn’.«

Ich fand die Genugtuung zum Kotzen, die ich in ihrer Stimme hören konnte.

Kapitel 8

Schulschluss war in Stirling Hall eine feierliche Angelegenheit. Ein Lehrer stand an der Tür und gab den Kindern die Hand, ehe er sie direkt an das jeweilige wartende Elternteil weiterreichte. Nicht so wie in Morlands, wo sie auf den Schulhof hinausströmten und mit jedem losziehen durften, der keine Schrotflinte dabeihatte.

Bronte kam heraus, den Hut geradegerückt, den Dufflecoat bis zum Kinn zugeknöpft. Ihre Stimme klang sehr klar und deutlich, als sie sagte: »Auf Wiedersehen, Mr Peters.« Nicht ganz städtische Oberschicht, aber auch kein Sozialsiedlungs-Slang. Mein Stolze-Mutter-Moment endete abrupt, als mir klar wurde, dass Mr Peters, der Leiter der Sekundarstufe, mich zu sich winkte. Als ich mich durch die Elternschar nach vorne schob, kam mir Jeni entgegen. Ich fing ihren Blick auf und lächelte, doch sie sah glatt durch mich hindurch. Vielleicht erkannte sie nur Leute in Designerklamotten wieder.

»Hätten Sie wohl einen Augenblick Zeit, kurz in mein Büro zu kommen, Miss Etxeleku? Nehmen Sie kurz im Vorzimmer Platz, ich bin gleich da«, sagte Mr Peters.

Ich nickte und ging im Kopf die Liste all meiner Verfehlungen in dieser Woche durch – nur Manschetten und Kragen der Schulhemden gebügelt, Harleys Rugbytrikot gar nicht gebügelt, zweimal hintereinander Schokokekse als

Pausensnack, vergessen, in Brontes Hausaufgaben Großbuchstaben und Punkte zu checken. Ich war gerade im Begriff, durch die Tür zu verschwinden, als Clover mich am Arm fasste.

»Hi. Wenn Sie noch kurz in der Schule sind, warum nehm ich Ihnen dann nicht einfach Bronte ab? Sie kann mit den Zwillingen spielen, Sie können sie abholen, wenn Sie fertig sind. Wir wohnen ganz am Ende der Straße, die am Royal Oak Pub vorbeiführt. Sie können's nicht verfehlen, ist das einzige Haus da.«

Bronte zerrte an meinem T-Shirt und hopste von einem Fuß auf den anderen. »Darf ich mit zu Clover, Mum? Ich möchte so gern die Meerschweinchen und die Kaninchen sehen. Bitte!«

»Das wäre toll. Ich muss nur Harley suchen und ihm sagen, dass er hier auf mich warten soll«, antwortete ich.

Clover fummelte an der Reißverschlussschlaufe ihres Anoraks herum. »Ich glaube, Harley wartet in Mr Peters' Büro. Bringen Sie ihn doch mit und bleiben Sie zum Essen, wenn Sie fertig sind.«

Normalerweise sprach Clover laut genug, dass die ganze Schule an ihren Gedanken teilhaben konnte. Ihre gedämpfte Stimme und die Art und Weise, wie sie Orion ansah und immer wieder den Kopf schüttelte, machte mich nervös.

Ich nuschelte ein Dankeschön und tauchte kopfüber in den Flur, der von Plakaten gesäumt war, die für fünfmal täglich Obst und Gemüse warben, sich gegen Mobbing aussprachen und die Vorzüge des Fahrradfahrens priesen. Das Quietschen meiner Crocs auf den grauen Fliesen wurde immer schneller. An der Flurkreuzung sah ich Schilder, die den Weg zum Physiklabor, zum Tanzstudio und zum Musiksaal wiesen, aber es gab keinen verdammten Empfangstresen für

Mütter, die nur Klassenzimmer von eins bis sechs gewohnt waren. In einem Schwall würzig duftenden Aftershaves holte Mr Peters mich ein. »Miss Etxeleku, vielen Dank, dass Sie gekommen sind. Ich werde Sie nicht lange aufhalten, ich möchte nur kurz mit Ihnen über Harley sprechen.«

»Ist er okay?«, stieß ich hervor und musste fast traben, um mit seinen langen Schritten mitzuhalten.

»Ihm fehlt nichts, absolut gar nichts.« Er lotste mich nach links in ein Zimmer, in dem drei Stühle im Halbkreis vor einem riesigen Mahagonischreibtisch standen. Harley saß auf dem mittleren, mit hängendem Kopf zusammengesunken auf dem Samtpolster. Er machte sich nicht die Mühe, sich umzudrehen.

»Nehmen Sie Platz, Miss Etxeleku.«

»Hallo, Schatz«, sagte ich und griff nach Harleys Hand. Er drückte meine Finger, fest und ängstlich, während er, ohne zu blinzeln, starr geradeaus blickte. Der Atem pfiff durch seine Nase ein und aus.

Mr Peters setzte sich auf die Schreibtischkante, seine breiten Schultern hoben sich als Silhouette vor dem Fenster ab. Seine schwarzen Schuhe waren glatt und blank, Lehrerschuhe, doch ich sah einen Streifen lila und grellgrün gepunkteter Socken unter seinem Hosenbein hervorschauen. Er fuhr sich mit der Hand über das kurze Haar. »Es handelt sich hier um eine etwas delikate Angelegenheit, Miss Etxeleku, aber es hat da heute zwischen Harley und einem seiner Klassenkameraden ein kleines Problem gegeben. Nach dem, was ich gehört habe, sind irgendwelche Hänseleien aus dem Ruder gelaufen, und dann ist das Ganze anscheinend ausgeartet.«

»Wie meinen Sie das, ausgeartet?«

»Harley hat dem fraglichen Jungen mit der Faust ins Gesicht geschlagen.«

Ich sagte nichts, sondern presste Daumen und Zeigefinger gegen die Nasenwurzel und starrte auf das Loch im Knie meiner Jogginghose. All die falschen Entscheidungen, die ich weniger getroffen als vielmehr hingenommen hatte – zuzulassen, dass Harley sich mit den älteren Jungs in der Siedlung zusammentat, die eine oder andere Prügelei in einer Gasse mit einem Achselzucken abzutun, nicht da zu sein, wenn er von der Schule nach Hause kam –, brachen über mich herein. Ich hatte mein Bestes getan, und mein Bestes war einen Scheiß wert gewesen, und diesen Scheiß würde ich jetzt aufs Dach kriegen.

Harley zerrte an meiner Hand. »Mum, Mum. Es tut mir leid. Er hat mich Zigeuner genannt. Er hat gesagt, du ziehst Sachen vom Wühltisch an und von Oxfam, und Dad würde sein Geld damit verdienen, dass er Autoreifen klaut, und wir würden in 'nem Wohnwagen wohnen, unter 'ner Brücke am Bahnhof. Dad hat gesagt, wenn mich irgendwer auslacht, soll ich ihm eine reinknallen, dass ihm das Gehirn scheppert.«

Der Schreibtisch knarrte, als Mr Peters aufstand. Er lockerte seine Krawatte ein wenig. »Miss Etxeleku, das Ganze war nicht allein Harleys Schuld. Hugo war sehr gemein zu ihm. In Stirling Hall haben wir eine Null-Toleranz-Politik, wenn es um Schikane geht, und die nehmen wir sehr ernst.«

Oh Gott, Hugo. Bitte, nein. »Jennifers Sohn?«

»Ja, aber mit Mrs Seaford habe ich heute Nachmittag schon gesprochen. Hugo hat eine kleine Platzwunde am Auge und eine Prellung an der Wange, daher geht sie mit ihm zur Vorsicht in die Notaufnahme, um ihn untersuchen zu lassen.«

Ich spürte, wie mir der Schweiß den Nacken hinunterrann. »Werden Sie die Polizei verständigen?«

»Wie Sie ganz sicher verstehen werden, Miss Etxeleku, können wir nicht gestatten, dass die Jungen derartige Dinge selbst in die Hand nehmen, egal, wie sehr sie provoziert werden. Mrs Seaford wollte die Polizei einschalten, aber ich glaube, davon habe ich sie abbringen können, weil dann ja auch das unmögliche Verhalten ihres Sohnes zur Sprache käme.« Seine dunklen Augen waren ernst, aber nicht unfreundlich.

Ich schluckte und schluckte, doch ich bekam einfach keine Feuchtigkeit im Mund zusammen. Dann sah ich Harley an. Er gab keinen Laut von sich, doch große, dicke Tränen rannen ihm übers Gesicht und machten dunkle Flecken auf seinem weißen Hemd. Sanft tätschelte ich seine Hand, und er stand auf und kippte in meine Arme, wühlte sich in meine Schulter, bis ich die feuchte Hitze seines Gesichts spüren konnte.

»Darf ich ganz offen sein?«, fragte Mr Peters.

Ich nickte, obwohl mir klar war, dass »ganz offen« bedeutete, dass Harley sein Pult ausräumen würde.

»Ihr Sohn hat enormes Potenzial. Ich glaube, Stirling Hall könnte dazu beitragen, einen großartigen jungen Mann aus ihm zu machen. Er tut sich schwer mit dem akademischen Arbeiten, aber wir haben Einzelunterricht arrangiert, so dass wir die Lücke möglicherweise schließen können. Sportlich ist er ein echtes Talent, und der Lehrer von Harleys Theatergruppe sagt, er sieht Starqualitäten in ihm.« Ein Manschettenknopf klirrte gegen den Schreibtisch, als er sich wieder auf die Kante setzte und sich zurücklehnte.

Allmählich wurde mir unter Harleys Gewicht heiß. Ich bemühte mich, meine Schultern zu entspannen, während ich auf das »aber« wartete.

»In Stirling Hall gibt es viele Schüler aus, sagen wir, sehr gesicherten Verhältnissen. Trotzdem verlangt die Philosophie der Schule, dafür zu sorgen, dass jedem Schüler, der zu uns kommt, dieselben Chancen geboten werden. Das bedeutet natürlich, dass die Eltern unbedingt unsere Regeln mittragen, und dazu gehört ›Wir lösen unsere Meinungsverschiedenheiten, indem wir miteinander reden.‹ Mir ist klar, dass Ihre Umstände recht außergewöhnlich sind, also muss man mit einer gewissen Anpassungszeit rechnen, während der Harley lernt, was von ihm verlangt wird.« Er knöpfte sein Jackett auf. Mein Büglerinnen-Blick stufte sein blau gestreiftes Hemd als maßgeschneidert ein.

Mein Herz wurde ein klein wenig leichter, so, wie wenn ich dachte, ich hätte den Bus verpasst, aber die lange Schlange noch immer da stehen sah, wenn ich um die Ecke geschossen kam.

»Aber …«, sagte er.

Jetzt kam's. Ich schaute, wie weit es zur Tür war, und fragte mich, ob ich wohl zum Wagen sprinten könnte, ehe ich losheulen musste.

»Aber es geht nicht, dass die Jungs sich prügeln. Ich weiß, manche Schulleiter drücken bei solchen Disputen ein Auge zu, aber hier in Stirling Hall halten wir es nicht so.«

Ein stechender Schmerz im Backenzahn ermahnte mich, die Kiefer nicht so fest aufeinanderzupressen.

»Also. Was ich vorschlagen möchte, ist, dass ich Harley vom Unterricht suspendiere«, verkündete Mr Peters.

»Suspendieren? Was? Wie lange denn?«

»Ich denke, es wäre fair, Harley zwei Tage zu suspendieren und Hugo einen, das heißt, Harley wäre am Donnerstag wieder in der Schule. Ich muss Ihnen aber sagen, Miss Etxeleku, wenn es noch einen Vorfall von dieser Schwere gibt, dann wird Harley wahrscheinlich von der Schule verwiesen.

Vielleicht möchten Sie das auch Ihrem Mann klarmachen.« Viele Jahre angewandter guter Manieren halfen ihm offenkundig, »Ihrem Arschloch von Mann« wegzulassen.

»Selbstverständlich. Danke, vielen, vielen Dank. Harley wird Sie nicht enttäuschen, nicht wahr, Harley?« Etwas löste sich in meinem Körper, als hätte jemand auf meinen Schultern gestanden und sich endlich über die Mauer gewuchtet. Mr Peters lächelte auf mich herab. Er sah ziemlich jungenhaft aus, wenn er lächelte, fast schon frech. Wahrscheinlich war er nicht viel älter als ich.

Jetzt, wo die zweite Chance auf dem Tisch lag, wollte ich aufhören, Harley die Schultern zu tätscheln und ihn am Ohr nach draußen zerren. Ihn dafür anbrüllen, dass er so scheißdämlich gewesen war. Ihn schütteln, bis ihm die Zähne klapperten. Ihm verbieten, jemals wieder mit irgendjemandem in der Siedlung zu reden, der älter war als fünf. Ihm Stubenarrest verpassen, bis er fünfundzwanzig war. Oder vielleicht wollte ich auch nur einfach losheulen.

Harley löste sich von meiner Schulter. Sein Mund zuckte vor Anstrengung, die Tränen zurückzuhalten. Er trat von einem Fuß auf den anderen und starrte zu Boden, dann brachte er anscheinend schließlich doch die Energie auf, etwas zu sagen. »Ich werd Sie bestimmt nicht enttäuschen. Vielen Dank, Sir. Und, Sir? Es tut mir echt leid.«

»Du bist ein feiner Kerl. Und jetzt mach, dass du rauskommst, und lern, deine Fäuste bei dir zu behalten. Wenn's ein Problem gibt, kommst du zuerst zu mir.«

Ich überlegte, ob Mr Peters wohl verheiratet war.

Harley und ich fuhren zu Clover. Wir bogen am Pub ab, wo die schicken Villen Äckern und Bauernhöfen wichen und die Straße zu einem unbefestigten Feldweg wurde. Dreckige Wasserfontänen schossen jedes Mal neben dem Kastenwagen in die Höhe, wenn ich in ein Schlagloch rummste. Ganz am Ende des Weges, hinter großen Ahorn- und Kastanienbäumen verborgen, stand ein riesiges, von Efeu überwuchertes Gebäude mit dunklem Schieferdach. Die Fenster sahen aus, als würden sie durch wahllos angepappte Kittklumpen in ihren abblätternden Holzrahmen gehalten. Gummistiefel, Reitgerten und Roller lagen ineinander verkeilt auf der Veranda. Harley und ich suchten uns einen Weg zur Tür, wobei wir zwei Minihügeln aus Pferdemist auswichen. Ich hob den löwenköpfigen Türklopfer an. Nach seinen grünen Zähnen zu urteilen, stand Messingputzmittel nicht auf Clovers Einkaufsliste.

Clover öffnete die Haustür in einem schwarzen Badeanzug mit riesigen Mohnblumen drauf. Sie sah aus wie eins von den Kartoffelmännchen, die Bronte früher immer gebastelt hatte – ein dicker, runder Körper auf zwei dünnen Streichholzbeinen. Im Gegensatz zu Sandy waren ihr Warmwachs, Enthaarungscreme und anscheinend auch Rasierer offenbar fremd. Ich kam mir vor, als hätte ich sie unter der Dusche überrascht, doch sie winkte uns mit dem Selbstbewusstsein eines Size-Zero-Models herein.

»Kommen Sie rein, kommen Sie rein, hallo, Harley. Entschuldigt, die Mädels wollten unbedingt schwimmen, also hat sich Bronte einen Badeanzug ausgeborgt. Ich hoffe, Sie haben nichts dagegen. Orion ist auch im Schwimmbad, Harley, also, willst du auch rein? Ich war mit ihnen drin, aber jetzt könnt ihr ja gegenseitig aufeinander aufpassen, oder? Machen Sie sich nicht die Mühe, die Schuhe auszuziehen, die ganze Bude ist so was von scheißdreckig. Will mich schon die ganze Zeit mal richtig drum kümmern, aber mit den Pferden, da schleppen wir sowieso ständig wieder Matsch rein, kommt mir also ein bisschen vor wie Zeitverschwendung.«

Wir folgten Clover. Diese völlige »Mir doch egal«-Einstellung von jemandem, der Fremde im Badeanzug begrüßen konnte, obwohl ihm riesige Cellulite-Wülste vom Hintern herabhingen, faszinierte und schockierte mich. Sie führte uns in eine riesige Küche mit einem Herd auf der einen Seite, über dem Männerunterhosen, gestreifte Strumpfhosen und Wanderstiefel trockneten und den Raum mit einem Geruch nach nassen Schafen erfüllten. Eine rote Katze von der Größe eines Kopfkissens streckte sich auf dem langen Kiefernholztisch.

Harley packte mich am Arm. »Is' der Vogel da echt?«, fragte er und zeigte auf einen blauen Papagei auf der Anrichte.

Ich war gerade dabei, zweimal hinzugucken, als Clover sagte: »Das ist Einstein. Wir haben ihn vor etwa vier Jahren im Garten gefunden.«

»Voll krass! Kann er sprechen?«

»Ja, er kann ein paar Worte. Orion ist echt gut darin, ihn zum Sprechen zu bringen, bestimmt zeigt er's dir später.«

Ich überlegte, ob das Vieh wohl überall hinmachte. Clover führte uns zur Hintertür hinaus in einen gewaltigen Garten voller Apfel- und Birnbäume. »Das Schwimmbad ist hier draußen. Passt auf, wo ihr hintretet. Orion hat eigentlich Hundekackedienst, aber allzu genau nimmt er's damit nicht.«

Sie nahm Harley am Arm und lotste ihn durch den Schlamm zu dem Poolgebäude hinüber, aus dem Geschrei und Gequietsche zu hören waren. Durch die beschlagenen Scheiben sah ich Bronte, wie sie kichernd versuchte, auf einem aufblasbaren Delfin das Gleichgewicht zu wahren und mit den Zwillingen mitzuhalten. Orion saß am Ende des Sprungbretts und baumelte mit den Beinen. Sobald wir durch die Tür kamen, sprang er ins Wasser und schwamm zu uns herüber.

»Hey, Mike Tyson. Kommst du auch rein?« Orion war der Einzige, der Harleys Prügelnummer komisch fand, doch ich war erleichtert, dass zumindest ein Kind überhaupt noch mit ihm redete.

»Wir sollten lieber gehen und Sie Ihr Ding machen lassen«, sagte ich zu Clover.

»Ich hab kein Ding zu machen. Ich such mal eine Badehose für Harley raus, und dann hole ich Ihnen was zu trinken.«

Sie fand einen Bademantel für sich selbst und eine Badehose für Harley, die selbst für Ken ziemlich knapp gewesen wäre. Er versteifte sich neben mir und wich in Richtung Tür zurück, wie ein Hund bei seinem allerletzten Besuch beim Tierarzt.

»Hast du Boxershorts an, Harley? Ja? Warum schwimmst du dann nicht in denen?«, fragte ich.

Ausnahmsweise tat Harley mal, was ich ihm vorschlug. Er zog sich aus, ließ seine Sachen auf einem Haufen auf dem Boden liegen und klatschte mit einer Arschbombe zwischen die Mädchen. Dass er so schnell wieder guter Dinge sein konnte, machte mich neidisch und wütend zugleich, während sich meine Gesichtshaut so angespannt und verkniffen anfühlte, als hätte ich meinen Pferdschwanz zu straff gebunden.

»Kommen Sie, ich wette, Sie brauchen was zu trinken«, sagte Clover. Ich hoffte, das bedeutete bei ihr dasselbe wie bei Sandy und ich würde keinen Becher zu lange gezogener Brennnesseln und Katzenhaare in die Hand gedrückt bekommen. In der Küche riss sie den Kühlschrank auf und fischte eine Flasche heraus. »'n Schlückchen Schampus?«

Champagner am Montagabend, das gab es da, wo ich

lebte, wenn jemand auf Bewährung rausgekommen war. »Aber nur ein ganz kleines bisschen, danke, weil, ich muss doch noch fahren«, antwortete ich.

»Wir rufen Ihnen ein Taxi. Den Wagen können Sie hier stehen lassen.«

Bestimmt sah Clover in meinen Augen die Kasse klingeln. »Na ja, darüber können wir uns später Gedanken machen. Ein Glas können Sie sich ja trotzdem genehmigen.«

Ich wischte den Rand des Glases, das sie mir reichte, mit dem Saum meines Sweatshirts ab, als sie gerade nicht hinsah.

»Auf Ex«, sagte Clover. Gerade als wir anstießen, ging die Tür auf, und ein hochgewachsener, schlanker Mann mit dunklen Locken kam herein. Das war bestimmt Clovers Mann Lawrence, er war eine ältere, ordentlichere Version von Orion. In seinem Anzug sah er aus, als wäre er versehentlich hier hereingestolpert. Clover machte uns miteinander bekannt, und er sagte Hallo, ohne mich richtig zur Kenntnis zu nehmen, zog nur beim Anblick der Champagnerflasche eine Braue hoch. Dann stocherte er zwischen den Pfannen, Spaghettisieben und Töpfen herum, die sich in der Spüle stapelten, und fischte einen regenbogenfarbenen Gummistiefel heraus, ehe er einen Becher fand.

Obgleich nichts darauf hinwies, dass es ihn auch nur im Mindesten interessierte, wer ich war oder was ich hier zu suchen hatte, klärte Clover ihn auf. »Die arme alte Maia hatte einen fürchterlichen Tag. Hugo war gemein zu Maias Sohn, die beiden haben sich ein bisschen geprügelt, und Hugo hat die Hucke vollbekommen. Der Bengel ist ein arroganter kleiner Dreckskerl, das hatte er schon längst mal verdient.«

»Wie die Mutter, so der Sohn. Jennifer ist ja auch ziemlich arrogant«, bemerkte Lawrence, und ich war erstaunt, einen Manchester-Akzent zu hören.

»So schlimm ist sie nun auch wieder nicht. Wenigstens macht sie diesen ganzen Planungskram, den sonst niemand machen will, zum Beispiel fürs Schulfest und das mit den Karten für die Schulaufführung.« Clover schenkte sich Champagner nach. Ich schüttelte den Kopf, als sie mir die Flasche hinhielt.

»Sei doch nicht so naiv. Die steht darauf, andere rumzukommandieren. Wenn sich Jennifer nicht Leo gekrallt hätte, würde sie immer noch an der Crnary Wharf Käse- und Gurkensandwiches verkaufen.«

»Das ist nicht fair. Lawrence arbeitet in derselben Abteilung wie Leo, Jennifers Mann«, erklärte sie, an mich gewandt.

»Doch, das ist fair. Man sollte doch meinen, jemand, der sich seinen Lebensunterhalt damit verdient, den japanischen Investmentmarkt zu beobachten, hätte genug Grips, an die Kondome zu denken, wenn er das Sandwichwagen-Mäuschen bumst.« Lawrence bemühte sich, eine leere Kaffeedose in einen überquellenden Mülleimer zu stopfen.

Es kam so selten vor, dass mich irgendetwas wirklich überraschte, so richtig »meine Fresse« und mit offenem Mund, aber dass Jenı keine Tochter aus gutem Hause war, schaffte es augenblicklich auf die entsprechende Liste. Ich ging all meine Begegnungen mit ihr durch, suchte nach einem noch so winzigen Hinweis darauf, dass ihre Diamantstecker mal aus Glitzerplastik gewesen waren. Nichts. Diese Frau hatte eine gutbürgerliche Rolle einstudiert, und sie hatte ihren Text gründlich auswendig gelernt. Dieser Akzent! Großer Gott, Jenı könnte Queen Lizzie II vom Thron stürzen, wenn sie noch feiner tat. Wie dem auch sei, ein Teil von mir würde von nun an stets am liebsten »Krabben mit Mayo? Schinken mit Ketchup? Eiersalat mit Kresse?« johlen, wenn ich sie sah. Andererseits, sollte ich es jemals schaffen, selber vornehm zu werden, könnte sie mir mit »Putzwolle, Klobürste, Müllsack« kommen, also würde ich fürs Erste stumm in mich hineinjohlen.

Ich versuchte, mir den Anschein zu geben, als würde ich dem Gespräch gar nicht richtig folgen. Ich wollte Lawrence keinen Anlass geben, sich nach meinen Lebensumständen zu erkundigen. Normalerweise trat immer ein unbehagliches Schweigen ein, wenn ich sagte, ich wäre Putzfrau, während die Leute nach etwas Nettem suchten, was sie über diese »Berufswahl« sagen könnten. Außer Clover, die bemerkt hatte: »Oh mein Gott, sagen Sie das bloß nicht Lawrence, der wird Sie glatt heiraten wollen.«

Gerade als ich nach draußen gehen und die Kinder hereinrufen wollte, kamen sie angetrapst, hinterließen große Wasserpfützen und verlangten nach etwas zu essen. Ich machte mich daran, meine beiden einzusammeln, damit wir nach Hause fahren konnten, als Einstein unter Harleys und Brontes entzücktem Kreischen durch die Luft geschossen kam. Lawrence duckte sich, als Einstein an seinem Kopf vorbeischwirrte, und stieß dabei seinen Kaffeebecher um.

»Dieser Scheißpapagei. Irgendwann dreh ich dem noch mal den Hals um.«

Der Papagei hockte oben auf der Küchentür. Das Vieh lächelte, ich schwör's.

»Armer alter Einstein. Kann sich nicht mehr allzu gut im Raum orientieren, das kommt vom Alter.« Clover machte sich daran, den verschütteten Kaffee mit einer Trainingsjacke aufzuwischen.

Harley stand an der Tür und versuchte, den Papagei dazu zu bringen, etwas zu sagen. »Hallo, Einstein?« Als Antwort ließ der Vogel ein braun-weißes Papageien-Häufchen an der Tür herabtropfen, worauf die Mädchen vor Lachen quietschten.

Orion kam zu Harley herüber. »Pass mal auf. Wie heißt du?«

»Einstein«, ließ sich die krächzende Stimme des Papageis vernehmen.

»Und wo wohnst du?« Orion fuchtelte mit irgendeinem Körner-Leckerbissen herum.

»In 'ner Scheiß-Irrenanstalt«, verkündete Einstein, ehe er sich das Leckerli schnappte und es aufknackte.

»Ich hab 'ne Ewigkeit gebraucht, um ihm das beizubringen.«

Aus dem Augenwinkel sah ich, wie Lawrence den Kopf schüttelte.

Kapitel 9

In Stirling Hall fand offenbar jede Woche eine Spendensammelaktion statt. Wofür sie sammelten, war mir ein Rätsel, schließlich konnte eine Schule doch nur eine begrenzte Anzahl Konzertflügel, Minibusse und Trampoline benötigen. Ein paar Samstage bevor das Trimester im Februar zur Hälfte herum war, war Schulfest – wieder ein Anlass, wo Bronte schmollend vor mir her trottete und ich mich fragte, ob es richtig gewesen war, sie hierherzuschicken.

Ohne die Stände auch nur eines Blickes zu würdigen, stapfte sie durch die Eingangshalle des Schulgebäudes, als wären Dosenwerfen oder Wettnageln unter ihrer Würde. Sie trug den Schuhkarton, den sie mit alter Tapete beklebt und mit Baked-Beans-Dosen, Brötchen und Teebeuteln gefüllt hatte, die für das Altersheim bestimmt waren. Am Abend zuvor hatte sie gejammert, all die anderen Mütter würden für die Schulfest-Spenden extra einkaufen gehen, anstatt einfach alles aus dem Küchenschrank zusammenzuschmeißen, was noch nicht jenseits des Verfallsdatums war. Seit die Professorin gestorben war und Cecilia mich gefeuert hatte, wurde ich schnell selbst immer mehr zu einem Fall für die Wohlfahrt. Ich hoffte nur, Edna oder Gertie oder wer auch immer das Pech hatte, unseren Karton zu kriegen, würde mir die Billigkekse verzeihen, die Colin zufolge wie Busfahrkarten schmeckten.

Gerade als Bronte ihre Schachtel in einer Ecke versteckte, drängte sich Jeni auf eine Art und Weise an mir vorbei, der man nur schwer entnehmen konnte, ob sie ihre Arschbreite ein paar Zentimeter unterschätzt hatte oder ob sie es auf eine Keilerei anlegte. Seit dem Harley-Hugo-Fiasko hatte sie mich keines Blickes mehr gewürdigt. Ich hätte hingehen und Klartext mit ihr reden sollen, doch ein Gespräch unter vier Augen war bei ihr nie eine Option, weil die Magersüchtigen, mit denen sie immer zugange war, sich ständig um sie scharten. Jetzt musste ich mich beim Abholen nach der Schule jedes Mal innerlich wappnen, ehe ich aus dem Kastenwagen stieg. Eigentlich wollte ich sie überhaupt nicht zur Kenntnis nehmen, stattdessen jedoch merkte ich, wie viel Kraft es kostete, jemanden nicht zu beachten.

Was jedenfalls unmöglich zu ignorieren war, war ihr »Spendenbeitrag«. Das Einzige, was in ihrem Fresskorb noch fehlte, war ein Mann mit einer Posaune. Auf rotes Seidenpapier gebettet prangten dort Ananas, Goji-Beeren, Bio-Linsen, weizenfreies Müsli, Miso-Suppe und eine Kokosnuss. Ich stellte mir vor, wie irgend so ein armes Würstchen sich abmühte, mit seinen arthritischen Fingern die Kokosnuss aufzukriegen oder Goji-Beeren in der Zahnprothese kleben hatte, während der oder die Betreffende doch eigentlich lediglich gern eine Tasse Tee und ein Schinkenbrötchen gehabt hätte. Vielleicht waren meine Baked Beans ja doch nicht so verkehrt.

»Möchte jemand eine Schale Adzuki-Bohnen?«

Ich drehte mich um. In türkisblauen Schlaghosen, an die sich nur eins achtzig große Models heranwagen sollten, und nicht jemand, der stämmig und nicht eben groß geraten war, bot Clover einen unvergesslichen Anblick. Sie drückte den Zwillingen ein paar Pfund in die Hände und wies sie an, loszuziehen und sich die Stände vorzunehmen, »aber kauft euch nicht irgendwelchen Schwachsinn«.

»Sonst stellt man hinterher nämlich fest, dass der ganze Schrott, den man für den Trödelstand aussortiert hat, durch den Scheiß von jemand anders ersetzt worden ist«, erklärte Clover und nahm mich am Arm. »Und jetzt schauen wir mal, dass wir diese Tattoo-Bude in Schwung bringen.«

Durch die Tür, die zum Schulhof hinausführte, konnte ich sehen, wie Lawrence die Torwand aufstellte. Obwohl es nieselte, wünschte ich, wir wären draußen an der frischen Luft. Stattdessen drängten wir uns zwischen aufgeregten Kindern und Omas mit Babybuggys hindurch, die ziellos durcheinanderwuselten. Unser Tisch stand an der Seitenwand der Eingangshalle, zwischen dem Dosenwerfen und der Wild-West-Schießbude, wo Väter Siebenjährige zum Heulen brachten, indem sie die Plastikrevolver nicht mehr rausrückten, weil sie unbedingt beweisen wollten, dass sie nicht nur im Büro eine ganz große Nummer waren.

Es war drückender als im Hochsommer in der U-Bahn nach Feierabend. Ich tauchte die Hände in die Wasserschüssel, die wir für die Tattoos benutzen wollten. Ein paar Mütter trieben ihre Kinder vorbei. »Nein, nein, Tattoos sind doch so ordinär. Nein, es ist mir egal, ob man die abwaschen kann, es sieht grässlich aus.«

Die meisten Eltern wirkten eher belustigt, als lebten sie irgendwie selbst wild und gefährlich, wenn sie ihren Kindern ein Seepferdchen auf dem Handgelenk zugestanden. Wahrscheinlich würden sie es nicht so wahnsinnig witzig finden, wenn Henrietta, Rory oder Oscar in zehn Jahren nach Hause kamen und eine gigantische Liebeserklärung an Chardonnay oder Gav auf den Rücken tätowiert hatten. Oder eine Riesenspinne wie Tarants.

Vor unserem Tisch bildete sich eine Schlange, und Clover und ich drückten Schmetterlinge, Herzen und Blümchen auf und schmissen klebrige Fünfzig-Pence-Münzen in eine Tupperdose. Ich hatte kaum Zeit hochzuschauen, da hörte ich jemanden meinen Namen rufen.

»Miss Etxeleku. Wie gefällt Ihnen Ihr erstes Stirling-Hall-Schulfest?«

Mr Peters schaffte es, auch in Jeans und weißem Leinenhemd immer noch förmlich auszusehen. Irgendwie hatte ich das Gefühl, er wäre hier, um mir eine Standpauke zu halten, und mein Verstand fing augenblicklich an, Entschuldigungen, Ausreden und dicke fette Lügen durchzurattern. Ich hätte mich auf ein harmloses »sehr gut, vielen Dank« beschränken sollen. Stattdessen sagte ich: »Möchten Sie vielleicht ein Tattoo?« und hätte mich gleich darauf umbringen können. Sekundarstufenleiter standen wahrscheinlich nicht besonders auf Körperkunst.

Er verblüffte mich: Er lachte. »Das wär doch mal was für den inneren Rebellen. Was würden Sie denn vorschlagen?«

Ich zog einen frischen Tattoobogen hervor und schaffte es dabei, mir meinen nassen Schwamm genau in den Schritt fallen zu lassen. »Wie wär's mit einem Teufel?«

»Dieser Tage überlasse ich es lieber den Kids, für Höllenqualen zu sorgen, zumindest unter der Woche. Nein, ich hätte gern etwas ein bisschen Exotischeres.«

Clover beugte sich zu uns herüber. »Mr Peters, das ist nicht fair, die Neue so zu bevorzugen. Was ist mit all uns Müttern, die sich Jahr für Jahr abrackern, seit unsere Kinder in der Vorschule waren? Ich hätte da einen wunderschönen großen Drachen, den könnte ich Ihnen irgendwo hinkleben, wo's keiner sieht.«

Ich beneidete Clover. So locker mit alldem hier umzugehen. Aber ich wollte auch, dass sie sich vom Acker machte, damit ich Mr Peters ganz für mich allein haben konnte, wie ein Kind, das den Arm schützend um eine Schüssel mit Chips schlingt.

»Vielen Dank für das Angebot, Mrs Wright, aber wir wollen doch nicht zu subversiv werden, oder? Vielleicht nächstes Jahr.« Er wandte sich wieder an mich. »Wir wär's mit dem chinesischen Schriftzeichen da?«

»Okay, wo möchten Sie's denn hinhaben?«

Eine winzige Pause. Ein ganz leichtes Aufwärtszucken seines Mundwinkels gestattete mir einen kurzen Blick auf den Mann, der er vielleicht gewesen war, bevor er sein Leben darauf ausgerichtet hatte, ein gutes Beispiel abzugeben.

»Linker oder rechter Arm?«, erkundigte ich mich. Ohne in den Spiegel zu sehen wusste ich, dass ein gemächlicher Blutschwall gerade rote Flecken auf meinem Dekolleté und meinem Hals entstehen ließ. Ich tat so, als müsse ich etwas vom Boden aufheben, um mir verstohlen den Schweiß von der Oberlippe zu wischen. Mr Peters setzte sich und krempelte seinen Ärmel hoch. Ein Unterarm, wie geschaffen fürs Armdrücken. Glatte braune Haut, ziemlich behaart. Große Hände, aber schlanke Finger und saubere Nägel. Alles an ihm war gepflegt, gestutzt und gut in Schuss. Ich wette, seine Haut roch nach etwas Zitronigem. Und ich wette, dass er keinen Ring aus Bartstoppeln im Waschbecken hinterließ.

»Harley scheint sich inzwischen ja recht gut einzugewöhnen. In den letzten paar Wochen seit ›dem Vorfall‹ habe ich eine große Veränderung an ihm festgestellt«, meinte Mr Peters und wurde durch das Getöse vom Dosenwerfen-Stand nebenan fast übertönt.

»Ja, ich finde, er kommt viel besser zurecht. Vielen Dank, dass Sie so nett zu ihm waren.«

Ich hatte nicht vor, Mr Peters zu erzählen, dass Harley für die Jungs ein bisschen zum Helden geworden war, seit er Hugo eine verpasst hatte. Sein neuer Spitzname war »Mike«, und die Fußballgang vom Pausenhof hatte ihn anscheinend als eine Art Maskottchen aufgenommen.

»Ich war nicht nett, ich war fair. Ganz unter uns, ich glaube, diese kleine Episode hat ihm bei seinen Klassenkameraden zu einem gewissen Ansehen verholfen«, erwiderte er und beugte sich vor, damit ich ihn verstehen konnte.

Natürlich. Er wusste Bescheid. Wahrscheinlich war ihm klar, dass ich heute Morgen eine Ewigkeit damit verbracht hatte, mich zurechtzumachen. Sogar die Nägel hatte ich mir lackiert, und das war etwas, was ich dieser Tage nur noch selten tat. Ich war froh darüber, er sollte nicht denken, ich hätte nur löchrige Trainingshosen, Crocs und Prügelkinder zu bieten.

»Und wie gewöhnen *Sie* sich ein, Miss Etxeleku?« Klare graugrüne Augen hielten mich mit ihrem Blick gefangen.

Ich nuschelte »gut« und war plötzlich sehr damit beschäftigt, sein Tattoo mit dem Schwamm zu bearbeiten, das, Gott sei's gedankt, heil blieb.

»Perfekt«, stellte Mr Peters fest. »Ich könnte Sie mir durchaus in einem Tattoo-Studio vorstellen, wie Sie irgendwelchen Bikern riesige Adler auf den Rücken stechen.«

Ich glaube, uns wurde gleichzeitig bewusst, dass das bei mir vielleicht nicht ganz so unwahrscheinlich war wie bei den meisten anderen Müttern von Stirling Hall, die entweder als irgendwelche -ologinnen, Anwältinnen oder Investmentbankerinnen arbeiteten oder mit dem entsprechenden Pendant verheiratet waren. Mr Peters lief rot an. »Nichts für ungut, Sie wissen schon, was ich meine. Das war ein Kompliment für Ihr fantastisches künstlerisches Geschick.«

Große rote Flecken machten sich auf seinem Gesicht breit wie betäubte Seesterne. Es war faszinierend zu sehen, wie ein Typ, der so viel zu bieten hatte, der so klug, so beherrscht war, dermaßen rot wurde. Falls ich in meinem Leben jemals einen Punkt erreichen würde, wo ich an einem geistreichen Gespräch teilnehmen und mich selbstsicher auch zu gebildeten Themen äußern könnte – Politik, Literatur, die Umwelt –, weil ich das nötige Wissen besaß, dann, das schwor ich bei Gott, würde ich nie wieder auch nur eine Minute mit Rotwerden verschwenden.

Fürs Erste jedoch errötete ich ebenfalls, obwohl er mich doch überhaupt nicht gekränkt hatte. Meine Mutter hatte das immer *vergüenza ajena* genannt, eine Art Secondhand-Schämen für die Ausrutscher anderer. Ich glaube, wir waren beide dankbar, als die Frau, die als Nächste in der Schlange stand, Mr Peters ansprach. Es war die Mutter von Kuan-Yin, der kleinen Chinesin, die zusammen mit den wenigen anderen asiatischen Kindern – den Söhnen und Töchtern von Consultants und Anwälten – sehr oft auf Schulfotos zu sehen war, als sei Stirling Hall eine wahre Multikulti-Brutstätte.

»Mr Peters, ich sehe, Sie haben das Liebes-Tattoo«, stellte sie fest und zeigte mit ihrem kleinen, eleganten Finger auf seinen Arm.

»Liebes-Tattoo?«

»Ja, das ist das chinesische Schriftzeichen für Liebe. Heißt das, es gibt jemand Besonderen in Ihrem Leben?« Sie lächelte so breit, dass beide Reihen ebenmäßiger kleiner Zähne zu sehen waren.

»Dazu kann ich unmöglich etwas sagen, Mrs Shen«, erwiderte er und beugte sich über mich, um seine fünfzig Pence in meinen Kasten zu legen. Er roch tatsächlich nach Zitrone. »Hübsches Tattoo, vielen Dank«, sagte er und räumte den Stuhl für Kuan-Yin.

Sobald er weg war, tippte Clover mir auf die Schulter. »Alle Mütter sind megascharf drauf, bei dem zu landen, so toll sieht er aus. Hat bestimmt was mit dieser ruhigen Autorität zu tun, dass er so sexy ist. Jedes Mal, wenn der mit einer Frau in der Stadt gesehen wird, drehen die Stirling-Hall-Buschtrommeln durch. Anscheinend steht er auf Brünette, Sie haben also gute Karten.«

»Also, ich persönlich kann ja den Bierbäuchigen, den Arbeitslosen und den hoch Verschuldeten einfach nicht widerstehen. Wahrscheinlich wüsste ich gar nicht, was ich mit jemandem anfangen sollte, der einen richtigen Job hat.«

Clover lachte und wandte sich wieder ihren Schwertern und Blümchen zu. Ich machte mich daran, Kuan-Yin mit einem Regenbogen zu versehen, und sah mich verstohlen im Raum um, wo Mr Peters wohl hingegangen war. Er stand drüben beim Wettnageln-Stand und unterhielt sich mit dieser verdammten Jeni. Dann schaute er hoch und fing meinen Blick auf. Wollte sich wahrscheinlich vergewissern, dass ich mich nicht mit den Fünfzig-Pence-Münzen davonmachte.

Frederica kam in einem wallenden weißen Kleid angesaust, in dem sie hinreißend aussah, als käme sie direkt von einem Fotoshooting für *Hello!*. »Hi, ich wollte Sie schon die ganze Zeit anrufen. Marlon liegt mir dauernd in den Ohren, dass ich Harley doch mal einladen soll. Er sagt, Harley ist ein toller Fußballer.«

»Sind Sie sicher?«

»Natürlich bin ich sicher. Kann ich ihn am Mittwoch gleich von der Schule mitnehmen?«

Maia Etxeleku. Freundin der Stars. Mein Sohn. Zum Spielen ins Haus eines Promis eingeladen. Ich musste versuchen, mich da ein bisschen umzusehen, wenn ich ihn abholte, Sandy würde es in allen Einzelheiten erzählt bekommen wollen. Ich hatte sie zum Schulfest eingeladen, als Friedensangebot, doch sie hatte geantwortet, nicht jeder sei eine reiche Erbin, und sie würde an den Wochenenden arbeiten, um ihre Kreditkartenrechnung zu bezahlen. Ehrlich gesagt war ich froh, dass sie nicht hier war, mit ihrer lauten Lache und ihrer Neigung, sich über Leute lustig zu machen, die direkt neben ihr standen. Und weil ich froh war, konnte ich mich selbst ein bisschen weniger gut leiden. Allerdings war Selbsthass im Hause Etxeleku / Cauldwell nicht wirklich vonnöten, dafür sorgte für gewöhnlich Bronte. Sie kam mit den Zwillingen angerannt, die ihre rotzige Art aus irgendwelchen Gründen schätzten.

»Mum, wusstest du, dass nächsten Freitag Schuldisco ist? Bis zehn. Darf ich hingehen?«, fragte Bronte.

»Ich hab kein Problem damit, dass du da hingehst, aber wie viel kosten denn die Tickets?«, fragte ich.

»Zweiundzwanzig Pfund. Alle anderen gehen hin, und man kriegt auch ein richtiges warmes Essen. Und einen Cocktail. Ohne Alkohol.«

»Zweiundzwanzig Pfund. Mein Gott. Lass mich mal darüber nachdenken.«

»Das heißt, du sagst Nein, das machst du nämlich immer.«

»Lass uns zu Hause darüber reden«, wehrte ich ab, denn ich sah, wie die ganze Tattoo-Warteschlange interessiert die Ohren spitzte.

»Vergiss es. Du sagst ja bloß wieder, Geld wächst nicht auf Bäumen. Nie darf ich was.« Bronte stapfte mit Sorrel und Saffy davon. Ich lehnte mich auf meinem Stuhl zurück und seufzte.

Ein paar Stunden später, als an den meisten anderen Ständen nichts mehr los war, waren Clover und ich noch immer am Rotieren wie die Rattenfänger. Jedes Mal, wenn ich damit fertig war, wieder einen Totenschädel oder noch ein Pfeil-und-Bogen-Motiv anzubringen, schaute ich mich klammheimlich kurz nach Mr Peters um. Aus dem Augenwinkel sah ich, wie Jeni seinen Arm nahm, ganz Haareschütteln und hauchiges Lächeln. Sie lotste ihn zu dem Korb mit den Losen hinüber. Ich hatte eins gekauft, damit ich nicht als geizig oder als richtig arm rüberkam, andere jedoch langten richtig hin, für zwanzig Pfund pro Stück. Dafür hätten sie fünf knuffige Kaninchen kaufen können oder einen ganzen Karton Alte-Damen-Schaumbad.

Ich überredete gerade einen kleinen Jungen, nicht überall mit meinem Schwamm herumzuspritzen, als Clover sagte: »Maia, das sind doch Sie«, und mit dem Kopf zur anderen Seite der Halle hinüberdeutete.

»Was?«

»Die ziehen gerade die Lose. Sie haben Ihren Namen aufgerufen, Sie haben was gewonnen.« Clover zeigte auf Mr Peters und Jeni.

Ich sah, dass Mr Peters lächelte, als hätte er gerade etwas richtig Tolles gemacht. Jeni sah aus, als hätte sie sich soeben auf eine Reißzwecke gesetzt. Unwillkürlich machte ich Anstalten, unter meinen Tattoo-Tisch zu kriechen, doch Clover zischte mich an. Dann Rufe: »Sie ist hier, hier drüben.«

Mir blieb nichts anderes übrig, unter dem empörten Geschrei aus der ruhelosen Kinder-Warteschlange schob ich meinen Stuhl zurück. Der Weg quer durch die Halle schien sehr lang zu sein, und ich hatte vergessen, wie ich normalerweise ging. Dann schüttelte ich Mr Peters die Hand und spürte, wie sich Blicke in meinen Rücken bohrten. Seine Hand barg Sicherheit und Schutz in ihrem Griff.

»Sie haben zwei Eintrittskarten für den Stirling-Hall-Ball am Trimester-Ende gewonnen.«

»Wunderbar, vielen Dank. Wo findet der denn statt?«, erkundigte ich mich, obgleich ich nicht die Absicht hatte hinzugehen.

Jeni zog ein Gesicht, als hätte ich ihr ins Frühstück gerotzt. »Bei mir im Garten.«

Kapitel 10

Ich hätte Bronte in Sachen Schuldisco wirklich zu gern nachgegeben, nur damit sie aufhörte, finster und verdrossen unter ihrem Pony hervorzuschielen und jedes Mal, wenn ich ins Zimmer kam, jedes winzige Tröpfchen Glück aus meinen Knochen zu saugen. Am Morgen des Disco-Tages stand sie draußen vor der Dusche und schrie durch den Vorhang, während ich mir das Wasser über den Kopf laufen ließ und versuchte, sie nicht zu hören.

»Hast du's dir anders überlegt? Warum darf ich nicht hin? Alle gehen hin, Saffy und Sorrel auch. Clover kauft ihnen neue Leggins und ein Paillettentop, und du kaufst mir nicht mal 'ne Eintrittskarte. Immer sagst du, wir könnten uns alles Mögliche nicht leisten, dabei bist du einfach bloß zu geizig.« Und immer so weiter, gefolgt von einer Variation des Themas, wie sehr sie mich hasste, dass ich nur auf der Welt sei, um sie so unglücklich wie möglich zu machen, und dass ich eben keine Kinder hätte kriegen sollen, wenn wir so arm waren.

Ich konnte nicht nachgeben. Ich hatte drei Pfund fünfunddreißig in meiner Handtasche, und die Milch war sauer geworden. Mit der Miete waren wir mehrere Wochen im Rückstand. Ich hatte angefangen, den Kastenwagen ein paar Straßen weiter weg abzustellen, für den Fall, dass die vom Sozialamt beschlossen, den Gerichtsvollzieher vorbeizuschicken. Unser Gasanbieter rief immer wieder wegen ausstehender Zahlungen an. Ich fürchtete mich davor, ans Telefon zu gehen, doch ich hatte geradezu paranoide Angst davor, einen Anruf der Schule zu verpassen, falls Harley wieder in eine Prügelei geraten sein sollte. Jedes Mal, wenn ich eine Stimme in der Leitung hörte, die ich nicht kannte, tat ich so, als wäre ich eine durchgeknallte spanische Tante, aber mit »Ich kein Englisch, Amaia *no está* hier, Wiedersehns« würde ich auf Dauer auch nicht durchkommen.

Bronte versuchte, Colin zu bezirzen. Er strich ihr übers Haar und versprach, er werde sehen, was er tun könne. Unglücklicherweise gehörte zu »Sehen, was er tun konnte« anscheinend nie, seinen Fettarsch hochzukriegen und Geld zu verdienen. Stattdessen ging er auf mich los. »Du wolltest doch, dass sie auf diese verdammte Schule geht. Du wolltest ja nicht hören, also, was machst du jetzt?«

Ich saß am Küchentisch, starrte auf die abgeschlagene Stelle an meinem Becher. Natürlich wusste ich, dass ich das Problem verursacht hatte – das war ja immer so – und dass es an mir sein würde, es zu lösen. Ich versuchte, mir darüber klar zu werden, seit wann ich so allein war. Früher einmal hatte ich Colin doch so sehr geliebt. Vielleicht hatte sich die Beziehung ja abgenutzt wie der Teppich im Flur. Hatte ich ihn vor sechs Jahren noch geliebt? Vor fünf? Vor zwei? Es musste doch dieses eine Mal gegeben haben, wo ich Sex mit ihm gehabt hatte und wo ich ihn gerade eben noch geliebt hatte. Und dann musste es ein nächstes Mal gegeben haben, wo eine Grenze überschritten worden war, wo sich noch ein kleines bisschen mehr Abneigung eingeschlichen hatte, ein weiterer Klecks Zuneigung versickert war, und plötzlich schlief ich mit jemandem, den ich nicht mehr liebte. Ich konnte nicht herausfinden, wohin sich Liebe verflüchtigte.

Den ganzen Weg zur Schule erklärte Harley Bronte wieder und wieder, dass das doch bloß ein blöder Discoabend sei; bestimmt würde es voll ätzend werden, die Mädchen würden die ganze Zeit vor den Jungs wegrennen und auf dem Mädchenklo Haargummis tauschen. Also, wozu der ganze Aufstand? Und dann sagte er: »Und außerdem, Mum gibt sich doch voll Mühe. Es ist doch nicht ihre Schuld, dass wir kein Geld haben.«

Ich drückte ihm die Hand. Vor ein paar Tagen hatte ich ganz unten in seiner Schultasche ein paar zusammengeknüllte Briefe gefunden, in denen es um Skireisen, französische Austauschschüler und Theaterbesuche in London ging. Ich glaube, seine Resignation schmerzte mehr als Brontes wütendes Gejammer.

Als wir uns durch das Einbahn-Zufahrtssystem der Schule wanden, verkündete Bronte, sie wolle aussteigen und den Rest des Weges zu Fuß gehen. Ich wollte einfach nur ihrem verdrossenen kleinen Gesicht entkommen, ehe ich vollkommen durchdrehte, nach Morlands fuhr und dabei aus vollem Hals schrie: »Das Ganze war ein furchtbarer Irrtum!« Ohne Auf Wiedersehen zu sagen, knallte sie die Tür zu, und ich sah sie im Rückspiegel die Auffahrt hinaufschlurfen.

Als ich nach Hause kam, war Colin nicht da, was meinen Tag ein wenig besser machte. Als ich für Cecilia gearbeitet hatte, war ich wenigstens dafür bezahlt worden, Freitage zum Kotzen zu finden. Jetzt fand ich es zum Kotzen, mit Colin zu Hause zu sitzen, der entweder wegen seinem verdammten eingewachsenen Zehennagel rumjammerte und an seinen Füßen herumpolkte oder im leeren Kühlschrank herumwühlte. Die dritte Option, nämlich zu versuchen, mich ins Bett zu kriegen, schien ihm inzwischen langweilig geworden zu sein. Segen und Kränkung zugleich. Da ich mir nur schwer vorstellen konnte, wie meine Stimmung noch mieser werden könnte, beschloss ich, dass ich jetzt genauso gut herausfinden konnte, mit wie viel genau wir in der Kreide standen, ohne dass Colin von seinem Platz im Wohnzimmer her Anweisungen brüllte. Wenn ich danach nicht das Rattengift geschluckt hatte, das wir auf dem Dachboden ausgelegt hatten, um unsere Freunde dort willkommen zu heißen, würde ich vielleicht Cecilia anrufen und sehen, ob ich das von neulich nicht wieder hinbiegen konnte. Mit anderen Worten, sie auf Knien anflehen, denn aus all meinen Versuchen, eine neue Putzstelle zu finden, war nichts geworden. Dass ich ihre Freundschaft mit einem Vibrator publik gemacht hatte, würde allerdings meinem Anliegen bestimmt nicht behilflich sein.

Während ich den Papierkram wie beim Poker zu Stapeln sortierte – Miete, Strom, Kommunalsteuer, Gas –, klingelte das Telefon. Zehn Uhr. Die Zeit, in der das Sozialamt am liebsten Geld eintrieb. Ich beschwor von Neuem meine imaginäre Großtante Immaculada herauf. »J-allo«, meldete ich mich mit meiner »Mit einem Fuß im Pflegeheim«-Stimme.

Am anderen Ende der Leitung herrschte kurz Schweigen. »Ich wollte Miss Etxeleku sprechen«, sagte ein Mann mit ziemlich vornehmem Akzent, allerdings nicht vornehm genug, um in meiner Hass-Sparte zu landen. »Habe ich mich verwählt?«

Ich legte mit meiner »Amaia Etxeleku ist umgezogen und wohnt jetzt auf dem Mond«-Nummer los, doch ich wusste, dass ich diese Stimme kannte. Vielleicht hatte ich einfach so oft mit dem Typen vom Sozialamt gesprochen, dass er sich anhörte wie jemand, den ich kannte. Aber der Sozialamt-Fuzzi war doch nicht vornehm.

Sobald er fragte: »Ist Bronte Cauldwell zu Hause?«, wusste ich Bescheid. Ich wusste Bescheid, weil das schwindlige Kribbeln in meinem Magen es mir verriet, ein paar Sekunden vor meinem Gehirn. Ich räusperte mich, um Immaculada loszuwerden.

»Mr Peters? Entschuldigen Sie. Da gibt's jemanden, mit dem ich nicht reden will. Sie halten mich bestimmt für völlig irre. Bronte ist nicht hier, sie ist in der Schule. Wieso?«

»Sie ist heute Morgen nicht als anwesend registriert worden, und wie Sie wahrscheinlich wissen, verlangen wir von den Eltern, dass sie bis halb zehn anrufen, wenn ihr Kind krank ist.«

»Aber ich hab sie so gegen Viertel nach acht vor der Schule abgesetzt«, erwiderte ich. »Sie ist unten an der Ausfahrt ausgestiegen, weil sie den restlichen Weg zu Fuß gehen wollte.« Ich hörte, wie meine Stimme zum Ende des Satzes hin lauter wurde. Das schwindlige Kribbeln war verschwunden. Angst, wenngleich noch nicht in vollem Galopp, hatte es abgelöst.

»Ihre Klassenlehrerin hat sie heute Morgen nicht gesehen.« Mr Peters schaltete sofort auf professionell um, ruhig, freundlich, aber gründlich. In meinem Kopf begann es zu hämmern, ich konnte nicht verarbeiten, was er sagte. Ich stand da, klimperte mit den Schlüsseln des Kastenwagens und wollte unbedingt sofort zur Schule rasen, doch er sagte, ich sollte zu Hause bleiben, für den Fall, dass Bronte auftauchte.

»Fangen Sie an, ihre Freundinnen abzutelefonieren, und machen Sie eine Liste von den Orten, wo sie hingegangen sein könnte«, wies er mich an. »Ich organisiere eine Suche auf dem Schulgelände. Vielleicht hat sie ja beschlossen, sich in der Bibliothek zu verkriechen oder sich in einem der Umkleideräume zu verstecken, statt zum Unterricht zu kommen. Ich melde mich wieder.«

Ich versuchte es auf Colins Handy und bekam seine kecke Mailbox-Stimme zu hören, die sagte, ich solle eine Nachricht hinterlassen, »falls du glaubst, dass ich mit dir reden will«.

Ich konnte mich nicht hinsetzen. Ich schaltete den Wasserkessel an und machte mir dann doch keinen Tee, als das Wasser kochte. Dann überlegte ich, wie lange sie von Stirling Hall bis hierher brauchen würde, falls sie auf den verrückten Gedanken gekommen war, zu Fuß nach Hause zu gehen. Großer Gott, sie könnte draufgehen, wenn sie die zweispurige Straße überquerte. Selbst wenn sie trödelte, konnte sie in vierzig Minuten hier sein, vielleicht war sie gerade jetzt dabei, allen Mut zusammenzuraffen, um hereinzukommen. Ich war mir sicher, dass sie mich einfach nur bestrafen wollte, aber jener Teil von mir, der auf so eine »Du bist aus meinem Körper gekommen«-Art und Weise mit Bronte verbunden war, sehnte sich schmerzhaft danach, jenes winzige Zögern zu sehen, bevor sie sich erlaubte zu lächeln. Danach, Gelegenheit zu haben, ihr Haar zu bürsten, ohne mich über ihre widerspenstigen Locken zu ärgern, ihr einfach nur zu sagen, dass ich sie liebhatte und dass es mir leidtat, dass ich mit meinen großartigen Plänen alles so versaut hatte.

Hastig rannte ich zur Hintertür hinaus und in die Gasse hinter unserer Häuserreihe. Ich konnte es nicht ertragen, den ausgebrannten Ford Fiesta anzusehen, der dort draußen seit Jahren vor sich hin rostete. Dieses Auto hatte ich schon immer gehasst, wie es so dastand, richtig gespenstisch mitten im Unkraut, ein Magnet für Ärger. Ich hatte fürchterliche Angst, dass ich in den Wagen schauen und sie dort sitzen sehen würde, die Strumpfhose um den Hals, während ihr Blut aus dem Mund sickerte.

Offenbar hatte ich zu viele Mord-und-Totschlag-Filme gesehen. Dort war nichts, nicht einmal die räudigen Katzen, die in der Siedlung herumstreunten. Nur der Regen, der auf Bierdosen, Kondome und Wodkaflaschen tröpfelte. Großer Gott, eine halbe Stunde Angsthaben hatte mich völlig irre gemacht. Wie kamen Menschen damit klar, wenn ihre Kinder tagelang vermisst wurden, sogar jahrelang? Wieder versuchte ich es auf Colins Handy. Nie war er da, wenn ich ihn brauchte, niemals.

Ich ging wieder hinein und hielt durchs Wohnzimmerfenster Ausschau nach einer einsamen kleinen Gestalt, die sich dort draußen herumdrückte, und wünschte mir, Mum wäre noch am Leben. Sie war doch so tüchtig, sie hätte gewusst, was zu tun war. Heftig schüttelte ich den Kopf, versuchte, zwei Gedanken auf die Reihe zu kriegen. Bronte konnte Clover wirklich gut leiden, vielleicht war sie bei ihr. Ich wählte ihre Nummer und hinterließ eine total wirre Nachricht auf ihrem Anrufbeantworter. Dann tigerte ich hin und her und ging im Geist meine dürftigen Gespräche mit Bronte durch, bei denen ich versucht hatte, ihrem mürrischen Grunzen irgendwelche Informationen zu entnehmen. War mir etwas entgangen? Ging es hier wirklich um den Discoabend? Warum hatte ich sie heute Morgen aussteigen und zu Fuß gehen lassen? Bilder von Perversen, die sich vor der Schule als respektable Herren in glänzenden Autos ausgaben, füllten meinen Kopf. Vielleicht war sie ja gar nicht abgehauen, vielleicht hatte sie jemand entführt. Nein. Hier ging's um die Disco. Ganz bestimmt. Das kleine Äffchen saß wahrscheinlich irgendwo unter einem Baum und genoss die Vorstellung, wie sehr wir uns alle sorgten. Alles andere war einfach zu grauenhaft.

Immer wieder schaute ich auf die Uhr. Fast eine Dreiviertelstunde, seit Mr Peters angerufen hatte. Wie lange dauerte es denn, einmal durchs Schulgelände zu flitzen? Endlich klingelte das Telefon. ich riss den Hörer hoch.

»Miss Etxeleku, es tut mir leid. Wir haben überall gesucht. Der nächste Schritt wäre, die Polizei zu verständigen, und ich glaube, das sollten wir jetzt tun«, sagte Mr Peters.

Bei dem Wort »Polizei« schaltete ich von besorgt auf Turbo-Fantasie. Anscheinend konnte ich meinen Mund nicht dazu bringen, Worte zu formen.

»Miss Etxeleku? Sind Sie noch da? Versuchen Sie, ruhig zu bleiben, die Polizei reagiert sehr schnell auf Anrufe aus Stirling Hall.« Ich wusste, dass er recht hatte. Ein Gespräch von Autorität zu Autorität würde sehr viel schneller einen Suchtrupp in Bewegung setzen, als wenn ich nicht wüsste, an wen ich mich wenden sollte, und von irgendeinem Sesselfurzer abgespeist würde, der »erst etwas unternehmen konnte, wenn sie vierundzwanzig Stunden weg ist«. Bestimmt kam die Polizei bei Einbrüchen in SD2-Vierteln sehr viel schneller in Gang als bei verschwundenen SD1-Kindern.

Ich legte auf und hastete zu Sandy nach nebenan. Sämtliche Vorhänge waren noch zugezogen. Ich hämmerte gegen die Haustür und sah, wie sich ihre Schlafzimmervorhänge bewegten, doch sie kam nicht an die Tür. Das Nieseln wurde stärker, stechende, spitze Pfeile prasselten auf meine Arme. Ich schrie durch den Briefschlitz: »Sandy, ich muss mit dir reden. Bronte ist weg!«

Einen Moment lang war es still, dann öffnete sich knarrend das Schlafzimmerfenster, und Sandy streckte den Kopf heraus. Ihr leuchtend rotes Haar stand in alle Richtungen. Sie zerrte den Träger eines Satinfummels hoch. »Meine Fresse, kann man hier nich' ma' mehr ausschlafen? Was hast du da grade gebrüllt?«

Das Mitgefühl in ihrer Miene, als ich zu ihr hinaufrief, ließ den letzten kleinen Faden reißen, der mich noch zusammenhielt. Denim und Gypsy schwänzten oft die Schule, ich hatte also damit gerechnet, dass sie meinte, Bronte würde schon wieder auftauchen, ich solle aufhören zu nerven und ich könne von Glück sagen, dass Bronts so was bisher noch nie gemacht hätte. Stattdessen fuhr sie sich mit den Fingern durch das wüste Haar und machte ein beklommenes Gesicht. Ich versuchte, die Tränen zurückzudrängen, stemmte mich gegen die wachsende Flut, die als stilles, unglückliches Tropfen begann und damit endete, dass ich heulte, als wollte mir das Herz aus der Brust brechen.

»Hast du Colin heute Morgen weggehen sehen? Ich kann ihn nicht erreichen«, fragte ich.

»Nein, ich hab ihn nich' gesehn, ich hatte Spätschicht. Warte, ich komm runter.«

Sandy öffnete die Tür. Bodenlanger Leoprint, Spitze und Hängebusen. Flauschige Tigerpantoffeln schauten unter dem Ganzen hervor. Wir gingen sämtliche Möglichkeiten durch, wo Bronte vielleicht sein könnte: Spielplatz, Shoppingcenter, KFC, McDonald's, die Sporthalle. Sandy verirrte sich immer wieder in Schilderungen von Denims und Gypsys Schwänzereien. Sie umarmte mich ganz fest, doch ich war zu gestresst, um mich betreuen zu lassen, es gab zu viele Leute, die ich anrufen, zu viele Orte, die ich absuchen musste.

Ich machte mich los und wandte mich zum Gehen, gerade als ein schwarzer Audi vorfuhr. Die Tür ging auf und Mr Peters stieg aus.

»Mr Peters! Haben Sie sie gefunden?«

»Tut mir leid, Miss Etxeleku, nein. Die Polizei dachte, es ginge schneller, wenn sie sich gleichzeitig mit uns beiden unterhalten, ehe ich mit den Beamten zur Schule fahre, damit sie mit ihrer Klassenlehrerin reden können. Ich habe gesagt, ich treffe mich hier mit Ihnen, ich hab Sie am Handy nicht erreicht.«

»Entschuldigung, ich hab versucht, meinen Lebensgefährten anzurufen.«

Allmählich fing es ernsthaft an zu regnen. Mr Peters hielt seinen Regenschirm über mich, als ich durch meinen eigenen Vorgarten ging.

»Halt die Augen offen, Sandy, ja?«, rief ich über den Zaun.

»Na klar, Schätzchen. Ich zieh mir nur schnell was an und schau mich dann mal inner Siedlung um. Pass auf dich auf. Versuch, dir nich' zu viele Sorgen zu machen.«

Mr Peter nahm meinen Arm. »Kommen Sie, Sie müssen sich etwas Trockenes anziehen. Ich mache Ihnen einen Tee, bevor die Polizei kommt. Sollte nicht allzu lange dauern.«

Mr Peters füllte den Wasserkessel, während ich die Stifte und Rabatt-Coupons aus der Teekanne kippte. Er machte mir nicht den Eindruck, als sei er ein Teebeutel-im-Becher-Typ. Ich konnte es nicht fassen, dass ich überhaupt so etwas dachte, wenn vielleicht gerade in diesem Augenblick irgendein Verrückter Bronte die Kehle durchschnitt. Hastig ging ich nach oben, um mich umzuziehen. Als ich mir die nassen Klamotten vom Körper schälte, hörte ich das Quietschen der aufschwingenden Hintertür und den dumpfen Schlag, mit dem die Klinke gegen die Wand krachte. Gefolgt von: »Wer sind Sie denn?« und dann »Mai! Mai!«.

Ich zog ein trockenes T-Shirt über und sprang, noch immer in klatschnassen Jeans, die Treppe hinunter, immer zwei Stufen auf einmal. Unten knallte ich mit der Schulter gegen den Türrahmen, als ich zum Stehen kam.

»Mr Cauldwell, Miss Etxeleku wird Ihnen alles erklären.« Mr Peters hielt die Hand hoch wie ein Stoppschild, während

Colin seine Jacke unter lautem Schlüsselscheppern auf den Tisch schmiss.

»Maia, was zum Teufel läuft hier? Ich bin grade Sandy begegnet, sie hat gesagt, Bronte is' weg. Wie kann sie denn weg sein? Haste sie denn heute Morgen nich' zur Schule gebracht? Und was hat der hier zu suchen?«

»Mr Peters ist der Sekundarstufenleiter, er hat mir geholfen, Bronte zu suchen. Sie ist heute Morgen nicht in die Schule gegangen, nachdem ich sie abgesetzt habe. Die Polizei ist unterwegs.«

Mr Peters reichte mir Tee, sehr viel süßer, als ich ihn sonst trank.

»Die Polizei. Die Polizei kommt hierher? Was? Du glaubst doch nich', es is' was Schlimmes passiert, oder? Die is' doch nur eingeschnappt wegen dieser Scheißdisco, stimmt's?« Colin marschierte auf und ab und kratzte sich die Bartstoppeln.

»Ich weiß es nicht. Ich glaube schon. Ich hoffe es. Mein Gott, ich weiß nicht. Mr Peters hat die ganze Schule durchsuchen lassen. Ich hab hinten in der Gasse geschaut, Sandy hat sie auch nicht gesehen.«

Colin wandte sich zum Fenster. »Glaubst du, die vonner Polizei wolln das Haus durchsuchen?«

Ich sah förmlich, wie in Colins Hirn Strich für Strich ein Marihuanablatt Gestalt annahm, und blickte Mr Peters an, der die Achseln zuckte. »Vielleicht wollen sie einen Blick in ihr Zimmer werfen und sich vielleicht auch Ihren Computer mal näher anschauen.«

»Das is' ganz einfach, wir ham gar kein' Computer«, erwiderte Colin. »Ich kann hier nich' einfach so rumsitzen, ich fahr ma' den Weg zur Schule ab. Und du rufst mich diesma' an, wenn irgendwas passiert, verdammte Scheiße.«

Er rammte den Finger in meine Richtung. In diesem Moment brauchte ich nicht zu gewinnen. Er schnappte sich die Schlüssel des Kastenwagens und ging, ohne auch nur eine Jacke anzuziehen. Was mich am meisten erschreckte, war, dass er sich nicht mal die Mühe machte, den Grasvorrat mitzunehmen, den er im Batteriefach des CD-Players versteckt hatte. Ich atmete tief durch und wappnete mich für Mr Peters.

»Entschuldigen Sie das eben. Ich bin Ihnen wirklich sehr dankbar für Ihre Hilfe«, sagte ich.

»Ist schon okay. Die Menschen reagieren auf Angst ganz unterschiedlich. Manche werden aggressiv, manche fluchen, manche gehen auf andere los. In meinem Beruf bekomme ich alles Mögliche zu sehen.« Er klang so sanft und so tüchtig, dass ich von Neuem zu weinen anfing.

»Und manche Leute heulen eben Rotz und Wasser.« Mein dürftiger Versuch in Sachen Humor ging nach hinten los und mein ganzer Körper versteifte sich unter einem heftigen Aufschluchzen. Ich drückte die Finger gegen die Augen, doch die Tränen drängten sich zwischen ihnen hindurch. »Hoffentlich ist sie okay. Ich hätte sie nie nach Stirling Hall schicken sollen.«

Mr Peters legte mir die Hände auf die Schultern und sah mir in die Augen. Fest, beruhigend, sicher. »Sie ist Ihre Tochter, Sie wären ja nicht normal, wenn Sie sich nicht sorgen würden. Die Polizei kennt sich mit so etwas sehr gut aus. Die finden sie bestimmt.«

Wenn Mr Peters das Sagen hatte, war es beinahe möglich zu glauben, dass alles gut ausgehen würde. Es klingelte und ich stürzte zur Haustür, ein ganz klein wenig Hoffnung im Herzen.

Anstelle einer durchnässten Bronte stand eine hochgewachsene Brünette mit spitzem Kinn, tiefer Stimme und zu einem Knoten zurückgebundenem Haar vor der Tür.

»PC Blake, aber bitte nennen Sie mich ruhig Serena. Das ist PC Richard Tadman«, sagte sie und zeigte auf einen untersetzten Mann mit einem fröhlichen Lächeln.

Ich führte die beiden in die Küche und schaffte es, nicht zu weinen. Dann machte ich den Mund auf, um Mr Peters vorzustellen, doch Serena trat vor und streckte ihm die Hand entgegen. »Hallo Zachary, lange nicht gesehen. Erinnerst du dich noch an Richard?« Es klang sehr knapp, fast zornig. Dann wandte sie sich an mich und fragte in einem sehr viel sanfteren Ton: »Können wir uns irgendwo hinsetzen?«

Ich brachte sie ins Wohnzimmer und versuchte, mit dem hektischen Herumhantieren aufzuhören. Wie die Frauen, für die ich arbeitete, wenn sie Besuch hatten. Ich ertappte mich dabei, wie ich diese »Tee? Kaffee?«-Nummer abzog, mit ganz hoher Kieksstimme, als wären die anderen an einem Sonntagnachmittag auf ein Stück Kuchen vorbeigekommen.

»Ich mache Tee, Miss Etxeleku, und Sie setzen sich hin«, sagte Mr Peters.

»Könnte ich wohl mal schnell einen Blick in Brontes Zimmer werfen?«, erkundigte sich PC Tadman.

»Natürlich, gleich das erste oben an der Treppe. Das, wo ›Streng Geheim‹ an der Tür steht.«

Ich hockte mich aufs Sofa, während Serena ihr Notizbuch zückte. Wie auf Autopilot bewältigte ich die allgemeinen Angaben, Name, Alter, Größe, wann ich sie das letzte Mal gesehen hatte, der Krach wegen der Schuldisco heute Morgen, Freundinnen und mögliche Aufenthaltsorte. Ich zuckte zusammen, als sie mich fragte, ob Bronte einen Freund hätte.

»Natürlich nicht. Sie ist neun.«

Serena nickte. »Ich weiß, aber Mädchen werden nun mal unterschiedlich schnell reif.«

Bronte nahm noch immer ihren Spielzeuggorilla mit ins Bett. Was immer auch mit ihr passiert war, ich war mir sicher, dass sie nicht mit einem Freund durchgebrannt war.

Mr Peters kam mit Tee zurück.

»Ist sie in den sozialen Medien aktiv?«, wollte Serena wissen.

Ich schüttelte den Kopf. »Wir haben keinen Computer. In der Schule weiß ich es nicht genau.« Ich sah Mr Peters an.

»Nein. Das Computersystem der Schule ist so eingerichtet, dass die Kinder nicht auf diese Seiten kommen«, sagte er.

Ich gab mir alle Mühe, ruhig zu bleiben, ich wollte einfach nur, dass Serena aufhörte, Fragen zu stellen, und anfing, da draußen in den Straßen nach ihr zu suchen.

Als sie um ein Foto neueren Datums bat, brach all die Angst, die ich mit Gewalt hinuntergeschluckt hatte, in einer Art tierischem Klagelaut aus mir hervor. Das Geräusch erschreckte mich, und dann lachte ich. So ein Geräusch hatte ich mich selbst noch nie machen hören, ganz anders als mein Gekicher bei irgendwelchen Filmen. Es kam ganz tief aus meinem Inneren, brodelte durch meinen Brustkorb empor und sprudelte in einem feuchten Ausbruch ganz hinten aus dem Rachen hervor. Ich hatte dieses »Außer Kontrolle«-Gefühl, als würde ich nie wieder aufhören zu lachen, obwohl ich wusste, dass es verkehrt war, wirklich verkehrt.

Dann spürte ich, wie das Sofa durchsackte, als Mr Peters sich neben mich setzte. Ich lehnte mich an ihn, und er legte den Arm um mich, gab leise, beschwichtigende Laute von sich. Er drückte mir ein Taschentuch in die Hand. Dann verwandelte sich das Lachen in heftiges, sabberndes Nach-

Luft-Schnappen, gefolgt von japsendem Schluchzen, und mir wurde bewusst, dass ich mir lächerlich vorkam. Serena sagte nichts, sie saß nur wachsam da. Fast so, als warte sie darauf, dass ich aufstand und verkündete: »Und jetzt mein nächster Trick.«

Gerade wollte ich mich von Mr Peters lösen, als ich hörte, wie die Haustür aufflog und Colin hereingeplatzt kam.

»Is' sie wieder zurück?«, fragte er und schüttelte sich das Wasser aus den Haaren. Ich war wohl ein bisschen hastig weggezuckt, denn Colin sah erst mich und dann Mr Peters an. »Was zur Hölle geht 'n hier ab? Macht ihr beide hier einen auf Kuschelparty, während meine Tochter Gott weiß wo is'?«

Ich sah, wie Mr Peters tief Luft holte, doch Serena kam ihm zuvor. »Mr Cauldwell! Ihre Frau, Ihre Lebensgefährtin, ist völlig verstört, und Mr Peters hat versucht, sie zu beruhigen. Und jetzt gehen Sie bitte und ziehen sich etwas Trockenes an und kommen dann wieder herunter. Es gibt da ein paar Dinge, die ich Sie gern fragen möchte.«

»Sie glauben wohl, ich hätt' ihre Leiche unter der Terrasse verbuddelt, was? Ihr müsst in die Gänge komm' und nach ihr suchen. In 'n paar Stunden isses dunkel.« Er hatte die Hände in die Hüften gestemmt.

»Das ist mir klar, Mr Cauldwell, aber vielleicht können Sie uns ja etwas mitteilen, das den ganzen Prozess beschleunigt. Wenn Sie also so nett wären?«

Das musste ich Serena lassen, die Frau besaß Autorität. Colin stapfte die Treppe hinauf.

Ich stand auf. »Ich hol das Foto.«

Damit rannte ich nach oben. PC Tadman kam gerade aus Brontes Zimmer. »Haben Sie irgendwas Nützliches gefunden?«

Er schüttelte den Kopf. »Das Zimmer anzusehen hilft uns lediglich, ein Gefühl dafür zu bekommen, wie das Kind ist, manchmal zeigt es uns die richtige Richtung.« Er verschwand nach unten.

Ich verscheuchte den Gedanken, dass ich nie wieder imstande sein würde, Brontes Zimmer zu betreten, wenn sie nicht zurückkam, und ging in unser Schlafzimmer, wo Colin auf dem Bett saß, den Kopf in die Hände gestützt. Seine Schultern bebten leicht. Er blickte zu mir auf.

»Hey. Es wird alles gut. Die Polizei findet sie bestimmt«, sagte ich, ebenso sehr um seinetwillen wie um meinetwillen.

Colin schlang die Arme um meine Taille. »Ich weiß nich', was ich machen soll, wenn ihr was passiert is'. Ich halt's nich' aus. Wo is' sie denn bloß? Warum macht sie so was?«

Selbst unter diesen Umständen jagte Colins Verzweiflung mir Angst ein. Ich konnte mich nicht daran erinnern, dass er je geweint hatte, statt herumzubrüllen.

Ich hatte keine Antworten für ihn. »Komm, je früher du mit der Polizistin redest, desto eher können die ihren Job machen.« Ich half ihm aus seinen durchweichten Jeans, zog dann den Kasten unter meinem Bett hervor und holte mein Lieblingsfoto von Bronte heraus. Es war nach Weihnachten aufgenommen worden, als es geschneit hatte. Sie steckte gerade eine Karotte ins Gesicht ihres Schneemanns, und ihr Lächeln ließ die Lücke sehen, wo sie am Weihnachtstag einen Zahn verloren hatte. Ihr Haar ringelte sich zu feuchten, mit Schneeflocken besetzten Korkenzieherlocken. Sie sah gelöst aus, sorglos, anders als ihr sonstiges, zugeknöpftes Ich. Meine Augen schmerzten. Ich hatte keine Tränen mehr.

Colin kam und schaute auf das Foto. »Da sieht sie aus wie du. Voll schön.« Seine Stimme klang gepresst. Er zog mich an sich. Seine Wange war eiskalt an meiner, und wir standen einen Moment lang so da, im Unglück vereint. Es war so viel leichter, Colin gernzuhaben, wenn jemand ihm den Schneid abgekauft hatte. Ich drückte seine Hand und ging wieder nach unten. PC Tadman stand in der Küche und betrachtete die Pinnwand. Als ich ins Wohnzimmer kam, fingen Mr Peters und Serena an, sich laut zu unterhalten, als hätte ich sie dabei ertappt, wie sie über uns geflüstert hatten. Ich war gar nicht mehr imstande, mich noch mieser zu fühlen.

Stumm reichte ich Serena das Foto. In ihrem Gesicht regte sich nichts, als sie es ansah. Ich weiß nicht, was ich erwartet hatte. Wahrscheinlich, dass sie sagte, das sei das entzückendste Kind, das sie je gesehen hätte. Für sie war Bronte nur ein weiteres Gesicht, das sie für die Vermisstenliste einscannen musste.

Kapitel 11

Clover überraschte mich. Nachdem sie meine Nachricht endlich abgehört hatte, verwandelte sie sich in ein Eine-Frau-Kraftwerk. Sie organisierte eine Suchaktion im Wald und auf den Wegen um ihr Haus herum und brachte Harley von der Schule nach Hause. Nachdem sich die Geschichte in Stirling Hall herumgesprochen hatte, hatte Mr Peters das für besser gehalten. Unbeholfen stand ich in der Haustür und versuchte, die richtigen Worte zu finden, um ihr zu danken. Clover winkte ab, und ihre kultivierte Stimme dröhnte die ganze Straße entlang: »Wenn ich irgendetwas tun kann, egal was, rufen Sie mich an.« Ich hatte das Gefühl, sie meinte das ernst.

Harley klammerte sich mit weit aufgerissenen Augen an mich. Es fiel mir schwer, ihn zu umarmen, wo doch mein anderer kleiner Schatz da draußen war, irgendwo, und mich mehr brauchte. Colin holte Sandy, damit sie auf Harley aufpasste.

»Maia, Schätzchen, ach du Arme. Ich warte hier, falls sie zurückkommt. Ihr zwei geht sie jetzt suchen, sonst dreht ihr noch durch, wenn ihr bloß hier rumsitzt.« Sie hörte sich an wie die Sandy von früher, die, die ich kannte.

Colin klickte mit einem Kugelschreiber. »Ich fahr ma' die Gegend um diesen neuen Park rum ab, wo ich damals mit Bronte zum Radfahren hin bin, mit ihrem neuen Fahrrad.

Das is' nich' weit vonner Schule. Und zum Flussufer, da, wo wir letzten Sommer schwimmen waren.«

»Gute Idee. Nimm die Taschenlampe mit, falls du vorm Dunkelwerden nicht zurück bist. Sie ist unter dem Spülbecken.« Ich setzte dazu an, ihm einen Kuss zu geben, doch er schob mich weg.

»Komm, lass uns los, is' ja schon eins.«

Ich sah zu, wie der Kastenwagen mit kreischenden Reifen davonschoss, und blieb einen Moment lang am Gartentor stehen, versuchte, mich auf das Logische zu konzentrieren, nicht in Panik zu geraten. Ich ging die Leute durch, die sie hier in der Gegend kannte. Bronte war zurückhaltend, genau wie ich. Nie schloss sie sich den anderen Kindern in der Siedlung richtig an, sie spielte lieber allein mit ihren Puppen Schule oder schrieb Geschichten über Pferde. Manche Siedlungskids waren schon alt, bevor sie die Chance gehabt hatten, jung zu sein. Künftige Mini-Hooligans, mit ihren gepiercten Augenbrauen, dem Gepöbel und den Gang-Haarschnitten. Ich hatte sie auch nie gedrängt, sich mit denen abzugeben.

Wo konnte, wo würde ein Kind an einem düsteren, regnerischen Tag hingehen? Ich vergeudete hier Zeit mit Rumstehen, also machte ich mich auf den Weg zum Spielplatz, eine gute halbe Stunde Fußweg entfernt auf der anderen Seite der Siedlung. Hoffentlich war sie vernünftig genug gewesen, nicht dort hinzugehen. All diese Spieltunnel boten sich als Versteck für etwas Böses geradezu an. Ich schauderte.

Der Spielplatz war verwaist. In sämtlichen Filmen, die ich je gesehen hatte, hatten Schaukeln, die auf einem leeren Spielplatz pendelten, nie etwas Gutes zu bedeuten gehabt. Ich rannte zu den großen Tunneln hinüber und zwang mich hineinzuspähen. Fast hätte ich losgeschrien, obwohl da nur ein paar leere Chipstüten und Bierdosen drinlagen. Dann kletterte ich die Leiter der Rutsche hinauf, für den Fall, dass sie sich da oben unter dem kleinen Dach eingeigelt hatte. Von hier oben ließ ich den Blick über den Spielplatz und die Umgebung wandern und brüllte ihren Namen, doch meine Stimme wurde nur zu mir zurückgeweht.

Es war kalt und feucht. Ich ging zu den Wohnblöcken am Rand der Siedlung, vielleicht hatte sie ja in einem der Treppenhäuser Schutz gesucht. Als ich zehn Treppen in sechs Wohnblöcken hinter mir hatte, zitterten meine Beine vor Anstrengung. Ich setzte mich auf eine Mauer, um meine Gedanken zu sortieren und wieder zu Atem zu kommen, ohne auf den Gestank der Mülltonnen zu achten.

Es war fast vier. Mühsam kam ich auf die Beine und versuchte zu überlegen, wie ich die Straßen systematisch absuchen könnte. Ich war der festen Überzeugung, dass ich sie ganz knapp verpassen, dass ich bestimmt genau in dem Moment in eine Straße einbiegen würde, in dem sie um die nächste Ecke bog. Entschlossen marschierte ich weiter, und das Knurren meines Magens erinnerte mich daran, dass ich seit dem Frühstück nichts gegessen hatte. Ein silberner Mercedes mit schwarz getönten Fensterscheiben rollte gemächlich an mir vorbei. Ungefähr dreihundert Meter weiter wurde er langsamer. Ich rannte los, war mir ganz sicher, dass sie Bronte gefesselt auf den Gehsteig werfen würden. Noch ehe ich auch nur in die Nähe des Wagens gekommen war, kam ein Junge, vielleicht auch ein Mann, aus dem Schatten und trat auf den Wagen zu. Ich sah, wie seine Hand ins Beifahrerfenster griff und rasch wieder hervorkam. Er steckte etwas in die Tasche. Innerlich gelobte ich mir, dass ich irgendwann in einer Gegend wohnen würde, wo die Unterhaltung am Freitagabend von einer DVD kam und nicht aus einer vollgepumpten Vene. Dabei wurde ich langsamer und hoffte, dass die zu sehr damit beschäftigt gewesen waren, Kohle gegen Crack zu tauschen, um mitzukriegen, wie ich auf sie zugestürmt war.

Alle Straßen sahen gleich aus. Reihe um Reihe hässlicher Sechzigerjahre-Häuser mit zugewucherten Vorgärten voller alter Matratzen, kaputter Stühle und rostiger Autoteile. Gelegentlich mal ein ordentlicher Rasen mit Blumenkübeln und Büschen. Wieder und wieder rief ich ihren Namen, bis ich heiser war. Jedes Mal, wenn ich auf die Uhr sah, war wieder eine Viertelstunde vergangen. Gegen halb sieben taten mir die Füße weh, und meine Hände waren wund von Wind und Regen. Ich zwang mich weiterzugehen und war bestimmt schon in der fünfzehnten Straße, als ich zum Gemeindezentrum kam, einem Fertigbau mit Kieselrauputzwänden, auf die mit roter und blauer Farbe die Botschaft »Entweder Cool oder Null« gesprüht war. Drinnen brannte Licht, und harscher Rap dröhnte heraus. Neben der Tür knutschte ein Skinhead an der Wand ein Mädchen ab. Die schwarze Daunenjacke der Kleinen klaffte weit auf, und der Junge hatte die Hände unter ihr Top geschoben und knetete ihre Brüste wie Brotteig, ohne auf den Regen zu achten.

Ich war nicht mehr im Gemeindezentrum gewesen, seit Bronte ganz klein gewesen war und irgend so eine wohlmeinende Gesundheitstussi einen Vortrag über Kleinkinderpflege gehalten hatte. Als sie anfing, uns in Baby-Yoga zu unterweisen, hatten die Frauen sie praktisch hinausgejagt und Sozialhilfezuschüsse verlangt, damit ihre Babys es warm hätten. Wenigstens hatte ich damals für Brontes Sicherheit sorgen können.

Ich straffte die Schultern und marschierte in die Eingangshalle, vorbei an der Mädchenschar, die sich in der Tür versammelt hatte. Deren hauptsächlicher Daseinszweck schien darin zu bestehen, möglichst viel schlaffe Haut zu zeigen, unberührt von Sport oder Frischobst. Ein paar von den Jungs starrten zu mir herüber, wie Hunde, die eine Katze erblickt hatten und leise vor sich hin knurrend abwarteten, ob sie sich in den Garten traute oder nicht. Es hatte keinen Sinn, nach einem freundlichen Gesicht Ausschau zu halten. Die Kids in unserer Siedlung waren nicht freundlich, also ließ ich es drauf ankommen und ging direkt auf einen harten Kerl zu, der mit einem iPod herumhantierte. Er hatte so viele Tattoos auf den Armen, dass sie wie Ärmel aussahen. Mit dem schwarzen Kinnbärtchen und dem rasierten Schädel sah er aus, als wäre er ein paar Jahre älter als die anderen, vielleicht achtzehn, möglicherweise auch zwanzig.

»Hi. Ich möchte nicht stören, aber kann ich ganz kurz was fragen?«

»Kommt drauf an, was.« Er sah mich finster an und fummelte an dem Stecker in seiner Unterlippe herum. Ein paar von den anderen Jungen kamen näher herangeschlappt. Ich war wütend auf mich, weil ich Angst hatte.

»Meine Tochter ist verschwunden. Sie ist neun. Hat irgendjemand hier sie vielleicht gesehen?«

»Herrgott noch ma', wir ham hier aber auch nie unsre Ruhe. Jede Woche was anderes. Irgend so 'n Balg is' weg, und sofort seid ihr da und zeigt mit 'm Finger auf uns.«

»Ich zeig auf niemanden mit dem Finger. Ich hab nur überlegt, ob vielleicht jemand sie hier hat rumhängen sehen. Ich frage jeden, ich mach mir solche Sorgen«, beteuerte ich.

Den Jungen juckte das nicht. »Wieso gehn Sie nich' zu 'n Bullen und sehn zu, dass die mal was tun für ihre Kohle?

Die ham doch jede Menge Zeit, sind andauernd hier unten und gehn uns auf 'n Zeiger. Letzte Woche wars wegen irgendwelcher raubkopierter Scheiß-DVDs, die Woche davor wars gepanschtes Ecstasy. Wir versuchen hier doch bloß, 'n bisschen Spaß zu ham und nich' immer auffer Straße abzuhängen.«

Hilfloser Zorn brodelte in mir hoch wie überkochende Milch. Am liebsten hätte ich ihn an dem Ring durch seine Braue zu mir herangezogen und ihm ins Gesicht gebrüllt, bis er meine Spucke auf der Haut spüren konnte. Ich wollte ihn anschreien: »Wir reden hier von meiner Tochter, die gerade jetzt Angst haben könnte, nach mir rufen könnte, ja, sogar sterben könnte, und du erzählst mir, ich soll die Bullen holen? Glaubst du vielleicht, das hätt' ich noch nicht gemacht?«

Er wandte sich an den Typen mit dem weißblonden Stachelhaar neben ihm. »Da könn' wir wohl nich' helfen, oder? Hier hängen keine Mädels rum, außer den Schlampen da draußen, und neun is' sogar für uns zu jung.«

»Bitte, kannst du deine Freunde fragen? Sie hat dunkles Haar, wie meins, und trägt einen roten Rock und einen grünen Blazer. Und sie hat ziemlich dunkle Haut, sieht ein bisschen aus wie eine Spanierin.«

Der Kinnbarttyp sah mich aus trägen, unfreundlichen Augen an. Dann beugte sich der Junge mit den blonden Stacheln vor.

»Sie kenn ich doch.«

In unserer Siedlung bedeuteten diese vier Worte für gewöhnlich eins in die Fresse. Ich würgte die aufflackernde Panik hinunter. Normalerweise gehe ich anderen Menschen eher aus dem Weg, es war also schwer vorstellbar, wie ich jemandem an den Karren gefahren sein sollte. Der Junge lachte und zeigte einen Schneidezahn mit einer abgebrochenen Ecke.

»Sie warn doch die Frau, die damals 'n Arzt gerufen hat, als ich mir die Birne aufgeschlagen hab. Ich glaub, mein Hirn wär echt auf 'n Gehsteig ausgelaufen, wenn Sie nich' vorbeigekomm' wärn.«

Erst da bemerkte ich das Spinnennetz, das halb unter seinem Hemdkragen verborgen war. »Tarants?«

»Mann, Sie wissen ja sogar noch, wie ich heiß. Is' das Ihre Kleine, die da stiften gegangen is'?«

»Ja. Sie war damals dabei, als du dich verletzt hast, erinnerst du dich an sie?« Er blieb einen Moment lang stumm, und ich hätte ihn am liebsten geschüttelt. Denk nach! Denk nach!

»Nö, aber ich glaub, ich hab sie schon 'n paar Mal gesehn. Sie hat doch 'n älteren Bruder, oder? Blond, nich' wahr?«

Ich nickte und hatte, wie schon den ganzen Tag, das Gefühl, dass ich meine Zeit verschwendete und dass es besser wäre, irgendwo anders zu suchen, an irgendeiner Stelle, auf die ich noch nicht gekommen war.

»Und heute? Sie ist seit heute Morgen weg.« Ich versuchte, mir meine Ungeduld nicht anmerken zu lassen.

»Nö, glaub nich'. Hier gibt's ja nich' besonders viele Kinder mit Schuluniform. Das is' doch diese Bonzenschule, stimmt's? Aber Sie sind doch von hier, oder? Was macht 'n Ihre Kleine dann da?« Jetzt wo sein Gehirn ein paar Verbindungen hergestellt hatte, hatte er einen Gang hochgeschaltet, sah nicht mehr ganz so verpeilt aus.

»Ist 'ne lange Geschichte. Aber kannst du bitte mal bei deinen Kumpels nachfragen? Bitte!« Ich wühlte meine Hände tief in die Jackentaschen, damit ich ihn nicht am Hemd packte und ihn anflehte.

»Überlassen Sie das ruhig mir, Schätzchen. Ich hab überall in der Stadt Freunde. Das is' doch diese Schule mit den Cricketplätzen, in der Nähe vom Royal Oak Pub, richtig? Mein Cousin hat da seine Gang. Ich schau mal, ob er sie gesehn hat.« Er fuhr sich mit der Hand über die Haarstacheln, als wolle er sich vergewissern, dass sie immer noch stramm standen.

Der mit dem Kinnbärtchen drehte an seinem Nasenstecker. Ich merkte, dass der Countdown für mich lief, doch ich wollte Tarants sagen, wo ich wohnte, ihm meine Handynummer aufschreiben und ihn bitten, mich anzurufen. Irgendwie hing ich fest zwischen dem Wissen, wie unsere Siedlung funktionierte, und meinem Wunsch, wie sie funktionieren sollte.

»Jetzt komm schon, Alter, legste jetzt Musik auf oder nich'?«, maulte der Kinnbart und rempelte Tarants an.

Er schubste zurück. »Zeig mal 'n bisschen Scheißrespekt.« Dann wandte er sich wieder an mich. »Ich tu, was ich kann, Schätzchen.«

»Meine Adresse ist Walldon 95, das zweitletzte Haus links.«

»Ja, ja, ich find Sie schon. Gehn Sie jetzt ma' lieber, Sie wissen ja, wie wenig Geduld die Leute hier ham.«

Ich machte mich auf den Weg, wiederholte im Weggehen noch einmal »Walldon 95« und bekam ein genervtes Kopfnicken als Antwort. Als ich zwei Häuserblocks weit gekommen war, zitterte ich am ganzen Leib. Der Regen war heftiger geworden und spritzte vor mir vom Gehsteig hoch. Kalte Wassernadeln stachen auf meine Kopfhaut ein. Meine Hände waren so kalt, dass sie schmerzten. Ich klemmte sie in die Achselhöhlen. Ich konnte doch nicht nach Hause gehen, solange mein kleiner Schatz irgendwo da draußen war. Meine Jeans hingen nass und schwer an mir herunter, so vollgesogen, dass es Mühe machte, die Füße zu heben. Ich zog mein Handy aus der Tasche und zuckte zurück, als die dicke, nasse Baumwolle über meine eiskalte Haut schabte. Dann schaute ich auf das Display, suchte nach Nachrichten, doch es war schwarz. Verzweifelt bemüht, irgendein Lebenszeichen zu finden, drückte ich auf die Knöpfe. Nichts. Ich war seit fast sechs Stunden unterwegs. Normalerweise würde Bronte jetzt mit Colin auf dem Sofa kuscheln und sich über irgendeine DVD totlachen. Ich musste nach Hause und sehen, ob es irgendetwas Neues gab. Also trottete ich zurück, nahm dabei einen anderen Weg und machte mir gar nicht erst die Mühe auszuweichen, wenn Autos Schmutzwasserfontänen über den Gehsteig schleuderten. Meine Schritte wurden schneller, als ich mich unserem Haus näherte. Es war halb acht. Vielleicht, ganz vielleicht saß sie ja im Wohnzimmer, in eine Decke gewickelt und mit dem Daumen im Mund. An dem lutschte sie noch immer, wenn sie durcheinander oder traurig war.

Ein Blick in Sandys Gesicht verriet mir, dass es nicht so war. Sie sauste los, um mir ein Handtuch zu holen und den Wasserkessel einzuschalten. Colin war noch nicht zurück. Ich wollte ihn nicht anrufen, wollte den niedergeschlagenen Tonfall in seiner Stimme nicht hören. Wollte nicht stark sein müssen.

»Wo ist Harley?«

»Der war total fertig vom Heulen. Is' vor ungefähr zwanzig Minuten ins Bett.«

Ich rannte nach oben. Er schlief, unter seinen Augen waren graue Schatten, und er hatte die Hände hinter dem Kopf, als würde er sich sonnen. Ich liebte das vertrauensvolle Gesicht, das er im Schlaf machte, weit offen für die ganze

Welt. Vorsichtig strich ich ihm übers Haar und küsste ihn auf die Wange. Neben ihm lag Brontes Stoffgorilla Gordon. Ich zog ihn vorsichtig weg, vergrub das Gesicht in dem verfilzten schwarzen Fell und atmete tief ein. Doch ich konnte nur das Plastik seiner Hände und Füße riechen. Also steckte ich ihn wieder neben Harley ins Bett und überlegte, ob ich mich jemals elender gefühlt hatte.

Ich zappelte mich gerade aus meinen nassen Klamotten, als das Telefon klingelte. In BH und Jeans stürzte ich die Treppe hinunter und riss den Hörer hoch.

Es war Mr Peters. Er sagte, die Polizei würde mich anrufen, aber er hätte »inoffiziell« gehört, dass Bronte gegen ein Uhr im Shoppingcenter gesehen worden wäre, fünfundzwanzig Minuten Fußweg von der Schule entfernt. Was bedeutete, dass sie vor sieben Stunden noch am Leben gewesen war. Einer der Beamten hatte die Aufnahmen der Überwachungskameras gesichtet und ein Bild von ihr mit ihrem Stirling-Hall-Rucksack gefunden.

»War das auch ganz sicher Bronte? War sie allein?«

»Sie sind sich ziemlich sicher, weil sie das Haar zum Zopf geflochten trägt. Ob sie allein war, ist schwer zu sagen, weil sie auf dem Bild gerade in ein Geschäft geht. Sie suchen noch nach anderen Aufnahmen, um zu sehen, ob sie herausfinden können, wohin sie von da aus gegangen ist.«

»In was für ein Geschäft ist sie denn gegangen?«

»In einen Klamottenladen, ich glaube, H&M. Die Polizisten versuchen gerade, den Filialleiter zu kontaktieren.«

Ich seufzte. Ich war so hundemüde. Eigentlich wollte ich mich freuen, dass sie gesehen worden war, nachdem sie das Schulgelände verlassen hatte, aber in den letzten paar Stunden konnte doch alles Mögliche passiert sein.

»Miss Etxeleku? Sind Sie noch da?«

»Ja, ich bin noch dran.«

»Nicht aufgeben. Mir ist klar, wie anstrengend das ist. Aber das ist ein ganz konkreter Fortschritt, ich bin sicher, dass die Polizei sie finden wird. Es wäre nett von Ihnen, wenn Sie für sich behalten würden, dass Sie schon Bescheid wissen, wenn die Polizei sich meldet. Ich wollte Sie so schnell wie möglich ins Bild setzen. Sie melden sich doch, wenn ich irgendetwas tun kann, nicht wahr?«

Ich wollte, dass er herkam und mich in den Arm nahm und mir sagte, dass alles gut werden würde. Mir war die Kraft ausgegangen, mit alldem fertigzuwerden, ich wollte, dass jemand anderes die Bürde übernahm. Oder, noch besser, ich wollte, dass er vor meiner Tür stand, und zwar mit Bronte und einem Plan, wie ich nach alledem den Rest meines Lebens leben sollte, ohne jedes Mal vollkommen durchzudrehen, wenn Bronte mehr als fünf Sekunden aus meinem Blickfeld verschwand. Doch das schien sehr viel verlangt zu sein, selbst für Mr Peters, also bedankte ich mich lediglich und sank aufs Sofa. Meine Zähne klapperten. Sandy stand vor mir, ihre Miene ein einziges Fragezeichen. Ich schilderte das Gespräch und sah, wie sich ihre Züge entspannten, wie die tiefen Falten, die von zahllosen Spätschichten, zwanzig Fluppen pro Tag und Billigwodka herrührten, sich etwas glätteten.

»Siehste, hab ich doch gesagt, der is' nichts passiert. Is' 'ne Überlebenskünstlerin, unsre Bronte. Zieh dir ma' lieber was Trocknes an, bevor du dir noch den Tod holst. Und ruf Colin an und sag ihm Bescheid, der sah echt voll gestresst aus, wie er losgefahrn is'.« Sie hatte recht. Doch ich wollte mich nicht mit ihm herumschlagen. Ich wusste, dass ich eigentlich wieder in den Regen hinausgehen und weitersuchen sollte. Aber ich wollte auch aus erster Hand von der

Polizei hören, was die wussten. Wenn ich einfach losschoss wie ein kopfloses Huhn, machte das alles vielleicht noch schlimmer, erst recht mit einem Handy ohne Akku.

»Sandy, sei so lieb und ruf Colin für mich an. Ich leg mich mal eben trocken. Seine Nummer ist, warte, ich schreib sie dir schnell auf.«

»Is' schon okay, die hab ich.«

Oben zog ich den wärmsten Pullover und die dicksten Socken an, die ich finden konnte. Innerlich machte ich mich gerade bereit, meine einsame Suche wieder aufzunehmen, als es an der Tür klopfte. Es war Serena. Mein erster Gedanke war, dass sie doch angerufen hätte, um mich auf den neuesten Stand zu bringen, es sei denn, Bronte wäre tot. Mein Magen krampfte, als hätte ich unverdünnten Zitronensaft getrunken. Sie musste mir das angesehen haben, denn sie legte mir die Hand auf den Arm, als sie hereinkam und sagte: »Ich glaube, wir machen Fortschritte, Miss Etxeleku.«

Das extrem straff zurückgezerrte Haar passte gar nicht zu ihrer Freundlichkeit. Ich ging voran ins Wohnzimmer, wo sie mir berichtete, was sie bisher herausgefunden hatten.

Fast wünschte ich mir, Mr Peters hätte nicht angerufen. Bereit zu sein, ein überraschtes Gesicht zu machen, hinderte mich daran, mich zu konzentrieren. Sandy tat, als hätte sie eine Nebenrolle in irgendeinem kitschigen Polizeidrama, sie kam mit Tee herein und wuselte wieder hinaus und nickte dabei die ganze Zeit wissend vor sich hin und brabbelte Sachen wie »Es heißt doch immer, auf die Stillen soll man ganz besonders gut aufpassen«, bis Serena sie bat, uns einen Augenblick allein zu lassen.

»Hat Bronte schon einmal Ladendiebstahl begangen?«

»Nein, bestimmt nicht. Sie hat noch nie was geklaut.« Mir war klar, dass sich das defensiv anhörte.

»Es ist nur, wir haben vorhin mit der Leiterin des Geschäfts gesprochen, und die erinnert sich sehr gut an Bronte, weil sie versucht hat, ein Paillettentop mitgehen zu lassen. Hat es unter ihrer Schuluniform angezogen.«

Wut wallte in mir auf, beinahe vergaß ich, dass Bronte verschwunden war. Ich hatte meine Tochter doch nicht zu einer gewöhnlichen kleinen Diebin erzogen. Wahrscheinlich dachte Serena, ich wäre zu faul gewesen, ihr beizubringen, was richtig und was falsch war.

»Warum haben die denn nicht gleich die Polizei gerufen? Dann wäre sie doch gar nicht erst verschwunden«, fragte ich.

»Sie wollten auch schon die Polizei holen. Der Wachmann hat die Pailletten unter ihrem Blazer raushängen sehen. Sie hatte das Top gerade ausgezogen und es ihm zurückgegeben, als jemand anderes den Alarm ausgelöst hat, und in dem ganzen Durcheinander ist sie abgehauen. Er ist ihr nach, aber er hat sie nicht gekriegt, und weil sie das Top ja wiederhatten, wollten sie's sich wohl leicht machen.«

Bronte war schon immer eine gute Läuferin gewesen. Sie war schlank und flink, es wunderte mich nicht, dass sie den Wachmann abgehängt hatte. Insgeheim musste ich ein Aufwallen des Stolzes unterdrücken. Im Schulsport war ich auf hundert Metern immer ein Star gewesen, allerdings hatte ich nicht gewusst, dass das größte Talent, das meine Tochter von mir erben würde, die Fähigkeit sein würde, einem verpennten Wachmann zu entwischen.

»In was für Läden geht sie denn sonst noch gern, außer Next?«, erkundigte sich Serena.

»Next? Ich dachte, es war H&M?« Ich spürte, wie sich meine Augen in jener Sekundenverzweiflung schlossen, die man empfindet, wenn man jemanden, den man gern mag, in die Scheiße geritten hat.

Serena musterte mich. Durchdringend. Plötzlich passten ihre braunen Augen zu ihrer strengen Frisur. »Woher wussten Sie denn, in welchem Laden sie war?«

»Ich hab einen Anruf gekriegt, kurz bevor Sie gekommen sind.« Hoffentlich dachte sie, es wäre jemand vom Polizeirevier gewesen.

»Von wem? Warum habe Sie mir das nicht gesagt?«

Großer Gott, sie würde noch anfangen, die Betonplatten hinter dem Haus hochzuheben, wenn ich mich nicht zusammenriss.

»Mr Peters hat angerufen.« Ich konnte praktisch hören, wie sich die Jauche blubbernd über ihm schloss.

Serena schürzte die Lippen. »Das habe ich ihm strikt vertraulich erzählt.« Ihr Blick huschte über mich hinweg. »Gibt's sonst noch was, was Sie mir verschwiegen haben?«

»Was denn zum Beispiel? Warum sollte ich Ihnen was verschweigen, wenn meine Tochter vermisst wird?«

»Fangen wir doch mal mit Mr Peters an. Sie beide scheinen sich ja sehr nahezustehen. Haben Sie was mit ihm?«

Ich starrte Serena an. »Ob ich was mit ihm habe?«

»Ja, Miss Etxeleku. Eine Affäre.«

»Nein, natürlich nicht. Er ist einer von Brontes Lehrern, das ist alles.« Ich spürte, wie ich rot anlief. »Er hat versucht zu helfen, er wusste, was für Sorgen ich mir mache.«

»Es wäre also abwegig anzunehmen, dass einer der Gründe, warum Bronte weggelaufen ist, Ihre Affäre mit Zachary war?«

Ich konnte mir gut vorstellen, wie Verbrecher unter ihrem Blick einknickten. »Soll das ein Witz sein? Ich kenne den Mann kaum. Er hat mir dabei geholfen, die Kinder in der Schule einzugewöhnen. Er hat mir etwas erzählt, was Sie mir sowieso gesagt hätten, wenn ich das jetzt nicht völlig falsch verstanden habe, also warum ist das so ein Riesenproblem?« Der Schock hatte mich ausgebremst, aber ich merkte, wie ich wieder auf Touren kam. »Ich hab kein Interesse daran, Mr Peters zu bumsen, ich will meine Tochter wiederhaben.«

Serena zuckte angesichts meiner Ausdrucksweise zusammen. Kraftausdrücke gingen mir auch immer durch und durch, es sei denn, sie kamen aus meinem eigenen Mund. Wenn ich es darauf angelegt hatte, wie ein Vollidiot zu klingen, hatte ich meine Sache gut gemacht. Aber es schien gewirkt zu haben. Sie hörte auf, auf dem »Zachary«-Thema herumzureiten, und machte sich daran zu erläutern, wie es jetzt weitergehen würde.

»Wir sichten weiter die Überwachungsaufnahmen aus der fraglichen Gegend. Wenn wir sie heute Abend nicht finden, wenden wir uns morgen an die Presse und lassen nichts unversucht, um alle Welt auf Ihre kleine Tochter aufmerksam zu machen.«

»Und wieso haben Sie das nicht schon heute getan?« Daran, wie sie die Augen aufriss, merkte ich, dass das unhöflich geklungen hatte.

»Laut Statistik tauchen Kinder für gewöhnlich innerhalb von achtundvierzig Stunden wieder auf. Wenn wir uns jedes Mal an die Medien wenden, sobald ein Kind vermisst wird, dann wäre das Kind in neunundneunzig von hundert Fällen wieder wohlbehalten zu Hause, bevor die Zeitungen am Kiosk sind. Die bisherigen Hinweise veranlassen mich zu der Annahme, dass Bronte weggelaufen und nicht entführt worden ist. Ich weiß, es ist schwer, aber Sie müssen mir vertrauen, ich hab so was schon öfter gemacht.«

Ich weigerte mich, mich zu fühlen, als hätte sie mir gerade die Leviten gelesen. Achtundvierzig Stunden! Das waren zwei Tage. Bis dahin würde ich vor Angst gestorben sein.

Ich saß da und pulte an den losen Fäden an der Armlehne des Sofas herum, während sie erklärte, wie ich mit Journalisten verfahren sollte, falls sich welche bei mir meldeten. Ganz am Schluss, als sie aufstand, um zu gehen, gab sie mir die Hand. Ihre Augen blickten wachsam, argwöhnisch. Das breite, freundliche Lächeln hatte das Weite gesucht, aber ich war zu müde, um mich zu fragen, ob sie sauer auf mich oder wütend auf Mr Peters war.

Sobald Serena weg war, kam Sandy aus der Küche geschossen. »Und? Ham diese Flaschen in Uniform was gefunden?«

Ich war so erledigt, dass ich ohne weiteres mitten im Satz hätte einschlafen können, als ich Serenas Besuch für sie zusammenfasste. Unter anderen Umständen hätten wir vor Lachen gebrüllt, weil Serena gedacht hatte, ich hätte etwas mit Mr Peters. Stattdessen machte Sandy ein ganz ernstes Gesicht. »Is' da was dran?«

»Jetzt fang du nicht auch noch an. Ich hab schon mit einem Kerl alle Hände voll zu tun, ich hab gar keine Zeit, mir noch was für nebenbei zu suchen. Und außerdem würde Mr Peters doch nicht auf jemanden wie mich stehen, der könnte doch jede kriegen.«

»Ja, hat echt nich' schlecht ausgesehn«, meinte Sandy und reichte mir den Telefonhörer. »Ruf ma' lieber Colin an und sag ihm Bescheid, was Sache ist. Bin vorhin gleich auffer Mailbox gelandet, wie ich's versucht hab.«

Ich hörte eine Mischung aus Hoffnung und Furcht in seiner Stimme, als er sich meldete. Genau wie mich beruhigte es ihn nicht besonders, dass Bronte im Shoppingcenter gesehen worden war.

»Da is' sie jetzt nich', ich bin da grade vorbeigefahrn. War bis ganz oben auf 'm Hügel, für 'n Fall, dass sie da rauf wollte. Bin sogar halb bis nach Guilford – dachte, sie geht vielleicht den Fahrradweg lang, wo wir im Sommer gefahrn sind. Ich war im Freizeitzentrum, am Fluss, in den Läden inner Fußgängerzone, am Bahnhof und am Busbahnhof. Mir is' saukalt«, berichtete er.

»Komm nach Hause. Wir können jetzt nichts machen, Serena hat gesagt, wir sollen uns drauf verlassen, dass die Polizei sie findet.«

Als Colin einen halbe Stunde später zurückkam, klatschnass und gereizt, ließ er sich immer noch über die verdammte Polizei aus, von wegen völlig unfähig und so weiter. Normalerweise machte mich das rasend, denn Colin war selbst nicht in der Lage, irgendetwas zu finden, das sich nicht auf die Hinterbeine stellte und laut »Hier!« schrie. An jenem Tag jedoch, wo sich so viel verändert hatte, war es tröstlich, ihn vor sich hin blubbern zu hören. Wahrscheinlich war das so ähnlich, wie neben einem Bahngleis zu wohnen, wo das Geräusch der Züge zu einem einlullenden Gemurmel wird.

Während Colin neben mir aufs Sofa sackte, wuselte Sandy mit Kaffee und Toast rein und raus. Ich musste meine gesamte Energie aufbringen, um seine tauben Hände ein bisschen warmzurubbeln. »Ich lass dir ma 'n heißes Bad ein, Col«, sagte Sandy und half ihm hoch.

Ich liebte sie dafür, dass sie Colin so umsorgte; ich wollte das nicht selbst tun, konnte es nicht selbst tun. Die Sorge um Bronte füllte mich ganz und gar aus, da war kein Platz für Gedanken an jemand anderen. Auch wenn er jetzt still war, sobald er zu seiner üblichen Form zurückfand, würde er es irgendwie hinkriegen, sein Leid wegen Bronte ausschließlich auf sich selbst zu beziehen und sein Leiden viel größer erscheinen zu lassen als meines. Irgendwann würde sich dann der Kreis schließen, und alles würde meine Schuld sein.

Ich machte den Fernseher an. Die miesen Sitcoms, die in unserem Haus für gewöhnlich die Abende füllten, kamen mir erbärmlich vor. Ich schob die Vorhänge zurück, spähte in die Finsternis und hörte oben Wasser über den Rand der Wanne schwappen. Sogar jetzt, wo Bronte verschwunden war, ärgerte ich mich darüber, dass ich hinter Colin her wischen musste. Sandy erschien im Türrahmen.

»Ich geh dann jetzt ma, Süße. Sag Bescheid, wenn du was hörst.« Sie beugte sich vor und umarmte mich. Dankbar drückte ich sie an mich.

Als sie weg war, legte ich mich aufs Sofa und fragte mich, ob ich wohl je wieder würde schlafen können. Wie überhaupt irgendjemand jemals sein Leben weiterlebte, wenn sein Kind nicht wiederkam. Ich schaute auf die Uhr. Neun. Mein Körper verlangte geradezu schmerzhaft nach Schlaf, doch das erschien mir falsch. Ich schloss die Augen und hatte Angst, dass meine Fantasie mir grauenvolle Bilder von Bronte vorgaukeln würde. Nichts. Nur Schwärze. Ich trieb dahin, mein Verstand drehte noch immer weiter, marschierte durch die Siedlung, das Shoppingcenter und verlangsamte sich allmählich zur Zeitlupe, als ich das Piepsen einer SMS hörte. Ich sprang auf.

Wollte Sie nur wissen lassen, dass ich an Sie denke. Entschuldigen Sie, dass ich Ärger gemacht und Ihnen Sachen erzählt habe, die ich hätte für mich behalten sollen. Hatte nur die allerbesten Absichten. Sagen Sie mir gleich Bescheid, wenn's was Neues gibt. LG, Zachary.

Diese verdammte Serena. Offenbar war sie von hier gleich zu ihm zurückgefahren, um ihm den Marsch zu blasen. Ich hätte ihn warnen sollen. Es war seltsam, dass sich jemand bei mir entschuldigte, wo ich doch diejenige war, die Mist gebaut hatte. Ich legte mich wieder hin und konzentrierte mich darauf, über Mr Peters nachzudenken, um nicht die ganze Zeit mein letztes Gespräch mit Bronte von heute Morgen wieder und wieder im Kopf abzuspulen. Sein Haar sah immer so aus, als hätte er es gerade gewaschen. Vielleicht mit diesem Limone-Basilikum-Mandarine-Zeug von Jo Malon, das ich oft nach Geburts- oder Vatertagen in den Häusern sah, in denen ich putzte. Ich war mir ziemlich sicher, dass er nie nach Döner roch oder nach Hasch oder nach Guinness. Seine Manieren waren einfach toll, all dieses Stühle zurechtrücken und Türen aufhalten. Hoffentlich lernte Harley das von ihm. Mr Peters würde nicht lachen, wenn ich ihm erzählte, dass ich an der Open University studieren wollte. Er würde dasitzen und attraktiv und kultiviert aussehen und mir zeigen, wie man den Anmeldebogen ausfüllt. Ich überlegte, wie es wohl wäre, ihn zu küssen. Das war der letzte Gedanke, den ich hatte, bevor meine Glieder in der durchgesessenen Schaumstoffpolsterung des Sofas versanken und der Schlaf mich schwer hinabzog wie eine Tasche voller Steine.

Lautes Hämmern drang in den dunklen Tunnel, um mich daraus hervorzuzerren. Colin brüllte, ich solle aufwachen, rüttelte auf dem Weg zur Haustür an meiner Schulter. Einen Moment lang blinzelte ich, bis die Wirklichkeit wieder herbeiflutete und ich aufsprang. Rasch sah ich auf die Uhr und stellte mit einem Aufwallen des schlechten Gewissens fest, dass ich eine Stunde geschlafen hatte.

Als ich das kurze Stück zur Tür zurückgelegt hatte, lag Colin schluchzend auf den Knien, die Arme auf der Schwelle um Bronte geschlungen. Alles, was ich hören konnte, war »oh, Scheiße, oh, Scheiße«, wieder und wieder, wie ein Mantra. Bronte schaute zu mir auf, die braunen Augen groß und unsicher, das lockige Haar so nass, dass es fast glatt war. Ihr Blazer war mit Schlamm bespritzt, den zerdrückten Hut hatte sie unter dem Arm. Ich stürzte mich auf sie, roch an ihr, berührte ihr Gesicht, küsste sie auf den Kopf.

»Wo warst du denn? Wir haben uns solche Sorgen gemacht!« Meine Stimme klang harscher und höher als sonst.

Ihr Gesicht verzog sich, und sie fing an zu weinen. Ich konnte nicht verstehen, was sie sagte.

»Lass doch, Mai, wärmen wir sie erst ma' auf. Das können wir alles später noch klären, is' doch jetzt egal.«

Erst da fiel mir die undeutliche Gestalt wieder ein, die ich im Schatten hatte stehen sehen, als ich zur Tür gerannt war. Ich schaute hinaus.

»Tarants?«

Er trat vor, in den Schein der Lampe über der Haustür. »Hast du sie gefunden? Danke, danke, danke.« Ich fiel ihm um den Hals und registrierte, dass er sich ganz steif machte, wie ein Mensch, der Aggression gewöhnt ist und keine Zuneigung. Er presste die Arme an den Körper, bis der erste Dankbarkeitsschwall verebbt war und ich mich wieder an die Regeln unserer Siedlung erinnerte.

Tarants bohrte die Hände in die Taschen und scharrte mit den Füßen. So, mit einem Schal, der sein Tattoo verdeckte, und das weißblonde Stachelhaar platt vom Regen, sah er ganz normal aus. »War doch nichts weiter. Ich war Ihnen was schuldig. Man sieht sich.«

»Moment. Wo hast du sie gefunden?«

Er winkte. »Das erzählt sie Ihnen schon.« Und dann war er weg, und der Regen spülte meine Dankesworte und meine Fragen fort.

Kapitel 12

Mindestens die erste Stunde lang musste ich Bronte einfach die ganze Zeit anfassen. Nahm immer wieder ihre Hand und fragte sie, ob sie okay sei, bis sie richtig genervt war. Der Tag, an dem es mein Herz mit Freude erfüllte, dass Bronte mich achselzuckend abwies, war gekommen. Ich steckte sie in die Wanne und hüllte sie in einen kuscheligen Bademantel, während Colin bei der Polizei anrief – »Sagen Sie denen, wir ham ihr'n Job für sie erledigt.« Bei endlosen Erdnussbutter-Sandwiches erzählte sie stockend die traurige Geschichte, wie sie auch so sein wollte wie Sorrel und Saffy, mit einem neuen Paillettentop. Wie sie dem Wachmann entwischt war. Wie sie sich auf dem Friedhof versteckt hatte, wo wir vor drei Jahren Mum beerdigt hatten.

»Warum bist du denn da hingegangen? Da ist es doch so grässlich, so grau und traurig?«, fragte ich.

»Weiß nicht. Ich wollte einfach bei Amatxi sein.«

Amatxi hatte Bronte Mum immer genannt, »Großmutter« auf Baskisch. In mancher Hinsicht waren die beiden sich so ähnlich. Mum konnte im Supermarkt nicht anstehen, ohne sich mit demjenigen, der vor ihr stand, über den Preis für Pflaumen zu unterhalten, aber sie hatte auch so eine Art Geheimnisse zu hüten, genau wie Bronte, Informationen immer nur ganz bedacht rauszulassen, wenn sie fand, das müsse man jetzt wissen. Wenn überhaupt. Bronte war erst sechs gewesen, als Mum gestorben war, doch die langen Nachmittage im Park, das lärmende Keksebacken in meiner Küche, das stundenlange Vorlesen, wieder und wieder dieselbe Geschichte, all das hatte meiner Mutter geholfen, eine Bindung zu Bronte aufzubauen, von der ich nur träumen konnte.

»Wie bist du denn da hingekommen?«, wollte ich wissen. »Doch bestimmt nicht zu Fuß?«

Bronte nickte. »Doch. Ich bin den Weg am Fluss langgegangen.«

»Das sind doch ungefähr sechs Kilometer.« Unwillkürlich biss ich mir auf die Lippe, ich konnte es nicht ausstehen, wenn sie allein irgendwo herumlief.

Sie erzählte weiter. »Hat 'ne Ewigkeit gedauert. Als ich angekommen bin, ist es schon dunkel geworden, aber ich hab gedacht, ich geh nur mal schnell und schau, ob ihr Grab ordentlich ist.«

Grundgütiger. Dieses Mädchen konnte nicht schlafen, wenn das Licht im Flur nicht an war. Das war alles meine Schuld – sie hatte schon lange zu Mum ans Grab gehen wollen, aber ich hatte mich immer wieder herausgeredet. Ich ging nie dorthin, weil ich Mum lieber in Erinnerung behalten wollte, wie sie in der Küche saß, Brandy in ihren Kaffee rührte und mir die Hölle heißmachte, weil ich vor fast zwanzig Jahren nicht studiert hatte. »Du hättest Premierministerin werden können, aber dann bist du diesem Taugenichts von Colin begegnet. Pah.«

Brontes Entschlossenheit, ihr Verlangen, zu tun, was sie sich vorgenommen hatte, obwohl sie sich fürchtete, das erinnerte mich so sehr an Mum.

»Irgendwie hab ich ein bisschen viel gemacht, weil, ihr Grab war echt zugewuchert. Also hab ich angefangen, Ordnung zu machen, Unkraut rauszureißen und so. Ich hab gar nicht gemerkt, wie dunkel es war, weil, da ist doch die Straßenlaterne gleich neben Amatxis Grab. Und dann, als ich mich umgeguckt hab, da hab ich echt Angst gekriegt. Ich wollte gerade los, da sind zwei Jungs gekommen und haben angefangen, mich auszulachen. Haben gesagt, ich wär durchgeknallt, weil ich Selbstgespräche führen würde. Ich glaub, ich hab Amatxi die ganze Zeit von der Disco und all dem erzählt, ganz leise.«

Ich wartete. Der Friedhof war berüchtigt dafür, dass dort Teenager abhingen und Drogen nahmen.

Bronte rührte ihre heiße Schokolade um. »Ich hab gesagt, sie sollen abhauen, und dann ist 'ne ganze Gang von denen aufgetaucht und hat angefangen, mit Steinen nach Amatxis Grab zu schmeißen und mich wegen meiner Schuluniform zu hänseln. Mein Hut ist hin, es tut mir echt leid. Die haben ihn sich geschnappt und damit Frisbee gespielt, bis er in 'ne Pfütze gefallen ist. Und sie haben gesagt, sie reißen mir die Klamotten runter, und ich muss im Schlüpfer in die Schule gehen. Sie wollten mir nicht glauben, als ich gesagt habe, ich wohne in der Walldon-Siedlung, haben bloß immer wieder ›Ach, echt?‹ gesagt und gefragt, ob ich bei Gymkhanas mitmache und wo Dad seine Jacht liegen hat. Und dann haben sie mich umzingelt, sie haben sich an den Händen gefasst, und ich konnte nicht raus aus dem Kreis.«

Obwohl wir die Heizung aufgedreht hatten, fror ich. Neun Jahre lang hatte ich sie beschützt, aber als sie mich gebraucht hatte, war ich nicht da gewesen. Hätte ich sie in Morlands gelassen, wäre das alles nicht passiert. Colin schwieg, kaute an seinen Nagelhäuten und sah aus, als würde er jeden Moment in Tränen ausbrechen.

»Und warum haben sie dich dann doch gehen lassen?«, erkundigte ich mich.

»Da war so ein Mädchen, Mum, du weißt schon, die, die früher mit Tarants gegangen ist. Die war damals dabei, als er sich am Kopf wehgetan hat. Sie heißt Stace. Sie wohnt nicht mehr hier, weil, ihre Mum ist zu ihrem Freund gezogen, in die Wohnsiedlung in der Nähe von der Unterführung. Eastward oder so. Sie geht jetzt mit einem Typen, der Colt heißt.«

Ich versuchte, das Gesicht des Mädchens heraufzubeschwören, doch ich konnte mich nur an dicken Eyeliner erinnern. Bronte wollte anscheinend unbedingt weitererzählen. »Jedenfalls, die ist mit Colt aufgekreuzt, und mit ihrem Hund Zip, so 'n langhaariger Schäferhundmischling. Ich hab in der Mitte von dem Kreis gehockt und mir die Hände über den Kopf gehalten, und die haben rumgebrüllt und mit Dosen nach mir geschmissen.« Mit beklommenem Gesicht hielt sie inne. »Ich weiß nicht, ob du meinen Blazer wieder sauber kriegst. Da ist überall Bier und Cola dran.«

Colin drehte sich einen neuen Joint. Ich strich Bronte übers Haar. »Der Blazer ist mir schnuppe, Schatz. Den kriegen wir schon wieder hin.« Dabei fragte ich mich im Stillen, wie ich jemals wieder zu irgendetwas würde Nein sagen können.

»Ich hab versucht, aus dem Kreis rauszurennen, aber der Hund hat angefangen, mich anzubellen. Stace ist angekommen und wollte den Hund holen, und sie hat mich wiedererkannt, von damals, als Tarants sich wehgetan hat. Sie hat die anderen angeschrien, dass sie mich in Ruhe lassen sollen. Zu mir hat sie gesagt, ich soll nicht auf dem Friedhof rumhängen, wenn's dunkel ist, und sie hat gefragt, wo du wärst. Also hab ich erklärt, was passiert war, du weißt schon, das mit dem Top bei Next und all das. Sie hat gesagt, du machst dir bestimmt Sorgen und ich soll nach Hause gehen. Die anderen haben ihr nicht geglaubt, dass sie mich kennt, die haben gedacht, sie wär einfach nur 'n Weichei, und sie haben immer wieder gesagt, dass sie sie aus der Gang schmeißen wollen.«

Ich schämte mich dafür, dass ein Teil von mir zu Colin herumfahren und »Siehst du? Siehst du?« sagen, ihn daran erinnern wollte, was für ein Arschloch er gewesen war, als Tarants sich verletzt hatte. Insgeheim wünschte ich, mein Leben wäre wie das von Clover, wo Leute länger als drei Monate an ein und derselben Adresse wohnten, so dass man ihnen per Interflora ein Dankeschön schicken konnte. Ich würde von Glück sagen können, wenn mir Stace je wieder über den Weg lief.

Genau wie Colin hörte ich schweigend zu, als Bronte mir schilderte, wie Stace und Colt sich total angeschrien hätten, weil sie es gewagt hatte, Tarants zu erwähnen – Exfreund und Gang-Rivale –, als sie das mit Bronte erklärt hatte. Colt hatte ihr eine geknallt, aber Stace hatte nicht kampflos klein beigegeben.

»War sie okay?«, wollte ich wissen.

»Nicht so richtig. Die anderen sind um die beiden rumgestanden und haben gelacht. Colt ist der Anführer von der Gang, ich glaube, deswegen war er auch richtig sauer, dass sie ihn gedisst hat. Sie hat sich mit 'm Zahn die Lippe aufgerissen und am Mund geblutet, und dann hat Colt es noch schlimmer gemacht, weil, der hat so 'n Stachelnietenarmband, und damit hat er ihr das Gesicht zerkratzt. Da ist sie total abgedreht. Er hat versucht, sie zurückzuhalten, aber sie hat die ganze Zeit getreten.« Brontes Miene war ganz nervös und angespannt.

»Und was hat du gemacht, Schatz?« Ich zwirbelte eine Haarsträhne um den Finger, bis es wehtat.

»Das ist es ja gerade, Mum, ich hab überhaupt nichts gemacht. Die waren zu siebt oder so und haben alle geklatscht und gegrölt und zugeschaut, wie Stace richtig schlimm wehgetan worden ist. Colt hat sie umgeschubst, und sie hat sich den Kopf an einem von den Grabsteinen gestoßen. Da ist der Hund auf Colt losgegangen, also hat Stace mich geschnappt und wir sind weggerannt, ganz lange. Sie hatte Angst, dass die uns nachkommen, deswegen haben wir einen richtig weiten Umweg gemacht, durch all die kleinen Nebenstraßen, bis wir zu dem Pub am Kreisverkehr gekommen sind. Sie hat gesagt, ich soll mich bei den Mülltonnen verstecken, und sie geht rein und wäscht sich auf der Toilette. Dann hat sie Tarants angerufen. Erst wollte er nicht kommen, er war in irgend so 'nem Club, aber als sie gesagt hat, ich wär bei ihr, hat er gesagt, er kommt mich holen. Hat unheimlich lange gedauert, bis er da war. Stace hat uns was vom KFC gekauft, und wir haben an der Bushaltestelle in dem Häuschen gewartet, weil's so kalt war.«

Am Ende machte Bronte den Eindruck, als könne sie die ganze Nacht durchmachen, während Colin aussah, als sei er kurz vorm Zusammenbrechen. Seine Wut, die er die ganze Zeit unterdrückt hatte, schien sich jetzt gegen ihn selbst zu richten. Riesige Schockwogen trugen mich von einem Schrecken zum nächsten – Junkie-Friedhöfe, gemeine Teenager, aggressive Hunde –, gemischt mit einem jubelnden Hochgefühl, weil Bronte wohlbehalten wieder zu Hause war.

Colin brachte sie nach oben. Sie hatte darum gebettelt, in unserem Bett schlafen zu dürfen, und keiner von uns beiden wollte sie aus den Augen lassen. Als ich zehn Minuten später hinaufging, schliefen beide fest. Colin hatte sich nicht mal die Mühe gemacht, sich auszuziehen. Den Arm um Bronte geschlungen lag er da, während sie sich in seine Wärme kuschelte. Ihr Gesicht war blass, aber glatt und sorgenfrei. Bronte: einen Tag älter. Ich: zehn Jahre.

Ich konnte nicht einmal ans Schlafengehen denken, in meinem Kopf summte es. Ich wollte alle und jeden anrufen, Sandy aufwecken und mich betrinken, bis ich mir keine Fragen mehr stellte. Das Leben hatte mir eine zweite Chance gegeben. Mr Peters hatte gesagt, ich solle ihn anrufen, wenn es etwas Neues gab. Ich wollte wirklich mit jemandem reden, mit jemandem, der mir mehr zu bieten hatte als eine Beschreibung der verschiedenen Foltermethoden, die der Betreffende irgendwann mal bei der Eastward-Gang anwenden würde. Also beschloss ich, es fünf Mal klingeln zu lassen. Er meldete sich beim zweiten Klingeln. »Maia?«

Der Gebrauch meines Vornamens brachte mich aus dem Takt. Wochenlang waren wir mit Mr und Miss rumgeeiert. Schüchternheit ließ mich ins Stottern geraten.

»Entschuldigen Sie, dass ich so spät noch störe.«

»Ist schon okay, kein Problem. Ist alles in Ordnung? Moment, ich mach nur schnell die Musik aus.«

Michael Bublé sang im Hintergrund und wurde dann mittendrin abgewürgt. Mr Peters kam wieder ans Telefon. »Gibt's was Neues?«

Ich schilderte ihm rasch, was passiert war, und hörte sein Lächeln. »Das ist ja super. Gott sei Dank, dass ihr nichts passiert ist. Wir müssen uns zusammensetzen und überlegen, wie wir Brontes Rückkehr in die Schule gestalten. Können Sie Montagmorgen vor Schulbeginn in mein Büro kommen, sagen wir, um acht?«

»Ja, natürlich«, beteuerte ich und schickte mich an, das Gespräch zu beenden.

»Nicht auflegen. Bitte.« Ich hörte das Öffnen und Schließen einer Tür und das Geräusch von Schritten auf einem Holzfußboden. »Wo ist Bronte jetzt? War sie sehr verstört, als sie nach Hause gekommen ist?«

Ich musste die ganze Zeit daran denken, dass es doch fast Mitternacht war und dass ich meinen Bericht abliefern und Schluss machen sollte, also beschränkte ich mich zunächst auf »Ja/Nein/Gut«. Jede Antwort führte anscheinend zu einer weiteren Frage, und schließlich gab ich den Versuch auf, das Gespräch rasch zu beenden. Irgendwann schlich sich irgendwie ein bisschen scherzhaftes Geplänkel ein, doch es war nicht so, wie mit Sandy zu plaudern oder sogar mit Clover. Hin und wieder wurde ich verlegen und genierte mich, weil ich zu vertraulich gewesen war. Oder fürchterliche Grammatik benutzt hatte.

»Wie kommt denn Ihr Mann, äh, Lebensgefährte – Colin, nicht wahr? – mit alldem klar?« Das unausgesprochene Problem war endlich auf die Tagesordnung gekommen.

»Colin ist okay. Bronte ist seine kleine Prinzessin, deshalb war das alles sehr schwer für ihn. Jedenfalls, ich mach jetzt wohl mal lieber Schluss. Vielen Dank fürs Zuhören.«

»Passen Sie ja gut auf sich auf. Ruhen Sie sich ein bisschen aus, wir reden am Montag. Und noch was, wenn wir nicht in der Schule sind, können Sie mich gern Zachary nennen. Oder Zac. Bei Mr Peters komme ich mir immer vor wie fünfundneunzig.«

Ich sagte gerade zum zweiten Mal Gute Nacht, als ich eine Frauenstimme im Hintergrund hörte. Alles verstand ich nicht, doch ich hörte »kleiner Plausch« und »wie ein Trottel«. Rasch legte ich auf.

Scheiße. Warum hatte er denn nicht gesagt, dass er Besuch hatte? Und wenn ich jetzt angerufen hatte, als er gerade zur Sache kommen wollte? Michael Bublé im Hintergrund fiel mir wieder ein, und ich wand mich vor Verlegenheit. Und dann, unberechtigt, unbegründet und ohne Vorwarnung, überkam mich schlagartig ein Gefühl, von dem ich gar nicht gewusst hatte, dass ich noch dazu fähig war. Eifersucht.

Kapitel 13

Als wir am Montag in Stirling Hall ankamen, fühlte es sich an, als sei es fünf Jahre her, seit ich zum letzten Mal dort gewesen war. Ich war bereits seit drei Stunden auf, hatte einen Putzeinsatz absolviert und war nach Hause geeilt, um mich umzuziehen. Bronte schien das Ganze abgehakt zu haben, sie plapperte davon, Sorrel und Saffy wiederzusehen, und verwandelte ihre jämmerliche Rolle als Ladendiebin und heulendes Elend irgendwie in die einer tapferen, heldenhaften Hundebezwingerin. Harley hatte es allmählich ein bisschen satt, dass sie ständig im Mittelpunkt stand, und sagte zu allem nur noch »Is' ja der Hammer«. Ich rieb ständig die Lippen aneinander, Lippenstift machte mich immer verlegen. Meine unausgeschlafenen Augen drohten unter der ungewohnten Wimperntusche loszutränen.

Ich parkte hinter dem Schulgebäude neben Mr Peters' Audi, so wie er es gesagt hatte, und rechnete jeden Moment damit, dass eine von den mürrischen alten Sekretärinnen herausgestürzt kam und mich anherrschte, der Lieferanteneingang sei auf der anderen Seite der Schule. Sobald ich ausstieg, stand er in der Tür.

»Guten Morgen. Kommen Sie rein, ich hab Kaffee gemacht. Morgen, Harley. Du kannst gleich in deine Klasse gehen. Hallo, Bronte, wie geht's dir denn?«

Sie war so verschüchtert, dass sie flüsterte.

»Das braucht dir nicht peinlich zu sein, wir machen alle mal Fehler. Das gehört zum Erwachsenwerden dazu. Erinnere mich bei Gelegenheit daran, dass ich dir mal von meinem Adler-Tattoo erzähle.« Bronte schaute grinsend zu mir auf und freute sich über diese unverhoffte Information, die zweifellos sofort in der 4H die Runde machen würde. Ich wusste nicht recht, ob er das im Scherz gemeint hatte oder nicht. Er sah mich an und zwinkerte. In letzter Zeit brauchte es anscheinend nicht viel, damit ich rot wurde. Harley zog die Brauen hoch, als er sich auf den Weg den Flur hinunter machte.

In Mr Peters' Büro saß ich ehrfürchtig da, während er Bronte erklärte, was in der Schule passiert war, als sie verschwunden gewesen war, was die anderen Kinder wussten und wie sie mit deren Fragen umgehen sollte. Er war ernst, aber freundlich, und als er geendet hatte, saß Bronte aufrecht da und antwortete klar und deutlich. Das allein reichte schon, um mir die Kehle zuzuschnüren. Bronte machte da weiter, wo sie aufgehört hatte. Ich dagegen kam mir vor, als würde ich gerade eben noch von einer Büroklammer zusammengehalten. Ich wollte sie nicht gehen lassen.

»Ich lass dich jetzt von einem von den Großen zu deiner Klasse bringen und rede noch mit deiner Mum«, sagte er und griff zum Telefonhörer. Bronte hüpfte unbeschwert von ihrem Stuhl, als sei der Freitag des Grauens bloß eine Fliege, die man einfach so wegschnipsen konnte. Ich beherrschte mich mit letzter Kraft und zog alles ein wie bei der längsten Beckenbodenübung der Welt. Zum Glück erschien ein höflicher Junge und fing an, Bronte über das Bild auszufragen, das sie für den Schaukasten im Flur gemalt hatte.

»Wiedersehen, Mum, bis später.« Kein Kuss. Kein »Mach dir keine Sorgen um mich, ich mach schon keine Dummheiten«. Und dann, gerade als sie an der Tür war, kam sie noch einmal zurückgerannt und schlang die Arme um mich. »Ich hab dich lieb«, flüsterte sie. Mühsam brachte ich eine erstickte Antwort hervor und hielt mit aller Gewalt die Tränen zurück, die sich in meinen Augen sammelten, bis Bronte das Zimmer verlassen hatte.

Dann ging ich zur Tür. »Entschuldigung, aber wir müssen uns ein andermal unterhalten.«

Mr Peters vertrat mir den Weg und schloss die Tür. Ich hörte, wie das Schloss einschnappte. Er drehte mich zu sich herum. »Maia, es ist doch vollkommen normal, sich so zu fühlen. Sie haben so viel durchgemacht. Hier.« Er reichte mir ein paar Papiertaschentücher. Ich hätte mir am liebsten die Nase geschnaubt, beschränkte mich jedoch stattdessen auf recht wirkungsloses Tupfen. Dabei versuchte ich, das Ganze wegzulachen, zuckte die Schultern und riss mit brüchiger Stimme Witze über den Oscar für die verheulteste Mutter der Welt.

Er fasste mich an den Schultern. Aus nächster Nähe hätte er mich mit diesen Augen zu allem Möglichen überreden können. »Sehen Sie mich an. Sie machen das ganz prima. Es läuft noch nicht alles so, wie Sie es sich wünschen, aber Sie sind die beste Chance für eine gute Zukunft, die Ihre Kinder haben. Glauben Sie mir, Sie tun das Richtige.«

Nett zu mir zu sein war ganz offensichtlich ein Fehler. Alles Lippenbeißen der Welt konnte den Geist des Flennens danach nicht wieder in die Flasche zurücktreiben. Ich schaute weg. Starrte zwischen heftigem Kleenex-Wischen auf diese blitzblanken Schuhe hinunter. Ich sah, wie er näher an mich herantrat, und spürte die leichte Berührung seiner Arme, die sich um meine Schultern legten. Ganz vorsichtig, ganz höflich.

»Es tut mir leid, ich wollte Sie nicht aus der Fassung bringen.«

Irgendetwas in meinem Inneren gab den Versuch auf, sich zusammenzureißen. Ich lehnte mich an ihn und weinte, während er mir übers Haar strich. Irgendwann wurde mir klar, dass seine Finger meine Kopfhaut massierten. Das war so tröstlich, dass ich die Augen schließen und den ganzen Tag so dastehen wollte, doch als sich mein Schluchzen legte, wurde ich mir allmählich der Geräusche der Schule bewusst, des Türenknallens, der Stimmen und Schritte. Dieser Mann hatte noch etwas anderes zu tun, als den Wohlfühlfaktor für durchgeknallte Eltern zu bieten.

Ich schaute auf und musste dabei den Kopf weit zurücklegen, er war bestimmt gute fünfzehn Zentimeter größer als ich.

»Tut mir leid. Entschuldigen Sie, ich geh dann wohl lieber. Sie haben doch zu arbeiten«, stammelte ich.

Seine Finger verschwanden aus meinem Haar, und er lockerte seinen Griff, ließ mich jedoch nicht los. Kalte Luft drang zwischen uns an die warme Stelle, wo seine Brust gewesen war. Er starrte auf mich herab. »Es gibt nichts, wofür Sie sich entschuldigen müssen.«

Das Halb-neun-Klingeln vor seinem Büro ließ uns beide zusammenfahren. Ich machte mich los, zog mir das T-Shirt glatt und strich mir das Haar aus dem Gesicht.

Er räusperte sich. »Sie brauchen nicht so eilig loszustürzen. Lassen Sie sich ruhig Zeit.« Ich suchte in seinem Gesicht nach einem Anzeichen dafür, dass eine Kopfhautmassage nicht zu den Dienstleistungen gehörte, die einem dank Stirling Halls saftigem Schulgeld zustanden. Dass wir, zwei Flaschen Wein, Marvin Gaye und ein dunkles Zimmer vorausgesetzt, Haut an Haut geraten wären. Er rieb sich mit den Händen übers Gesicht. Sein Blick fand den meinen. Wieder dieses winzige, belustigte Glitzern. Er schaute weg, bevor ich es tat. Als er mich wieder ansah, hatte er beschlossen, etwas zu sagen. All das war dort zu sehen, in der Spannung seines Unterkiefers und in diesen Augen, die nicht mehr lachten.

Noch ehe er ein Wort heraushatte, klopfte es an der Tür. Ich wäre am liebsten kopfüber unter seinen Schreibtisch getaucht. Mr Peters zeigte auf einen Stuhl und formte mit den Lippen das Wort »Hinsetzen«. Dann rückte er seine Krawatte zurecht und riss die Tür auf.

Seine Sekretärin kam mit einem Bündel Papiere hereingewuselt, das sie auf den Schreibtisch legte, um dann mit Fragen über Rugbytrainer anzufangen. Mr Peters wehrte sie mit den Worten »Ich bringe nur schnell meine Besprechung mit Miss Etxeleku zu Ende, dann bin ich gleich da« ab.

Die Sekretärin sah sich nach mir um. »So. Da hätte ich mir die Mühe ja sparen können. Ich hab gerade eine Mahnung an Sie ausgedruckt. Ihre Lunchgebühren sind überfällig. Ich weiß ja, wie das ist, man hat so viel um die Ohren, da übersieht man solche Kleinigkeiten schnell mal. Wenn Sie sie mir so bald wie möglich zukommen lassen würden.« Mit einem fröhlichen Lächeln trabte sie hinaus. Ich hätte ihren emsigen kleinen Arsch am liebsten in die Umlaufbahn getreten.

Mr Peters wandte sich wieder zu mir um und verdrehte die Augen. »Also, wo waren wir?« Seine Stimme klang knapp und präzise, jeglicher Anflug von Geplänkel war verschwunden. »Schön. Ich habe ein Auge auf Bronte und lasse Sie wissen, wie sie zurechtkommt. Und Sie schonen sich in der Zwischenzeit ein bisschen, Sie haben einen fürchterlichen Schock erlebt, und es würde mich nicht überraschen, wenn sich das noch nachträglich bemerkbar macht. Versuchen Sie, sich ein bisschen auszuruhen, wenn's geht.«

Ausruhen. Ich hatte keine Zeit zum Ausruhen. Ich bekam mein Leben ja so schon nicht auf die Reihe, und ich hatte ganz bestimmt keine Zeit für nette kleine Siestas zwischen zwei Wischeimern. Die Seidenkrawatte, die ich da gerade vollgeheult hatte, kostete wahrscheinlich mehr als das Lunchgeld für ein ganzes Trimester. Ich stand auf. »Vielen Dank für alles. Ich meine, das mit Bronte, aber auch das mit Harley. Sie waren sehr freundlich zu uns, Mr Peters.«

Er seufzte. »Sie können mich gern Zac nennen.«

Kapitel 14

Als ich vom Schulgelände fuhr, war Clover vor mir. Ihre Warnblinker gingen an, sie fuhr an den Straßenrand und wühlte tiefe Furchen in den Rasen, ungeachtet der gestrengen »Parken auf dem Gras Verboten«-Schilder. In schlammverkrusteten Reithosen, einem rückenfreien Mohairpullover und silbernen Gummistiefeln stürzte sie auf mich zu und umarmte mich stürmisch, wogender Busen und Patschuli-Parfüm mit einem Hauch von fettigem Haar und Fusel.

Dann löste sie sich von mir, drückte meine Hände ganz fest und legte los, wie üblich nach dem Gießkannenprinzip. »Maia, Gott sei Dank. Sind Sie okay? Mein Gott, Sie sehen völlig fertig aus. Andererseits, Scheiße, was erwarte ich denn? Geht's Bronte gut? Meine beiden waren am Freitagabend untröstlich. Wollten nicht mal zu dem Discoabend gehen. Haben gesagt, sie könnten doch nicht tanzen gehen, wenn sie sich Sorgen um Bronte machen. Ist Colin okay? Und Harley? Der Arme, er muss doch schreckliche Angst gehabt haben.«

Ich dankte ihr dafür, dass sie nach Bronte gesucht hatte, und brachte sie auf den neuesten Stand, wobei ich hier und da ein bisschen wegließ, da die Einzelheiten nicht mehr wichtig zu sein schienen. Besonders das Gemeindezentrum und mein Wiedersehen mit Tarants umschiffte ich. Clover hatte meine Kinder bei sich willkommen geheißen, als schnorchelten sie regelmäßig zusammen auf den Bahamas und klapperten am Wochenende mit dem Ponyclub durch die Gegend. Von den schäbigen Details unseres wahren Lebens brauchte sie nichts zu erfahren. Ich wollte ihr nicht solche Angst machen, dass sie jedes Mal den Familienschmuck wegsperrte, wenn die Cauldwell-Kinder zu Besuch kamen.

Ich geriet sowieso immer wieder ins Stocken, weil Clovers Aussehen mich völlig aus dem Konzept brachte. Ein bisschen exzentrisch sah sie ja immer aus, heute jedoch hatte sie die Bezeichnung »ungekämmt« auf die Spitze getrieben. Sie hatte Ähnlichkeit mit einem von Brontes Trollen, und es war nicht gerade nett von mir, so über meine einzige vornehme Freundin zu denken. Ihr Gesicht war noch röter als sonst, als wäre sie in Wind und Regen über schroffe Gipfel gewandert. Während ich erzählte, schien es ihr schwerzufallen, sich zu konzentrieren, und als ich schilderte, wie Bronte spätabends aufgetaucht war, bis auf die Haut durchnässt, da begann sie zu weinen, und ihr Gesicht zerknitterte wie ein Stück alte Alufolie.

»Clover, es ist okay. Sie ist doch wieder da, und ihr ist nichts passiert. Wirklich, Sie brauchen sich das nicht so zu Herzen zu nehmen. Es war furchtbar, aber jetzt wird doch alles gut.« Clovers Schluchzen wurde lauter, bis ihre Schultern auf und ab wogten, und ich überlegte, ab wann man jemanden ohrfeigen soll, damit er nicht völlig hysterisch wird. Jemandem eine zu kleben, der sowieso schon völlig von der Rolle ist, war mir immer seltsam vorgekommen, aber ich zog es definitiv in Erwägung. Aus dem Augenwinkel sah ich Jeni vorbeifahren und ihren kleinen Hühnerhals recken, um zu sehen, was hier abging. Verdammte Gafferin.

Ich legte den Arm um Clover. »Kommen Sie, wir können

hier nicht stehen bleiben, sonst spielen wir hier das Gruselkabinett für die ganze Schule.«

»Haben Sie Zeit, auf einen Kaffee vorbeizukommen?« Eigentlich klang es mehr wie »Schluck, schnief, Kaffee, schluchz«, aber die Kernaussage kam an. Clover sah so fertig aus, dass ich mich innerlich damit abfand, bis Mitternacht aufzubleiben, um den Riesenhaufen Bügelwäsche zu bewältigen, den ich für eine meiner Kundinnen mit nach Hause genommen hatte. Es wunderte mich, dass Clover wegen Bronte immer noch so außer sich war, für eine Drama-Queen hatte ich sie eigentlich nicht gehalten.

»Ist das auch bestimmt in Ordnung? Ist Lawrence zu Hause?«, erkundigte ich mich.

Lawrences Name schien Clover in einen Rasensprenger zu verwandeln, der fuchtelnd Wasser in alle Richtungen sprühte. Es dauerte ein Weilchen, aber so allmählich ging mir ein Licht auf.

»Kommen Sie, ich fahre Ihnen hinterher.« Ich lotste Clover zu ihrem Wagen und machte ihr die Tür auf. »Und fahren Sie ganz langsam.«

Wir bogen in Clovers Einfahrt ein. Anstatt bis zum Haus zu fahren, hielt sie gleich hinter dem Tor. Ich brauchte nicht lange, um zu sehen, wieso. Zwei Scheiben der Terrassentür waren über die ganze Einfahrt gesplittert, und ein Teil des hölzernen Rahmens wölbte sich in der Mitte nach außen.

»Großer Gott! Ist bei Ihnen eingebrochen worden?«

Clover schüttelte den Kopf und drückte die Haustür auf. Ich folgte ihr in die Küche.

Angesichts des Zustands, in dem das Haus sich heute befand, erschien mir mein letzter Besuch hier wie ein Ausflug auf eine High-Tech-Isolierstation. Papageienscheiße bedeckte die Schieferfliesen auf dem Boden. Die schmutzigen Teller, Becher und Schalen von mindestens drei Tagen stapelten sich zwischen Krümelhaufen und Toastkrusten auf dem Kiefernholztisch. Zwei Müllsäcke quollen über, an die Küchenschränke gelehnt. Mein Gott. Da war doch bestimmt irgendwo eine Ratte drin. Ich dirigierte Clover zu einem Stuhl.

»Ich mache Ihnen erst mal was zu trinken«, sagte ich. Auf gar keinen Fall würde ich einen Becher nehmen, den ich nicht persönlich abgewaschen hatte. Clover setzte sich und rieb sich das Gesicht an ihrem Pullover. Ich tauchte die Hand in den trüben Pfuhl im Spülbecken und zog ein paar schleimige Becher hervor. Dann saugte ich ein wenig Wasser in eine leere Spülmittelflasche und betete, dass der Heißwasserhahn halten würde, was er versprach. Gott sei gedankt für den gusseisernen Herd. Rasch machte ich Kaffee und sah entsetzt zu, wie die Milch an der Oberfläche klumpte. Ich wollte Clover nicht bloßstellen, aber ich konnte sie doch keinen Hüttenkäse trinken lassen.

»Die Milch ist anscheinend nicht mehr ganz gut. Haben Sie irgendwo noch welche?«

»Scheiße.« Sie antwortete nicht auf meine Frage, sondern legte bloß den Kopf auf die Arme und fing von Neuem an zu weinen. »Ich krieg aber auch gar nichts auf die Reihe.«

»Macht nichts. Ich trinke meinen schwarz.«

»Ich nehme Wasser.«

Zwei Getränke zu finden, von denen wir keinen Durchfall bekommen würden, war schon schwer genug gewesen.

Ich wartete. Das war eine Technik, die ich von Mr Peters gelernt hatte, der wahrscheinlich das wahre Ausmaß meiner Schulden sowie die Farbe meiner Unterwäsche in Erfahrung bringen könnte, indem er schweigend dasaß.

Es klappte. Clover hob den Kopf. »Lawrence hat mich verlassen.«

»Mein Gott, Clover. Sie Arme! Warum denn?«

»Im Augenblick redet er nicht mit mir, aber am Freitagabend ist er rausgestürmt, als ich von der Suche nach Bronte zurückgekommen bin. Hat ein paar ganz schreckliche Sachen gesagt, mir war gar nicht klar, dass er so empfindet.«

»Wissen's die Kinder?«

»Nein, die denken, er ist auf Geschäftsreise. In letzter Zeit war er immer so schlecht gelaunt, ich glaube, sie sind froh, dass er nicht da ist.«

Ich versuchte immer noch, den richtigen Dreh in Sachen Akzeptable Gutbürgerliche Konversation rauszubekommen. Über Geld zu reden, vor allem über die exakten Beträge, über die Sandy und ich uns gern ausließen – Gehälter, der Preis einer neuen Glotze, die Höhe einer Hypothek oder, in unserem Fall, der Miete –, war genauso ungehobelt wie Popeln am Abendbrottisch. Bezüglich der Unzulänglichkeiten eines Ehemanns war ich mir über die Grenzen weniger im Klaren, allerdings war ich ziemlich sicher, dass Clover nicht auf Sandy machen und mir schildern würde, was für Geräusche Lawrence beim Sex von sich gab. Geduldig saß ich da, wartete, dass Clover auspackte, und verzog angesichts meines milchlosen Kaffees das Gesicht.

Sie stand auf. »Kommen Sie, sehen Sie sich's lieber selber an.« Wir gingen durch einen eichengetäfelten Flur, wo der Februarsonnenschein durch eine Buntglaskuppel in der Decke strömte. Staub wirbelte beim Gehen um uns herum. Clover führte mich in den »Salon«. Dort sah es aus, als hätte ein Haufen Raver erst vor Kurzem zusammengepackt. Die Überreste einer Standuhr lagen geborsten da und ragten durch die kaputte Scheibe der Terrassentür. Überall Messinginnereien, wie auf einem von diesen Dali-Gemälden, auf die die Professorin so abgefahren war. Ein kalter Luftzug wehte durch das Loch in der Tür. Niemand hatte daran gedacht, Clovers wunderschöne Seidenvorhänge abzunehmen, die vom Regen Wasserflecken bekommen hatten.

»Die Kinder haben sich solche Sorgen um Bronte gemacht, dass sie einfach nicht zur Ruhe gekommen sind, also hab ich vorgeschlagen, im Salon ein Lager aufzuschlagen, um sie abzulenken. Bloß ein bisschen Spaß mit ein paar Decken und Kissen und so. Orion wollte eine Rennbahn für ihre Mountainbikes draus machen. Da war ich nun nicht so scharf drauf, aber der Boden ist ja hart, da wollte ich auch keine Spaßbremse sein. Wir haben alle Möbel zur Seite geräumt, aber als ich rausgegangen bin, um Popcorn zu machen, hatte Orion die geniale Idee, über den Couchtisch zu springen. Er hat es geschafft, mit dem Hinterrad hängen zu bleiben, und ist in die Standuhr geknallt, und zwar mit ganz schön Karacho. Die, wie Sie sehen können, durchs Fenster gekippt ist.« Sie trat nach ein paar Glasscherben auf dem Boden.

»Ist ihm was passiert?«

»Er hat sich die Schulter geprellt, hat sich aber sonst nichts getan. War wohl eher sauer, dass er die Wette mit den Zwillingen verloren hat.«

»Ich nehme an, Lawrence war ziemlich sauer, als er nach Hause gekommen ist?« Ich war wie vor den Kopf geschlagen von Clovers »Wie gewonnen, so zerronnen«-Einstellung dem Schaden gegenüber. Die Uhr allein war bestimmt etliche Tausend wert gewesen.

»Lawrence war wahnsinnig wütend. Hat gesagt, ich wäre als Mutter vollkommen unfähig und müsste endlich erwachsen werden und aufhören, die Kinder verwahrlosen zu lassen. Er hat gesagt, er hätte es satt, in einem Dreckloch zu wohnen, mit einem faulen Fettarsch, der von einem

Treuhandfonds lebt, während er sich da draußen in einer Branche voller Wichser krumm und bucklig schuftet, nur damit meine Familie nicht denkt, ich hätte einen Versager geheiratet.«

Hilflos fuhr sie sich mit der Hand durchs Haar, woraufhin es noch mehr zu Berge stand. Sie sah wirklich aus, als hause sie unter einer Brücke. Sie schaute sich im Zimmer um. »Ich weiß ja, das Haus ist ein bisschen unordentlich, aber er hat immer gesagt, er fände es grässlich, wenn er mit jemandem verheiratet wäre, der ständig mit dem Staubwedel rumfuhrwerkt. Ich hab gar nicht gewusst, dass ihn das Durcheinander stört. Er hat nie was gesagt.«

Ich konnte verstehen, wieso Lawrence ein Problem damit haben könnte, nach einem langen Arbeitstag in ein Wohnzimmer heimzukehren, wo Glasscherben unter den Füßen knirschten. Mountainbiken im Salon? Hal-*looo*? Nichts so Alltägliches wie ein paar Runden auf der Playstation oder ein paar Bügelperlen. Dann fiel mir wieder ein, dass Clover meine Freundin war, wodurch Lawrence automatisch ins Unrecht geriet. Meine neu entdeckten Schweigefähigkeiten liefen bald auf die Puffer auf. »Sie haben einen Treuhandfonds?« Es fiel mir schwer, die verwahrloste Pennerin vor mir mit den Cambridge-Absolventen, den Perlen und den eleganten fließenden Kleidern in meiner Fantasie in Einklang zu bringen. Zu spät fiel mir wieder ein, dass es vulgär war, über Geld zu reden.

»Mein Großvater hat ein Vermögen damit verdient, Tonerde aus Flüssen zu baggern, die auf dem Bau verwendet werden kann. Lawrence fand's immer zum Kotzen, dass ich Geld habe, vor allem, ohne zu arbeiten, weil er weiß, egal, wie viel er verdient, ich werde immer mehr haben. Er ist ein verdammter Dinosaurier aus dem Norden, denkt, es sei Sache des Mannes, die Brötchen zu verdienen. Typisch Arbeiterklasse mit einem Riesenkomplex, denkt, jeder, der Geld erbt, wäre ein verwöhnter Trottel.«

Ich gab mir Mühe, Clover ihre Meinung über die Arbeiterklasse nicht übel zu nehmen.

Angesichts ihrer Probleme hätte ich mich eigentlich freuen sollen, dass Colin gern bereit war, auf dem Sofa zu sitzen, während ich jeden Penny nach Hause brachte, den ich verdiente. Tat ich aber nicht. Probleme mit dem Treuhandfonds der Ehefrau, das schienen mir wunderbare Sorgen zu sein.

»Ich versuche, das Geld nicht anzurühren oder es ihn zumindest nicht merken zu lassen, wenn ich es tue, aber die Wahrheit ist, die Bonuszahlungen in der Stadt sind im freien Fall, und wenn ich unsere Kasse nicht aus dem Treuhandfonds auffüllen würde, müssten wir umziehen.«

»Und warum hat er jetzt ein Problem damit? Was hat sich geändert?«, wollte ich wissen

»Ich weiß es wirklich nicht. Ich dachte immer, er ist froh, dass die Kinder all das haben, was er nie gekriegt hat. In letzter Zeit hat er rumgetönt, die drei wären verzogene Bälger und würden alles für selbstverständlich halten. Ich weiß nicht, was ich machen soll, wenn er nicht zurückkommt.«

»Bei einem Problem könnte ich Ihnen helfen.«

Clover zog eine winzige Hoffnungsbraue hoch. »Wobei denn?«

»Ich kann putzen. Vielleicht hat er ja Lust, mit Ihnen zu reden, wenn Sie das Haus in Ordnung bringen?«

»Ich kann Sie doch nicht mein Haus putzen lassen, Maia. Das geht wirklich nicht, das ist einfach zu viel verlangt. Ich hatte noch nie eine Putzfrau. Lawrence findet es widerwärtig, jemand anderen den Dreck wegputzen zu lassen, den man selbst gemacht hat«, wehrte Clover ab.

»Clover, damit verdiene ich meinen Lebensunterhalt. Sie sollten mal ein paar von den Häusern sehen, wo ich sauber mache.«

Will sagen, da ist es nie auch nur annähernd so dreckig wie hier.

»Wenn Sie und Ihre Kinder nicht gewesen wären, dann hätten wir in Stirling Hall nie Freundschaften geschlossen. Sie waren die Einzige, die uns nie von oben herab behandelt hat, wahrscheinlich sind Sie das immer noch. Lawrence braucht es ja nicht zu erfahren.«

»Ich bezahle Sie.« Clovers Stimme hatte etwas Flehendes.

»Ich will kein Geld«, wehrte ich ab.

»Maia, seien Sie doch nicht blöd. Ich habe etwas, das erledigt werden muss, und wenn Sie Ihre Zeit dafür hergeben, dann werde ich Sie dafür bezahlen.«

Wir diskutierten hin und her, ohne uns einig zu werden, bis ich schließlich in die Küche marschierte und mich mit Kehrschaufel, Handfeger, Müllsäcken, Möbelpolitur und Staubtüchern bewaffnete, die noch in der ungeöffneten Verpackung steckten.

Mich in Aktion zu sehen, schien Clover aus ihrem Unglücksnebel aufzuschrecken, und bald hatten wir einen ordentlichen Rhythmus gefunden – ich fegte die Glasscherben aus den Zimmerecken, und Clover saugte sie mit dem Staubsauger auf. Ich fragte sie, was sie mit der Standuhr machen wolle.

»Keine Ahnung. Ich konnte die noch nicht mal leiden, stopfen wir sie in einen Müllsack. Ich pack sie in die Garage«, meinte sie und stupste ein Messingzahnrad mit dem Fuß an.

Sich irgendwie mit wenig zu behelfen, schien Clover völlig fremd zu sein. Beim Arbeiten kamen Informationsfetzen über ihr Leben ans Licht, als versuche sie zu verstehen, wie sie hierhergelangt war. Lawrence war bettelarm aufgewachsen. Sie war ihm im Hyde Park begegnet, als sie den Unterricht am Mädchenpensionat geschwänzt hatte. Ich hatte gar nicht gewusst, dass es noch Mädchenpensionate gab.

»Blumenstecken hat mich noch nie interessiert. Hohe Absätze sind mein Tod, aber ich kann aus dem Auto steigen, ohne dass man meinen Schlüpfer sieht.« Lawrence machte gerade eine Ausbildung zum Buchhalter, doch ihre Familie war trotzdem entsetzt gewesen. »Er war so was von kratzbürstig. Ist in Tierschutz-T-Shirts zum Essen gekommen und hat dagesessen, die Ellenbogen auf dem Tisch, und meiner Mutter wegen ihrer Pelzmäntel Vorträge gehalten.«

»Für einen Buchhalter habe ich Lawrence nicht gehalten.« Die Muskeln hinten an meinen Oberschenkeln protestierten, als ich das große Ledersofa wieder an seinen Platz schob.

»Das hat er nur gemacht, um aus Manchester rauszukommen, irgend so ein Programm für clevere Jugendliche aus armen Verhältnissen, das von einem großen Wirtschaftsprüfungsunternehmen gesponsert wurde. Er wollte nicht von meinem Geld leben, also ist er wohl da reingezogen worden. Er findet es zum Kotzen, seinen Lebensunterhalt nicht selbst bestreiten zu können. Wie die meisten jungen Männer wollte er eigentlich Rockstar werden. Er kann toll singen.«

Ja, ich konnte mir Lawrence durchaus in Röhrenjeans und Sex-Pistols-T-Shirt vorstellen.

Die Hände in die Hüften gestemmt trat Clover einen Schritt zurück. »Scheiße, Maia. Das sieht klasse aus. Ich werde die Kinder im Keller einsperren müssen, damit sie hier nicht alles wieder einsauen.«

»Wir haben noch jede Menge zu tun. Nicht schwächeln.«

»Nicht schwächeln? So viel hab ich seit Jahren nicht mehr geputzt. Meine Mutter konnte sich nicht entspannen, wenn ein Vorhang nicht gerade hing oder ein Fingerabdruck an der Fensterscheibe war. Offensichtlich schlage ich ihr nicht nach.«

Ich reichte ihr eine Flasche mit uraltem Kupferputzmittel, die ich ganz hinten im Schrank gefunden hatte. »Ich nehme mir das Holz rund um den Kamin vor, Sie machen die Einfassung.«

Clover machte sich an die Arbeit. Ihre Reithose verhalf ihr zu einem hübschen Maurerdekolleté, als sie auf allen vieren loslegte. »Ich hätte nie gedacht, dass mir Putzen jemals helfen würde, mich besser zu fühlen. Jetzt ist es so. Danke, Darling. Ich hoffe, Lawrence kommt zurück und sieht das hier.«

»Ganz bestimmt.« Ich fragte mich, ob Clover wohl die Denkblase über meinem Kopf sehen konnte, in der stand: »Hat er eine andere?« Sie war wieder so gut drauf, dass wir die Möglichkeit des Kolleginnenbumsens ruhig ein andermal erörtern konnten, beschloss ich. Ich zog die kleinen Beistelltische hervor und entdeckte Wasserringe, die aussahen wie Spirographiebilder, sowie etliche Versuche von Sorrel, ihren Namen dort einzugravieren. Da behandelte ich ja meinen Resopal-Küchentisch besser. Untersetzer waren anscheinend was für die Arbeiterklasse.

Ich saugte erst hinter den Vorhängen tote Ohrenkneifer auf und dann eine Sammlung diverser Essenskrümel aus der Sofaritze, danach putzte ich die Fenster, die der Kollision zwischen Mountainbike und Standuhr entronnen waren. Clover war wieder obenauf und sang »We Are the Champions« in die Möbelpoliturdose, während der Salon allmählich weniger nach Müllkippe aussah und mehr wie ein Ort für Butler und Champagnertabletts.

Wir schmiedeten einen Plan. Einen Monat lang würde ich jeden Tag für zwei Stunden kommen, gleich nach der neuen Frühschicht, die ich gerade in einem Fitnesscenter angefangen hatte.

Und, ja, ich würde mich von Clover bezahlen lassen. Anders konnte ich mir das nicht leisten.

Kapitel 15

Als am Tag vor dem Ende der ersten Trimesterhälfte das Musical *Oliver!* anstand, sang ich inzwischen praktisch schon im Schlaf »Komm, fühl dich ganz zu Haus«. Clover hatte uns die CD geliehen, und kein Frühstück verging, ohne dass die Kinder »Brot, herrliches Brot« trällerten. Oft kam ich ins Wohnzimmer und traf dort Harley dabei an, wie er zu »Mach die krummen Finger schön lang« irgendwelche raffinierten Schritte übte. Er hatte angefangen, sich vor dem Spiegel zu produzieren und Reden fürs Publikum zu halten.

Colin rempelte ihn immer wieder an und knurrte: »Na, hoffentlich wirste nich' zu so 'ner verdammten Ballettschwuchtel wie dieser, wie hieß er noch? Billy Elliot. Du willst doch ma' 'n richtigen Job ham.« Glashaus, Steine und so weiter. Jedes Mal, wenn ich etwas davon sagte, dass Colin mitkommen und zuschauen sollte, war seine Standardantwort: »Ich hab das doch hier schon fünf Millionen Mal gehört, wieso soll ich 'n da noch in die Schule kommen?«

Letzten Endes würde er Harley nicht enttäuschen, das wusste ich. Ich machte mir mehr Sorgen über Colins Auftritt als über Harleys.

Als der Abend gekommen war, drängten sich die Leute auf dem roten Teppich, der in die Schule hineinführte. Ich sah mich nach Mr Peters um. Als Sekundarstufenleiter würde er ganz bestimmt hier sein, doch ich sah nur den

Direktor, der die Eltern namentlich begrüßte und sie hereinbat. Die Männer in Maßanzügen und Seidenkrawatten, die Frauen in zarten Kleidern und Designerschuhen. Colin hatte sich geweigert, sein West-Ham-United-Trikot auszuziehen und sich daran geklammert wie ein Kleinkind an seinen Teddy. Seine Miene hellte sich auf, als er die Primaner erblickte, die mit Tabletts voller Weingläser die Reihen auf und ab schritten. »Super, was zu Saufen gratis. Meinste, die ham auch Bier?«

Ich starrte geradeaus und perfektionierte die Kunst, das Geflüster in der Menge um uns herum zu überhören. Colin rülpste. Aus dem Augenwinkel sah ich, wie er ein leeres Glas auf ein Tablett knallte und nach einem zweiten griff. Ich konnte es gar nicht erwarten, ins Gebäude zu kommen, wo ich ihn anfauchen konnte. Verstohlen stieß ich ihn mit dem Fuß an.

»Was 'n?«, fragte er.

»Nur eins!«

»Wo steht 'n das?«

Ich seufzte und schaute weg. Insgeheim wünschte ich, ich wäre allein gekommen. Als wir durch die Tür traten, stand ich plötzlich vor Mr Peters. So nahe war ich ihm seit dem Morgen nicht mehr gewesen, als Bronte wieder zur Schule gegangen war. Nur hin und wieder hatte ich über den Schulhof hinweg seinen Blick aufgefangen, und das hatte gereicht, um irgendetwas in meinem Bauch zu einem kleinen Salto zu veranlassen. Jetzt direkt neben ihm zu stehen ließ eine Hitzewelle durch meinen Körper schießen. Ich wünschte mir verzweifelt, mich auf die Zehenspitzen zu stellen und an seinem Hals zu schnuppern. Wenn Colin sich Irischer Frühling unter die Arme und in den Schritt sprühte, hatte das einfach nicht denselben Reiz.

»Miss Etxeleku, Mr Cauldwell, guten Abend. Ich habe mir vorhin die Generalprobe angeschaut, und ich glaube, Sie werden sehr beeindruckt von Harley sein. Bitte gehen Sie doch rein und suchen Sie sich einen Platz«, sagte Mr Peters und winkte uns in die Aula. Angesichts der Holztäfelung, der verzierten Decke und der erhöhten Sitzreihen kam es einem vor, als betrete man ein Theater im West End. In Morlands war ich immer froh gewesen, eine halbe Pobacke auf einem Klappstuhl unterzubringen.

Ein winziges Eckchen meines Verstandes war ein wenig enttäuscht darüber, dass Mr Peters keine ganz besondere kleine Bemerkung für mich übrig gehabt hatte. Sechsunddreißig, fast dreizehn. »Komm, wir setzen uns nach vorn«, sagte Colin und drängelte sich durch eine Gruppe, die gerade überlegte, welche Plätze wohl »von der Akustik her« die besten seien.

In der Mitte der ersten Reihe blieb Colin stehen und nahm das Programmheft von einem Platz. Kaum hatte er sich darauf plumpsen lassen, kam Jenı angestakst. »Verzeihung, diese Plätze sind reserviert.«

»Wie, reserviert?«, fragte Colin.

»Wir sind eine Gruppe und sitzen zusammen, deswegen waren wir früh hier und haben unsere Programme auf die Stühle gelegt.«

»Ich seh hier kein ›Reserviert‹-Schild. Soll ich etwa 'n Programm sehn und denken, ach ja, der Platz da gehört der Blondine da drüben? Eher nich', oder? Ich denk, super, da hat jemand seinen Job echt gut gemacht und mir 'n Programm hingelegt.«

Jenı kniff die Augen zu schmalen Schlitzen zusammen. »Mr Etxeleku, ich verstehe ja, dass Sie es in letzter Zeit nicht leicht hatten, als Bronte verschwunden war, daher werde ich Ihr Benehmen entschuldigen, aber ich wäre Ihnen dankbar, wenn Sie sich woanders hinsetzen würden, da wir diese Plätze bereits reserviert haben.«

»Jetzt hörn Sie mal zu, Schätzchen. Eins nach 'm andern. Erstens bin ich nich' Mr Etxeleku, ich bin Mr Cauldwell. Und zweitens, Süße, setz ich mich hier nich' weg, und mein Benehmen hat nichts mit Bronte zu tun. Das bin ich, alles klar, so bin ich halt. Wenn Sie hier sitzen wolln, hätten Sie eben Ihren kleinen Arsch hier parken müssen. Maia, setz dich hin.«

Ich hing zwischen Baum und Borke, die Knie leicht gebeugt, auf halbem Weg zwischen Hinsetzen und Davonlaufen. »Komm schon, Colin, schau mal, da sind doch noch jede Menge Plätze frei.« Ich zog an seinem Arm und zeigte nach hinten.

»Geh ruhig, wenn du willst, aber ich bleib hier. Mrs Mikrotitte kann sich vom Acker machen und sich woanders hinsetzen.«

Ich weiß nicht, wer zuerst nach Luft schnappte – ich oder Jeni. Allerdings hatte Colin nicht ganz unrecht. Unter dem Neckholdertop sah ihr Busen wirklich aus wie zwei an einen Stock genagelte Haselnüsse. Gerade als ich dachte, Familie Cauldwell/Etxeleku würde sich gleich auch noch einen Rausschmiss durch das Wachpersonal von Stirling Hall auf die Fahne schreiben können, rammte Jeni Colin den Zeigefinger gegen die Brust, teilte ihm mit, dass er ein widerwärtiges, vulgäres kleines Männchen sei und stampfte davon. Colin lachte und war sehr zufrieden mit sich, dass er dieser Nobeltusse mal gezeigt hatte, wo der Hammer hängt. Er ließ sich lang und breit darüber aus, dass die wohl mal ordentlich flachgelegt werden müsse, bis das Licht ausging und der Vorhang sich raschelnd öffnete.

Ich hatte damit gerechnet, dass dort ein paar Kinder mit Tambourins, Triangeln und ein paar Trommeln vor einer Pappmaché-Kulisse rumhopsen würden. Stattdessen gab an der einen Seite der Bühne ein komplettes Orchester lautstark »Brot, herrliches Brot« zum Besten, während Fredericas Sohn Marlon ins Rampenlicht trat und ganz und gar zu Oliver wurde. Sogar Colin nickte und flüsterte: »Verdammt, is' der gut!«

Ich vergaß Jenı, ich vergaß Colin, als diese Energie von der Bühne herabflutete. Jedes genau getaktete Füßestampfen, jedes Paar ausgestreckter Arme zogen mich tiefer in die Geschichte hinein. Ich wartete auf Harleys Auftritt als Artful Dodger. Als er auf die Bühne gestürmt kam, erkannte ich ihn kaum. Seine Zähne waren geschwärzt, und sein Haar stand stachelig vom Kopf ab. Er wandte sich an Oliver, winkte und stimmte »Komm, fühl dich ganz zu Haus« an. Das war nicht der blasse Junge, der vor einem Monat heulend in Mr Peters Büro gesessen hatte. Das da war mein Sohn, selbstbewusst und Herr der Lage. Colin schob seine Hand in meine und drückte sie. Ich drückte zurück, meine Augen kribbelten. Als Harley eine Taschenuhr aus Fagins Weste fischte, klatschte das Publikum, alles lachte und jubelte. Ich kam mir vor, als stünde ich selbst auf der Bühne. Rasch warf ich einen Blick zu Colin. Normalerweise stand er nicht auf »Kitschmusik«. Wenn er kein höhnisch-verdrossenes Gesicht machte, sah er fast attraktiv aus.

Als der Vorhang zur Pause fiel, ließ die Ansage, im Speisesaal würden Getränke serviert, Colin auf die Beine schnellen. Schüler der Oberstufe kurvten mit Tabletts mit Wein und Orangensaft zwischen den Eltern herum. Ich schickte ein Stoßgebet zum Himmel, dass ich diese Nummer hier lange genug würde durchziehen können, damit Harley und

Bronte bis zur letzten Klasse auf der Schule bleiben könnten. Diese Kids waren wahrscheinlich erst sechzehn oder siebzehn, aber sie wirkten so selbstsicher. Sie wirkten wie Models auf mich. Sie hatten so etwas Gesundes an sich. All dies glänzende Haar und diese ebenmäßigen Zähne. Und ganz gerade Rücken, als wären sie sich ihres Platzes in dieser Welt vollkommen sicher. Sie hatten nichts von jener stets zum Angriff bereiten Anspannung, von dem argwöhnischen Blick, den die Teenager bei uns draufhatten. Und sie waren so reizend. Als Colin anfing, auf vornehm zu machen und blöde Fragen nach dem Jahrgang des Rotweines zu stellen, den er sich gleich in den Rachen kippen würde, lächelte das junge Mädchen wie jemand in einem Zahnpasta-Werbespot und antwortete: »Ich weiß nicht, welcher Jahrgang das ist, aber ich hole Ihnen gern die Flasche.«

Colin zwinkerte mir zu. »Siehste!«

Ich schaute mich um, wen ich hier kannte. Jeni stand mit ihrem üblichen Hexensabbat auf der anderen Seite des Saales und sah verspannt und nervös aus. Ich zweifelte nicht daran, dass Colin ein ganz heißes Thema war. Dann sah ich Frederica hereinkommen, mit erhobenem Haupt und in Roter-Teppich-Haltung, als würde sie gleich fotografiert werden. Sie kam schnurstracks auf uns zu.

»Ist Harley nicht umwerfend? Hat er Schauspielunterricht gehabt? Nein? Dann ist er ein Naturtalent. Sie sollten das unbedingt fördern, ich bekomme nur sehr, sehr selten Kinder zu sehen, die eine solche Bühnenpräsenz mitbringen. Nicht mal bei denen, die auf der Italia Conti Academy sind, seit sie laufen können.«

Ich stellte sie Colin vor und leitete das Gespräch ein, indem ich sagte, dass Fredericas Sohn Marlon Oliver spielte. Zum Glück reichte sogar Colins dürftige Sozialkompetenz so weit, dass er ihr dazu gratulierte, wie gut Marlon war. »Hab ich Sie nich' ma' im Fernsehen gesehen? Warn Sie nich' in *Lewis?* Diese Dozentin, die rausgeflogen is', weil sie was mit 'nem Studenten hatte?«, fragte er.

»Ich kann meiner dunklen Vergangenheit eben nicht entkommen.« Frederica warf ihr Haar über die Schulter.

»In Wirklichkeit sehn Sie viel schlanker aus. Und jünger.«

Frederica hakte sich bei Colin unter und schmiegte sich an ihn. »Die legen es eigentlich nicht darauf an, mich älter aussehen zu lassen, aber Komplimente nehme ich doch immer gern an.« Sie wandte sich an mich. »So ein Charmeur. Maia, Sie haben mir nie erzählt, dass Sie so einen tollen Mann zu Hause haben. Wo haben Sie den denn bisher versteckt?«

Um ehrlich zu sein, ich wünschte mir, er wäre versteckt geblieben, aber ich hätte Frederica dafür um den Hals fallen können, dass sie sich solche Mühe gab. Colin schäkerte auf Teufel komm raus und fragte Frederica nach Promi-Klatsch aus. Ich wollte das auch alles hören, aber ich hatte nicht gefragt, weil ich nicht wie ein aufdringliches Groupie rüberkommen wollte. Die ganze Zeit wartete ich darauf, dass Frederica sich mit »Ich brauch noch was zu trinken« aus der Affäre zog, doch sie blieb endlos lange stehen und zog fröhlich über ihre Kollegen her. »Gordon? Sieht im Film immer aus wie der nette Onkel, aber der ist echt fies jähzornig. Die, die das Sidekick-Blondchen spielt? Nicht so sexy, wie sie aussieht. Na ja, so was muss ich ja sagen, nicht wahr? Bin bloß neidisch, wissen Sie. Wenn die sich abschminkt, ist ihre Haut grauenvoll, aber sie hat einen schönen Busen, falls Sie auf so was stehen.«

Frederica trug gerade so richtig dick auf, von wegen, Harley hätte sein gutes Aussehen wohl von Colin geerbt, als

Clover sich zu uns gesellte. Ich tippte Colin auf den Arm, und er nickte ein rasches »Alles klar?« in Clovers Richtung, um sich dann gleich wieder sabbernd Frederica zuzuwenden. Schauspielerinnen in engen roten Kleidern standen bei Colin höher im Kurs als Hausfrauen in Leinensäcken. Ich tröstete mich damit, dass Lawrence in Sachen Manieren auch nicht gerade den Vogel abschoss.

»Wie geht's Ihnen?«, erkundigte ich mich.

»Ich bin noch nie ohne Lawrence zu einer Schulveranstaltung gegangen, ich hab das Gefühl, alle glotzen mich an.«

»Bestimmt nicht. Die sind wahrscheinlich viel zu sehr damit beschäftigt zu gucken, wer die angesagteste Handtasche hat. Wenn wir wüssten, was die angesagteste Handtasche ist, könnten wir mitmachen.«

Clover brachte ein kleines Lächeln zustande. »Aber es ist einfach nicht fair den Kindern gegenüber. Orion hat er erzählt, er wäre in New York und könnte deswegen nicht kommen, aber ich wette, er ist irgendwo in einem Hotel in Hackney und leckt einer Zwanzigjährigen Schokoladensoße von den Nippeln.«

»Pssst.« Ich schaute mich um, doch niemand schien zu lauschen.

»Na, stimmt doch, oder? Ich meine, muss ja nicht unbedingt eine Zwanzigjährige sein, und vielleicht ja auch keine Schokoladensoße. Vielleicht ist er ja mit einer essen, die so alt ist wie ich und nur Tofu und Sprossen isst und Kamillentee trinkt und einen halb so breiten Arsch hat wie ich. Oder mit einer, die jeden Tag die verdammten Scheuerleisten sauberleckt und Unterhosen bügelt und immer so Sachen wie Cocktailnüsschen und Petits Fours im Küchenschrank hat, und 'ne Reservestrumpfhose in der Handtasche.« Sie sah aus, als würde sie gleich in Tränen ausbrechen.

Ich hätte nur allzu gern hundert weitere Ideen beigesteuert, mit was für schäbigen alten – oder jungen – Tussen Lawrence sich eingelassen haben könnte, in der Hoffnung, Clover zum Lachen zu bringen. Aber ich durfte nicht riskieren, dass es nicht hinhaute und sie losheulte. Stattdessen schnappte ich mir ein Glas Wein und hielt es ihr hin.

»Kommen Sie schon, wir sorgen dafür, dass er zurückkommt. Wir machen einen solchen Palast aus Ihrem Haus, dass er bestimmt nicht in irgendeiner schmuddeligen Einzimmerwohnung hocken will. In dem Alter haben doch alle Männer mal 'ne Krise.« Ich warf einen raschen Blick über die Schulter. »Ich glaube, Colins Midlifecrisis heißt Frederica.«

»Stört Sie das?«, fragte Clover.

»Ist mir scheißegal.« Die Wahrheit dieser Worte deprimierte mich. Ich war froh, als es klingelte und wir alle wieder hineingehen sollten. Ich tippte Colin an, der daraufhin sagte: »Geh schon vor, ich komm gleich nach, ich trink nur noch schnell aus.« Im Gehen sah ich, wie er seinen Wein hinunterkippte und schnell noch ein paar Gläser in der Nähe leerte. Clover und ich machten uns auf den Weg.

Jeni erreichte die Tür im selben Moment wie ich. »Harley ist ein fantastischer Artful Dodger. Sie sollten wirklich stolz auf ihn sein.«

»Danke.« Ich war verlegen, wusste nicht recht, wie ich mit Lob umgehen sollte.

»Andererseits fällt ihm das mit dem Akzent wahrscheinlich etwas leichter als den anderen.« Sie war weg, ehe mein Gehirn erfasst hatte, was sie meinte. Das würde ich ihr heimzahlen. Irgendwann würde ich ihr das Lächeln von ihrem fiesen, kleinen gebotoxten Mund wischen.

Clover drückte mir den Arm, ehe sie mich verließ, um

sich in ihre Reihe weiter hinten zu quetschen. »Verdammte Zicke. Beachten Sie sie gar nicht.«

Colin ließ sich ein paar Sekunden, bevor sich der Vorhang hob, auf den Platz neben mir fallen, was entrüstetes Gemurmel von den anderen Eltern in unserer Reihe zur Folge hatte. Er wippte im Takt der Musik auf seinem Stuhl und gab laute, allerdings größtenteils wohlwollende Kommentare von sich. Ich wollte einfach nur, dass die Vorstellung vorbei war, damit ich Harley an mich raffen und diese merkwürdige Welt aussperren konnte, in der nichts, was ich tat, richtig war. Angestrengt versuchte ich, mich auf die Geschichte zu konzentrieren, doch der unechte Cockney-Akzent erschien mir nicht mehr so komisch. Der Riesenapplaus, den Harley am Schluss bekam, die pure Freude, die ihm aus dem Gesicht leuchtete, milderte meine Verdrossenheit ein wenig, aber ich war trotzdem als Erste auf den Beinen, als der Vorhang zum letzten Mal fiel.

»Warte, Moment, wo brennt's denn?« Colin mühte sich ab, seine Jacke unter dem Stuhl hervorzuholen. Er zog immer die Schuhe aus, egal, wo er sich hinsetzte, also musste er sich noch die Turnschuhe überstülpen.

»Mir ist echt heiß, ich warte draußen auf dich.« Damit marschierte ich aus der Aula und strebte auf den Ausgang zu. Dort stand Mr Peters mit ein paar Lehrern von Brontes Jahrgang. Ohne ihn anzusehen, verabschiedete ich mich und stürzte hinaus in die kalte Frühlingsluft und über den Rasen, um auf einer niedrigen Mauer auf Colin und Harley zu warten. Als ich aufschaute, kam Mr Peters auf mich zu.

»Alles okay?«, fragte er, als er in Hörweite kam.

»Ja, danke. Mir ist bloß ein bisschen heiß.«

»Ich hab Ihnen doch gesagt, Harley ist toll. Sie sollten wirklich stolz auf ihn sein.«

»Ich bin auch stolz auf ihn. So, wie er ist.« Bestimmt hatte Mr Peters meinen schroffen Ton bemerkt. Ein verwirrter Ausdruck huschte über sein Gesicht, und er zog die Brauen hoch, als erwarte er, dass ich noch etwas sagte. Streitlustig starrte ich zu ihm hoch. Er schaute nicht weg, und ich merkte, wie ich mich unter seinem Blick entspannte, wie sich all meine Knicke und Falten glätteten. Sogar die Anfänge eines winzigen Lächelns konnte ich spüren. Er setzte sich neben mich.

»Sind Sie immer so verschlossen?«, fragte er. Vage war mir bewusst, dass hier zwei Menschen unterschiedlichen Geschlechts ein klein wenig zu dicht beieinander saßen. Wenn ich mich ein bisschen nach links gelehnt hätte, hätte ich ihn berührt.

Ich wandte mich zu ihm um. »Bei Leuten, die mich kennen, bin ich nicht verschlossen, aber es ist schwer, ich selbst zu sein, wenn alle die ganze Zeit über mich urteilen.«

»Ich hoffe, ich gehöre nicht in diese Kategorie.«

»Na, tun Sie das etwa nicht?«

Mr Peters schüttelte bedächtig den Kopf. »Nein, Maia, das tue ich nicht.«

Das laute Geplauder der Eltern, die aus der Schule strömten, trieb über den Rasen. Ich blendete es aus. Unsere Blicke führten wieder diesen Tanz auf, spiegelten den des anderen wider, huschten umher, ließen einander aber niemals los. Das fühlte sich so intim an, als würde ich die Konturen seiner Lippen mit den Fingern nachzeichnen. Mr Peters brach den Blickkontakt als Erster ab. »Schön, wenn Sie okay sind, dann geh ich wohl lieber und ziehe meine PR-Nummer für heute Abend durch. Denken Sie daran, Sie können mich jederzeit anrufen, wenn es irgendetwas gibt, was Sie besprechen möchten.«

Das musste ich ihm lassen, das Professionelle hatte er gut drauf. Und das Persönliche sogar sehr gut.

Ich starrte ihm nach, als er über den Rasen schritt. Harley und Colin erschienen am Ausgang, und Mr Peters nahm seinen Posten neben der Tür ein. Die drei gaben sich die Hand, und Mr Peters zeigte in meine Richtung.

»Alles klar, Schatz?«, fragte Colin, als er auf mich zugelatscht kam, die Schnürsenkel offen und ein klein wenig unsicher auf den Beinen. Wir gingen zum Wagen. Harley plapperte und plapperte, wollte wissen, ob ich gemerkt hätte, dass er die falsche Textzeile gesungen hatte, ob ich ihn genauso gut gefunden hätte wie Marlon, ob einer von den Lehrern irgendwas über ihn gesagt hätte. Ausnahmsweise waren Colins Komplimente einmal aufrichtig, ohne irgendwelche Ratschläge, wie es besser hätte sein können.

Als wir den Kastenwagen erreichten, nahm Colin meine Hand. »Die Schule is' gar nich' so schlimm, wie ich gedacht hab. 'n paar hochnäsige Eltern, aber Harley kommt da echt gut klar. Dieser Peters gefällt mir. Hab ihm gesagt, ich hätte gedacht, der Laden würde voller Wichser sein, aber irgendwie wär's doch 'ne nette Überraschung gewesen.« Er beugte sich vor, um mir ins Ohr zu flüstern, und ich konnte seine Weinfahne riechen. »Lass uns Harley gleich ins Bett bringen, wenn wir zu Hause sind. Ich hab echt Lust, mir dich mal 'n bisschen vorzunehmen.«

Mr Peters würde mich abermals retten müssen, wenn nicht leibhaftig, so doch in meiner Fantasie.

Kapitel 16

Polizisten klopfen anders an als Freunde. Oder Postboten. Oder die Typen, die den Zähler ablesen. Und Gerichtsvollzieher klopfen anders an als alle anderen. Es war der erste Schultag nach den Trimester-Ferien, und ich steckte mitten in den stressigen letzten fünf Minuten vor dem Aufbruch zur Schule. Bronte beschwerte sich, ich hätte ihre Zöpfe nicht richtig geflochten, es gab die üblichen Verzögerungen, weil ich einen Stift auftreiben musste, um das Hausaufgabenheft abzuzeichnen, und außerdem die Entdeckung, dass sich in unseren Küchenschränken nichts fand, was als »Kekse ohne Zusätze« durchgehen könnte. Ein Wummern an der Haustür verriet mir, dass ich gleich eine dicke Faust durch gesplittertes Holz würde ragen sehen. Ich hoffte, dass das bloß einer von Colins Pennerkumpels war, der Spielschulden eintreiben wollte. Harley sauste los, um aufzumachen, aber ich verstellte ihm den Weg.

Ich legte die Kette vor und rief Bronte zu, sie solle raufgehen und Colin aus dem Bett holen. Immer eine verdammte Hürde nach der anderen.

Dann öffnete ich die Tür und lächelte durch den Spalt. »Hallo, kann ich Ihnen helfen?«

Für einen Gerichtsvollzieher war der hier weniger kleiderschrankartig gebaut als mancher andere. Allerdings glaubte ich nicht, dass ich ihn beim Armdrücken hätte besiegen können. Rasch schaute ich auf seine Hände hinunter, ob er einen Bolzenschneider dabeihatte, doch er hatte nur einen Ausweis, den er vor die Tür hielt, und dabei schroff sagte: »Gerichtsvollzieher. Müssen was versteigern, um die Kommunalsteuer zu zahlen, die Sie schuldig sind. Sie haben 'n Brief gekriegt, dass wir vorbeikommen.«

»Ich hab keinen Brief gesehen.« Ich sagte ihm nicht, dass ich inzwischen keine Briefe mehr öffnete, die irgendwie nach Rechnung aussahen, und dass Colin als Sekretär nicht viel hermachte.

»Nach unseren Berechnungen sind Sie mit dreihundertfünfundsiebzig Pfund im Rückstand, und wir sind angewiesen worden, Wertsachen einzuziehen. Könnten Sie mir wohl aufmachen, Schätzchen? Es hat gar keinen Sinn, Stress zu machen, denn wir kommen einfach immer wieder.« Er trat einen Schritt näher an die Tür heran. Ich wich zurück. Colin kam mit nacktem Oberkörper die Treppe heruntergepoltert und machte sich unterwegs die Jeans zu. Er brüllte mir irgendetwas zu, als er in die Küche stürzte, doch ich verstand ihn nicht.

Ich schlug meinen allervernünftigsten Tonfall an. »Sie können doch hier nicht einfach so reinkommen. Und wir haben auch gar keine Wertsachen.«

»Ist ja gut, Schätzchen. Kein Grund zur Panik. Warum lassen Sie mich nicht rein, damit ich mich vergewissern kann, dass das wirklich der Fall ist, dann kann ich denen das sagen, und vielleicht lassen die Sie dann ja in Ruhe.«

Ich zögerte. Der Typ sah aus wie einer, der glatt eine Handtasche aus einem Kinderwagen klauen würde.

»Kommen Sie schon, Schätzchen, machen Sie auf. Je eher Sie mich reinlassen, desto eher können wir beide wieder unser Ding machen.«

Colin kam aus der Küche geschossen. Er stieß mich zur Seite und klemmte sein Gesicht in den Türspalt. »Ey, verpiss dich, ja? Du kommst hier nich' rein und klaust mir mein Zeug. Und jetzt hau ab.« Ich konnte Spucke aus seinem Mund gegen die Tür fliegen sehen. Der Typ auf der anderen Seite der Tür fing davon an, dass wir ihm irgendwas unterschreiben müssten, damit er gehen könne, aber Colin ließ ihm keine Chance. Er knallte die Tür zu und fuhr dann auf mich los.

»Du blöde Kuh, du wolltest den echt grade reinlassen, oder? Hast du denn überhaupt keinen blassen Scheißdunst? Die verdammte Hintertür war offen, der hätte hier einfach so reinlatschen können. Du musst immer alles abschließen, sonst kommen die rein, die steigen durch die Scheißfenster. Ich sag dir, wenn der mal hier drin is', dann lässt der alles mitgehen – Fernseher, DVD-Player, CD-Player, Mikrowelle. Die erzähln ei'm dauernd, man soll was unterschreiben, aber da steht dann, dass sie zurückkommen und sich das Zeug holen können. Scheiße, Maia, du kannst echt so was von dämlich sein.«

Der Schock machte mich mutig. »Ich will dir mal was sagen, so schlau bist du auch nicht. Wenn du mal deinen faulen Arsch hochkriegen und dir einen verdammten Job suchen würdest, anstatt meine Kohle zu versaufen, weil, seien wir doch mal ehrlich, selber verdienst du ja nichts, dann würde hier erst gar nicht irgend so ein Volltrottel aufkreuzen, um deinen Kram einzusacken. Vielleicht guckst du also erst mal in den Spiegel, bevor du mich hier anmachst.«

Es gab noch mehr, was ich sagen wollte, doch ein jäher Schmerz in meiner linken Wange schnitt mir das Wort ab. Das, und die Wucht von Colins Faust, die mich gegen das

Treppengeländer schleuderte, und außerdem eine Ohrfeige als Dreingabe, dass mir das Ohr dröhnte.

»Du verschissenes Miststück!« Er marschierte in die Küche, wo ich ihn mit der Dose klappern hörte, in der ich Ein-Pfund-Münzen für Milch und Brot aufbewahrte. Dann knallte die Hintertür zu.

Ich hob die Hand. Meine Wange war feucht, wo sein Ring mich unter dem Auge erwischt hatte. Den Ring hatte ich ihm gekauft, als ich zwanzig war, als er nur »Mai?« zu sagen brauchte, und ich kam angerannt wie ein Hund, dem ein Hundekuchen verheißen worden war. Colin hatte mich noch nie richtig geschlagen. Ein paar Schubser. Der eine oder andere unfreundliche Knuff. Jede Menge Drohungen, ich würde mir gleich eine fangen. Aber geschlagen hatte er mich nie. Zu schockiert, um zu weinen, setzte ich mich auf die Treppe und betastete mein Gesicht, ob es anschwoll. Ich wollte nicht in den Spiegel schauen.

Ich hatte Frauen, die sich von ihren Männern prügeln ließen, immer verachtet, ich hatte es erbärmlich gefunden, dass sie sich das gefallen ließen. Aber wo konnte ich denn hin? Nirgends. Erst diese Woche hatte in der Lokalzeitung gestanden, dass die Gemeinde noch vierzehn Jahre brauchen würde, bis die Warteliste abgearbeitet wäre. Dann wäre ich verdammt noch mal fünfzig. Was sollte ich denn machen? Die Kinder von einem Wohnwagen auf dem Zigeunerparkplatz unten am Bahngleis aus nach Stirling Hall fahren? Konnte ich ihn zwingen auszuziehen? Bronte würde mit ihm gehen wollen, sie würde sich ganz bestimmt gegen mich wenden. Mir blieb nichts anderes übrig, als weiterzumachen und mir einzureden, dass ich nicht für alle Zeiten so leben müssen würde.

Hinter mir hörte ich Schritte. Harley reichte mir ein

feuchtes Geschirrhandtuch. »Alles okay, Mum?« Er gab sich alle Mühe, nicht zu weinen. Ich drückte ihn an mich, sagte, Dad hätte einen Fehler gemacht, er hätte mich nicht hauen wollen, und bat ihn, mir meine Sonnenbrille aus der Kommode oben zu holen.

Wir waren viel zu spät dran, doch ich traute mich nicht, das Haus zu verlassen, ohne mich vorher zu vergewissern, dass der Gerichtsvollzieher nicht noch draußen lauerte, bereit, durch die Tür zu stürzen, sobald ich die Kette abnahm. Ich schaute in den Garten und schickte dann Harley nach vorn. Er hämmerte gegen die Tür, um zu melden, dass die Luft rein war, und Bronte und ich huschten nach draußen wie zwei Legebatteriehennen bei einem Ausbruchsversuch. Gerade rief ich den Kindern zu, schnell zum Wagen zu laufen, als mir klar wurde, dass da gar kein Wagen stand, zu dem sie laufen könnten. Eine trockene Stelle ein Stück die Straße rauf zeigte, wo der Kastenwagen geparkt gewesen war, wahrscheinlich bis vor einer halben Stunde, als wir so sehr damit beschäftigt waren, alle Fenster im Erdgeschoss zu verrammeln, dass wir gar nicht bemerkt hatten, wie er abgeschleppt worden war. Ich verfluchte mich dafür, dass ich ihn nicht in der nächsten Straße abgestellt hatte. Meine Wange pochte schmerzhaft, und die Tränen, die ich die ganze Zeit zurückgehalten hatte, weigerten sich mitzuspielen: Sie rannen mir übers Gesicht und brannten in der Platzwunde unter meinem Auge.

Harley hielt meine Hand. »Ich weiß was, Mum. Wir fragen Sandy, ob sie uns hinfahren kann. Das macht ihr bestimmt nichts aus, und dann sind wir rechtzeitig zur ersten Pause da. Wir können doch sagen, der Kastenwagen hatte 'ne Panne, nicht wahr? Die brauchen doch nicht zu wissen, dass wir so arm sind, dass sie ihn abgeholt haben, oder?« Ich nickte, mir fiel auch nichts Besseres ein.

Bronte schmiss ihre Schultasche auf den Boden. »Ich fahr nicht in einem Reliant Robin zur Schule. Ist ja schon schlimm genug, dass wir mit einem Kastenwagen fahren müssen. Ich nehm den Bus.« Sie zögerte. »Entschuldige, Mum, ich will keinen Ärger machen, aber ich kann doch nicht in so 'nem Dreiradteil fahren, alle in meiner Klasse sehen mich doch.«

Ich packte sie am Arm und zerrte sie auf Sandys Haus zu. »Du tust, was dir gesagt wird. Ich hab hier gerade einen beschissenen Morgen, einen richtigen Scheißtag, und du wirst das alles nicht noch schlimmer machen. Verstanden? Los jetzt.«

Ich rechnete damit, dass sie sich zur Wehr setzte, doch ich glaube, sogar sie war schockiert, dass Colin mich geschlagen hatte, also stapfte sie maulend neben mir her. Ich hämmerte gegen Sandys Tür.

Sie machte auf, eine Fluppe in der einen und eine Dose Cola in der anderen Hand. Seit ich sie das letzte Mal gesehen hatte, war sie wieder erblondet. »Mann, Maia, was is' 'n mit deinem Gesicht passiert?« Ich zuckte die Schultern und blickte schnell zu den Kindern hinüber. Sie schüttelte den Kopf. Blaue Augen und dicke Lippen waren Sandy nicht fremd.

»Kannst du uns zur Schule fahren? Der Gerichtsvollzieher hat den Kastenwagen mitgenommen.«

»Diese Schweine. Ham die nichts Bessres zu tun? Weswegen denn? Strom? Dafür ham die ma' meine Glotze einkassiert. Kommunalsteuer? Echt Oberschweine. Vielleicht sollten die erst ma' 'n bisschen Müll aufsammeln und das mit den Spritzennadeln und den Kondomen hinten inner

Gasse regeln, bevor die anfangen, sich 'n Kopf zu machen, ob wir jetzt bezahlt ham oder nich'. Kommt, ich hol schnell meine Schlüssel.«

Bronte kletterte auf den Rücksitz und brummelte vor sich hin. Harley, Gott segne ihn, war vollauf damit beschäftigt, Sandy zu schildern, wie das Team von *Top Gear* mal versucht hatte, einen Reliant Robin zu einem Spaceshuttle umzubauen. Ich saß zusammengesunken vorn und fragte mich, wie zum Teufel ich je wieder ein Wort mit Colin reden sollte. Und wie sollte ich meinen Kastenwagen wiederkriegen, ohne dreihundertfünfundsiebzig Pfund sowie eine saftige Bearbeitungsgebühr abzudrücken? Ohne den Wagen konnte ich nicht arbeiten, das hieß, es konnte nur schlimmer werden. Zum ersten Mal gestand ich mir wirklich ein, dass mein Privatschule-Experiment Wahnsinn gewesen war. Woher hatte ich die Rugbystiefel, Lacrosseschläger und Dufflecoats für die Kinder nehmen wollen, wenn wir nicht mal die Miete für eine Absteige bezahlen konnten? Ein Triumph des Optimismus über den Realismus. Zweifellos hatte die alte Professorin mir einen Gefallen tun wollen. Dabei hatte sie in Wirklichkeit meinen Kindern gezeigt, was sie niemals würden haben können.

Sandys Reliant Robin mühte sich die Auffahrt von Stirling Hall hinauf, während sie aus vollem Hals sang. Zum Glück waren wir über eine Stunde zu spät, es war niemand draußen. »Soll ich auf dich warten, Süße?«, fragte sie.

»Nein, ich nehm den Bus nach Hause. Ich weiß nicht, wie lange es dauert, ich muss die Kinder anmelden und unterschreiben. Aber trotzdem vielen Dank.«

»Nenn mich James.« Sie winkte, schlingerte die Auffahrt hinunter davon und holperte über die Bremsschwellen, dass ich dachte, die Karre würde gleich umkippen.

Ich setzte die Sonnenbrille auf und schob sie über die Platzwunde, atmete tief durch und ging zum Empfang.

»Guten Morgen, Miss Etxeleku. Die Kinder waren wohl beim Zahnarzt, wie?«, sagte die Sekretärin und schob die Glasscheibe zurück.

Ich hätte Ja sagen sollen, aber mein Gehirn war wie betäubt. »Nein, der Wagen hatte eine Panne.« Ich brachte es nicht über mich, »mein Kastenwagen« zu sagen.

»Sie Arme, na, machen Sie sich nichts draus, so etwas kommt vor. Wenn Sie hier schnell das Verspätungsverzeichnis unterschreiben würden? Harley, deine Klassenkameraden ziehen sich gerade für den Schwimmunterricht um. Mein Gott, Ms Exteleku, ist alles in Ordnung? Ihr Gesicht …«

»Es geht schon, vielen Dank.« Ich gab keine Erklärung ab, obwohl die Sekretärin praktisch mit dem Oberkörper aus dem Fenster hing, um mich besser betrachten zu können. Stattdessen wandte ich ihr den Rücken zu, um mich von den Kindern zu verabschieden, und ging hinaus. Eilte die Auffahrt hinunter, vorbei an den Rugby- und Tennisplätzen. Colin hatte recht. Ich hatte unrecht. Wir würden noch auf der Straße landen, wenn ich mir weiter vormachte, dass Stirling Hall für uns möglich sei. Heute Abend würde ich einen Brief schreiben, um die beiden abzumelden, und sehen, ob ich sie wieder in Morlands unterbringen konnte.

Am Ende der Auffahrt blieb ich stehen und schaute zu dem grauen Gemäuer zurück. Solche Hoffnungslosigkeit hatte ich zum letzten Mal verspürt, als ich Mum beerdigt hatte. Ich dachte an Clover und daran, was sie über Lawrence und seinen Arbeiterklasse-Komplex gesagt hatte. Lawrence und ich würden im Moment gut zueinander passen. Es gab einige Dinge, die eine Frau mit einem Treuhandfonds einfach nicht so gut verstand wie eine Frau mit einem blauen Auge und dem Gerichtsvollzieher vor der Haustür.

Unwillkürlich ging ich schneller, als ich ein Auto die Auffahrt herunterkommen hörte. Ich hatte fünfundsiebzig Pence bei mir, das hieß, ich würde auf halbem Weg nach Hause aus dem Bus steigen müssen. Gerade überlegte ich, welche von meinen Arbeitsstellen ich zu Fuß erreichen konnte, vorausgesetzt natürlich, ich konnte meine ganze Putzausrüstung mitschleppen, als das Auto neben mir hielt. Mr Peters ließ das Fenster herunter und wies mich an einzusteigen. Offenbar hatte diese alte Plaudertasche von Sekretärin keine zwei Sekunden den Mund halten können. Seine Stimme klang streng; ich tat wie mir geheißen.

»Was in aller Welt ist passiert?«

Das »Es ist nichts weiter« Tausender Frauen vor mir lag mir auf den Lippen. Ich kniff die Augen zu und sprang. Wir würden Stirling Hall ja sowieso verlassen. »Colin hat mich geschlagen.«

Darauf antwortete Mr Peters nicht, doch die Haut um seinen Mund spannte sich. »Ich habe gehört, der Wagen hatte eine Panne.«

Für ihn war ich doch ohnehin schon das Letzte. »Der Gerichtsvollzieher hat ihn abgeholt.«

Seine Schultern sanken herab. »Hat das was mit dem blauen Auge zu tun?«

»Jep.«

Er fuhr aus Sandbury heraus, bog in eine lange Landstraße ein und parkte in einem Wäldchen. »Und was wollen Sie jetzt tun?«

»Wie meinen Sie das, was werde ich tun? Ich werde überhaupt nichts tun. Ich werde weitermachen. Was kann ich denn tun? Zur Polizei gehen? Den Kindern helfen, indem ich ihrem Dad eine Vorstrafe anhänge? Er hat mir bisher noch nie was getan. Es war nur der Schock darüber, dass es so schlimm geworden ist, dass der Gerichtsvollzieher vor der Tür steht.« Es klang sogar in meinen eigenen Ohren erbärmlich.

»Hören Sie doch auf, ihn zu entschuldigen, Maia. Er ist doppelt so groß wie Sie.« Ich hatte Mr Peters noch nie so kalt gehört.

»Scheiße, es geht doch gar nicht darum, ihn zu entschuldigen, oh Scheiße, ich hab Scheiße gesagt, Entschuldigung. Ich entschuldige gar nichts. Na ja, irgendwie schon. Aber Leute wie Sie, ihr versteht das nicht. Ihr wohnt in euren schicken Häusern, fahrt schicke Autos, und wenn ihr mal 'ne Rechnung kriegt, dann ist das nicht das Ende der Welt, die könnt ihr bezahlen. So ist das eben nicht für mich. Bei mir geht's darum, dass die Kinder ein Dach über dem Kopf haben, und, ich weiß nicht, irgendwie durch den Tag zu kommen und was zu essen für sie zu haben und zu hoffen, hin und wieder mal was Schönes zu erleben und immer daran zu denken, die verdammte Hintertür abzuschließen, damit der Gerichtsvollzieher nicht rein kann. Ich hätte die beiden nicht nach Stirling Hall schicken dürfen, weil, das hat alles noch viel schlimmer gemacht, und jetzt kann ich nicht mal mehr zur Arbeit, weil der Wagen weg ist.«

Mr Peters streckte die Hand aus und hob meine Sonnenbrille an. Er zuckte zusammen. Und ich krümmte mich innerlich ein wenig, dass er mich in diesem Zustand sah. »So ein Arschloch, entschuldigen Sie meine Ausdrucksweise. Sie Arme«, sagte er.

»Seien Sie bloß nicht nett zu mir, sonst fang ich an zu heulen«, erwiderte ich.

»Damit komme ich klar.«

Fast hätte ich ihn angelächelt.

»Haben Sie da irgendwas drauf getan?«, erkundigte er sich.

»Ein nasses Geschirrhandtuch.« Die Erinnerung an Harleys Gesicht, als er versuchte, seine Gefühle nicht zu zeigen, ließ meine überlaufen. Ich durfte wirklich keine Zeit mehr mit Mr Peters verbringen, hinter meinem Rücken nannte er mich bestimmt längst eine Heulsuse.

Er löste erst seinen Sicherheitsgurt und dann meinen, dann zog er mich an sich. »Mein Gott, Maia, kommen Sie her.« Er hielt mich so zärtlich umfasst, strich mir so sanft über den Rücken und war so liebevoll, dass der Rest meines Lebens mir noch einsamer vorkam. Als ich mich schließlich von ihm losmachte, war ich geradezu schockiert über die Anteilnahme in seinem Blick. Der einzige Mensch, der mich jemals so angesehen hatte, war Mum gewesen. Und das war der falsche Gedanke, denn er löste einen neuerlichen Tränenstrom aus. Sehr behutsam nahm er mir die Sonnenbrille ab.

»Sekunde.«

Damit stieg er aus und ging zum Kofferraum. Gleich darauf kam er mit dem Verbandskasten zurück und fing an, meine Platzwunde mit Desinfektionsmittel zu betupfen und Arnikasalbe in meine Wange zu massieren.

»Dass Sie Lehrer sind, ist glatte Verschwendung.«

»Dass Sie mit Colin zusammen sind, auch.«

Ein verdutzter Ausdruck huschte über seine Züge, ein Aufblitzen der Verblüffung, als habe er gar nicht vorgehabt, das laut auszusprechen. Und dann, nachdem er es gesagt hatte, war es, als hätte er eine Grenze überschritten, und er beugte sich vor und küsste mich, eine winzige, zögernde Berührung. Dann hob er den Kopf, zeichnete meine Lippen mit dem Finger nach und hielt meinen Blick mit dem seinen fest, obwohl ich wusste, dass ich von diesen grünen Augen wegschauen sollte, die sich wie ein Traktorstrahl in meine Seele bohrten. Wieder presste er seinen Mund auf meinen, erforschte erst meine Lippen, dann meinen Mund sanft mit der Zunge, bis ich meine Wange vergaß, die Wunde unter meinem Auge vergaß und mir nur noch seines Atems bewusst war, meines Atems und der Gefühle, die mich durchströmten, als sei ich nach einem langen Winterschlaf erwacht. Nachdem Colin meinen Körper jahrelang wie etwas behandelt hatte, das es eher zu beherrschen als wertzuschätzen galt, hatte ich ganz vergessen, welche Macht ein Kuss haben konnte.

Er löste sich von mir und schaute auf die Uhr. »Ich muss los. In genau fünfundzwanzig Minuten hat dein Sohn bei mir Französisch.«

»Hat der ein Glück.«

»Maia?«

»Lass. Ich weiß nicht, was du sagen willst, oder vielleicht doch, aber ich hab nun mal das Leben, das ich habe, du hast das Leben, das du hast, und da ist kein Raum für Überschneidungen.« Ich nahm meine Sonnenbrille vom Armaturenbrett.

»Hör doch mal zu.«

»Nein. Komm, du musst los.« Ich schnallte mich wieder an.

»Würdest du mir zuhören, wenn ich dir sage, dass ich dir vielleicht helfen kann, deinen Wagen zurückzukriegen?«

Ah ja. Der Kastenwagen. Das war eine Ewigkeit her. Er ließ den Motor an.

»Und wie?«, fragte ich.

»Von Rechts wegen darf der Gerichtsvollzieher nichts mitnehmen, was für deine Arbeit von essentieller Wichtigkeit ist. Dein Wagen fällt in diese Kategorie. Ich kenne da jemanden bei der Gemeinde, den rufe ich mal an, wenn ich wieder im Büro bin. Finden wir doch wenigstens mal raus, wo der Wagen ist, dann können wir das so regeln, dass du ihn abholen kannst.«

»Ich kann aber nicht bezahlen.« Scham schluckte meine Stimme.

»Egal. Laut Gesetz dürfen sie nichts mitnehmen, was du für deine Arbeit brauchst.«

Es kam alles bloß darauf an, wen man kannte. Ich verdrängte meine undankbaren Gedanken lange genug, um Mr Peters zu danken.

»Gern geschehen«, sagte er.

»Ich nehme an, inzwischen weiß die ganze Schule, dass mein Mann mich verdroschen hat?«

»Nein.« Er seufzte.

»Deine Sekretärin ist doch bestimmt angedackelt gekommen und hat es dir erzählt.«

»Felicity ist nicht ›angedackelt‹ gekommen. Ich habe ihr befohlen, ja kein Wort zu sagen, wenn Sie keine Kündigung in die Hand gedrückt haben will.«

Trotz allem musste ich bei dem Gedanken unwillkürlich grinsen, wie Felicity vor Anstrengung, ihre große Klappe zu halten, fast eine Magenverstimmung bekam. »Deinen Zauberstab möchte ich haben.«

Seine Miene verdüsterte sich. »Schön wär's. Es gibt ja schon ein paar Dinge, die ich hinkriegen kann, aber viel zu viele, die ich nicht hinbekomme.«

Ich überlegte, ob er mich damit meinte. Ich wollte gar nicht wissen, ob er mich damit meinte. Es spielte ohnehin keine Rolle.

Er runzelte die Stirn. »Ich würde vorschlagen, du setzt die Kinder unten an der Auffahrt ab, bis dein Gesicht verheilt ist. Ich sorge dafür, dass sie nach der Schule am Tor warten, dann brauchst du nicht reinzukommen.« Ein Mann, der an alles dachte. Ich nickte.

Er setzte mich an der Bushaltestelle ab. Ich rückte ein wenig auf meinem Sitz herum, als er anhielt, weil ich nicht wusste, wie ich mich verabschieden sollte. Der richtige Moment fürs Küssen war längst vorbei, also verlegte ich mich auf ein kurzes Handtätscheln von der Sorte, wie man sie Großonkel Arnold im Pflegeheim zuteilwerden lässt, doch er hielt meine Finger fest.

»Maia, ich hab's nicht mit Gewalt, überhaupt nicht. Aber als Felicity heute reingekommen ist und mir das erzählt hat, da wäre ich am liebsten ins Auto gesprungen und hätte mir deinen Mann mal ordentlich vorgeknöpft. Ich weiß gar nicht mehr, wann ich das letzte Mal so wütend gewesen bin.« Er stockte. »Ich wollte nur, dass du das weißt.«

Im Bus gestattete ich mir, an ihn zu denken. Und dann wieder auf dem Fußmarsch nach Hause. Es war, als hätte ich eine kleine Schatzkiste, eine Dose mit Erinnerungen, die man jederzeit öffnen kann. Diese Augen, die vor Ärger ganz schmal wurden, wie er beim Nachdenken die Daumen aneinanderrieb, die Art und Weise, wie er mich so unverwandt anblickte und die zur Folge hatte, dass ich nicht lügen konnte. Die Erinnerung, die mir von allem die liebste war, die, bei der mir vor Sehnsucht ganz leer im Bauch wurde, war die an jene sanften Finger, die Salbe auf meine Wange rieben, immer im Kreis. Daran dachte ich, als ich auf meine Haustür zuging. Ich konzentrierte mich auf das Gefühl, mich bei jemand Stabilem anzulehnen, jemand Verlässlichem, während ich mich vergewisserte, dass Colin immer noch unterwegs war. Und dann, während ich mir meinen Kindern, der Professorin und Mr Peters gegenüber wie eine Verräterin vorkam, machte ich mich auf die Suche nach Briefpapier, um zu tun, was ich tun musste.

Kapitel 17

Der Kastenwagen kam noch am selben Nachmittag zurück, ich brauchte ihn nicht einmal abzuholen. Ich sah zu, wie ein paar stämmige Gemeindeangestellte ihn von dem Abschleppwagen herunterrollten und ihn wieder auf seine betagten Achsen plumpsen ließen. Einer der beiden kam zur Tür und hielt mir ein Formular hin, das ich unterschreiben sollte.

»Sie müssen ja echt gute Beziehungen ham. Kommt nich' oft vor, dass wir was zurückbringen, schon gar nich' am selben Tag. Und selbst wenn wir's den Leuten zurückgeben, müssen sie sich's aus 'm Depot holen.« Er wischte sich die Nase an seiner Signaljacke ab und wartete auf eine Antwort. Ich unterschrieb wortlos und machte ihm die Tür vor der Nase zu. Ich war nicht gewillt, ihm Zutritt zur geheimen Welt des wunderbaren Mr Peters zu gewähren. Dem schickte ich eine SMS, dass der Kastenwagen wohlbehalten wieder da war, überlegte, ob ich am Ende »x« hinzufügen sollte, und ließ es dann. Er würde wissen, von wem die Nachricht kam.

Ich bekam sofort eine Antwort. *Gern geschehen. Wir müssen reden, wenn du so weit bist.* Keine Küsse. Wir müssen reden? Ich brauchte doch keinen Termin, um zu wissen, dass es ein Riesenfehler war, mit Mr Peters zu knutschen. Darauf wäre ich auch allein gekommen. Vermutlich würde er sich am liebsten selbst in den Hintern treten und machte sich gleichzeitig fast in die Hosen. Der Direktor wäre »ganz und gar nicht erbaut« darüber, da war ich mir ziemlich sicher. Wenn ich die Kinder erst aus der Schule genommen hatte, brauchte er mich nie wiederzusehen. Ich wollte ihn warnen, bevor ich den Brief abschickte, obgleich ich wusste, dass er versuchen würde, es mir auszureden. Halbherzig machte ich mich daran, nach einer Briefmarke zu suchen. Ich wusste, dass es richtig war, doch ich hoffte trotzdem auf einen Ausweg in letzter Sekunde, als Sandys »Juuhuu« durch den Briefschlitz hallte.

Es war über zwei Wochen her, dass sie vorbeigeschaut hatte, seit Bronte verschwunden gewesen war. »Hallo, Süße, alles klar? Ich hab mir heut Morgen echt Sorgen um dich gemacht. Was macht das Gesicht? Sieht ja echt schlimm aus. Das war Colin, stimmt's? Die sind doch alle gleich, nich' wahr? Hab noch nie 'nen Typen getroffen, der nich' irgendwann ma' hingelangt hätte. Mach dir nichts draus, nächste Woche is' das weg.«

Ich ging voraus in die Küche und erzählte ihr von dem Krach wegen des Gerichtsvollziehers. »Ich weiß nicht, warum er auf mich losgegangen ist, in letzter Zeit sind wir eigentlich ein bisschen besser miteinander klargekommen. Er hat sich sogar Harleys Schulaufführung angeschaut und hat's geschafft, dabei nicht allzu mies drauf zu sein.« Ich schaltete den Wasserkessel ein.

»Vielleicht findet er die Nummer mit dieser Nobelschule ja inzwischen auch ganz gut. Meine Fresse, wir nebenan müssen echt aufpassen, wie wir reden, wenn ihr jetzt alle auf vornehm macht.«

Ich wollte das Thema wechseln, was Stirling Hall anging, würden wir niemals einer Meinung sein. Also rührte ich ihren Kaffee um und versuchte, mich an den Namen von ihrem Kerl zu erinnern. »Wie läuft's denn mit deinem Neuen?«

»Mit wem? Sean? Ich meine Shane?«

»Also wie jetzt, Sean oder Shane? Wie viele Kerle hast du denn?«

»Du kennst mich doch, ich leg mich nich' so gern fest. Heute Sean, morgen Shane.« Sandy verzog das Gesicht, als sie an ihrem Kaffee nippte. »Haste Zucker?«

»Entschuldige, du warst so lange nicht da, hab ganz vergessen, wie du deinen Kaffee trinkst.« Ich suchte die Zuckertüte aus dem Schrank hervor.

»Ja, normalerweise arbeite ich jetzt Freitagabend unten inner Fabrik, da hab ich nich' mehr viel Zeit zum Rumhängen. Haste immer noch jede Menge Jobs am Laufen?«

»Ich putze noch immer für ein paar Frauen, und dann bei 'nem Zahnarzt und in den Büros drüben beim Pommesladen.« Ich schaffte es gerade noch rechtzeitig, mich nicht selbst zu verbessern und »bei einem Zahnarzt« zu sagen. »Ich brauch noch mehr, wir sind total blank. Hab gerade eine Stelle in dem neuen Fitnessstudio angenommen, das ist ganz in der Nähe von der Schule. Die zahlen echt gut, drei Stunden am Tag, vier Mal die Woche. Muss zwar tierisch früh aufstehen, aber dafür hab ich 'ne Gratis-Mitgliedschaft, ich kann also auch noch richtig fit werden, wenn ich Zeit finde hinzugehen.«

»Hört sich doch gut an. Mann, Colin wird gar nich' wissen, was los is', mit all den Beckenbodenmuskeln und so.«

»Na, ich weiß nicht. Und nach der Nummer heute wird's sehr lange dauern, bis ich den wieder in mein Bett lass. In letzter Zeit hatte er eh kein besonderes Interesse. Obwohl, neulich konnte er ja gar nicht genug kriegen, aber ich glaub, das lag daran, dass er von Frederica geträumt hat. Du weißt schon, die aus *Casualty* – die hat bei der Schulaufführung mit ihm geflirtet, und ich glaube, das hat ihm den Kopf verdreht.«

Sandy schürzte die Lippen. »Ganz schön eitel, dein Colin. Als ob 'n Fernsehstar auf den stehen würde.«

Allmählich fing Sandy an, mir auf den Geist zu gehen, als ob ihre Männer alle solche Hingucker wären. Die meisten von denen kämen nicht an ihre Zehen ran, weil ihnen der Wanst im Weg war.

»So übel ist er ja nun auch nicht. Du solltest mal ein paar von den Dads in der Schule sehen. Die Hälfte von denen sieht aus, als wären sie die Großväter ihrer Kinder. Colin hat vielleicht kein Sixpack, aber er sieht sehr viel besser aus als diese City-Fettsäcke mit ihren riesigen Spesenwampen.«

Sandy zuckte die Achseln und griff nach ihrer gefakten Gucci-Handtasche. »Hör zu, ich muss zur Arbeit. Pass auf dich auf. Haste auf das da in deinem Gesicht irgendwas drauf gemacht?«

»Ja, Desinfektionsmittel und Arnikasalbe.«

»Arnie was?«

»Arnika. Soll gut gegen blaue Flecken sein. Das ist so ein Pflanzenzeugs.«

»Jod is' dir jetzt wohl zu gewöhnlich, wie?« Sandys Gesicht war hart geworden, die Augen schmal.

Mir fiel wieder ein, warum wir uns in letzter Zeit nicht so oft gesehen hatten. »Nein, einer von den Lehrern in der Schule hat mir das Zeug gegeben. Der hatte zufällig welches dabei.«

»Der? Oooh, wir ham wohl 'nen kleinen Verehrer, was? Der Ritter in strahlender Rüstung rettet die Lage? Doch nich' der Typ mit dem Nobelschlitten?«

»Sei doch nicht blöd. Er hat mich zufällig am Empfang

gesehen, als ich die Kinder angemeldet habe.« Ich spürte, wie mein Gesicht rot anlief, und wandte mich ab, um die Kaffeebecher abzuräumen. »Jedenfalls, ich schick die Kinder wieder nach Morlands. Wir können es uns nicht leisten, sie in Stirling Hall zu lassen.« Ich konnte es nicht fassen, dass ich so damit herausgeplatzt war. Ich hatte doch noch nicht mal mit Colin darüber gesprochen. Ich Jammerlappen hoffte, sie würde mich ein bisschen lieber mögen, wenn ich genauso hoffnungs- und ziellos war wie sie. »Aber sag den Kindern nichts, die wissen es nämlich noch nicht. Ehrlich gesagt behalt's ganz für dich, ich hab den Brief noch nicht abgeschickt. Hab's heute erst beschlossen.«

»Schade um all die Kohle, die du für neue Schuluniformen rausgehaun hast. Na ja, egal. So richtig ham sie da ja eh nich' reingepasst, oder?« Sandy machte ein Gesicht, als wären gerade ihre Lottozahlen gezogen worden.

Ich war wieder da, wo ich hingehörte.

Kapitel 18

Clover riss mit großer Geste die Tür auf, als ich am nächsten Tag eintraf, um meine zwei Stunden Frondienst zu leisten. Putzen war für sie noch immer etwas vollkommen Neues. Ich hätte es ja toll gefunden, wenn in meinem Leben mal so was vollkommen Neues wie ein Treuhandfonds aufgetaucht wäre. Das breite Lächeln auf ihrem Gesicht verflog schnell.

»Scheiße, Maia, was ist denn mit Ihnen passiert?«

»Colin. Eine Diskussion über Geld, lange Geschichte. Ich fahre im Moment nicht bis zur Schule rauf.«

»Großer Gott. Waren Sie damit beim Arzt? Was ist denn passiert?«

»Ist schon okay, sieht schlimmer aus, als es ist. Schön, wo wollen wir heute anfangen?«

Clover konnte den Blick nicht von mir abwenden, also achtete ich nicht weiter auf sie und meinte: »Wie wär's denn mit dem Schlafzimmer?«

Ich hatte Clover noch nie auch nur annähernd sprachlos erlebt, doch meine sehr kurze Erläuterung von Colins Rolle dabei, mein Gesicht in einen Pflaumenkuchen zu verwandeln, hatte ihr anscheinend die Sprache verschlagen. Sie sah aus, als hätte sie jede Menge Fragen, doch ich wollte nicht über die Antworten nachdenken. Stattdessen folgte ich ihr die Treppe hinauf, eine von der Sorte, die man in seinen

Träumen im langen Kleid mit Schleppe hinunterschwebt, während jemand mit Fliege am Hals einen ankündigt. Sie führte mich in einen riesigen Raum mit freiliegenden Balken und Kuppeldecke. Ein gewaltiges Himmelbett stand an der Wand gegenüber. Obgleich Lawrence schon seit über zwei Wochen weg war, lagen seine Jeans und T-Shirts noch immer am Fußende.

Mein Blick huschte über die Massen an Kleidungsstücken, die im Zimmer verstreut waren. Mäntel und Jacken hingen an Stühlen. Plastiktüten sprossen in allen Ecken aus dem Boden. Doch es war das lebensgroße Kohleporträt, das mir ins Auge fiel. Es war Clover, aber dünn. Clover mit hohen Wangenknochen und Augen, die ihr ganzes Gesicht beherrschten. Ich stutzte und sah genauer hin.

»Das bin ich, Lawrence hat es von seinem ersten Bonus bezahlt, mit einundzwanzig. Da war ich neunzehn. Ich hab's hier hängen lassen, um mich selbst zum Abnehmen zu nötigen, aber es klappt nicht.«

»Sie sehen aber aus, als hätten Sie abgenommen.« Ihr Gesicht war definitiv schmaler. Ihren Körper zu beurteilen war schwierig, sie hatte beschlossen, ihn mit einem weiten T-Shirt und dunkelroten Ali-Baba-Haremshosen zu verhüllen.

»Ein bisschen vielleicht. Die ›Der Mann hat sich verpisst und bumst eine Zwanzigjährige‹-Diät.«

Wir machten uns an die Arbeit. Es dauerte einige Zeit, aber wir schafften es tatsächlich, eine smaragdgrüne Chaiselongue – so ein Ding, wie man es in der *Hello!* in den Promivillen stehen sieht – unter Strumpfhosen, alten Jeans, Pullis und sogar einem langen Pailletten-Abendkleid auszugraben.

»Ach du meine Güte, das Kleid hab ich ja ganz vergessen.

Das hatte ich bei Lawrences Weihnachtsfeier an. Nicht die vom letzten Mal, bei der davor.«

Ich öffnete den Kleiderschrank, um es wegzuhängen, und sah ein Riesendurcheinander aus Ärmeln, Hosenbeinen und Gürteln aus den Fächern hervorquellen. Kein Wunder, dass sie immer aussah, als hätte sie irgendetwas übergestreift, das sie sechs Monate zusammengeknüllt ganz unten im Bügelwäsche-Haufen liegen gelassen hatte. Ich seufzte. »Kommen Sie, holen wir das mal alles raus.«

Wir stapelten alles mitten im Zimmer auf, ein exotischer Scheiterhaufen aus Designerlabels, in Größen, in die Clover jetzt mit ein bisschen Glück ein Bein zwängen könnte. Ich überlegte gerade, wie ich vorschlagen könnte, einiges davon auszumustern, ohne direkt zu sagen, »wo Sie doch jetzt so fett sind«, als sie auflachte, so ein stacheliges, überhaupt nicht belustigtes Lachen.

»Hat doch gar keinen Sinn, irgendwas davon wieder einzuräumen. Da passe ich doch nie wieder rein. Der arme alte Lawrence. Als wir uns kennengelernt haben, hatte ich Größe vierunddreißig, und jetzt schauen Sie mich an. Er wird sich scheiden lassen, weil er eine Mogelpackung erworben hat.«

»Jetzt kommen Sie, er hat Sie doch nicht geheiratet, weil Sie dünn waren.«

»Aber das gehört doch dazu, nicht wahr? Ein Zuckerpüppchen von Ehefrau, die man bei Firmenveranstaltungen vorzeigen kann. Zu so was geht er weiß Gott schon ungern genug. Bestimmt ist es noch viel schlimmer, wenn hinter seinem Rücken alles mit dem Finger auf ihn zeigt und sagt: ›Na, die möchte ich ja nicht haben.‹« Clover hob ein Batik-T-Shirt auf, spannte es über ihrem Busen und schmiss es wieder auf den Kleiderspendenhaufen.

»Seien Sie nicht albern. Denken Sie doch mal an all die dürren Tussis, die wir kennen, Jenı zum Beispiel. Sie wollen doch wohl nicht sagen, er wäre glücklicher, wenn er mit der verheiratet wäre?«

»Vielleicht nicht mit Jenı, aber auch nicht mit einer Sumo-Ringerin.« Sie blies die Backen auf.

»Warum kommen Sie nicht mit ins Fitnessstudio? Ich hab eine Gratis-Mitgliedschaft bei Browns, weil ich da jetzt putze. Wir könnten zusammen trainieren.«

Clover schien drauf und dran abzulehnen, dann zuckte sie die Achseln. »Wieso nicht? Einen Versuch wär's wert. Die Kinder finden die Vorstellung bestimmt wahnsinnig komisch, dass ich meinen fetten Hintern in einen Trainingsanzug klemme. Wie viel ich wohl in einem Monat abnehmen könnte? Ich würde ja zu gern meine neue Figur auf dem Ball enthüllen und alle schockieren.«

Wir stopften Kleider, an denen oft noch das Preisschild hing, in Müllsäcke, sortierten und falteten, bis mein Rücken um Gnade schrie. Ihr Kleiderschrank sah aus wie so ein Nobelklamottenladen, wo man klingeln muss, um reingelassen zu werden. Nur ein paar wenige Sachen lagen ordentlich zusammengefaltet in der Mitte der Regalbretter.

Clover zog ein langes rotes Kleid mit Schwalbenschwanz hervor. »In dem hier würden Sie umwerfend aussehen. Probieren Sie's doch mal an, Sie könnten es auf dem Ball tragen.«

»Ich gehe nicht auf den Ball.«

»Bitte, Maia. Lawrence spielt da in der Band. Das könnte meine einzige Chance sein, ihn zu sehen. Er geht nicht ans Telefon, wenn ich anrufe, und wenn ich bei den seltenen Gelegenheiten dran bin, wo er anruft und die Kindern sprechen will, dann sagt er, er kann jetzt nicht mit mir reden.

Ich kann da doch nicht allein hingehen, wenn alle über mich tratschen. Sie wissen doch, wie die Buschtrommeln sind, bestimmt wissen inzwischen alle Bescheid. Die werden alle flüstern: ›Die arme alte Clover, wissen Sie schon, dass ihr Mann sich von ihr getrennt hat? Na ja, sie hat sich ja auch ganz schön gehen lassen …‹ Die Fitnessstudios in Sandbury werden einen Ansturm erleben, ich sollte Provision verlangen. Hereinspaziert, immer hereinspaziert, schafft eure Breitärsche hier rein, sonst sitzt ihr irgendwann auf dem Trockenen wie diese fette Tussi hier.« Sie hörte auf, das rote Kleid auszuschütteln, und sackte zu Boden.

»Bitte kommen Sie mit«, sagte sie.

Ich versuchte, mein Herz zu verschließen und standhaft zu bleiben, aber sie war mir doch so eine gute Freundin gewesen. Also streckte ich die Hand nach dem Kleid aus. Zum Umziehen ins Bad zu gehen, erschien mir zu prüde, also kehrte ich Clover den Rücken zu und genierte mich wegen des gepunkteten Schlüpfers, den ich für fünfundneunzig Pence bei Primark abgestaubt hatte. Wahrscheinlich fand sie ihn vulgär. Ich tröstete mich mit dem Gedanken, dass sie mich eine ganze Ladung ihrer angegrauten BHs und ausgeleierten Unterhosen in den Spendensack hatte schmeißen sehen.

Ich war völlig baff, als ich mich im Spiegel erblickte. Noch nie hatte ich etwas von so guter Qualität besessen. Toll auszusehen hatte viel mit Zeit und Geld zu tun, gute Gene waren allerdings hilfreich.

»Sie sehen fantastisch aus. Jeder Mann auf dem Ball wird hin und weg sein. Colin sollte lieber zusehen, dass er in Form kommt, sonst schnappt noch jemand Sie ihm vor der Nase weg.« Halblaut fügte Clover »Scheißkerl« hinzu, doch ich tat, als hätte ich es nicht gehört. Sie konnte meine Situation unmöglich verstehen, wenn sie das Leben durch das Teleskop eines Treuhandfonds betrachtete. Doch es kam mir ein bisschen mies vor, sie darauf hinzuweisen.

Also gab ich vor, mich von hinten im Spiegel zu bewundern. Eigentlich war ich nicht eitel, aber ich wollte dieses Kleid nicht ausziehen. Ich hatte so viele Jahre in den Häusern anderer Leute quasi zum Mobiliar gehört, dass ich aufgehört hatte, mich überhaupt wahrzunehmen. Das hier war kein Kleid, das man bloß anzog, um seine Unterwäsche zu verstecken. Wenn ich das tragen wollte, dann musste ich ein bisschen von der nötigen Einstellung entwickeln. Ich fragte mich, ob ich den Mumm hatte, das durchzuziehen, ich war es nicht gewöhnt, mein Dekolleté zur Schau zu stellen.

»Es wäre kriminell, wenn Sie nicht auf den Ball gehen, Sie sehen absolut umwerfend aus.«

»Colin wird mich nicht allein hingehen lassen.« Es war so ein Satz, der platschend in eine jähe Stille fällt.

Clover hörte auf, die regenbogenbunten Socken, die vor ihr lagen, zu Paaren zu sortieren. »Darf ich Sie mal was fragen?«

»Sie wollen wissen, warum ich ihn nicht verlasse, richtig?«, fragte ich.

»Weil Sie sonst nirgendwo hinkönnen. Das brauche ich nicht zu fragen, ich sehe doch, wie Sie schuften, wie sehr diese ganze Geschichte mit Stirling Hall Sie belastet. Wenn Sie's anders machen könnten, würden Sie das bestimmt tun.«

Irgendetwas an Clovers unerwartetem Verständnis erinnerte mich an Rose Stainton. Die Professorin hatte ausführlich darüber lamentiert, dass Waitrose diese kleinen Schokoladenwaffeln nicht mehr herstellte, die sie so gern mochte, dass ihr Glenfiddich-Whisky nicht mehr so gut war wie früher, während ich mir den Kopf darüber zerbrochen hatte, wie ich diese Woche die Miete zahlen sollte. Und immer, wenn ich gerade dachte, sie hätte keinen verdammten Schimmer, was richtige Sorgen waren, hatte sie darauf bestanden, dass ich die Kinder mitbrachte, wenn ich in den Ferien bei ihr putzte. Die beiden fanden es toll, in ihrem riesigen Garten herumzutoben und ihre teuren Kekse zu futtern. Sie hatte mit ihnen Shakespeare gelesen, hatte Harley die Rolle des Zettel in *Ein Sommernachtstraum* lesen lassen und Bronte dazu gebracht, als Titania umherzuwirbeln. Ich durfte nicht an die Professorin denken. Sie wäre so enttäuscht, dass ich Stirling Hall aufgeben wollte.

»Nein, meine Frage ist, wenn Sie irgendwo hinkönnten, würden Sie's tun?«, sagte Clover.

Ich zuckte die Achseln. »Das ist schwer zu beantworten, weil, ich hab ja nun mal nichts.«

»Ich möchte nicht, dass Sie zu Colin zurückgehen. Großer Gott, Maia, er kann von Glück sagen, dass er Ihnen nicht den Wangenknochen gebrochen hat. Sie können doch nicht bei jemandem bleiben, der denkt, es ist okay, Sie zu verprügeln.«

Ich setzte zu der Erwiderung an, dass es doch nur dieses eine Mal gewesen war, aber ich wusste, dass ich mich nie mehr vollkommen sicher fühlen würde. Und Clover wusste es auch. Sobald ich gestern Abend seinen Schlüssel im Schloss gehört hatte, war ich aufgesprungen und hatte nach irgendetwas gegriffen, womit ich mich zur Wehr setzen könnte. Nach Bier stinkend war er hereingewankt gekommen und hatte kaum aufrecht stehen, geschweige denn jemandem einen rechten Haken verpassen können. Er lallte Entschuldigungen und Liebesbeteuerungen, in meinem Kopf jedoch war er an eine andere Stelle gerückt. Colin war jetzt kein unzuverlässiger Partner mehr, sondern ein Feind, gegen den ich mich verteidigen musste. Ich hatte mich darauf konzentriert, ganz ruhig zu wirken, hatte mein Buch zur Hand genommen – *Eine Geschichte zweier Städte*, endlich war ich bei Dickens angekommen – und hatte erwidert, er solle ins Bett gehen. Mehr gab es nicht zu sagen.

Clover reichte mir ein Paar goldene Louboutins, die zu dem Kleid passten. »Was ich sagen will, ist, warum bleiben Sie mit den Kindern nicht eine Zeit lang hier? Dann hätten Sie eine Chance, sich Gedanken über die Zukunft zu machen. Allermindestens wird ihm das ordentlich Angst einjagen, auch wenn Sie am Ende entscheiden zurückzukommen. Ich kann die Kinder zur Schule mitnehmen und sie abholen, während Ihr Gesicht verheilt. Und als Gegenleistung können Sie mich davon abhalten, mich jeden Abend über die Ginflasche herzumachen. Kommen Sie schon, die Kinder werden begeistert sein.«

Ich wollte widersprechen. Doch Colins Attacke hatte alles verändert. Ich war so müde. Hatte es so satt, mich abzustrampeln, hatte es satt, mich zu sorgen, hatte es satt, mich immer im Kreis zu drehen. Noch immer hatte ich den Brief an die Schule nicht abgeschickt, weil ich nicht wusste, was ich Harley und Bronte sagen sollte. Also nickte ich und sagte: »Für ein paar Tage. Danke. Vielen, vielen Dank.« Dann drehte ich mich ein bisschen auf den ungewohnten hohen Absätzen.

»Aber nur unter einer Bedingung«, sagte Clover augenzwinkernd. »Dass Sie mit mir auf den Ball gehen.«

Kapitel 19

Mit Colin hatte ich noch nicht wirklich gesprochen, seit er mich geschlagen hatte. Als ich an jenem Tag von Clover zurückkam, kam er hereingeschneit und plapperte ganz aufgedreht von irgendeinem Dreh, den er sich ausgedacht hatte, um dem Sozialamt noch mehr Stütze abzutricksen. Ich nickte und zuckte ganz leicht die Schultern.

»Hörst du mir überhaupt zu?«

»Ja.« Ich fuhr fort, Backkartoffeln aus der Mikrowelle zu holen.

»Und, wie findest du's?«

In erster Linie fand ich es traurig, dass ich es nicht wagte, ihm den Rücken zuzukehren, für den Fall, dass er wieder hinlangte.

»Ich finde, du bist unglaublich schlau, dir so was auszudenken, und du verdienst einen großen Applaus«, antwortete ich. Das Wissen, dass ich einen Platz hatte, wo ich hinkonnte, machte mich mutig – oder töricht. Ich holte eine Pfanne aus dem Schrank. Wenn er wieder auf mich losging, würde ich ihm eine verpassen, dass ihm die Rübe dröhnte.

Einen Augenblick lang sah er aus, als hätte man ihn aufgefordert, irgendwelche komplizierten Quadratgleichungen zu rechnen, wie die, von denen Harley noch immer hoffte, ich könne ihm dabei helfen. Dann lächelte er und fragte mit einschmeichelnder Stimme: »Schmollst du etwa?«

Der Mann dachte doch tatsächlich, er könne das alles im Bett wieder ausbügeln.

»Nein, ich schmolle nicht.« Ich packte die Kartoffeln auf Teller, kippte ein paar Bohnen obendrauf und hatte dabei den befriedigenden Gedanken, dass ich in den nächsten Tagen nicht für Colin kochen müsste. Noch hatte ich mir nicht ganz zurechtgelegt, wie ich ihm sagen sollte, dass ich und die Kinder ab morgen ein bisschen Urlaub in einer Villa auf dem Land machen würden. Ich rief Harley und Bronte. Bronte fing sofort an zu maulen, dass auf ihrer Kartoffel keine Butter sei.

»Und auch kein Geld, Schatz, und das ist der Grund.«

»Das ist 'ne tolle Kartoffel, Mum, und ohne Butter ist sie ja auch gesünder, stimmt's? Wir haben heute in Chemie gutes und schlechtes Fett durchgenommen. Nächste Woche machen wir Springbrunnen mit Wasserstoffperoxid«, verkündete Harley. Mir war aufgefallen, dass er immer begeisterter von der Schule erzählte, während die Wochen ins Land gingen. Abermals überkam mich dieses elende Gefühl, als ich nach dem Brief schielte, dem Verräterbrief, der neben dem Telefon lag. Morgen würde ich ihn abschicken.

Ich sah Colin zu, der mit den Ellenbogen auf dem Tisch Bohnen in sich hineinschaufelte wie ein Bagger, der darauf programmiert ist, immer wieder dieselbe Bewegung durchzuführen. Er hatte sich ein paar Tage nicht rasiert, was ihn schmuddelig aussehen ließ, wobei er es wohl für hart und männlich hielt. Schließlich war er fertig und schob seinen Stuhl zurück. Ein paar Bohnen klebten auf seinem T-Shirt. Er gab einen gewaltigen Rülpser von sich, woraufhin Harley und Bronte kicherten und versuchten, ihn zu übertrumpfen.

Ich ließ sie rülpsend und furzend und vor Lachen prustend in der Küche zurück und schlich nach oben, um anzufangen, ein paar Sachen zu packen. Dabei versuchte ich, das Ganze als Kurzurlaub zu betrachten, wie meine Kundinnen, die es einfach nicht einen einzigen Tag länger ohne eine Kristallstab-Akkupressurbehandlung oder eine Frangipani-Floating-Session im Spa aushalten konnten. Bei Clover zu wohnen war keine Lösung. Ich war nicht im Begriff, Colin zu verlassen. Aber ich wollte auch verdammt noch mal nicht, dass er dachte, er käme damit durch. Dass er mir eine reinhauen könnte und ich lediglich sagen würde: »Macht nichts, Schatz, dir ist eben die Hand ausgerutscht.«

Clover hatte recht. Beinahe wäre ich in die Gedankenfalle getappt, dass mir nichts anderes übrig bliebe, außer mein Los hinzunehmen und mich nicht zu beklagen. Es würde Colin gar nicht schaden, mal eine Woche allein zu verbringen, ohne eine Geldbörse, aus der er sich bedienen konnte, ohne Unterhosenfee, ohne Bügelsklavin und ohne verdammten Sandsack zum Draufprügeln. Clover und ich hatten verabredet, dass sie die Kinder morgen von der Schule abholen und ihnen sagen würde, dass wir ein paar Tage bei ihnen blieben, damit ich ihr helfen konnte, das Haus zu putzen. Ich wollte nicht, dass das Ganze in eine »Mummy verlässt Daddy«-Diskussion ausartete, denn Clover war ja nur eine Notlösung, und ich würde zurückkommen müssen. Allerdings freute ich mich darauf, Colin eine Lektion zu erteilen.

Als die Kinder im Bett waren, saßen wir schweigend da. Ich steckte die Nase in mein Buch, während Colin sich mal wieder einen Jackie-Chan-Film reinzog. Dann ging ich nach oben, um nachzusehen, ob Harley und Bronte schliefen, schloss beim Herunterkommen die Haustür auf und griff mir in der Küche das Mobilteil des Telefons. Dass ich die Polizei rufen würde, wenn das Ganze aus dem Ruder lief, glaubte ich zwar eigentlich nicht, aber damit zu drohen, könnte mir vielleicht Luft verschaffen. Jetzt, wo es so weit war, war mein Mund trocken, und ich hatte so ein bisschen Goldfischzappeln im Bauch, bevor ich etwas sagte. Ein paar »Colins« waren nötig, um ihn von Jackie Chans Pirouetten um die Schurken herum loszueisen, doch schließlich schaffte er es, mir das Gesicht zuzuwenden, den Mund vor lauter Konzentration noch immer schlaff geöffnet. »Was 'n?«

Ich stand auf und stellte mich vor den Fernseher, dabei presste ich die Knie fest zusammen, damit sie nicht zittern. »Die Kinder und ich ziehen für eine Weile aus.«

»Ausziehn? Wohin? Wo hast 'n die Kohle her, um irgendwo hinzuziehn?«

»Ich wohne bei Clover. Ich halt's nicht aus, hier zu sein und nie zu wissen, ob du gleich wieder ausrastest. Das macht mich kirre, und das ist nicht gut für die Kinder.«

Sein Mund klappte noch ein wenig weiter auf. »Wie, du verlässt mich, um bei der fetten Kuh einzuziehn? Kein Wunder, dass der ihr Mann sich verpisst hat. Die is' jetzt wohl aufs andere Ufer übergesiedelt, wie?«

Dieser Schwachkopf. Ich hatte Lust, selber handgreiflich zu werden. Was aus meinem Mund kam, hatte keinerlei Ähnlichkeit mit dem ruhigen Originalskript, das ich im Kopf geprobt hatte. »Ich weiß, es fällt dir schwer, es zu glauben, aber sie ist meine Freundin und sie macht sich Sorgen um mich, weil du mir in einem Wutanfall die Visage blutig geschlagen hast und ich jetzt Angst vor dir habe. Ich hoffe, wenn mein Gesicht verheilt, geht's mir besser. Bis dahin kann Clover die Kinder zur Schule fahren, damit nicht jeder zu erfahren braucht, dass der Dad von Harley und Bronte gern mal zuschlägt. Und sie bezahlt mich dafür, dass ich ihr Haus putze.«

Es kam mir vor, als wäre ich auf einen böse knurrenden

Hund zugerannt und hätte ihm seinen Knochen geklaut. Colin machte keinerlei Anstalten aufzustehen.

»Mai. Mai. Warum tust du mir das an? Du weißt doch, dass ich dich liebe. Ich wollt dich nich' schlagen.« Mit ausgebreiteten Armen beteuerte er seine Unschuld, als hätte er mir nur eine Wimper von der Wange gewischt, anstatt mir das Gesicht blutig zu hauen.

»Du wolltest mich sehr wohl schlagen. Du hast gedacht, ich mach deswegen keinen großen Aufstand. Ich will nicht, dass Harley später mal denkt, es ist okay, seiner Freundin eine zu knallen, wenn sie mal ein bisschen schwierig ist. Wenn's um Bronte ginge, fändest du's gut, wenn ihr Freund ihr ab und zu mal ein blaues Auge verpasst, solange er's nur ›nicht gewollt‹ hat?«

Colin kniff die Lippen zusammen und straffte die Schultern. Es hatte ihn schon immer angekotzt, wenn ich aufmuckte, und im Laufe der Zeit hatte ich mir das wohl für wichtige Dinge aufgespart, die ich nicht hinnehmen konnte, für gewöhnlich, wenn es um die Kinder ging. Es war eine Ewigkeit her, dass ich irgendwelche Optionen gehabt hatte. Allmählich beruhigte sich mein Nervenflattern, ich war fast euphorisch. Fast wollte ich ihn absichtlich reizen, im Zimmer herumtanzen und spotten: »Na komm schon, starker Mann, schlag doch zu, wenn du glaubst, du bist hart genug.« Gerade als ich mich innerlich wappnete und mich auf eine Keilerei gefasst machte, ließ er sich wieder in seinen Sessel sinken und spreizte die Hände auf den Knien.

»Mai. Es tut mir leid. Geh nich' weg. Ich weiß gar nich', was da in mich gefahrn is'. Kommt auch bestimmt nich' wieder vor.« Er sah wirklich aus, als täte es ihm leid, aber es hätte auch die Erkenntnis sein können, dass er jetzt ein paar Mal öfter vom Sofa würde aufstehen müssen, wenn er etwas zu essen haben wollte. »Geh nich' weg. Ich liebe dich doch. Echt jetzt.«

Er stand auf. Es war, als hätten Colins Schläge meine Fähigkeit beeinträchtigt, sein Handeln zu deuten. Obwohl er behauptete, dass er mich liebte, wich ich zurück, bereit, mir seine Dart-Trophäe zu schnappen, die auf dem Fernseher stand. Langsam kam er auf mich zu und versuchte, mich in die Arme zu schließen. Ich schüttelte den Kopf und schob ihn weg, ich wollte ihn nicht in meiner Nähe haben. Eigentlich hätte ich heulen und ganz von der Rolle sein müssen, doch außer einem Gefühl des Scheiterns empfand ich gar nichts. Vielleicht liebte er mich ja wirklich. Vielleicht hatte ich zu viel herumgenörgelt, vielleicht hatte der Stress, keine Arbeit zu haben, ihm den Rest gegeben, vielleicht hatte der Anblick des Gerichtsvollziehers ihn ausrasten lassen. Vielleicht hatte er mich wirklich gar nicht schlagen wollen. Ganz hinten in meinem Kopf konnte ich Mr Peters hören. »Hör doch auf, ihn zu entschuldigen.«

Wenn ich nicht gesehen hätte, wie er an mir vorbei zu Jackie Chan hinüberschielte, wäre ich vielleicht schwach geworden. Offenbar war die Tatsache, dass ich ihn verließ, weniger wichtig als die Technik, mit der man einen Bösewicht mit einem Karateschlag in den Nacken niederstreckte. Ich marschierte an ihm vorbei.

»Du gehst wirklich, wie?«, fragte er.

»Ganz sicher. Wenn du dich wieder eingekriegt hast, komm ich vielleicht zurück. Und wenn du so was noch ein einziges Mal machst, bin ich endgültig weg. Fürs Erste erzähle ich den Kindern, dass wir bei Clover einziehen, um bei ihr Frühjahrsputz zu machen. Wenn du das Ganze nicht schwerer machen willst, als es eh schon ist, sagst du dasselbe.«

Colin hob sein Sweatshirt vom Boden auf und stapfte

zur Tür. Reue war noch nie sein Ding gewesen. »Du hast ja immer schon gedacht, du wärst so was verdammt Besonderes. Wart bloß nich' zu lang mit 'm Zurückkommen. Du bist nich' die einzige Frau auffer Welt, weißt du.«

Die Haustür knallte zu, und der Working Men's Club würde gleich seinen neuesten Abservierten willkommen heißen.

Kapitel 20

Ich lag die halbe Nacht wach und horchte auf Colins Schlüssel, der ums Türschloss herumscharrte. Für einen Feigling hatte ich mich eigentlich noch nie gehalten, doch als ich jetzt so dalag und mein Gesicht schmerzhaft pochte, fürchtete ich mich davor, wie er nach ein paar Bier drauf sein würde. Unruhig drehte ich mich hin und her und versuchte, eine bequeme Lage zu finden, aber jede Liegestellung drückte irgendwie auf meine blauen Flecken. Jedes Geräusch – Gebrüll draußen, umhergekickte Dosen, zuschlagende Autotüren – ließ mich den Kopf vom Kissen heben. Irgendwann gegen Mitternacht hörte ich, wie Sean – oder war es Shane? – Sandys Bett zum Quietschen brachte und bemühte mich, hinterher dem Gemurmel und Gekicher auf der anderen Seite der Wand nicht zu lauschen.

In den frühen Morgenstunden musste ich dann wohl eingeschlafen sein. Das Piepsen einer SMS riss mich um sieben Uhr unvermittelt in ein schmerzhaftes Wachsein. Mein rechtes Auge wollte nicht richtig aufgehen, und als ich nach unten schaute, konnte ich meine Wange sehen. Ich griff nach dem Handy und las: *»Könntest du mich bitte anrufen?«* Auf dem Display stand Mary. Mr Peters für alle anderen, aber für mich – und für Colin, falls der mein Handy in die Finger bekam – Mary. Irgendwie hatte es ja etwas Wunderbares, dass jemand Wunderbares schon ganz früh morgens an einen dachte. Ich schaute zu Colins Seite des Bettes hinüber. Er war definitiv nicht nach Hause gekommen. Was wiederum bedeutete, dass er jeden Moment aufkreuzen konnte. Ich wünschte mir nicht, dass er tot war, bloß dass er, vom Suff vorübergehend gelähmt, völlig weggetreten auf irgendjemandes Sofa lag. Rasch huschte ich nach unten, um mich zu vergewissern, dass er nicht im Wohnzimmer vor sich hin schnarchte, dann schaltete ich den Wasserkessel ein und rief Mr Peters an. Er meldete sich sofort und hörte sich an, als wäre er schon seit Stunden auf. Ich stellte mir vor, wie er im Morgengrauen im Park joggte und dann mit irgendwelchem teuren Zeugs duschte und Haferflocken, Aprikosen und Naturjoghurt frühstückte. Er sah immer so aus, als hätte er sich gerade das Haar trockengerubbelt und die Nägel gefeilt.

»Maia! Kannst du reden? Gut. Was macht dein Gesicht? Bist du okay? Ich hab mir Sorgen um dich gemacht. Du solltest wegen Colin zur Polizei gehen. Mit so was darf er nicht davonkommen.«

»Das kann ich nicht machen. Wie soll ich denn den Kindern erklären, dass ich ihren Dad angezeigt habe? Und das hilft doch auch nichts, das würde es doch nur noch schlimmer machen.« Ich roch an der Milch, ehe ich etwas davon in meinen Tee goss.

»War er gestern Abend einigermaßen okay zu dir?«

Ich ging ins Wohnzimmer und schaute aus dem Fenster, suchte die Straße nach Colin ab. »Ja. Tut mir leid, ich muss gleich Schluss machen. Colin ist gerade nicht da, und ich will los, bevor er zurückkommt. Ich ziehe für ein paar Tage zu Orion Wrights Mum.«

»Du trennst dich von Colin?« Er klang erleichtert

»Nicht so richtig. Ich komm schon wieder zurück, aber Clover kann die Kinder in die Schule fahren, bis mein Gesicht besser ist.« Am anderen Ende der Leitung herrschte Schweigen.

»Kann ich dich sehen?«, fragte er schließlich.

»Sehen? Wie, wegen der Schule?«

»Teilweise wegen der Schule. Aber auch in Sachen Maia-Zac. Ich muss mit dir reden.«

Er klang so nervös, so vorsichtig, dass ich fast laut herausgeplatzt wäre. Der wunderbare Mr Peters, der Schwarm aller Mütter, schlich um mich herum wie auf Eiern. »Im Moment bin ich nicht wirklich öffentlichkeitstauglich«, meinte ich.

»Warum treffen wir uns nicht bei mir? Vor dem Lunch habe ich eine Freistunde. Schaffst du's so gegen halb eins? Ich mach dir auch ein Sandwich«, antwortete er.

Hätte ich mein Augenlid heben können, ich hätte die Augen bestimmt weit aufgerissen. Mit Vollkornbrot, darauf hätte ich mein letztes Hemd verwettet. »Dann muss ich aber direkt von der Arbeit kommen. Das heißt irgendwelche gammeligen alten Klamotten und Reinigungsmittelgestank.«

»Maia, das ist mir egal. Komm einfach her.« Er gab mir die Adresse. Eine Wohnung in der Nähe der Schule.

Ich hörte, wie sich oben etwas rührte. »Ich muss jetzt Schluss machen.«

Bronte erschien oben an der Treppe. »Mit wem hast du telefoniert?«

»Ich hab gerade arrangiert, dass wir eine Weile zu Clover ziehen. Sie braucht Hilfe beim Putzen, und sie fand, das klappt vielleicht am besten, wenn wir ein paar Tage bei ihr bleiben, damit wir richtig reinhauen können.« Ich konnte mir gar nicht ausmalen, wie viele Lügen erst erzählt wurden, wenn die Leute Affären hatten.

Brontes Miene hellte sich auf. »Darf ich dann reiten?«

»Denke schon. Clover hat bestimmt nichts dagegen.« Bronte fing an, auf und ab zu hüpfen. Ich lachte. »Gepackt hab ich schon gestern Abend, du brauchst also nur Gordon Gorilla mitzunehmen.«

Bronte wollte schon in ihr Zimmer zurückflitzen, da hielt sie plötzlich inne. »Kommt Dad auch mit?«

»Nein, Schatz. Der kümmert sich ums Haus, bis wir wiederkommen.«

»Wo ist er denn?«

»Weiß ich im Moment nicht genau. Wir rufen ihn nachher an. Na komm, wir wollen doch nicht zu spät kommen.« Sie lief in ihr Zimmer. Fürs Erste stach Reiten den Abschied von Colin aus. Harley zuckte auf seine übliche »Mir soll's recht sein«-Art die Achseln, als ich es ihm sagte, dann reichte er mir ein paar *Top-Gear*-Jahreshefte und half mir, die Taschen zum Wagen zu tragen.

Ich setzte die Kinder vor der Schule ab und fetzte am Vormittag nur so durch meine Arbeit. Lange polierte ich die Spiegel, betrachtete dabei eingehend mein Gesicht und überlegte, ob es sich lohnte, mein Veilchen zu überschminken. Ich gab mir alle Mühe, nicht an Mr Peters zu denken, doch hin und wieder ertappte ich mich dabei, wie ich breit grinste, während ich gerade um ein Klo herumwischte oder eine stinkende Mülltüte zuknotete. Oder ich machte ein paar kleine Tanzschritte, während ich Handtücher ausschüttelte. Einen Walzer mit dem Staubsauger, ein extrakräftiges Kissenaufschütteln. Vorfreude und Nervosität brachten mich ins Schwitzen. Ich spülte mir mit einem Klecks Zahnpasta den Mund aus und versprühte ein klein bisschen Damendeo, ehe ich ging. Als ich vor dem Haus hielt, in dem Mr Peters wohnte, war ich total hibbelig, als hätte ich Zuckerwatte gefrühstückt.

Den Namen auf den Klingelschildern zufolge war das Gebäude ein einziges Schönheits- und Gesundheitszentrum. Bestimmt gab's hier im Keller einen Fitnessraum und ein Schwimmbad. Ein Homöopath, eine Kosmetikerin und ein Reflexzonen-Therapeut im Erdgeschoss. Natürlich konnten die Bewohner dieses Hauses unmöglich ohne einen Homöopathen auskommen, der ihnen Globuli in die Hand drückte, wenn ihnen der große Zeh wehtat. Die Hälfte der Leute, für die ich arbeitete, schworen, dass ein winziges Kügelchen aus irgendwelchen dämlichen Kräutern, eine Million Mal verdünnt, alles heilte, von Arthritis bis Schuppenflechte. Schade eigentlich, dass das Zeug sie nicht von ihrer Dummheit kurierte, Geld für irgendwelche schwachsinnigen Ideen rauszuschmeißen. Ich musste unbedingt herausfinden, ob Mr Peters zu den Mückenpisse-Anhängern übergelaufen war. Rasch überprüfte ich meine Zähne in meinem kleinen Klappspiegel und drückte auf die Klingel. Sofort ertönte der Summer, und er lehnte oben über dem Geländer und winkte mich zu sich herauf, kaum dass ich in den Flur getreten war.

Ich gab mir Mühe, nicht eilig die Treppe hinaufzukeuchen. Ohne Jackett und Krawatte wirkte er viel weniger unnahbar. Er lotste mich in seine Wohnung, geradewegs in einen großen hellen Raum mit Dielenboden und cremefarbenen Wänden – bis auf eine, die leuchtend orange war. Das Mobiliar war das, was all die Wohnzeitschriften, die ich immer ordentlich aufstapelte, als »Statement« bezeichneten – gewaltige Sessel und Sofas, olivgrün, braun und orange gestreift. Keine Kissen, Vasen, Dekorationen oder Zimmerpflanzen. Gut.

»Danke, dass du gekommen bist«, sagte er und schüttelte den Kopf, während er mein Gesicht betrachtete. Ich konnte es ihm nicht verdenken. Er zog einen hohen Hocker für mich an den Frühstückstresen mit Granitplatte. »Kaffee?«

Ich nickte und blickte an mir herunter. »Entschuldige, dass ich so aussehe. Ich hatte keine Zeit, nach Hause zu fahren.« Ich zuckte die Schultern. »Wo immer das gerade ist.«

»Hör auf, nach Komplimenten zu fischen. Die meisten Mütter von Stirling Hall würden ihren rechten Arm dafür geben, so toll auszusehen wie du.« Er würde also nicht so tun, als wäre gar nichts passiert. Einen Moment lang sagte er nichts, sondern suchte nur im Kühlschrank herum. »Warum legst du dich nicht mit dem Eisbeutel hier auf dem Gesicht kurz auf die Couch? Ich mach in der Zeit Kaffee.«

»Nein, nein, es geht schon, ehrlich, es ist okay.«

»Es ist nicht okay. Du kriegst ja das Auge gar nicht auf. Komm schon, dann fühlst du dich gleich viel besser.«

»Ich dachte, du wolltest mit mir reden, statt mich zu verarzten.«

»Ich will ja auch mit dir reden. Aber ich will mich eben auch um dich kümmern.« Ein Augenbrauenhochziehen, und ich schlurfte gehorsam zum Sofa hinüber. Oder zur Couch, wie er das nannte.

Ich hatte schreckliche Angst, dass irgendwelche fürchterlichen Chemikalien an meinen Klamotten helle Flecken auf das Polster machen würden, also bestand ich darauf, dass er ein Laken zum Drunterlegen besorgte. Natürlich keinen zerschlissenen, vergrauten Fetzen, wie er ihn bei mir zu Hause bekommen hätte, sondern so ein superweißes, supergebügeltes Superbaumwolle-Teil, auf dem ich mich am liebsten gleich hingekuschelt hätte und eingeschlafen wäre. Er hielt sanft meine Schultern umfasst, ließ mich vorsichtig aufs Sofa sinken und schob mir ein Kissen unter den Kopf.

Dabei kam er nahe genug, dass ich sein Aftershave riechen konnte. Und ein Loch in seinem Ohrläppchen ausmachen konnte. Mr Peters mit Ohrring? Vielleicht gelte er sich ja am Wochenende das Haar zu einem Irokesenkamm und trug so einen Baumelohrring in Form eines Marihuanablattes. Ich bekam dieses Bild im Kopf nicht zusammen. Er legte den Eisbeutel auf mein schlimmes Auge und die geschwollene Wange. »Lieg zehn Minuten ganz still. Dann sollte die Schwellung zurückgehen.«

Inzwischen hörte ich die Kühlschranktür auf- und wieder zugehen, das Klirren von Gläsern auf der Arbeitsplatte, das Sägen des Brotmessers. Mit meinem unversehrten Auge versuchte ich, so gut es ging umherzuspähen. Auf dem Fensterbrett konnte ich ein Foto sehen, konnte aber nicht erkennen, wer da drauf war. Das würde ich mir näher ansehen müssen, wenn ich aufstand. Die ehemalige Konkurrenz checken, oder vielleicht auch die gegenwärtige. Ein Stapel Satire-Zeitschriften lag neben dem Kamin. Hoffentlich erwartete er nicht von mir, dass ich all die politischen Witze kapierte. *BBC Good Food?* Entweder kochte er selbst, oder hier war eine Frau zugange.

Nach ein paar Minuten nahm er die Eispackung ab, tupfte meine Wange mit einem Handtuch trocken und rieb die Haut mit einer Salbe ein, wobei er mitfühlende Laute von sich gab. Meinen guten Absichten waren Flügel gewachsen, ich hatte es nicht eilig mit dem Aufstehen. Er kniete sich neben mich auf den Boden. »Sieht schon ein bisschen besser aus«, stellte er fest und beugte sich noch etwas weiter vor. Wenn ich den Kopf ein ganz kleines Stück anhob, könnte ich ihn aufs Kinn küssen. Mit einer Frage in den Augen schaute er mich an, und in meinen sah er wohl die richtige – oder die falsche – Antwort. Dann senkte er seinen Mund so sanft auf meinen herab, dass ich fühlte, wie sich sämtliche »Das geht doch nicht«-Gedanken verflüchtigten. Er strich mir das Haar aus dem Gesicht und küsste mich wieder und wieder, bis sich in meinem Kopf alles drehte. Ich rutschte zur Seite, damit er auch aufs Sofa konnte. Er legte sich neben mich, schob den Arm unter meinen Kopf und flüsterte: »Tu ich dir weh?«, ehe er da weitermachte, wo er aufgehört hatte. Mein Körper hatte jeglichen Anstand fahren lassen und schrie danach, dass der Mann sich auf mich rollte. Doch genauso, wie er mir die Türen aufhielt, war Mr Peters in jeder Hinsicht wohlerzogen. Verdammt! Schließlich stützte er sich auf einen Ellenbogen und sah mich an.

»Was denn?«, fragte ich. Wenn mir etwas peinlich war, klang ich immer aggressiv.

»Das wollte ich wirklich nicht.« Er wurde rot, dabei sah er aus wie ein Teenager. »Ich wollte schon, ich meine, natürlich wollte ich, aber zuerst wollte ich mit dir reden. Ich meine, nicht zuerst, vor, na ja, du weißt schon. Herrgott, ist ja auch egal.« Er drückte die Finger gegen die Augen und stand auf, rückte seine Manschetten zurecht und stopfte sich das Hemd wieder in die Hose. »Ich hab dir was zum Lunch gemacht. Ich hoffe, du magst Languste und Rucola.« Im Augenblick hätte ich mich ihm für ein Sandwich mit Fischpaste zu Füßen geworfen.

Er zog mich auf die Beine. Ich schielte zu dem Foto hinüber und tat dabei so, als würde ich nach dem Wetter schauen. Eine alte Dame mit einem großen Wollschal. Sah nicht nach jemandem aus, mit dem er ins Bett gehen würde.

Wieder zog er einen Hocker für mich zum Frühstückstresen, dann setzte er sich neben mich. »Ich hab dich nicht herkommen lassen, um dich zu küssen. Auch wenn du absolut hinreißend bist. Ich wollte mit dir über deine Familie reden.«

Ich verdrehte die Augen. Besonders viel machte meine Familie im Augenblick nicht gerade her.

»Hör erst mal zu. Und dann kannst du mir sagen, ich soll mich raushalten, wenn du willst«, sagte er.

Ich nickte.

»Im Augenblick ist es irgendwie schwierig für mich, dieses Gespräch zu führen, weil ich jegliche Glaubwürdigkeit verloren habe, die ich vielleicht mal hatte. Aber ich muss das sagen, und auch wenn du danach nie wieder mit mir redest, kann ich dann wenigstens mit mir leben.« Mr Peters reichte mir Olivenöl und Balsamico-Essig. Dann trank er einen kleinen Schluck von seinem Kaffee. »Ich bin in einer ganz üblen Wohnsiedlung in Bolton aufgewachsen.«

»Bolton? Du hörst dich an, als kämst du aus Guildford.«

»Äußerlichkeiten können täuschen«, erwiderte er mit vollendetem Lancashire-Akzent. Dann öffnete er die obersten Knöpfe seines Hemdes und zeigte ein Tattoo vor, einen Adler, dicht über der linken Brustwarze.

»Oh mein Gott. Das war also doch kein Witz, als du Bronte erzählt hast, du hättest ein Tattoo. Ich hab gedacht, du wolltest sie auf den Arm nehmen.« Ich hatte einige Mühe, den Mr Peters im Anzug und mit den »Sehr erfreut«-Manieren mit dem in Einklang zu bringen, der mal Kunde in irgendeinem Biker-Tattooschuppen gewesen war.

In reinstem Bolton-Dialekt fuhr er fort: »Kurz vorm Abschluss bin ich vonner Schule geflogen, wegen 'ner Keilerei. Dad is' abgehauen, als ich fünf war, und Mum hatte mit Schule nich' viel am Hut. Dachte, ich hör lieber auf, mir die Rübe mit Fakten vollzuknallen, und geh los und mach 'n bisschen Kohle.«

»Kannst du jetzt wieder normal reden?«, fragte ich. Er machte mich wahnsinnig.

»Das *ist* normal für mich. Na ja, manchmal.« Gott sei Dank. Mr Perfect Peters war wieder da. »Tut mir leid, wenn ich hier *Das Leben des Zachary P.* abziehe, aber ich denke mir was dabei. Ich bin schließlich auf einer Baustelle gelandet, ohne irgendwelche Qualifikationen, ohne irgendwelche Aussichten. Eines Tages kam zufällig mein ehemaliger Geschichtslehrer vorbei und hat mich da Kies schippen sehen. Er ist einfach nicht weggegangen. Hat auf dem Bürgersteig gesessen und Zeitung gelesen, bis meine Schicht zu Ende war, dann hat er mich nach Hause gefahren.«

Ich saß ganz still da, so ernst hatte ich Mr Peters noch nie erlebt. Seine Stimme klang ein bisschen gepresst. »Dieser Lehrer hat immer Anzüge getragen, und Hemden mit Manschettenknöpfen. Ich weiß noch, ich hab mich so geschämt, weil Mum ihren Mantel anhatte, und sie hatte eine Mütze auf, sah aus wie ein Teewärmer, weil bei uns nicht geheizt war. Er hat zu Mum gesagt, ich hätte dermaßen viel Potenzial, dass es kriminell wäre, wenn ich die Schule nicht fertig mache. Hat sie überredet, sich um ein Stipendium für eine Privatschule zu bewerben, die sein Cousin in Surrey geleitet hat.«

»So bist du also hier gelandet.« Ich versuchte, mir Mr Peters als ungehobelten Rüpel vorzustellen, der sich plötzlich in einer vornehmen Umgebung wiederfindet.

»Ja. Ich war zwei Jahre im Internat, hab einen guten Abschluss gemacht und es auf die Uni geschafft. Ich will hier nicht so tun, als wäre da ein Traum wahr geworden, es war nicht so, als hätte ich mich nicht oft geprügelt, hauptsächlich mit anderen Jungs, die mich wegen meines Akzents und meines komischen Vokabulars ›aus dem Norden‹ aufgezogen haben. Am Schluss hab ich angefangen, genauso zu reden wie die, und inzwischen ist es Gewohnheit geworden.

Aber ich wäre wahrscheinlich an Drogen geraten und hätte als Kleinkrimineller geendet, wenn ich geblieben wäre, wo ich war.«

Ein bisschen Bolton-Akzent tauchte immer wieder in seinen Worten auf, als versetzte es ihn dorthin zurück, wenn er davon sprach.

»Alles, was ich jetzt habe, habe ich, weil jemand an mich geglaubt hat, als ich drauf und dran war, mein Leben in die Gosse zu pissen.« Aus seinem Mund hörte der Kraftausdruck sich komisch an. Auf seinen Wangen waren rosa Flecken. Er nahm meine Hand, und meine Finger schlossen sich fest um seine. Alles, was er mir erzählte, kam direkt aus tiefstem Herzen, woraufhin ich natürlich am liebsten hysterisch losgelacht hätte.

»Lachst du etwa über mich?«, erkundigte er sich mit gespielter Entrüstung.

»Nein, nein, überhaupt nicht. Es ist nur so krass, dich so was sagen zu hören. Ich sitze immer im Auto und pöbele laut vor mich hin, um das alles rauszuhaben, bevor ich reingehen und mit dir reden muss. Du machst mich nervös.«

Er stand auf. »*Du* machst *mich* nervös. Es gibt immer so viel, was ich sagen möchte, und dann sag ich's und wünsch mir, ich hätt meine verdammte Klappe gehalten.« Jetzt war er wieder im Bolton-Modus. Er drehte meinen Hocker herum und nahm mein Gesicht zwischen seine Hände. »Gut, dass ich dir jetzt begegnet bin, ich muss zugeben, leicht fällt mir das nicht. So zurückhaltend hätte ich früher nicht sein können.«

»Was bitte meinst du mit ›zurückhaltend‹?« Ich würde die Macht, die ich hatte, noch ein klein wenig länger genießen, dachte ich bei mir.

Er lächelte, ein unanständiges »Wenn du nicht aufpasst,

zeig ich's dir«-Lächeln. »Dass ich mich gern geprügelt habe, war nicht meine einzige Unart.« Er blies die Backen auf. »Ich setz mich wohl lieber hin, ich hab ein paar ernste Dinge zu sagen, und ich kann nicht klar denken, wenn ich dich anfasse.«

Mein ganzer Körper vermisste ihn, sobald er von mir zurücktrat, obwohl sein Blick mich nicht losließ. Er klang wieder angespannt und zornig. »Was ich sagen will, ist, dass ich nicht will, dass deine Kinder zu kurz kommen. Du hast die Gelegenheit, dein Leben ganz neu auszurichten, so wie ich sie hatte. Wenn du nicht aufpasst, versaut Colin dir das. Er macht es deinen Kindern unmöglich, das Beste zu sein, was sie sein könnten. Er schnorrt sich bei dir durch, er schlägt dich, er ist ein grauenvolles Vorbild, vor allem für Harley.«

Ich rutschte auf dem Hocker hin und her. »Das weiß ich ja alles, aber im Augenblick kann ich da nicht viel machen.« Ich hatte das Gefühl, dafür kritisiert zu werden, dass ich bei der Auswahl des Vaters meiner Kinder Mist gebaut hatte, und es kotzte mich an, wie er von sanft und sexy auf Moralprediger umschaltete. Es kostete mich große Mühe, kein eingeschnapptes Gesicht zu machen.

Mr Peters war mir einen Schritt voraus. »Versteh mich nicht falsch, ich bewundere dich. Du kriegst dein Leben auf die Reihe, du hängst nicht rum und bemitleidest dich, aber du kannst so viel mehr. Du bist klug. Du bist witzig.« Wieder nahm er meine Hand und drehte sie um, malte Kreise auf meine Handfläche. Am liebsten hätte ich das Adler-Tattoo geküsst.

»Aber mit witzig kann man die Miete nicht zahlen.« Mir war klar, dass er gute Gründe hatte, mir all das zu sagen, doch das hieß nicht, dass ich es mir anhören wollte. Die Prügel von Colin, das Ausziehen von zu Hause, die Knutschereien mit dem Lehrer meines Sohnes … meine Speicherkarte war voll, da war kein Platz für mehr. Die Vorstellung, Colin für immer zu verlassen, wollte mir nicht in den Kopf. Und wenn Mr Peters mich so dafür bewunderte, dass ich »mein Leben auf die Reihe kriegte« – haha! –, wie konnte ich jetzt damit herausplatzen, dass meine Kinder Stirling Hall verlassen würden? Ich konnte ihn nicht ansehen, ich hatte das Gefühl, auf meiner Stirn stünde in großen Buchstaben »Heuchlerin«. Verlegen schob ich ein Stück Languste auf dem Teller herum.

»Du könntest doch eine Ausbildung machen, einen besseren Job finden als Putzen. Fähig wärst du weiß Gott allemal dazu, Maia. Ich glaube, du wärst eine tolle Lehrerin. Ich hab gesehen, wie du mit Harley und Bronte umgehst, wie du sie ermutigst. Das ist schon die halbe Miete. Sie dazu zu bringen, es gut machen zu wollen.«

»Ich, Lehrerin? Da lachen ja die Hühner.« Es war wahrscheinlich das größte Kompliment, das ich je bekommen hatte.

»Wieso denn nicht? Du bist klüger als viele Lehrer, die ich kenne. Du könntest ein Abendstudium machen, an der Open University gibt es bestimmt jede Menge Kurse für Leute wie dich, die beim ersten Durchgang ihren Abschluss nicht gemacht haben. Und in der Zwischenzeit könntest du dich doch nach einem Job als Haushälterin umsehen, irgendwo, wo du mit deinen Kindern wohnen könntest? Hier in der Gegend haben doch viele Familien Einliegerwohnungen oder Gartenhäuser. Versprich mir, dass du darüber nachdenkst. Colin könnte die Kinder ja immer noch sehen, aber du hättest ein sehr viel gefestigteres Leben. Und du bräuchtest dir keine Sorgen zu machen, dass er dich wieder verprügelt.«

»Glaubst du wirklich, ich könnte unterrichten?«

»Da bin ich mir ganz sicher. Du hast ein natürliches Einfühlungsvermögen Kindern gegenüber, und du lässt dich nicht so leicht rumkriegen.«

»Von dir schon.« Die Worte platzten aus meinem Mund hervor, ehe ich sie zurückhalten konnte.

»Wirklich? Gut zu wissen. Ich kann mir nämlich nicht vorstellen, dass du dich von irgendjemandem rumkriegen lässt.« Ein Glück, dass wir nicht auf seinem Bett lagen, wirklich. Er beugte sich vor und angelte sich eine lange Strähne meines Haares. »Maia, du bist wirklich etwas ganz Besonderes. Es tut mir leid, dass ich alles noch komplizierter gemacht habe, in dem ich dir zu nahe gekommen bin. Ich versuche, dir das alles als neutraler Beobachter zu sagen, und nicht als Mann, der sehr unangebrachte Gedanken hat, sobald du ins Zimmer kommst.«

Freude darüber, dass Mr Peters mich attraktiv fand, mischte sich mit Groll darüber, dass er jetzt, nachdem er seine Bedenken laut ausgesprochen hatte, erwartete, dass ich etwas dagegen unternahm. Konnte ich eine Möglichkeit finden, die Kinder in Stirling Hall zu lassen, ohne dass wir auf der Straße landeten? Wir waren mit der Miete so sehr im Rückstand, dass die Gemeinde nicht mehr lange warten würde. Mein schmerzendes Gesicht machte es mir schwer nachzudenken. Ich schaute auf die Uhr. »Ich muss los, in einer halben Stunde muss ich im Freizeitzentrum putzen.«

»Denkst du über das nach, was ich gesagt habe?« Er kam, um mir von dem Barhocker zu helfen, seine Hand war fest und sicher unter meinem Ellenbogen.

»Ja. Ich hab nur gerade das Gefühl, mein ganzes Leben geht immer zwei Schritte vorwärts und einen zurück.«

»Halt durch. Ich weiß, du kannst das durchstehen. Wenn du mich lässt, könnte ich dir wirklich helfen.«

»Du hast mir schon genug geholfen.« Ich sehnte mich danach, ihm reinen Wein einzuschenken, ihm zu sagen, dass ich im Begriff war, ihn zu enttäuschen, alles zu versauen, die Kinder wieder nach Morlands zu schicken, wo ihre Zukunft in einer Sackgasse landen würde. Dafür war keine Zeit. Dieses Gespräch konnte ich nicht innerhalb von zwei Minuten führen.

»Danke für den Lunch – und die aufmunternden Worte.« Ich zögerte. Er nicht. Ich stützte mich an der Kücheninsel mit der Granitplatte ab, um dem Zittern Einhalt zu gebieten, als er mich an sich zog.

»Jetzt bin ich gar nicht dazu gekommen, über uns zu reden«, sagte er in mein Haar hinein.

»Was denn für ein ›uns‹?« Ich spürte, wie er seufzte. Er versuchte, mich mit einem Kuss zum Schweigen zu bringen. Ich gestattete mir, ganz kurz dahinzuschmelzen, doch ich musste ihm das klarmachen. »Du hast sehr hart gearbeitet, um dahin zu kommen, wo du jetzt bist. Das werde ich dir nicht verderben. In ein paar Jahren könntest du Direktor von Stirling Hall sein, wenn du dir nicht ins Knie schießt, indem du mit irgendeiner Proll-Tussi pennst.«

Ich schnitt eine Grimasse, um ihm zu zeigen, dass das zum Teil scherzhaft gemeint war, doch er lächelte nicht. Widerstrebend löste ich mich von ihm, reckte mich für einen letzten, süßen schnellen Kuss auf seine Lippen hoch und zwang mich, zur Tür hinauszugehen.

Meine Wischmopps warteten.

Kapitel 21

Ich konnte schon vom Ende der Auffahrt lautes Gelächter hören, als ich vom Putzen in der Zahnarztpraxis zurückkam. Fast eine Woche waren wir jetzt bei Clover, und die Kinder fühlten sich wohl wie Schweinchen in der Suhle. Wenn Bronte nicht mit Spinner, dem Bobtail der Wrights, im Obstgarten spazieren ging, hockte sie bei den Kaninchen und Meerschweinchen im Schuppen. Orion hatte den Fehler gemacht zu verraten, dass in der Garage ein Quadbike stand, und seither traute ich mich kaum noch, aus dem Fenster zu sehen, denn da draußen sauste Harley im Garten um die Statuen herum und auf die Pferdepaddocks hinter dem Haus hinaus. Unser kleines Reihenhaus würde uns wie ein Schuhkarton vorkommen, wenn wir wieder dorthin zurückkehrten.

Clover genoss es anscheinend, Gesellschaft zu haben. Auch wenn ich mich beherrschen musste, ihre Sprösslinge nicht zurechtzuweisen, wenn sie fluchten oder auf den Möbeln herumhüpften, schienen meine Kinder sie überhaupt nicht zu stören. Sie hatte angefangen, Bronte Reitstunden zu geben, und bei dem Anblick, wie sie mit geradem Rücken und tiefen Absätzen auf dem kleinen weißen Pony saß, hätte ich am liebsten die Uhr angehalten und wäre für immer hiergeblieben.

Während die Kinder Verstecken spielten, im Haus herumrannten und einander entwischten, indem sie kreischend vor Lachen die Dienstbotentreppe hinauf- und hinunterflitzten, zwang ich mich, mir nicht den Kopf darüber zu zerbrechen, was geschehen würde, wenn wir nach Hause mussten. Und wir würden nach Hause zurückmüssen, auch wenn ich mir im Augenblick meinen Lebensunterhalt mit Muskelschmalz verdiente. Jedes Mal, wenn wir mit einem Zimmer fertig waren, holte Clover eine Flasche Champagner aus dem Weinkeller und brachte einen Toast auf uns aus, als wären wir Polarforscher in der Antarktis.

Als ich auf den Parkplatz einbog, wurde das Geschrei und Gejohle lauter. Ich folgte dem Lärm hinters Haus. Clover stand mit einer Stoppuhr in der Hand da, und die Kinder legten abwechselnd einen Hindernisparcours zurück – kletterten über Gartenstühle, rasten auf Orions Fahrrad um den Obstgarten, hopsten auf dem Trampolin und schwangen sich am Klettergerüst entlang. Nie sah ich ihre Kinder vor der Glotze sitzen, wie meine es tun würden, mit offenem Mund und taub für alles, bis ich mich vor den Bildschirm stellte. Wenn ich von der Arbeit kam, gab es bei mir zu Hause immer noch so viel zu tun, dass ich nicht die nötige Fantasie oder Energie zum Spielen aufbrachte. Da war ein Treuhandfonds wohl hilfreich.

Clover sah mich und winkte mich heran. »Wer will, dass Maia es auch mal versucht?«

Sämtliche Kinder verlangten lautstark, dass ich mitmachen sollte. Ich hatte ein wenig Angst, mit meinem Gesicht irgendwo anzustoßen, aber ich wollte sie nicht daran erinnern. Harley packte mich an den Füßen und schob mich als Schubkarre den Hang zum Obstgarten hinunter. »Los, Mum, vorwärts, vorwärts, vorwärts.« Ich fiel immer wieder bäuchlings ins nasse Gras, doch Harley war wild entschlossen, dafür zu sorgen, dass ich die Runde zu Ende brachte. Es war Jahre her, dass ich an einem Klettergerüst gehangen hatte, aber kräftig war ich immer noch – all die Poliererei musste ja für irgendetwas gut gewesen sein. Ich war so stolz auf mich, als ich mich bis zum Ende geschwungen hatte, obgleich meine Oberschenkelmuskeln mich schier umbrachten, als ich die letzten paar Meter rannte, während Clover in einer Art Dauerkommentar verkündete, dass ich möglicherweise Saffy schlagen könnte, wenn ich mich mal ein bisschen anstrengen würde. Dann bestand ich darauf, dass Clover ebenfalls an die Reihe kam, und dann wollte jeder sehen, ob er es besser machen konnte als beim ersten Mal, und wir drehten alle noch eine Runde. Unsere Gesichter leuchteten rosig in der Kälte.

Erst als ich am ganzen Körper schlotterte und mich förmlich nach der Wärme von Clovers Eisenherd verzehrte, wurde mir klar, dass ich in einer halben Stunde bei Harleys Elternsprechstunde sein musste. Ich hatte mich früh angemeldet, damit Clover auf die Kinder aufpassen konnte, bis ich wieder da war, dann konnte ich übernehmen. Eilig rannte ich ins Haus und genoss die Tatsache, dass ich meine eigene Dusche hatte und mich nicht zwanzig Minuten lang abmühen musste, den Boiler in Gang zu bringen, ehe ich auftauen konnte.

Ich hüllte mich in ein Handtuch und betrachtete mein Gesicht im Spiegel. Meine Haut sah gesund und nach frischer Luft aus. Die dunklen Ringe unter meinen Augen waren weg. Villen auf dem Lande bekamen mir offenbar gut. Normalerweise trug ich nicht viel Make-up, aber ohne wenigstens ein bisschen Lippenstift in der Schule aufzukreuzen war wohl so, wie nur im BH auf Piste zu gehen, dachte ich bei mir. Rasch hantierte ich mit Mascara und Eyeliner und verbrachte dann eine halbe Ewigkeit damit, die langsam verblassenden blauen Flecken auf meiner Wange abzudecken. Die Schwellung war zurückgegangen, und ich hatte jedem, der gefragt hatte, erzählt, ich hätte mich an einem Klappfenster gestoßen, als ich irgendjemandes Dachboden sauber gemacht hatte. Hastig zog ich meine einzige anständige schwarze Hose und einen grünen Pullover an und rannte hinaus, wobei ich über einen Haufen Kinder stieg, die im Flur Twister spielten.

Ich hatte damit gerechnet, dass die Besprechungen im Klassenzimmer stattfanden, doch eine Sekretärin lotste mich zur Aula, wo die Lehrer hinter Tischen saßen. Selbstsichere Paare standen da und plauderten mit anderen selbstsicheren Paaren. Ich stand zögernd in der Tür und versuchte, Harleys Klassenlehrer ausfindig zu machen, den glatzköpfigen Mr Rickson. Venetia – »Oh mein Gott, Sie haben nicht studiert?«– kam herein und sah aus, als wolle sie sich um einen Platz bei »Let's Dance« bewerben. »Amayra, nicht wahr?« Ich nickte. Sie würde nie meine Freundin werden. »Falls Sie Mr Rickson suchen, der ist nicht da. Seine Frau hat Wehen bekommen. Mr Peters vertritt ihn.«

Eben war ich schüchtern gewesen. Jetzt bibberte ich. Ich hatte zwei Minuten Zeit, mich zu sammeln. »Danke. Sind Sie jetzt dran?«

»Nein, wir kommen nach Ihnen. Gehen Sie lieber zuerst, bei uns könnte es eine Weile dauern. Ich hab da ein paar Probleme mit Theos Mathe-Noten. Ich muss wissen, ob ich in der Mittagspause einen Kumon-Mathematiklehrer in die Schule kommen lassen kann, am Nachmittag hat er nämlich schon anderen Nachhilfeunterricht.«

Großer Gott. Vor Ostern würde ich hier vielleicht nicht rauskommen, wenn ich sie vorließ. »Dann geh ich lieber jetzt. Sollte nicht allzu lange dauern.« Was zum Teufel war Kumon-Mathematik?

Ich wäre wirklich sehr gern schnell mal aufs Klo gehuscht, um meine Zähne auf Spinatfusseln – oder vielmehr auf Kekskrümel – zu überprüfen, doch ich fühlte mich der Wucht von Venetias hinter mir bebendem Ehrgeiz nicht gewachsen. Also ging ich zu Mr Peters' Tisch hinüber und brachte ein »Hallo« heraus, dann setzte ich mich und errötete, bis es unmöglich war, noch röter zu werden.

»Miss Etxeleku, wie geht es Ihnen?« Sein Blick heftete sich auf mein Veilchen.

»Gut, danke«, antwortete ich und war mir der Tatsache sehr bewusst, dass Venetia und ihr Mann nur wenige Meter hinter uns warteten, zweifellos mit Spezial-Abhörgeräten ausgerüstet, um sicherzugehen, dass Theo – abgesehen von Beinahe-Rausfliegen – nicht in irgendeiner Disziplin hinter Harley zurückblieb.

»Dein Gesicht sieht besser aus«, stellte er im Flüsterton fest. Und dann lauter: »Also, dann schauen wir uns mal Harleys Noten an. Er macht sich außerordentlich gut.«

Ich war nur ein ganz kleines bisschen versucht, mich zu Venetia umzudrehen und »Da sehen Sie's!« zu sagen.

Er schlug ein großes Buch auf und fing an, mit dem Finger die Spalten entlangzufahren. Kleine Visionen, wie diese wunderschönen Hände mein Gesicht liebkosten, lenkten mich von Harleys Diktatnoten ab. Wenn man bedachte, dass ich nur in Stirling Hall war, damit die Kinder eine bessere Schulbildung bekommen konnten, schien es mir ein bisschen unpassend, dass ich mich nicht darauf konzentrieren konnte, ob sie Fortschritte machten oder nicht. Ich glaube, die Kernaussage war, dass Harley eine natürliche Begabung für Sprachen besaß – »Er ist ein sehr guter Mimiker« –, dass er sich in Mathe immer noch schwertat, dass aber alles andere »mit Volldampf« angegangen wurde und »einem ungeheuren Hang zur Dramatik«.

Fast wünschte ich mir, er würde mir sagen, dass das ganze Experiment gründlich in die Hose gegangen war. Ich musste ihm nämlich immer noch irgendwie beibringen, dass Harley und Bronte Stirling Hall verlassen würden. Inzwischen war ich zu dem Entschluss gekommen, dass ich den Brief unmöglich abschicken konnte, ohne es Mr Peters vorher zu sagen. Als er mit »Ich weiß, Harley hatte es hier nicht immer leicht, aber was er in so kurzer Zeit erreicht hat, ist hervorragend« endete, wusste ich, dass ich ihm ausgerechnet jetzt nicht in die Suppe pinkeln konnte, schon gar nicht, wo ich unter Druck stand, meinen Platz für Venetia zu räumen. Die würde vor Anstrengung, uns zu belauschen, gleich vom Stuhl kippen. Gerade wollte ich aufstehen, als er etwas auf ein Blatt Papier kritzelte und es mir hinschob. »Ich hab wahnsinnig viel an dich gedacht«, las ich und starrte auf das Blatt hinab, um mich zu vergewissern, dass er nicht etwas ganz anderes meinte, das zu kapieren ich zu blöd war. Als ich aufblickte, forderten seine Augen mich heraus.

»Das ist ja sehr interessant.« Ich hatte seit einer Million Jahren nicht mehr geflirtet, und meine geistreichen Bemerkungen waren etwas eingerostet, genau wie meine Stimme, die sich plötzlich anhörte, als hätte ich dreißig Jahre lang in einem Bergwerk gearbeitet.

Ich hörte Venetia hinter mir herumzappeln und mit den Fingern auf die Armlehne ihres Stuhls trommeln. Wahrscheinlich hatte ich schon viel mehr Zeit verbraucht als die offiziell zugestandenen zehn Minuten. Ich versuchte, Mr Peters mit den Augen zu verstehen zu geben, dass sie jedes Wort mitbekam. Zum Glück war er in Sachen Evolution etwas weiter als Colin, der glatt gefragt hätte: »Was 'n? Wieso guckst 'n mich so komisch an?«

»Okay, ich schreibe Ihnen die Noten schnell auf, dann können Sie sie sich in Ruhe ansehen.« Rasch kritzelte er »Mach, dass du wegkommst, ehe ich in Versuchung komme, dich wieder zu küssen«. Ich nahm den Zettel und tat so, als studierte ich ihn eingehend.

»Das ist ja wunderbar. Vielen Dank, dass Sie sich die Zeit genommen haben.« Ich musste mich darauf konzentrieren, meine Beine zum Aufstehen zu nötigen. Als er mir die Hand gab, war jeder Nerv meines Körpers Zeuge. Es gab da einen gefährlichen Moment, wo es leicht gewesen wäre zu vergessen, dass noch andere Leute im Raum waren. Mr Peters ließ meine Hand los.

»War schön, Sie zu sehen, Miss Etxeleku.« Ich wusste, dass er das ernst meinte.

Als ich an Venetia vorbeiging, fragte sie: »Haben Sie über Kumon-Mathematik gesprochen?«

»Ja. Er findet, die Kinder sollten lieber *Die Simpsons* schauen.«

Kapitel 22

Sobald ich wieder bei Clover ankam, kam sie aus der Tür stolziert, unter anderem mit den ellenbogenlangen Spitzenhandschuhen angetan, die wir bei einer unserer Mammut-Aufräumaktionen ganz hinten in ihrem Kleiderschrank gefunden hatten. Sie sah aus, als wolle sie für eine Rolle in *Moulin Rouge* vorsprechen. Ich machte mich daran, fünf Kinder ins Bett zu verfrachten, was in Clovers Haushalt Schwerstarbeit bedeutete. Orion, Saffy und Sorrel begriffen nicht wirklich, was Schlafenszeit bedeutete, was wiederum auf meine beiden abfärbte, besonders auf Bronte, die ihren Schlaf brauchte und jeden Tag kiebiger wurde. Zu Hause stopfte ich die beiden deutlich vor neun ins Bett, bei Clover jedoch waren sie noch um zehn zugange, grillten auf dem Herd Marshmallows und machten Schokoladen-Milchshakes, während Clover meinte: »Na ja, ihr habt ja morgen in der ersten Stunde nur Kunst. Daran, dass er keinen Baum zeichnen konnte, ist noch niemand gestorben.«

Zu versuchen, sie ein bisschen früher die Treppe hinaufzubugsieren, barg das Risiko, dass es hieß, ich solle mich doch nach Hause verpissen. *Ein* Haus und *eine* Treppe, das hatte schon eine Menge für sich. Im Auge zu behalten, wo jedes einzelne Kind gerade war, plus Zähneputzen und Schuluniformen für den nächsten Tag, das war, als wolle man ein Rudel Karnickel zusammentreiben.

Daher fing ich auch erst an, mich zu fragen, wo Clover steckte, als ich in den Ledersessel im Salon sackte, um mir die Zehn-Uhr-Nachrichten anzusehen. Sie hatte den letzten Termin beim Elternabend gehabt, um neun, aber in Anbetracht der Tatsache, dass ich sie regelmäßig »Sag Mrs Harper, die Pferde haben deine Hausaufgaben gefressen« oder »Sag, Daddy hat deine Hausaufgaben aus Versehen geschreddert« rufen hörte, ging ich davon aus, dass das recht schnell über die Bühne gehen würde.

Ich war es nicht gewöhnt, mich nachts in großen Häusern aufzuhalten. Mein Leben mit Colin vermisste ich nicht, wohl aber die Geräusche. Das Rumpeln der Busse, der Lärm der Leute, die aus dem Pub nach Hause gingen, die Füchse, die hinten in der Gasse in den Mülltonnen wühlten, und Denim und Gypsy, die nebenan die Treppe hinauf- und hinunterpolterten. Was Colin anging, mit dem hatte ich gar nicht gesprochen, ich hatte das Telefon einfach an Bronte weitergereicht, wenn ich seinen Namen auf dem Display sah. Sogar sie zog einen Flunsch, wenn er sie beim Spielen mit den Zwillingen störte.

Ich zog die Vorhänge vor der Schwärze und der Stille draußen zu, spähte aber noch einmal die Auffahrt hinunter und hielt nach Scheinwerfern Ausschau. Irgendetwas kratzte am anderen Ende des Salons am Fenster. Ich holte mein Handy aus der Tasche und machte das Licht aus. Während sich meine Augen an die Dunkelheit gewöhnten, machte ich mich schon auf einen Wahnsinnigen mit irrem Blick gefasst, der sich die Nase an der Scheibe platt drückte. Ich sah, wie sich dort draußen etwas bewegte, und zwang mich, näher zu treten. Gerade, als ich dachte, dass Clover vielleicht beim Nachhausekommen ein Spurensicherungsteam antreffen würde, das Blutspritzer begutachtete, wurde mir klar, dass mein Feind eine Glyzinie war, die im Wind gegen das Fenster klapperte.

Ich machte das Licht wieder an und war wütend auf mich. Dann nahm ich den *Guardian*, den Clover unbedingt weiterlesen wollte, damit sie beim Älterwerden politisch nicht zu sehr nach rechts driftete, drehte den Fernseher lauter und befahl mir, kein solcher Feigling zu sein. Trotzdem war ich froh, das Knirschen von Autoreifen auf dem Kies und das gedämpfte Geräusch der Küchentür zu hören. Clover war bestimmt hintenherum gefahren. Ich verbot mir, zu ihr hinauszuflitzen, weil doch niemand gern in seinem eigenen Haus einfach so überfallen wird. Als Mum noch am Leben gewesen war, hatte es mich wahnsinnig gemacht, wenn sie mich an der Tür begrüßte und mir haarklein schilderte, wie sie irgendeine ganz besondere Suppe gekocht hatte, noch ehe ich den Mantel ausgezogen hatte. Jetzt hätte ich mich natürlich nur zu gern von ihrer exakten Methode, Knoblauch und Zitrone anzuschwitzen, nerven lassen.

Also saß ich da, raschelte mit der Zeitung, zappte durch die Programme und versuchte, so auszusehen, als gehöre ich in eine Villa. Ich hörte, wie sie die Treppe hinaufging, und lächelte. Clover gab sich vielleicht sehr lässig, aber offenbar konnte sie es gar nicht erwarten, Orion zu erzählen, was sein Klassenlehrer über ihn gesagt hatte. Orion war sehr beliebt, ungeachtet der »Das Kaninchen hat meine Hausaufgaben kaputtgeknabbert«-Ausreden. Bestimmt war er noch wach, denn ich hörte ziemlich viel Herumgetappe. Holzdielen sind hellhörig, vor allem nachts. Die miesen Teppichböden aus den Siebzigern bei mir zu Hause waren doch gar nicht so schlecht. Gespräche konnte ich nicht hören. Vielleicht war sie ja direkt ins Bett gegangen, doch es kam mir merkwürdig vor, dass sie sich nicht die Mühe gemacht hatte, zu mir hereinzukommen. Sofort fing ich an, mir einzureden, dass sie es gar nicht erwarten konnte, uns alle los zu sein.

Ich schlich mich aus dem Salon und lauschte unten an der Treppe. Irgendjemand war da oben definitiv zugange. Ich tröstete mich damit, dass Spinner doch gebellt hätte, wenn es nicht Clover gewesen wäre. Dann kam mir der sehr untröstliche Gedanke, dass der blöde Köter für einen Schokokeks alles tun würde. Gerade überlegte ich, ob ich hinausgehen und nachsehen sollte, ob Clovers Land Rover dastand, als ich das vertraute Quietschen ihrer Schlafzimmertür und dann Schritte auf der Treppe hörte. Ich tat so, als ginge ich gerade in die Küche, damit Clover mich nicht dabei erwischte, wie ich wie eine Bekloppte im Flur rumhing. Aus dem Augenwinkel erblickte ich eine Gestalt, die nicht Clover war, und als ich den Kopf herumriss, war es ein Mann mit einem Bart, mit schwarzem Al-Capone-Hut, schwarzem Regenmantel und einem Müllsack in der Hand. Die Gangster waren da, und alles, was ich hatte, um mich selbst und fünf Kinder zu verteidigen, war eine große geschnitzte Holzgiraffe, die im Flur stand. Ich hatte immer gedacht, ich würde mir in so einer Situation in die Hosen machen und abhauen, doch ich verblüffte mich selbst. Rasch packte ich die Giraffe am Hals und stieß mit den Beinen nach dem Kerl. Als Waffe war das Ganze zwar etwas dürftig, aber der Zorn machte mich zum Rottweiler. Die Lautstärke meiner Stimme überraschte mich. »Legen Sie den Sack hin! Sofort! Hände aufs Geländer, sonst rufe ich die Polizei!«

»Scheiße, ich wohne verdammt noch mal hier! Wer zum Teufel sind Sie denn?«

Ich schnappte nach Luft. Ein Manchester-Akzent. »Lawrence! Oh Gott, bitte entschuldigen Sie! Sie halten mich bestimmt für völlig übergeschnappt. Ich dachte, Sie wären ein Einbrecher. Scheiße. Ich hab Sie echt nicht erkannt. Der Bart ist neu, nicht wahr?« Ich fing mich wieder ein wenig. »Sie hätten aber auch reinkommen und mir sagen können, dass Sie da sind.« Damit drehte ich mich zur Seite und stellte meine Ramm-Giraffe wieder auf die Hufe. Er sah ungepflegter aus, als ich ihn in Erinnerung hatte. Sein Haar lockte sich unter diesem verdammten Mafiahut hervor, und er sah aus, als hätte er in seinen Klamotten geschlafen.

»Und Sie sind?«

»Ich bin Maia, wir sind uns schon mal begegnet. Ist schon eine Weile her. Ich passe auf die Kinder auf, Clover ist nämlich beim Elternabend.« Ich hielt dies nicht für den richtigen Moment, ihm zu sagen, dass die Kinder und ich hier mit Sack und Pack aufgeschlagen waren, kaum dass er dem Haus den Rücken gekehrt hatte.

»Ich weiß, dass sie beim Elternabend ist, deswegen bin ich ja gekommen. Wollte ein paar Sachen holen, ohne dass es ein Drama gibt. Dachte, sie heuert vielleicht in letzter Not ihre Mutter als Babysitter an, deshalb hab ich versucht, mich unbemerkt rauszuschleichen. Wollte mir keine Ohrenschmerzen einhandeln.« Er zuckte als Entschuldigung die Schultern.

»Sie kommt bestimmt gleich wieder, ich rechne jeden Moment mit ihr.« Fieberhaft überlegte ich, wie ich ihn hier festhalten könnte, doch nachdem ich ihm eben beinahe mit einem hölzernen Huf ein Auge ausgestochen hatte, war ich mir nicht so sicher, ob er noch Lust darauf hatte, mit mir Party zu machen.

»Wie gesagt, ich will keinen Stress, ich mach mich also lieber vom Acker. Sagen Sie ihr einfach, dass ich kurz vorbeigeschaut habe. Und grüßen Sie die Kinder von mir. Sie fehlen mir.« Einen Augenblick lang sah er aus, als wäre er den Tränen ziemlich nahe. Dann nickte er und schaute sich um. »Das Haus sieht klasse aus. Ist hier einer eingebrochen und hat aufgeräumt?« Er deutete auf den Müllsack. »Ich konnte meine Klamotten nicht finden. Bin zuerst gar nicht auf die Idee gekommen, in die Schubladen zu gucken.«

Damit marschierte er los in Richtung Küche, und ich hörte, wie er mit Spinner redete, ehe die Hintertür zuschlug. Ich sackte auf die Treppe. Wenigstens war ihm aufgefallen, dass das Haus sauber aussah, das war ein Schritt in die richtige Richtung. Ich ließ die ganze peinliche Nummer, wie ich Lawrence in seinem eigenen Haus bedroht hatte, immer noch Revue passieren, als Clover durch die Tür gewalzt kam.

»Wieso sitzen Sie denn auf der Treppe?«, wollte sie wissen.

»Lawrence war hier. Ich dachte, er wäre ein Einbrecher und bin mit der Giraffe auf ihn losgegangen.«

Clover sah sich verwirrt um. »Lawrence war hier? Warum denn? Wollte er mit mir reden?«

»Nein, er wusste, dass Sie auf dem Elternabend sind. Er wollte ein paar Klamotten holen.«

Clovers Gesicht stürzte in sich zusammen. Innerlich konnte ich das Geräusch hastig rückwärtstrampelnder Schritte hören, während ich meinen »Diplomatin des Jahres«-Ansatz noch einmal überdachte. »Er hat ein bisschen durcheinander ausgesehen, irgendwie traurig. Und er hat gesagt, ihr fehlt ihm alle.« Bestimmt hatte er doch auch Clover gemeint, nicht nur die Kinder. Wenn er sie nicht vermisste, würden wir's ja bald erfahren.

»Wirklich? Hat er okay ausgesehen?«

»Nein, er hatte einen Bart und hat ausgesehen wie ein East-End-Penner.« Ich berichtete Clover von der Begegnung.

Gott segne sie, sie besaß den Anstand zu lachen. »Diese Scheiß-Jennifer! Wenn die mich nicht zu fassen gekriegt hätte, wäre ich hier gewesen. Kam an, um ihre ›Es tut mir ja so leid, was ich da Fürchterliches gehört habe, also raus mit sämtlichen schmutzigen Details‹-Nummer abzuziehen. Leidtun, von wegen! Ich wette, die fährt da voll drauf ab. Bestimmt schaut sie jede Woche in den *Surrey Mirror,* ob das Haus auf dem Markt ist. Und dann kommt sie mir auf dem Schulhof mit ›Ist bestimmt das Beste so. Ein Neuanfang in einem Haus, das einfacher zu bewältigen ist, wird Ihnen guttun.‹ Ich bin sie nicht losgeworden, sie hat mit diesem Die-Hand-auf-den-Arm-Legen angefangen, Sie wissen schon, Marke ›Ich fühle mit Ihnen‹. Hat an mir rumgetätschelt, als hätte ich eine unheilbare Krankheit an der Backe und keine unheilbare Scheidung.«

»Sie wissen doch gar nicht, ob er sich scheiden lassen will. Solange Sie nicht mit ihm gesprochen haben, können Sie doch gar nicht wissen, wie er denkt. Und er hat auch nicht ausgesehen wie ein Mann mit einer Geliebten, die ihn ständig umsorgt.«

Clover schmiss ihren Mantel aufs Treppengeländer. »Das heißt aber nicht, dass er sich nicht mit irgend so einer Tussi mit Knackarsch zusammengetan hat, oder? Vielleicht hat er's ja mehr mit tollem Sex als mit tollem Kochen, Putzen und Bügeln?«

»Ihm ist aufgefallen, dass das Haus gut aussieht, das ist doch schon mal was.«

»Ich brauche was zu trinken«, verkündete Clover. »Wenn er nicht zurückkommt, hab ich wenigstens die Befriedigung, seinen Weinkeller niedergemacht zu haben.«

Nach der Hälfte der zweiten Champagnerflasche und sämtlichen Pralinen in der Schachtel außer denen mit Nüssen – »zu hart für mein altes Gebiss« – kam Clover die Erleuchtung. »Na schön. Dann nehm ich's eben mit jedem kleinen Knackarsch auf. Ich leg mir 'nen perfekten Hintern zu, ich komm mit in Ihr Fitnessstudio.« Damit stieß sie in die nächste Lage der Pralinenschachtel vor, suchte nach einer mit Butterscotch-Karamell und nickte weise, während ich überlegte, wie bald ich mich ins Bett davonschleichen könnte, um eine Chance zu haben, morgen rechtzeitig für den Putzdienst im Fitnessstudio um fünf Uhr früh aufzuwachen.

Kapitel 23

Clover erschien an dem Tag, nachdem sie die Antwort auf die Fragen des Lebens in einer Flasche Dom Pérignon gefunden hatte, nicht im Fitnessstudio. Ich kam nach dem frühmorgendlichen Putzen nach Hause und erwartete, sie zusammengesunken im Morgenmantel auf dem Sofa vorzufinden, wo sie Brötchen mit Rührei frühstückte, doch sie kam mir triumphierend in der Tür entgegen. »Entschuldigen Sie, Maia. Ich dachte, wenn ich auch nur in die Nähe eines Laufbands komme, muss ich vielleicht kotzen. Ich war dermaßen dehydriert, ich hätte mich glatt umgestülpt, wie so eine Nacktschnecke, die man mit Salz bestreut. Aber ich hab nicht völlig nutzlos rumgesessen.« Sie zeigte mit dem Finger in den Garten. »Sehen Sie den Komposthaufen?« Ich nickte und fragte mich, was der damit zu tun hatte, Clover in eine schlanke, stahlharte Fitness-Ikone zu verwandeln.

»Da hab ich den Schlüssel zum Weinkeller drin vergraben. Wenn ich also jetzt was trinken will, muss ich erst mal in gammeligen Bananen und fauligen Eierschalen wühlen. Sollte doch ein Anreiz sein, die Finger vom Champagner zu lassen. Das wird toll, mal ohne Kater aufzuwachen.«

Ich teilte ihre Begeisterung für ein champagnerfreies Leben nicht. Ich würde diese »Pop, Gluck, Zisch«-Nummer vermissen, die rasch zu einem Teil meines Lebens geworden war.

»Ich bin echt beeindruckt«, versicherte ich, insgeheim enttäuscht.

Von nun an jedoch legte Clover für eine Frau, die selbst sagte, dass sie es ihr ganzes Leben lang leicht gehabt hätte, einen enormen Willen an den Tag, mit Maggie Thatcher gleichzuziehen. Eigentlich hatte ich damit gerechnet, dass sie ein einziges Mal ins Fitnessstudio kommen, all die superdürren Mädels mit ihren krass strammen Titten sehen und sofort das dringende Bedürfnis nach einem Donut mit Marmeladenfüllung und einem Mittagsschlaf verspüren würde. Ich weiß nicht, ob sie unbedingt abnehmen wollte oder schmerzende Glieder brauchte, um sich von ihrem schmerzenden Herzen abzulenken, doch jedes Mal, wenn ich im Studio putzte, kam sie, kurz nachdem ich um acht Uhr fertig war, voller Tatendrang hereingeschossen. Das Leben war jetzt so viel leichter, seit Clover die Kinder morgens in die Schule fuhr. Wenn ich endlich doch zu Colin zurückkehrte, würde es ein Riesenschock sein, wieder im Rallyestil quer durch Sandbury heizen zu müssen, um die Kinder einzusacken und Sekunden vor dem Klingeln mit kreischenden Reifen vor Stirling Hall zu halten.

Als es geheißen hatte, ich könne im Rahmen der Putzstelle als Bonus das Studio nutzen, hatte ich gedacht, ich würde gelegentlich mal zehn Minuten auf dem Fahrrad strampeln oder mich mal an eins von den Geräten heranwagen, wenn gerade keiner hinschaute. Was ich dank Clover bekam, waren einstündige Sessions mit einem Personal Trainer. »Wenn ich da allein rummurkse, halte ich das nie durch. Ich brauche jemanden, der mich quält, aber allein würde ich mir total lächerlich vorkommen«, meinte sie.

Ich betrachtete das Ganze schließlich als Miete: kurzfristige Höllenqualen für etwas, das nach einer langfristigen

Unterkunft aussah – das Eine-Woche-Limit, das ich mir für meinen Aufenthalt bei Clover gesetzt hatte, war bereits auf zehn Tage gestreckt worden, doch das kümmerte anscheinend niemanden. Jedes Mal, wenn ich vom Ausziehen redete, warf sie theatralisch die Hände in die Luft und erwiderte: »Bleiben Sie für immer!«

In der Zwischenzeit hatte sie irgendwo ein blondes Ungeheuer von einem Mann ausgegraben, der sich als »Tristram, aber alle nennen mich Ram« vorstellte. Ram sah aus, als sollte er eigentlich auf einem Exerzierplatz »Links um!« brüllen, allerdings verbrachte er mehr Zeit damit, vor dem Spiegel die Muskeln spielen zu lassen, als die Armee ihm zugestanden hätte.

So kam es, dass wir gerade die Ärsche in die Luft reckten und Häschensprünge vollführten, als Jenı hereingeschlendert kam, in schwarzen Lycra-Leggins und einem grünen Stringbody, der ihre winzigen Pobacken teilte wie ein Geschenkband. Sie legte sofort mit dem vollen Programm los – »Hey, Ram, nur mal eine ganz schnelle Frage wegen meiner Herzfrequenz, könntest du dir mal mein Ernährungsprotokoll ansehen, ist Sojamilch besser als Kuhmilch, wenn man abnehmen will …« –, ehe sie unter großem Getue auf irgendwelche unsichtbaren Fettablagerungen zeigte, die ihrer Ansicht nach einen Rettungsring darstellten. Ich persönlich war ja der Meinung, dass jemand, der so zickig war wie Jenı, niemals Gefahr lief, einen Rettungsring zugeworfen zu bekommen.

Zuerst bemerkte sie mich nicht. »Clover! Hier haben Sie sich also die ganze Zeit versteckt.«

Tristram erlaubte Clover nicht aufzuhören, also keuchte sie ein »Hallo« zwischen ihren Beinen hervor. »Zur Strafe fürs Reden Star-Jumps aus der Hocke: Hochspringen, Arme und Beine spreizen und wieder in der Hocke landen.« Ich lachte, denn dank Clovers Straflager-Trainingsprogramm konnten wir kaum Treppen steigen, von Star-Jumps ganz zu schweigen. Keine Frau, die schon mal ein Baby zur Welt gebracht hat, sollte so was tun müssen. Mit aller Kraft konzentrierte ich mich darauf, meinen Beckenboden einzuziehen, aber Clover schrie: »Oh mein Gott, ich hab mich nass gemacht!« Ram wich zurück und zeigte in Richtung Damenklos. Jeni verzog das Gesicht und trabte auf dem Laufband los, ihre dürren Beinchen wirbelten wie die eines aufgeputschten Hirschkalbs.

Als Clover zurückkam, versuchte Jeni, sie zu ignorieren, und wich ihrem Blick im Spiegel aus, doch Clover lachte und tönte: »Es spricht wirklich einiges dafür, nur ein Kind zu kriegen, Jennifer. Die verdammten Zwillinge haben mir den Rest gegeben. Vielleicht sollte ich mir ja so Liebeseier besorgen, die sollen doch gut für den Beckenboden sein, oder? Na ja, zerbrechen wir uns nicht den Kopf über ungelegte Eier.« Jeni riss die Augen so weit auf, dass sie aussah wie eine Kinderzeichnung. Offensichtlich war sie eher ein »Vorhänge zu und ausschließlich Missionarsstellung«-Typ.

Schließlich hakten wir das Thema Inkontinenzeinlagen ab, ehe Ram uns aus seinem Studio schmiss. Dafür dachte er sich eine weitere Methode aus, uns zu foltern, bei der Clover und ich hinter dem Rücken an einem Theraband zogen. Ich konnte spüren, wie Jeni uns beobachtete und sich jedes Mal einen abfeixte, wenn uns das Band aus den Händen flutschte. Dabei trampelte sie auf dem Ergometerfahrrad, als läge sie bei der Tour de France in Führung. Ram jedoch hielt eine Menge von Teamwork. Jeden Tag ließ er mich fünfhundert Meter auf einem Laufband rennen, während Clover das Bauchbrett machte, so eine widerliche Pilates-

Übung, bei der die Zeit stillsteht, während einem die Bauchmuskeln wegplatzen. Ich wetzte, so schnell ich konnte, um Clovers Elend auf ein Minimum zu begrenzen, und hatte gerade erst fünfundfünfzig Meter geschafft, als sie losbrüllte, ich solle mich beeilen. Bei zweihundertfünfzig Metern fluchte sie, was das Zeug hielt, und bei vierhundert war es unmöglich, außer ihrem bevorzugten »Sch …«-Wort noch irgendetwas zu verstehen.

Als sie schließlich zu Boden sackte und sich vor Qualen wand, kam Jenı vorbeigetänzelt und tätschelte ihr den Rücken. »Gut gemacht. Ich muss Lawrence unbedingt sagen, dass er Sie gar nicht wiedererkennen wird, wenn er Sie das nächste Mal sieht.«

»Genau darum geht's doch, verdammte Scheiße!«, stieß Clover zwischen zusammengebissenen Zähnen hindurch hervor. Mir war auch ganz schön warm, aber Clover war so dunkelrot im Gesicht, als wir das Studio verließen, dass ich versuchte, mir ins Gedächtnis zu rufen, was man noch mal tun soll, wenn jemand einen Herzinfarkt hat.

An diesem Abend mümmelte sich Clover durch einen Riesenhaufen Sprossen, Linsen und Kichererbsen. Als ich vom Putzen in den Nobelbüros zurückkam, die ich nach Lavendel und Möbelwachs duftend zurückgelassen hatte, trat ich in eine Küche, in der es nach Pferdemist roch. Ich dachte allen Ernstes, Spinner hätte einen Haufen hier drin deponiert, aber in Anbetracht der Tatsache, dass Clover die Küche – wundersamerweise – makellos sauber gehalten hatte, war leicht zu erkennen, was nicht hierhergehörte. Unwillkürlich rümpfte ich die Nase, es war schwer zu glauben, dass eine einzige Frau einen so fürchterlichen Gestank produzieren konnte, ohne eine verwesende Ratte irgendwo am Körper zu tragen.

»'tschuldigung. Ich glaub, als ich Junkfood gegessen habe, war's besser. Die Kinder drohen mir schon damit, dass ich im Schwimmbad schlafen muss.« Clover sah nicht aus, als ob ihr das alles auch nur das Geringste ausmachte.

»Ich zünde mal ein paar Kerzen an.« Es war mir noch immer eine Freude, ihre Küchenschubladen aufzuziehen und alles wohlgeordnet vorzufinden, von Frischhaltefolie bis zu Schnur und Streichhölzern.

»Wieso denn? Sind Sie katholisch? Ist heute ein Feiertag für Fitnessfreaks?«

»Ich bin katholisch, abtrünnig, wie man sieht. Aber Kerzen vertreiben schlechte Gerüche.«

Trübsinnig pickte Clover in einer Schale mit Kürbiskernen herum.

»Mein Gott, Maia, Sie sind ein Quell der Weisheit. Wie soll ich denn ohne Sie überleben, wenn Sie nicht mehr da sind?«

»Bis dahin haben Sie Lawrence wieder zurück, dann brauchen Sie mich nicht mehr.«

Clovers Augen füllten sich mit Tränen. »Ich weiß nicht. Er will nicht über uns reden, nicht einmal dann, wenn er doch mal ans Telefon geht, wenn ich anrufe. Immer nur über die Kinder. Ich habe keine Ahnung, was er denkt, aber ich weiß, wenn ich Antworten verlange oder ihn in die Ecke dränge, dann macht er zu und sagt gar nichts mehr. Ich trau mich nicht, ihn zu fragen, ob er jemals zurückkommt.« Sie rutschte auf ihrem Stuhl hin und her. »Ich könnte jetzt ein Glas Sauvignon Blanc vertragen.«

»Stachelbeeren«, sagte ich gehorsam.

»Super!« Clover klatschte in die Hände. Ich hatte es mir zur Aufgabe gemacht, sie im Putzen zu unterweisen, sie hatte es übernommen, mir etwas über Wein beizubringen. Sie sah schon aus, als könne es demnächst im Bereich des Möglichen liegen, ganz tief im Komposthaufen zu graben, als es laut an der Tür klopfte. Ein Gerichtsvollzieher-Klopfen. Ich war froh, in einem Haus zu sein, wo die Eigentumsrechte am Toaster nie angezweifelt wurden.

Clover schaute auf die Uhr. »Wer zum Teufel ist denn das, um zehn Uhr abends?«

»Vielleicht ist es Lawrence.« Ich machte mich bereit zu verschwinden.

»Nö. Der würde durch die Hintertür reinkommen. Irgendwie hat er was gegen die Haustür, er hat immer gesagt, mit dem Dienstboteneingang kommt er besser klar.«

Clover machte sich offenbar sehr viel weniger Gedanken wegen kopfloser Axtmörder und öffnete die Tür, ohne zu fragen, wer davorstand. Draußen stand Colin in seiner ganzen Pracht und Herrlichkeit. Er stolperte auf uns zu, stank nach Fusel und sah aus, als hätte er sich in den drei Wochen, die ich weg war, nicht ein einziges Mal die Mühe gemacht, den Boiler anzuschmeißen. Was war nur los mit diesen Kerlen? Musste Frau oder Freundin sie immer erst ans Duschen erinnern? So wie Colin roch, lautete die Antwort Ja.

»Colin.« Clover klang sehr kurz angebunden.

»Das regele ich schon.« Eigentlich war ich mir da nicht so ganz sicher, aber es wäre doch unhöflich gewesen, es nicht zu versuchen.

»Was machst du hier?«, fragte ich. Mitleid, Angst, Scham, Abneigung. All das schwappte in meinem Inneren herum wie ein kunterbunter Cocktail.

»Du muss' ssurückkomm'. Du bissoch meine Frau. Du gehörs' ssu mir.«

»Ich bin nicht deine Frau, du hast dir nie die Mühe gemacht, mich zu heiraten. Aber egal.« Dies war nicht der richtige Zeitpunkt für Haarspalterei.

»Du has' ja schon immer 'ne große Klappe gehabt. Wo sin' meine Kinder? Ich will meine Kinder sehn.« Er versuchte, sich durch die Tür zu drängen.

Clover verstellte ihm den Weg. »Hören Sie, Colin, ich will ja nicht ungastlich sein, aber es ist spät, und Sie haben sich offensichtlich das eine oder andere Gläschen genehmigt, also warum gehen Sie nicht nach Hause, und Maia redet dann morgen mit Ihnen?«

»Was geht Sie 'n das an? Wenn Sie nich' wärn, wär sie bei mir ssu Hause.«

Damit war er bei Clover an der falschen Adresse. Merkwürdigerweise erinnerte sie mich an meine Mutter, die anderen Leuten immer gern die Meinung gesagt hatte. »Nein, Colin. Sie ist hier bei mir, weil Sie ihr ins Gesicht geschlagen haben. Ich schlage also vor, dass Sie gehen, wieder nüchtern werden und sich zusammenreißen. Vielleicht haben Sie dann eine kleine Chance, sie zurückzubekommen.«

Ich sah, wie Colin über die Pros und Kontras eines gewaltsamen Eindringens nachdachte. Er hatte diesen »Ich tu so, als ob ich zuhöre«-Gesichtsausdruck, während er von einem Fuß auf den anderen schwankte, ein Auge zugeklappt.

Clover reichte Colin barfuß gerade mal halb bis zur Brust, doch sie war nicht gewillt, klein beizugeben. Mit verschränkten Armen stand sie breit und stabil in der Tür – allerdings dank ihrer Fitness-Sessions mit Tristram mittlerweile sehr viel weniger breit. Colin sah nicht aus, als würde er demnächst abziehen. Er versuchte, über Clovers Kopf hinweg auf mich einzureden. »Soll ich dafür sorgen, dass er verschwindet?«, fragte sie mich leise. Ich nickte, ich sah keinen Sinn darin, die ernsten Gespräche, die wir in den letzten zehn Jahren hätten haben sollen, jetzt zu führen, wo Colin mich doppelt sah.

»Bin gleich wieder da. Lassen Sie ihn nicht rein.« Clover sauste den Flur hinunter.

Ohne Clover war ich nicht halb so mutig. Colin grinste mich lüstern an. »Komm schon, Süße. Du has' dein' Spaß gehabt. Komm mit nach Hause. Ohne dich isses nich' dasselbe.«

»Wieso nicht?«

»Ich bin nich' für's Alleinsein gemacht. Das Haus fühlt sich echt voll leer an ohne die Kinder. Un' ohne dich, natürlich. Is' ssu groß für mich allein. Und essen tu ich auch nich' richtig. Hab mir sogar 'n Job besorgt.«

»Wo denn?« Dies war der Moment, wo es mich eigentlich hätte wirklich interessieren sollen, was Colin zu sagen hatte. Stattdessen kam er mir vor wie etwas aus einer anderen Ära, wie jemand, der mit einer Elvistolle herumläuft und sich für hip hält.

»Im Wettbüro. Aber nich' Wetten.« Er lachte ein Schluckauflachen. »Malen. Die Fassade. Da häng' all die Schilder runter, also bring ich das in Ordnung. Bessahlt hamse mich noch nich', aber ich schaff schon noch Kohle für uns ran. Un' sorg dafür, dass diese Arschlöcher von Gerichtvollzieher 'ne Weile wegbleim.«

Was mir bewies, dass Colin keinen blassen Dunst davon hatte, wie viel Geld wir schuldig waren. Viel Hoffnung hatte ich nicht, dass die interessanteste Bestimmung für ein paar Zwanziger, die ihm am Ende der Woche in die Hand gedrückt wurden, der Mietrückstand sein würde und nicht das Rennen in Kempton um zwanzig nach zwei. Ich suchte nach etwas Enthusiastischem, was ich erwidern könnte, denn ob es mir nun gefiel oder nicht, ich würde mir bald wieder ein Haus mit ihm teilen müssen. Bevor mir auch nur etwas annähernd Positives einfiel, brabbelte Colin schon weiter.

»Wie geht's 'n den Kinnern? Die ham mir gefehlt, weissu? Un' du auch.«

Er trat auf mich zu, um mich in die Arme zu schließen. Als ich zurückwich, wurde er aggressiv. »Bis' wohl jetz' ssu gut für mich, wie? Versuch ja nich', mich ssu hindern, die Kinder ssu sehn.«

»Ich hindere dich nicht daran, sie zu sehen. Du hast nicht versucht, irgendwas zu verabreden.«

Colin schaute auf seine Füße. Den Blick tiefer als auf Augenhöhe zu senken, brachte ihn anscheinend aus dem Gleichgewicht, und er machte ein paar Schritte seitwärts. »Ich hab gedacht, du komms' nach 'n paar Tagen wieder nach Hause. Die ham mich bestimmt schon ganz vergess'n, wo sie doch jetz' in dem Riesenkasten hier wohn'.«

»Bronte lernt reiten, das wollte sie doch immer schon. Und Harley findet es toll, einen Hund zu haben. Aber sie vermissen dich. Besonders Bronte.«

Seine Miene wurde weicher. Vielleicht hätte ich ein ganz klein wenig Mitleid mit ihm verspürt, wenn er nicht angefangen hätte, mit dem Zeigefinger nach meinem Gesicht zu stechen. »Dassis alles deine Schuld!«, brüllte er. »Du glaubs', du bis' besser als wie alle andern, sags' mir nich' ma', dassu die Kinder aus Stirling Hall rausnimms'. Ich bin denen ihr Vater, weissu das? Ich hab Rechte.«

Colin stand unheimlich auf »Rechte«. Schade nur, dass er nicht daran gedacht hatte, dass zu seinen Rechten auch Pflichten gehörten, zum Beispiel für Essen auf dem Tisch zu sorgen und die Stromrechnung zu bezahlen.

Ich trat zurück. »Ich dachte, du würdest dich freuen, dass ich die Kinder wieder nach Morlands schicke. Du hast gewonnen, ich hab mich geirrt. Ich dachte, ich schaff das, aber es geht nicht.« Ich hielt inne. Ich hatte den Brief doch noch gar nicht abgeschickt oder irgendjemandem davon erzählt, nicht einmal Clover. »Woher weißt du das überhaupt?«

»Na, du hasses doch Sandy erzählt, oder etwa nich'? Bin mir vorgekomm' wie's letzte Arschloch, das von ihr zu hörn.«

Sandy. Diese verdammte Zicke. Konnte es offensichtlich gar nicht erwarten, ihre Nase da reinzustecken. Ich stellte mir vor, wie sie Colin über die Hecke hinweg zurief: »Sag ma', Col, tut mir ja echt leid, dass deine Kinder aus Stirling Hall weggehn. Na ja, du wars' ja eh nie dafür, stimm's?« Und wie sie dann einen kleinen Triumphtanz aufführte, als ihr klar wurde, dass er gar nichts davon gewusst hatte. Sie hatte mir nicht mal eine SMS geschickt, um herauszufinden, wo ich war. Andererseits hatte ich ihr auch nicht gesagt, dass ich weggehen würde. Ich war genauso schlimm wie sie, obwohl ich ja gern glauben würde, dass ich ein bisschen großherziger wäre, wenn sie mal in der Tinte saß.

Colin schnellte vor und packte mich am Arm. »Los, komm, du komms' jetz' mit nach Hause.«

Ich stieß ihn weg. »Ich komm heute Abend nicht zurück. Die Kinder sind schon im Bett.«

»Die weck ich gleich selber auf. Geh sie hol'n.«

»Nein. Ich will nicht, dass sie dich so sehen.«

»Aaach, ihr alter Dad is' ihn' jetz' wohl nich' mehr fein genug, wie?« Wieder packte er mich, und für jemanden, der Mühe hätte, geradeaus zu gehen, fasste er ganz schön fest zu.

»Lass mich los. Lass los!« Ich wehrte mich, als er mich aus dem Haus zerrte.

»Nein. Du wirs' jetz' ma' in deine sture Birne reinkrieg'n, dassich der Mann im Haus bin un' du tus', wassich dir sage. Dieser ganze verfluchte Emanzenschrott, den dir deine

Freundin Flowerpower oder wie immer die heiß' da in 'n Kopf gesetz' hat. Du komms' mit nach Hause. Hol die Kinder. Sofort.«

Er fing gerade an, mir den Arm so sehr zu verdrehen, dass es längst nicht mehr angenehm war, als ein Schuss durch den Garten hallte, ein richtiger verdammter Gewehrschuss. Colin warf sich kopfüber zu Boden. Ich war mit einem Satz wieder über die Schwelle und knallte die Tür zu. Ein zweiter Schuss ertönte. Dann hörte ich Clovers Stimme von oben brüllen: »Verpiss dich! Sieh zu, dass du Land gewinnst. Nächstes Mal schieße ich dir in die Eier.«

Ich spähte durch das Flurfenster. Oben hörte ich Clover sämtliche unflätigen Varianten von »Hau ab« brüllen, die es gab. Colin reckte den Finger, schüttelte die Faust und pöbelte aus Leibeskräften zurück. Doch seine kleinen besoffenen Füßchen huschten dabei hurtig über den Kies, und bald konnte ich ihn nicht mehr sehen.

Clover kam die Treppe herunter, die Schrotflinte unter dem Arm und die Daumen in die Hosentaschen gehakt. Sie machte John-Wayne-Schritte und verkündete mit langgedehntem Texas-Akzent: »Verdammt will ich sein! War die gute alte Flinte hier doch mal zu was nütze. Dieser dreckige Halunke.« Und andere bunt durcheinandergewürfelte Filmzitate, was mich eigentlich hätte wütend machen sollen. Ich wollte sauer sein. Wirklich. Doch Erleichterung, dass wir nicht zum Opfer professioneller Räuber geworden waren, und die Erinnerung an Colins die Auffahrt hinunterschlitternde Füße, all das machte sich mein »Eigentlich sollte ich nicht lachen«-Gen zunutze, und schon ging es los: Ich gab mir alle Mühe, verstimmt zu sein, und prustete und kicherte stattdessen und war nur dankbar dabei, dass die dicken alten Wände von Clovers Haus bedeuteten, dass die Kinder den ganzen Aufruhr verschlafen hatten. Für irgendwelche »Clover wollte Daddy nicht wirklich das Gehirn aus dem Schädel blasen«-Gespräche war ich heute Abend nicht in Stimmung.

Clover war völlig aufgedreht. »Das wollte ich schon immer mal machen. Lawrence hat das Ding hier in der Garage, um die Eichhörnchen abzuknallen – die Biester kommen immer wieder auf den Dachboden und nagen die Kabel durch. Ich hätte ihn aber nie getroffen, ich hab auf die Kastanie unten am Tor gezielt.«

Ich dankte dem Herrn für den Schlüssel am Grunde des Komposthaufens.

Kapitel 24

Am nächsten Tag war Brontes Klassenfeier. Alle Eltern waren eingeladen, also putzte ich früher im Fitnessstudio und kam rechtzeitig wieder bei Clover an, um an sämtlichen Freuden des Frühstücks-Chaos teilhaben zu können. Und das vor einer Geräuschkulisse aus Einsteins Gepöbel, Spinners Gebell und dem einen oder anderen Kaninchen oder Meerschweinchen, das in der Küche herumhüpfte. Seit unserer gewaltigen Putzaktion erlaubte Clover nicht mehr, dass irgendwelche Viecher von draußen ins Haus geholt wurden, doch die Kinder machten sich einen Spaß daraus, sie hineinzuschmuggeln. Ich konnte die Dusche hören. Das erklärte, wie ein riesiges weißes Kaninchen namens Blizzard es geschafft hatte, unter Clovers Radar hindurchzuflutschen und sich ein herzhaftes Frühstück einzuverleiben, direkt aus den Müslischalen der Kinder.

Clovers Fitness-Manie hatte dazu geführt, dass Frosties und Honeypops verbannt worden waren und Biomüslis hatten weichen müssen. Das Zeug hatte fröhliche Namen wie Tiger Tastic und Monkey Mayhem, bestand aber in Wirklichkeit aus glutenfreien, nussfreien, geschmacksfreien Klumpen Nilpferddreck, mit Honig getarnt. Der wahre Feind jedoch war nicht die Nilpferdkacke, sondern der Amaranth, eine Getreideart, die laut Clover vor Kalium, Kalzium und Gott weiß was noch allem schier platzte, jedoch die Beschaffenheit eines frischen Kuhfladens annahm, wenn man Milch dazutat – und noch schlimmer schmeckte. Orion versuchte die ganze Zeit, dicke Klumpen von dem Zeug in Brontes Schale zu löffeln, ohne dass sie es merkte. Er zeigte auf den Papagei und verkündete: »Ich glaub, Einstein kackt gleich«, sie drehte sich um, und Orion klatschte einen Löffel Amaranthpampe in ihre Schale. Mir war klar, dass das Ärger geben würde, denn Brontes Sinn für Humor war ungefähr genauso ausgeprägt wie Colins Arbeitsethos. Und tatsächlich, nach ein paar »Schau mal, Blizzard frisst gerade 'ne Spinne«-Sprüchen fing Bronte an, Orion zu schubsen und ihn anzuschreien.

»Ich hasse dich! Auf deinen Pickeln könnte man glatt Malen nach Zahlen spielen.«

»Und in deiner großen Klappe könnte man glatt 'n Auto parken. Keiner hat dich gebeten, hier zu wohnen. Wieso gehst du nicht wieder zu euch nach Hause?«, gab Orion zurück.

Ich legte Bronte die Hand auf die Schulter. »Jetzt komm, Orion hat doch nur Spaß gemacht. Ich schneide dir mal eine Banane, ja? Wir müssen nämlich los, wir wollen doch nicht zu spät zur Klassenfeier kommen, oder?«

Bronte schüttelte meine Hand ab. »Ich hab's satt, hier zu wohnen, ich will nach Hause. Ich will bei Dad sein, nicht bei dieser blöden Clover und ihren blöden Kindern.« Ich war froh, dass Clover nicht hier war und Brontes Undankbarkeit mit voller Wucht abbekam.

»Bronte. Sie sind nicht blöd, und es war sehr großzügig von ihnen, uns hier wohnen zu lassen. Komm, frühstücken wir erst mal zu Ende.«

»Ich kann sie alle nicht ausstehen. Echt jetzt. Wo ist Dad? Ich will zu Dad. Hat er uns denn nicht mehr lieb? Wieso kommt er uns nicht besuchen?« Sie stieß ihre Schale so heftig weg, dass sie gegen die von Orion stieß und beide krachend auf dem Boden landeten. Ich hielt dies nicht für den richtigen Zeitpunkt, ihr zu sagen, dass Colin aufgetaucht war und Clover ihm praktisch den Hintern mit Schrotkugeln gespickt hatte.

Orion tat, was Zehnjährige eben so tun: Er fing an zu lachen und Grimassen zu schneiden. Harley gab sich alle Mühe, nicht mitzumachen, doch ich konnte sehen, dass es ihn reizte, als Bronte immer röter im Gesicht wurde und sie Orion schließlich anschrie: »Ich weiß überhaupt nicht, was du da zu lachen hast. Euer Dad ist doch weggegangen. Er ruft euch ja kaum mal an. Er hat euch nicht mehr lieb, und das kann ich ihm nicht verdenken.«

»Du verdammte Lügnerin, er ist nicht weggegangen. Er ist verreist, wegen seiner Arbeit. Erst in Amerika, und jetzt in Skandinavien, glaub ich.« Unsicherheit verdüsterte Orions Miene.

Ich nickte, bis mir der Nacken wehtat. »Genau, Nordskandinavien hat deine Mum gesagt, ganz weit draußen, da gibt's keine Telefonmasten.« Ich musste unbedingt den Rand halten, bevor ich noch anfing, mit schwedischen Tennisspielern und Popgruppen um mich zu schmeißen und von Heringsfabriken, Wintersport und allem möglichen Blödsinn zu faseln, um meine Lüge zu untermauern.

Ich schnappte mir Bronte und zog sie vom Tisch weg. Zuerst sträubte sie sich, doch sobald wir im Flur waren, fing sie an zu weinen, dicke, fette Schluchzer, tief aus dem Herzen. »Wo ist Dad? Ich dachte, du hast gesagt, wir bleiben nur kurz hier, solange du Clover beim Putzen hilfst. Hast du ihn verlassen?«

»Nein, habe ich nicht.«

»Aber du wirst ihn verlassen, stimmt's?« Ihre Augen forderten die Wahrheit ein. Eine halbe Stunde, bevor sie bei der Feier einen Mistkäfer spielen sollte, das war nicht der richtige Augenblick.

»Ich verlasse deinen Dad nicht. Natürlich nicht. Er war sehr gemein, als er mich gehauen hat, und ich hoffe, jetzt hat er seine Lektion gelernt. Sobald ich das Haus mit Clover fertig geputzt habe, gehen wir wieder nach Hause.« Fast wünschte ich, ich würde lügen, aber ich konnte doch nicht immer weiter auf Vogel Strauß machen und mir eimerweise Sand über den Kopf kippen.

»Wann denn?« Brontes Augenbrauen stießen fast über der Nase zusammen.

»Bald, ganz bald. Also, wo ist dein Mistkäferkostüm?«

Mein Herz vollführte den üblichen Tanz, als wir zur Schule fuhren. Ich freute mich auf eine ordentliche Dosis eines gewissen dunkelhaarigen Mannes. Seit dem Elternabend vor über einer Woche hatte er jeden Tag angerufen. Jedes Mal, wenn »Mary« auf dem Display erschien, fühlte es sich an, als hütete ich ein wunderschönes kleines Geheimnis. Jedes Mal, wenn ich mich meldete, gelobte ich mir innerlich, dass es das letzte Mal sein würde. Die Wahrheit war, er gab mir das Gefühl, etwas Besonderes zu sein. Viel zu besonders. Gestern hatten wir bis lange nach Mitternacht geredet. Ich hatte ihm von Colins unerwartetem Auftritt erzählt und von Clovers ganz eigener Methode, ihm beim Abgang behilflich zu sein. Wir hatten uns beide totgelacht. Ich genoss es, ihn so zum Lachen bringen zu können, auch wenn es auf Colins Kosten geschah. Besonders, wenn es auf Colins Kosten geschah.

»Glaubst du, du gehst wieder zu ihm zurück?«, fragte er.

»Ich will nicht zu ihm zurück, aber die Kinder werden allmählich kribbelig. Sie vermissen ihn wirklich, und er versucht ja, sich ein bisschen zu bessern. Er hat jetzt einen Job.« Ich sah es vor mir, wie Mr Peters den Kopf schüttelte.

»Versprich mir, dass du nicht zu ihm zurückgehst, ohne es mir zu sagen.« Ein kurzes Schweigen. »Ich würde dich wirklich gern sehen, Maia, ich denke die ganze Zeit an dich.«

Ich tat, was ich immer tat. Einen Witz machen. »Du siehst mich doch morgen bei der Mistkäferparade.« Dann beendete ich das Gespräch. Mir war klar, dass ich nicht zulassen durfte, dass Mr Peters sich noch mehr auf mich einließ. Er hatte sich abgerackert, um es vom prügelnden Hooligan zum allseits respektierten Lehrer zu bringen. Zu dieser Party konnte ich nichts anderes mitbringen als Ärger, daher war es besser, die Einladung nicht anzunehmen. Ich musste bloß die Kraft aufbringen, abzulehnen.

Als wir das Schulgebäude betraten, war ich dankbar für das Getue, das Bronte darum machte, ob ihre Mistkäferfühler auch richtig festsaßen. Ich hatte Mr Peters in der Aula erspäht, und die Kostümpanik in letzter Sekunde bedeutete, dass ich seinem Blick erst begegnen musste, wenn ich die Tür erreichte. Er trug einen khakifarbenen Anzug und ein rosa Hemd. Eigentlich mochte ich Rosa an Männern nicht – ich hatte wohl zu lange mit Colin und seinen »Rosa is' was für Schwuchteln«-Vorurteilen gelebt –, aber er sah aus, als sei er direkt einer Werbung für eine Nobel-Armbanduhr entstiegen. Der Direktor stand neben ihm, mit spitzem Gesicht und altmodischer Brille mit silbernem Gestell. Ich sah, wie er mich anschaute und dann aus dem Mundwinkel irgendetwas zu Mr Peters sagte. Der zuckte die Achseln. Der Direktor begrüßte mich mit einem knappen »Guten Morgen«, aber der war mir egal. Mr Peters sagte leise Hallo und lächelte jene Art von Lächeln, bei dem nicht einmal seine Mundwinkel zuckten.

Ich suchte mir einen Platz ganz am Ende einer Reihe, ein Stück von der Bühne entfernt. Mr Peters saß ein paar Meter vor mir, etwas weiter links. Ich wartete darauf, dass er aufschaute und meinen Blick auffing, doch er starrte zu Boden. Vielleicht hatte dieser miesepetrige alte Direktor Wind davon bekommen, dass der Sekundarstufenleiter mir ein bisschen zu viel »Unterstützung« zuteilwerden ließ, doch ich konnte mir nicht vorstellen, dass jemand wirklich etwas beweisen konnte. Aber ich wäre echt sauer auf Mr Peters, wenn er mich fallen lassen würde, auch wenn ich ihn selbst dazu gedrängt hatte.

Ich wandte mich wieder der Bühne zu, als Bronte in ihrem Mistkäferkostüm eine riesige braune Kugel vor sich herschob und dem Publikum einen Vortrag über die CO_2-Gase hielt, die entstünden, wenn man Gemüseschalen nicht kompostierte. Ich war in gereizter Stimmung. Wurmkomposter aufzustellen, damit die übrig gebliebenen Zuckererbsen aufgefressen wurden, und Bananenschalen als Rosendünger zu verwenden, das war doch voll der Mittelschicht-Schwachsinn. Die Professorin hätte missbilligend mit der Zunge geschnalzt und mir erklärt, dass intelligente Menschen sich nicht von sozialen Schichten leiten ließen. Trotzdem war es Schwachsinn. Ich war viel zu beschäftigt damit, mich abzumühen, genug Geld für Lebensmittel zu verdienen, um mir den Kopf darüber zu zerbrechen, ob meine Karottenenden den November ein bisschen wärmer machten. Trotzdem applaudierte ich, als wäre es das Spannendste, was ich je gehört hatte. Ein bisschen zu laut vielleicht, für den Fall, dass Mr Peters nicht richtig mitbekommen hatte, dass ich da war. Die Mistkäfer machten einer Schar Jungen Platz, die sich das Grinsen nicht ganz verkneifen konnten, während sie kleine Glanzstücke über das Recycling menschlicher Ausscheidungen vorlasen – »Verschwendet euer Pipi nicht, da ist ganz viel Stickstoff drin. Mischt es mit Sägemehl und benutzt es als Salatbeet.«

Ich fragte mich, ob ich wohl die Einzige war, die pipifreien Eisbergsalat bevorzugte. Rasch schaute ich Mr Peters an. Seiner finsteren Miene nach zu urteilen, fand er diese Vorstellung auch nicht besonders appetitlich. Als es Zeit für das Gebet war, schielte ich durch halb geschlossene Lider zu ihm hinüber, während ich frohen Worten wie »Gieriges Leben, viel zu viel Abfall, Habgier ohne Grenzen und Hass überall, zu viel Verpackungen, Müllberge wie die Nordwand, verpestete Luft, ist da jemand?« lauschte.

Mir war, als hätte ich selbst ein paar fiese Chemikalien eingeatmet. Die Wege Gottes waren wirklich sehr unergründlich. Ich wollte ein Zeichen, dass Mr Peters nicht so war wie alle anderen. Er brauchte nicht auf dem Wasser zu wandeln, ein angedeutetes Zucken dieser Augen in meine Richtung würde schon reichen. Stattdessen saß er mit ernstem Gesicht da und hielt sein Gesangbuch fest, als hätte er Angst, eine der Hymnen könne sich davonmachen.

Ich konzentrierte mich wieder auf »Die Welt wird immer heißer, Wälder verschwinden im Nu, Tiere sterben aus, hört jemand zu?«. Was war so verkehrt am Vaterunser? Das Gemurmel ging weiter. Ich glaube, die Kinder wussten gar nicht, was sie da sagten, sie trugen einfach nur die Worte vor, als sagten sie das kleine Einmaleins auf. Ich war gerade nicht sehr umweltfreundlich drauf. Oder sonstwie-freundlich. Ich konnte mich nicht dazu durchringen, mich über nichtorganische Pestizide aufzuregen und darüber, dass mir davon die Wimpern ausfallen würden, wenn Mr Peters hier auf eisig und unnahbar machte. Offensichtlich hatte er beschlossen, die Verirrung, die ich darstellte, hinter sich zu lassen. In unserem letzten Gespräch hatten wir scherzhaft darüber gesprochen, zusammen ins Baskenland zu fahren. Jetzt sah es aus, als würden wir nicht mal zusammen Kaffeetrinken gehen.

Ich blickte an ihm vorbei die Reihe der anderen Lehrer entlang. Der Direktor schaute mich an. Oder wahrscheinlich auf mich herab. Ich wünschte, ich hätte den Mumm, ihm meine Titten zu zeigen. Wie konnte er irgendwas von mir und Mr Peters wissen? Vielleicht hatte ja diese alte Schachtel von Sekretärin ihr großes Maul aufgerissen und Mr Peters verpfiffen. Etwas mit den Eltern von Schülern anzufangen, vor allem mit armen Eltern ohne Kohle für eine neue Bibliothek/Kletterwand/Driving-Range, das war bestimmt nicht gut für die Karriere.

Endlich, nach der einzigen Hymne, die ich kannte, schlurften wir alle hinaus. Ich winkte Bronte zum Abschied zu. Sie kicherte und glühte vor Stolz, woraufhin ich ein klein bisschen weniger sauer war, dass ich wegen der Stunde, die ich in der Schule vergeudet hatte, heute Abend das Bügeln würde nachholen müssen. Mr Peters dagegen stand an der Tür und war das genaue Gegenteil von Bronte. Vulgär ausgedrückt, er zog eine ziemliche Fresse. Seine natürliche Begabung für PR hatte sich den Tag freigenommen. Er bedachte all die Mütter, die versuchten, ihn mit ihrem sonnigsten Lächeln zu bezirzen, mit einem knappen »Auf Wiedersehen. Danke, dass Sie gekommen sind.« Ich trödelte herum und tat so, als hantierte ich am Reißverschluss meiner Jacke herum, bis die meisten Leute weg waren. Sobald ich eine einigermaßen große Lücke in der Reihe sah, stieß ich dort hinein, sagte laut: »Auf Wiedersehen« und fügte leise hinzu: »Alles okay?«

Er funkelte mich an, seine Augen waren dunkel vor Zorn.

»Nein, es ist nicht alles okay. Warum hast du mir das nicht gesagt?«

»Was gesagt?« Er schüttelte den Kopf, als wäre ich superschwer von Begriff. Mein Verstand machte Riesensätze, versuchte, die richtige Richtung zum Losdenken zu finden, als ich aus dem Augenwinkel den Direktor auf mich zukommen sah und mir nichts anderes übrig blieb, als mich mit einem gezwungenen »Vielen Dank für die schöne Feier, sehr originell« zum Gehen zu wenden.

Ich stand eine halbe Ewigkeit neben dem Kastenwagen, weil ich dachte, er würde vielleicht noch rauskommen. Doch nach zwanzig Minuten begriff ich, dass der Etxeleku-Effekt vergangen war.

Kapitel 25

Nach der Feier hatte ich Mr Peters eine SMS geschickt, was denn los sei, doch er hatte sich nicht die Mühe gemacht zu antworten. Während ich die Zeitungen anderer Leute wegräumte und Waschbecken mit Kalklöser bearbeitete, holte ich immer wieder mein Handy aus der Tasche, um mich zu vergewissern, dass ich nicht doch irgendwie eine Nachricht verpasst hatte. Irgendwie war mir das Leben vor der Zeit der Handys ja lieber gewesen, als zwei kleine Piepstöne mir noch nicht den Tag hatten retten oder versauen können.

Allerdings entdeckte ich eine Mailbox-Nachricht von Colin, von heute Morgen, als ich gerade eine Überdosis Toxine verpasst bekommen hatte. »Schatz, ich bin'. Tut mir leid wegen gestern Abend. 'tschuldige. Is' irgendwie nich' richtig rübergekomm'. Du musst nach Hause komm', Schatz. Ich geb mir wirklich Mühe, so mit Arbeiten un' so. Gib mir 'ne Chance. Komm wenigstens mal und guck, was ich mit 'm Haus gemacht hab. Hab versucht, 's für dich bisschen nett zu machen.«

Es hatte eine Zeit in meinem Leben gegeben, wo Colins Versprechen, sich mehr Mühe zu geben, sofortige Vergebung garantiert hatten. Stattdessen erinnerte er mich nur an ein kleines Kind, das rumgreint, weil es noch ein bisschen länger im Park bleiben will.

Mr Peters würde mich nicht retten. Clover würde mich

nicht retten. Niemand würde mich retten. Ich musste aufhören, so zu tun, als bliebe mir irgendetwas anderes übrig, und zu meinem alten Leben zurückkehren, und zwar bevor die Kinder damit nicht mehr zurechtkamen. Wenn ich dort wieder überleben wollte, würde ich ein Gespräch mit Colin führen müssen, um ein paar Regeln aufzustellen, ohne dass die Kinder dabei waren. Keine Handgreiflichkeiten, das wäre ein guter Anfang, gefolgt von einem festen Job. Ja, ich würde zurückkommen, aber Maia das Mäuschen existierte nicht mehr.

Genauso gut konnte ich das jetzt gleich erledigen. Ich lenkte den Wagen in Richtung Zuhause, bog nach links ab, wo die schicken Villen allmählich etwas verwahrloster aussahen. Rostige Tore, Gartenschuppen, die dringend gestrichen werden mussten, ungepflegte Rasenflächen voller Unkraut. Und dann mitten hinein in die Reihenhaussiedlungen, wo die Vorgärten längst zuasphaltiert worden waren und dort anstelle von Rosen Lieferwagen und klapprige Fiestas standen. Und schließlich um die Kurve zu unseren Sechzigerjahre-Hütten mit den Kieselrauputzfassaden und den kleinen Fenstern inmitten eines Betonmeers.

Das Herz wurde mir nicht leicht. Ich gehörte nicht hierher. Überhaupt nicht. Es war verblüffend, wie schnell ich mich an Clovers großes, weitläufiges Haus gewöhnt hatte. Aber wie man sich bettet, und so weiter. Alles in mir wurde bleischwer, als ich den Weg zur Haustür hinaufging. In der Hecke zwischen meinem Haus und Sandys hingen ein paar neue Chipstüten. Die Farbe an der Haustür war noch ein bisschen stärker abgeblättert. Nur einer der Vorhänge im Wohnzimmer war offen.

Ich klopfte nicht an, obgleich es sich anfühlte, als sollte ich das. Das Haus fühlte sich leer und still an. Ich rief

»Hallo?«, doch es kam keine Antwort. Colin hatte wohl die Wahrheit gesagt, als er behauptet hatte, er hätte einen Job. Auf der Fußmatte lagen Wurfsendungen, die für Junkfood, Billig-Supermärkte und irgendeinen zweifelhaften Laden warben, wo man Schecks einlösen konnte, ohne dass Fragen gestellt wurden. Colin hatte die Gratis-Zeitung aus dem Weg gekickt, anstatt auch nur eine Kalorie dabei zu riskieren, sie aufzuheben. Für mich nett gemacht, von wegen. Von irgendwoher konnte ich Farbe riechen. Mein Gott, der Fettsack war während meiner Abwesenheit doch tatsächlich vom Sofa hochgekommen. Ich öffnete die Wohnzimmertür. Die ehemals schmutzighellblauen Wände waren in einem leuchtend hellen Cremeton gestrichen. Ich zog die Vorhänge zurück, und die Frühlingssonne schien ins Zimmer. Jetzt wirkte es viel größer. Ich wollte dankbar sein. Schließlich hatte ich ihm lange genug damit in den Ohren gelegen. Jetzt jedoch, wo er es endlich getan hatte, wurde mir klar, dass ich nicht hier sein wollte, frisch gestrichene Wände hin oder her. Meine Möbel sahen noch schäbiger und altmodischer aus, als ich sie in Erinnerung hatte. Unwillkürlich überlegte ich, ob das den Kindern wohl auffallen würde und ob sie jammern würden, dass sie wieder zu Clover zurückwollten.

Ich ging wieder in die Küche. Entweder hatte Colin sich durch das Anheben der Malerrolle überanstrengt, oder er hatte nicht so früh mit mir gerechnet. Leere KFC-Behälter, McDonald's-Schachteln, CurryCleckse und Supermarkt-Bierdosen bedeckten den Tisch. Eigentlich konnte er Malibu nicht ausstehen, doch sogar den hatte er ausgesoffen. Ich konnte den Mülleimer riechen.

Ein Haufen brauner Briefumschläge lag auf der Anrichte, alle ungeöffnet. Die nächsten vierzig Jahre erschienen mir plötzlich grauenhaft lang. Ich nahm die Umschläge in die Hand und blätterte eine ganze Serie unbezahltes Leben durch. Inmitten der billigen braunen Allzweck-Umschläge war ein weißer aus hochwertigem Papier. Ich drehte ihn um. Auf der Klappe prangte das Wappen von Stirling Hall. Hastig riss ich ihn auf. Sobald ich die Worte »… bestätigen wir den Eingang Ihres Schreibens bezüglich des Abgangs von Harley und Bronte Cauldwell aus Stirling Hall …« gelesen hatte, begannen die verschwommenen Teile meines Lebens plötzlich ganz deutlich sichtbar zu werden, scharf gestellt von meinem Zorn darüber, dass Colin, dieser faule Schlaffi, der Mühe hätte, nach einem Eimer Wasser zu greifen, wenn sein Arsch in Flammen stünde, es irgendwie geschafft hatte, meinen Brief abzuschicken. Den aufzugeben, ich gar nicht endgültig, absolut, unbedingt, kategorisch definitiv beschlossen hatte. Wahrscheinlich war dies nicht der richtige Augenblick, um darüber nachzudenken, wie viel Vertrauen die Professorin in mich gesetzt hatte. Oder Mr Peters. Kein Wunder, dass er sauer auf mich war. Immer wieder hörte ich seine Worte: »Rede mit mir, Maia, hör nicht auf, mit mir zu reden.« Von jemand anderem – wahrscheinlich von dieser Felicity mit dem losen Mundwerk – zu erfahren, dass die Kinder die Schule verlassen würden, hatte sich für ihn bestimmt angefühlt, als hätte ich ihm den Stinkefinger gezeigt.

Wütend stampfte ich die Treppe hinauf. Ich hatte Scheiße gebaut. Nicht nur mit dem Brief, mit allem. Dass ich mich überhaupt mit Colin eingelassen hatte. Mich auf sein Niveau hatte herunterziehen lassen, anstatt ihn auf meins emporzuzerren. Ich warf einen kurzen Blick in Brontes Zimmer. Colin hatte es in einem blassen Fliederton gestrichen. Das würde ihr gefallen. Er liebte die Kinder ja schon. Aber würde das reichen? Ich kam mir vor wie eine Ratte, die in einer Küche gefangen war, umherhuschte, gegen alles Mögliche stieß und nach einem Loch suchte, durch das sie hinausflitzen konnte.

Dann trat ich in unser Schlafzimmer. Es roch nach fettigem Haar, nach zu lange nicht gewaschener Bettwäsche, nach morgendlichem Mundgeruch in einem zu kleinen Raum. Ich würde wieder Sex mit Colin haben müssen, und ich konnte mir nach Mr Peters' sanfter Berührung seine feisten Finger nicht auf meinem Körper vorstellen. Schnell riss ich das Fenster auf und spürte das dürftige Sonnenlicht auf meinem Gesicht. Bestimmt roch Mr Peters' Schlafzimmer nach Aftershave und Duschgel. Ich hatte kurz hineingelinst, als ich auf dem Klo gewesen war. Makellos war es nicht gewesen – eine Hose, die über einer Stuhllehne hing, eine kleine Reisetasche, die darauf wartete, ausgepackt zu werden –, doch das Bett war gemacht, eine große weiße Daunendecke, genau das Richtige zum Einkuscheln.

Schritte auf der Treppe nebenan drangen in meinen Tagtraum. Dann hörte ich das gedämpfte Geräusch eines langgezogenen Furzes. Die Klospülung rauschte. Ich hatte ganz vergessen, an wie viel von Sandys Leben ich teilhatte, ohne dass sie es überhaupt mitbekam. Dann ging das Gepolter los. Zuerst achtete ich nicht besonders darauf, ich war noch immer mit dem Schock beschäftigt, erfahren zu haben, dass eine ganze Menge Leute vor mir gewusst hatten, dass Harley und Bronte Stirling Hall verlassen würden. Ich musste es unbedingt den Kindern und Clover sagen, ehe die Stille Post in Gang kam. Wunderbar.

Das Gepolter wurde rhythmischer, lauter. Bestimmt war Sandy inzwischen ganz schön wund – wenn sie nicht bei der Arbeit war, war sie am Rammeln. Ich machte mich daran, den Kleiderschrank durchzusehen und meine Sachen zu betrachten, als gehörten sie zu einem anderen Leben, während ich versuchte, die Bilder von Sandy in ihren Leopardenmuster-Stilettos auszublenden. So leicht würde sie mich nicht davonkommen lassen. Ich hörte, wie sie ihren Liebhaber lautstark anfeuerte. Es klang, als übe sie Tonleitern, bis sie kreischte: »Ja! Ja! Ja! Schieß schon, knall ihn voll unter die Latte!« Ich richtete mich auf und wollte nach unten gehen. Die Orgasmen anderer Leute waren lächerlich. Da hörte ich es. Jenes tiefe, unverwechselbare Aufbrüllen. »Tooooor!«

Wie lange? Wie lange ging das verdammt noch mal schon? Wie lange vögelte meine »beste« Freundin schon meinen Nicht-ganz-Ehemann? Ständig zog sie über ihn her. Ließ sich dauernd darüber aus, wie dämlich er war. Was für ein fauler Sack er wäre, wie fett er geworden sei. Dass er ja so ein Versager wäre. Ich versuchte, ein Bild von den beiden zu verdrängen, wie sie im Bett lagen und sich über ihr kleines Geheimnis bekicherten, während ich mit meinem blauen Auge auf der anderen Seite der Wand lag. Eine Wolke der Erkenntnis senkte sich auf mich herab. Sie hatte seine Handynummer gehabt, als Bronte verschwunden gewesen war. Der Grund dafür, dass ich nie Sean, Shane oder sonst irgendeinen Scheißer zu Gesicht bekommen hatte, dessen Name mit S anfing, war, dass der Name des Scheißers mit C begann. Stirling Hall war ihr völlig egal, sie hatte nur einen Anlass gebraucht, sich mit mir zu verkrachen, damit sie sich am Freitagabend mit Colin treffen konnte anstatt mit mir, wenn er angeblich im Working Men's Club war. Ihr brillantes Ablenkungsmanöver, ihn bei jeder sich bietenden Gelegenheit durch den Dreck zu ziehen. Die leere Malibuflasche. Und Mr Peters behauptete, ich wäre klug.

Bei dem Gedanken, dass die beiden sich hinter meinem

Rücken ins Fäustchen gelacht hatten, hätte ich am liebsten die Faust durch die Wand gerammt. Ein Loch hineingedroschen – viel Kraft wäre dazu nicht nötig gewesen – und den Kopf hindurchgestreckt. »Hallo-ho!« Das Bild für alle Zeit in meinem Kopf zu haben, wie sich Sandys Hühnerbeinchen um Colins Rettungsring schlangen, das konnte ich nicht ertragen. Ich stand in der Tür und überlegte fieberhaft, was ich tun sollte. Arschlöcher. Am liebsten hätte ich mir mit Gewalt Zugang zu Sandys Haus verschafft und die Panik miterlebt, wenn sie ihre Sachen an sich rafften, wie Colin herumstotterte und -stammelte. Es juckte mir in den Fingern, gegen die Wand zu trommeln und Sandy zuzubrüllen, sie solle aufpassen, dass Colin sich seinen Pimmel nicht an ihrem Bademantel abwischte. Aber ich würde meine Rache schon noch bekommen.

Erleichterung mischte sich in meine Wut. Hurra! Jetzt war er Sandys Sache. Sie wollte die Beine für ihn breit machen, dann konnte sie ihn ab jetzt übernehmen. Ihn mir zurückgeben, daraus würde nichts werden. Jetzt konnte sie ihn durchfüttern, sich sein verdammtes Dauergelaber über West Ham anhören, sein Pipi vom Badezimmerboden aufwischen, sich mit dem endlosen Strom der Penner rumschlagen, die ankamen und verlangten, dass er seine Spielschulden berappte. Ich wäre nur zu gern rübergegangen und hätte ihr den faltigen kleinen Hals umgedreht, weil sie mich reingelegt hatte. Aber echte Trauer, weil sie die Ehre gehabt hatte, Colin auf sich herumrutschen zu lassen, während er vor Vergnügen grunzte wie ein Schwein im Kartoffelkeller? Nein. Jetzt war Sandy an der Reihe, sich wachstochern zu lassen, damit sie so tat, als wäre sie eine Flitzerin im Fußballstadion.

Freudige Erregung besänftigte meine Wut. Colin wollte

mich nicht ohne Grund wieder hierhaben. Was das für ein Grund war, wusste ich nicht, aber mit Liebe hatte es nichts zu tun. Das war mir nur recht, denn er hatte die große Liebe, die ich einst für ihn empfunden hatte, Stück für Stück zerschlagen, bis die letzten verbliebenen Körnchen davongeweht waren und nichts als ein paar schöne Erinnerungen hinterlassen hatten. Und einen Riesenhaufen schlechte. Jetzt konnten wir aufhören, uns etwas vorzumachen. Vielleicht nicht gleich, nicht, bevor ich Zeit gehabt hatte, einen Plan zu schmieden. Harley und Bronte würden genug damit zu tun haben, in ihre alte Schule zurückzukehren. Das hier konnte ich ihnen nicht auch noch zumuten. Ganz hinten in meinem Hinterkopf reckte sich ein winziger Gedanke. Ich war frei. Und Mr Peters auch. Ich musste unbedingt mit ihm reden.

Ich zog meinen Andenkenkasten unter dem Bett hervor und schlich auf Zehenspitzen die Treppe hinunter. Krabben würde ich nicht in die Vorhangsäume nähen, schließlich würde ich auf jeden Fall mit den Kindern hierher zurückkommen müssen, auch wenn es mir gelang, Colin loszuwerden. Stattdessen versteckte ich die Fernbedienung des Fernsehers in der Küche tief unter den Putzlappen.

Dann war ich weg.

Kapitel 26

Ich musste unbedingt mit Mr Peters sprechen. Wie eine Verrückte stiefelte ich in Clovers Haus herum und versuchte es wieder und wieder auf seinem Handy. Dabei musste ich dringend die Hemden bügeln, die ich von einem meiner Kunden mitgenommen hatte, doch ich kam einfach nicht zur Ruhe. Ägyptische Baumwolle war schon an einem guten Tag scheißschwer zu bügeln, heute jedoch machte ich da mehr Falten rein, als ich rausbekam. Nach dem fünften Versuch, die hinteren Abnäher in ein und demselben Hemd hinzukriegen, gab ich es auf. Ich konnte entweder in der Schule aufkreuzen, in sein Büro platzen und ihm erklären, dass er das alles falsch verstanden hatte – was so wäre, als setze man eine ganzseitige Anzeige in den *Surrey Mirror*: »Miss Etxeleku ist scharf auf Mr Peters« –, oder ich konnte seine Sekretärin anrufen und darum bitten, ihn sprechen zu dürfen. Immer wieder probte ich im Kopf, was ich sagen wollte, versuchte, mir klarzumachen, dass ich eine zahlende Mutter zweier Schüler war, zumindest bis zum Ende des nächsten Trimesters, und durchaus das Recht hatte, zum Leiter der Oberstufe durchgestellt zu werden. Meine Stimme klang immer wie die einer Verwandten der Queen. Ich holte mich selbst ein wenig auf den Teppich zurück, indem ich Sandy Die Schlampe imitierte. Schließlich wählte ich die Nummer. Felicity meldete sich und klang, als sei sie gerade erst vom Fasanenschießen zurückgekommen. »Es tut mir schrecklich leid, Miss Etxeleku, Mr Peters ist momentan nicht anwesend. Kann ich Ihnen irgendwie behilflich sein?«

Ich sagte mein Verslein auf. »Wie Sie ja sicher wissen, werden die beiden, ich meine, meine Kinder, nach dem nächsten Trimester die Schule verlassen. Ich wollte Mr Peters sprechen, weil ich ein paar Informationen für die neue Schule brauche.«

»Wenn es um das Ende des nächsten Trimesters geht, des Sommertrimesters, also, ich weiß nicht, ob er da der richtige Ansprechpartner für Sie ist, er verlässt uns nämlich zu Ostern. Ich schau mal, ob ich Sie zu Mrs Saltrey durchstellen kann, die wird seine Stelle übernehmen.«

»Nein, nein, Augenblick mal. Mr Peters geht weg? Wann denn?« Meine Stimme war zu einem Kreischen geworden. Wann zum Teufel hatte Mr Peters, der mich bis vor zwei Tagen jeden Tag angerufen hatte, beschlossen abzuheuern? Ohne Vorwarnung?

»Es wird bald in aller Form bekannt gemacht, aber er geht für ein Jahr an eine staatliche Schule, eine Sondermaßnahme.« Sie tippte beim Sprechen emsig weiter. Die kleine Miss Tüchtig. »Die Schulleitung von Stirling Hall ist sehr dafür, weil man der Ansicht ist, dass er neue Ideen mitbringen wird, wenn er zurückkommt. Mit der Zeit gehen und all so was. Jedenfalls, ich stelle Sie rasch durch.«

Ich hatte plötzlich eine verdatterte Mrs Saltrey am Telefon. Mein konfus vorgetragenes Anliegen verwirrte sie offenbar, schließlich musste ich mir von jetzt auf gleich irgendetwas aus den Fingern saugen, von wegen, die Schule müsste wissen, auf welcher Lesestufe die Kinder waren. Nachdem sie erfahren hatte, dass die beiden nach Morlands gingen, meinte sie: »Ich denke, Sie können davon ausgehen, dass sowohl Harley als auch Bronte ihren Altersgenossen weit voraus sein werden.« Und das in einem Ton, als würden die zwei lateinische Prosa auswendig rezitieren, während ihre Klassenkameraden noch *Mein erstes Lesebuch* studierten. Ich bedankte mich und knallte den Hörer auf.

Es war nicht zum Aushalten, wann genau würde er mir sagen, dass er aufhörte? Dass er mir nicht mehr beistehen oder Harley und Bronte dabei helfen konnte, ihre Nische in der Schule zu finden? Diesen Entschluss hatte er doch bestimmt gefasst, bevor er wusste, dass ich die Kinder von der Schule nahm. Der Unterschied war, bei ihm war das Weggehen seine freie Entscheidung, bei mir war es blanke Notwendigkeit. All dieser Blödsinn von wegen »Hör nicht auf, mit mir zu reden«, wenn er gerade dabei war, die größte verdammte Houdini-Nummer aller Zeiten abzuziehen. Tat so, als würde er immer für mich da sein. Gab vor, ein Auge auf die Kinder zu haben, während er in Wirklichkeit einfach nur auf der Stelle trat und darauf wartete, etwas Interessantes zu finden, was er sich in seinen Lebenslauf schreiben konnte. So etwas kam doch nicht über Nacht. Und ich hatte gedacht, wir wären Freunde. Allermindestens Freunde.

Trauer und Kränkung breiteten sich vom Kopf her bis in mein Herz aus und krallten sich in meinen Bauch. Ich hatte tatsächlich angefangen, an ihn zu glauben. Hatte beinahe angefangen zu glauben, dass, wie kompliziert und wie schwer es auch war, dieser Mann mit all seiner Güte für mich bestimmt war.

Rasch schaute ich auf die Uhr. Halb eins. Ich wusste, dass er am Mittwoch manchmal mittags nach Hause ging, weil er vor der Mittagspause eine Freistunde hatte. Vielleicht würde ich ihn dort antreffen. Ich wusste nicht, was ich sagen würde, aber ich hatte doch nichts mehr zu verlieren.

Bis zum Ende des Trimesters war es nicht mehr lange hin, und dann würde er fort sein und ich würde ihn nie wiedersehen. Ich fuhr – unter großzügigem Einsatz der Hupe – zu seiner Wohnung und verfluchte die noble Tiefgarage, wegen der ich nicht sehen konnte, ob sein Auto da war oder nicht. Dann schaute ich zu den Fenstern hinauf, um auszuknobeln, welcher Balkon seiner war. Erster Stock, daran glaubte ich, mich zu erinnern. Ja, da war es, mit den olivgrün-orange gestreiften Vorhängen. Ich konnte nicht erkennen, ob sich dort etwas rührte.

Ich ging zur Haustür und dachte daran, wie ich das letzte Mal hier gewesen war, nachdem Colin mir ein blaues Auge verpasst hatte. Wenn sich das als Riesenverarsche erweisen sollte, würde ich niemals wieder jemandem vertrauen. Ich stand da und kratzte gerade den Mut zusammen, auf die Klingel zu drücken. Fürchtete, dass er sich melden und sich weigern würde, mit mir zu reden. Fürchtete, dass er sich nicht melden würde und ich weiter vor mich hin brüten musste und nie verstehen würde, was zum Teufel eigentlich passiert war. Ein Riesenkrach war besser als gar nichts. Mein Finger schwebte über dem Knopf, als die Haustür aufging. Eine hochgewachsene Frau mit langem braunem Haar trat heraus, sie kam mir ein bisschen bekannt vor.

Sie lächelte unsicher. »Maia, nicht wahr?«

Ich nickte und brauchte einen Moment, um sie einzuordnen. Dann hatte ich es. Serena, die Polizistin, die geholfen hatte, Bronte zu suchen. Als ich sie das letzte Mal gesehen hatte, war sie in Uniform gewesen und hatte das Haar in einem festen Knoten getragen. Jetzt trug sie wallende Locken und Outdoor-Freizeitklamotten, aber diese tiefe Stimme hätte ich überall wiedererkannt.

»Was führt Sie denn in diesen Teil der Stadt?«, erkundigte

sie sich. Irgendetwas an ihr war merkwürdig. Ich schaute genauer hin. Um Mund und Kinn herum war ihr Gesicht ganz rot. Sie sah aus, als hätte jemand sie gründlich abgeknutscht. Mein Gott, war ich schwer von Begriff. Diese Vertrautheit und gleichzeitig diese seltsame Spannung zwischen Serena und Mr Peters bei mir zu Hause. Das schnippische »Lange nicht gesehen«. Wie es aussah, hatte sie diesbezüglich etwas unternommen.

Von dem heißen Stich der Eifersucht, der durch mich hindurchfuhr, wurde mir richtig schlecht. Ich warf einen kurzen Blick auf die Namen auf den Klingelschildern. »Ich will zum Homöopathen.« Obgleich sich mein Glaube schon vor Jahren verflüchtigt hatte, tat sich die Katholikin in mir immer noch schwer mit dem Lügen.

Ich sah, wie ihre Schultern sich entspannten. Sie schien nicht besonders scharf darauf zu sein, mir in die Augen zu sehen. »Ich hab viel Gutes über Homöopathie gehört. Wüsste gern, ob das bei Ihnen funktioniert. Geht's Bronte gut?« Sie klang, als hätte sie es eilig wegzukommen, als fragte sie mehr aus Pflichtgefühl als aus Interesse.

Am liebsten hätte ich gesagt: »Wohl zu sehr damit beschäftigt, Sex mit Mr Peters zu haben?« Stolz war meine Rettung. »Ihr geht's gut, vielen Dank, bis jetzt gab's keine Probleme mehr.«

»Gut. Freut mich. Dann alles Gute.« Sie hielt mir die Tür auf, und ich ging hindurch, doch ich hatte nicht die Absicht, Mr Peters aufzusuchen. Ich konnte es nicht ertragen, ihn schuldbewusst in dieser Küche herumsausen und die beiden Kaffeetassen wegräumen zu sehen. Ich wollte nicht den Flur entlangschauen und ein zerwühltes Bett erblicken. Und ganz bestimmt wollte ich sein dunkles Haar nicht völlig zerzaust sehen. Ich würde ihr Armani an ihm riechen können.

Mit Serena konnte ich es nicht aufnehmen. Gebildet, erfolgreich, groß, hübsch. Gott allein wusste, wie ich auf den Gedanken gekommen war, ich hätte jemals eine Chance gehabt.

Ich trieb mich unten im Hausflur herum und wartete, bis ich sicher ein konnte, dass Serena weg war. Dabei hatte ich keine Ahnung, was ich tun würde, wenn er aus dem Fahrstuhl trat. Es war ihm nie ernst mit mir gewesen. Wahrscheinlich hatte er über meine erbärmlichen Versuche gelacht, mir selbst und meinen Kindern etwas Bildung zukommen zu lassen. Warum so tun, als sei er interessiert? Vielleicht war ich ja so eine Sozialstudie, so eine verschrobene Art *My Fair Lady* der Moderne. Oder vielleicht mochte er mich ja doch, aber wenn es hart auf hart kam, hatte er Angst, ich könnte ihn wieder dorthin ziehen, wo er hergekommen war. Fort von seinem Langustensalat, von dem Balsamessig aus Modena, im Eichenfass gereift, und dem kaltgepressten Olivenöl in eine Welt voller Fertignudeln, zermatschter Würste und KFC-Sonderangeboten. Ich hörte, wie der Fahrstuhl ansprang, und rannte hinaus, zurück zum Kastenwagen.

Clover kam vom Reiten zurück und traf mich bei einem gewaltigen Schränke-Putzen an. Ich ordnete gerade ihre unzähligen Sandwichboxen, damit wir nicht jedes Mal unter einer Plastiklawine begraben wurden, wenn wir einen Lunch einpacken mussten. Inzwischen konnten wir gut erkennen, wie die andere gerade drauf war. Wenn Clover dastand und Cornflakes aus der Schachtel aß oder Erdnussbutter aus dem Glas löffelte, sah ich mich vor. Wenn meine Putzerei etwas Zwanghaftes annahm – oben auf den Schränken schrubben oder die Fliesenfugen in der Küche mit Bleiche bearbeiten –, dann wusste Clover, dass ich mich bemühte, meine »Ich knall gleich jemandem eine«-Energie in etwas Nützliches umzuwandeln. Es war so viel einfacher, mit einer Frau zusammenzuwohnen, als meine Stimmung einem Mann verständlich zu machen.

Trotzdem, ich brachte es nicht über mich, ihr die ganze demütigende Mr-Peters-Geschichte aufzutischen. Ich hatte ihn gegenüber Clover nie erwähnt. Sie stand auf Details, und ich war noch nicht bereit für eins ihrer Verhöre – »Waren Sie mit ihm im Bett? Wie ist denn seine Wohnung so? Haben Sie sein Bad gesehen?« –, also setzte ich ihr das Colin-Sandy-Szenario vor. Was ja schon demütigend genug war.

»Ich hätte Colin die Birne wegblasen sollen, als ich die Gelegenheit dazu hatte. Wär so viel einfacher gewesen«, bemerkte sie.

»Ich liebe ihn ja nicht mehr. Wirklich nicht. Aber ich muss mich mit ihm arrangieren. Bis das Sozialamt mir eine neue Wohnung besorgen kann, sind die Kinder aus dem Haus.« Ich schmiss einen Haufen schimmeliger Take-out-Behälter weg.

»Sie werden mich doch nicht verlassen! Ich lasse sie nicht dahin zurückgehen. Vielleicht lieben Sie ihn ja nicht mehr, aber Sie werden sich doch nicht damit abfinden, dass er Sandy bumst, während sie nebenan Abendessen für ihn kochen? Ich meine, es wär ja eine Sache, wenn er eine kurze Affäre gehabt, seinen Fehler eingesehen hätte und zur Vernunft gekommen wäre, aber Sie werden ihn doch nicht so weitermachen lassen, oder?«, fragte Clover.

»Nein. Nicht mal ich bin blöd genug, ihn mit Sandy rummachen zu lassen, während ich ihm hinterherschufte. Aber das ist nicht Ihr Problem, Clover. Wir hatten wunderschöne zwei Wochen hier bei Ihnen, aber das ist nicht mein Leben. Es ist Ihr Leben. Wenn Lawrence zurückkommt, will er den Etxeleku / Cauldwell-Clan bestimmt nicht hier rumhängen haben. Sie waren wirklich unheimlich großzügig, mit allem. Aber genug ist genug.« Ich schloss die Augen. »Die Kinder gehen zurück nach Morlands. Ich kann es mir nicht leisten, sie in Stirling Hall zu lassen.«

»Nein! Nein, das können Sie nicht machen! Das geht doch nicht, Maia. Die machen sich doch wunderbar. Sie können sie jetzt nicht von der Schule nehmen, das ist doch Wahnsinn. Bronte ist überall unter den Besten, Diktat, Mathe. Saffy sagt, sie ist diejenige, die bei den Wettbewerben immer alle schlagen wollen. Und Harley, der hat es geschafft, Hugo in Fußball und Rugby aus der A-Mannschaft zu verdrängen. Ich nehme an, Jennifer trommelt in der Schule gerade an die Tür vom Direktor. Und im Schauspielunterricht ist er doch so toll, ich kann ihn mir gut auf der Bühne vorstellen.« Sie versuchte, mich zum Lachen zu bringen. »Großer Gott, Harley hat es sogar auf die Promi-Geburtstags-Gästeliste geschafft – er ist zu Hugos Panzer- und Paintball-Party eingeladen worden. Für so was würden Zehnjährige glatt ihre Mütter versteigern.«

»Ich hab schon gekündigt. Sie wechseln am Trimesterende.«

Reiche Leute sahen die Dinge anders. Clover tat vielleicht so, als wäre sie wie ich. Sicher, die Kinder gingen uns manchmal beiden auf die Nerven. Wir hatten beide Probleme mit unseren Männern. Wir genossen beide die Gesellschaft der jeweils anderen, blieben oft bis ein oder zwei Uhr nachts auf, um sicher zu sein, dass es keine noch so kleine Kleinigkeit gab, die wir nicht gründlich besprochen oder über die wir uns lustig gemacht hätten. Sie brachte mich mit Imitationen ihrer Mutter zum Lachen, für die »informell« bedeutete, selbstgebackenen Kuchen ohne Spitzendeckchen darunter auf den Tisch zu stellen. Ich brachte sie zum Weinen, indem ich davon erzählte, wie sehr ich Mum vermisste und wie sehr es mich frustrierte, nie erfahren zu haben, wer mein Vater war. Sie wurde allmählich mehr wie ich – inzwischen konnte sie etwas Klebriges wegwischen, bevor es voller Katzenhaare war, und ich wurde mehr wie sie – ich erwischte mich ziemlich oft dabei, wie ich »offen gestanden, zweifellos, offenkundig« sagte. Doch uns trennten etliche Hunderttausend Pfund, was im Augenblick sämtliche Gemeinsamkeiten auslöschte. Und ich war genau in der richtigen Stimmung, etwas in den falschen Hals zu kriegen.

»Herrgott noch mal, Clover. Bei alldem geht's doch gar nicht um die verdammte Schule. Es geht ums Geld, will sagen, ich hab keins, will sagen, der Scheißgerichtsvollzieher schleicht bei mir ums Haus und versucht, mir meinen Schrottfernseher wegzunehmen. Will sagen, mir bleibt verdammt noch mal nichts anderes übrig.« Ich knallte die Schranktür zu.

Sie riss die Augen auf. »Entschuldigen Sie, tut mir wirklich leid. Das war echt taktlos und blöd von mir. Aus dem Tagebuch eines Fettnäpfchentreters.« Sie wühlte in ihrer Handtasche und förderte ein zerknicktes Scheckheft zutage. »Die Schulgebühren werden ja gezahlt, also wie wär's? Ich leihe Ihnen ein bisschen Geld, damit Sie über die Runden kommen, und wenn Sie können, geben Sie's mir zurück. Von mir aus auch in zwanzig Jahren.«

Sie war über alle Maßen großzügig, und ich musste mich dankbar zeigen. In diesem Augenblick hasste ich jeden, der ein leichteres Leben hatte als ich. Es gelang mir, ein freundlicheres Gesicht zu machen. »Das kann ich nicht annehmen. Aber vielen Dank.« Sie versuchte, mich am Gehen zu hindern, und ich schaffte es gerade noch, mein Verlangen, sie aus dem Weg zu stoßen, als sanftes Armtätscheln zu tarnen. Es gab nur einen Ort für mich, wenn ich so drauf war.

Ich fuhr auf kürzestem Weg zum Fitnessstudio. Ram warf einen einzigen Blick auf mich und holte die Boxhandschuhe hervor. Ich drosch drauflos, und Wut quoll mir aus jeder Pore. Uppercut. Haken. Gerade Rechte. Ich hieb in seine Hände, Schlag um Schlag, bis meine Schultern schmerzten und Schweiß aus meinem Haar flog. Hin und wieder erhaschte ich im Spiegel einen kurzen Blick auf mich: Nasse Strähnen pappten mir an der Stirn, mein T-Shirt klebte, als hätte jemand einen Eimer Wasser über mir ausgeschüttet, und dazu noch dieser irre Blick. Ram hielt inne, damit ich wieder zu Atem kommen konnte. Ich vergrub das Gesicht in meinem Handtuch, trank eine ganze Flasche Wasser leer und machte weiter. Links, rechts, Haken, Fuß nach vorn, auf die Taille zielen. Führte imaginäre Schläge gegen Colin, gegen Sandy, gegen die Wand zwischen unseren Schlafzimmern. Am liebsten hätte ich auch noch einen für Mr Peters dazwischengeschoben, doch jedes Mal, wenn ich an ihn dachte, ließ der Zorn, der den ganzen Tag in mir gebrodelt hatte, plötzlich nach, und Traurigkeit nahm seine Stelle ein. Die Sorte Traurigkeit, für die man monatelang Wärmflaschen und dicke, flauschige Decken braucht. Zorn war im Moment einfacher.

»Okay?«, fragte Ram, als ich langsam nachließ, jeder Schlag schwächer wurde und meine Handgelenke protestierten. Ich nickte. Er sah aus, als sei er drauf und dran, von seinen beruflichen Autopilot-Mantras – »Mach Hunger zu deinem Freund«, »Nach dem Trainieren eine Stunde nichts essen«, »Sieger suchen sich Ziele, Verlierer finden Ausreden« – abzuweichen und als Personal Trainer persönlich zu werden. Rasch nahm ich mein Handtuch und ging. Heute wollte ich keine Ratschläge mehr hören. Und ich musste mir noch jemanden aufheben, mit dem ich mich irgendwann später verkrachen konnte.

Kapitel 27

Am nächsten Morgen tat mir alles weh. Schon als ich die Daunendecke wegschob, schoss mir ein Schmerzstrahl durch die Schultern und den Rücken hinunter. Und mein Körper war gar nichts im Vergleich zu meinem Kopf. Dunkel erinnerte ich mich daran, wie Clover beschlossen hatte, dass wir so viel Ungemach nicht ohne Alkohol bewältigen könnten. »Wir brauchen Schampus, Schätzchen.« Sie hatte ihre Handdynamo-Taschenlampe angeworfen und war in ihren Reitstiefeln in den Garten hinuntergetappt, um gute zwanzig Minuten später mit dem schmierigen Weinkellerschlüssel zurückzukommen. »Scheiße, ich schmeiß nie wieder irgendwas auf den Komposthaufen. Diese verdammten Ratten haben sich da drin ein Nest gebaut. Zuerst hab ich gedacht, das wär 'ne verschrumpelte alte Pastinake, da fängt das Ding plötzlich an zu zappeln und rennt mir über die Füße. Falls ich vorhin keinen Drink nötig gehabt habe, jetzt brauche ich dringend einen.«

Und wir hatten getrunken, und wie. Champagner. Vor allem rosa Taittinger. Dann holte sie den Kir hervor. Bei der Erinnerung daran stöhnte ich unwillkürlich auf. Sie war wild entschlossen gewesen, mich zum Bleiben zu überreden und dazu zu bringen, die Kinder in Stirling Hall zu lassen. »Ich mach Ihnen jeden Abend Kir Royal, Ihr ganzes Leben lang.«

Ich konnte es mir nicht erlauben, mir Geld zu leihen, ich würde es doch niemals zurückzahlen können. Falls Lawrence nicht zurückkam, würde sie ihren Treuhandfonds brauchen. Vielleicht war ich ja »von sehr geringem Verstand«, wie die Professorin jeden bezeichnet hatte, der nicht mindestens zehn Gedichte auswendig aufsagen konnte, doch selbst Clover konnte mir doch ganz bestimmt nicht mal eben fünfzehntausend Pfund leihen, ohne es zu spüren. Und fünfzehntausend würden wahrscheinlich gerade mal reichen, um meine jetzigen Schulden zu bezahlen und die Kinder noch ein paar Jahre durchzubringen, und dann wäre ich wieder mit der Bettelschale unterwegs. Sie schien fast gekränkt zu sein, dass ich ihr Angebot nicht annehmen wollte.

»Schätzchen, ich würd's Ihnen doch nicht anbieten, wenn ich's mir nicht leisten könnte.« Näher kam sie der Behauptung »Für mich sind das doch Peanuts« nicht. Ich war ihr unendlich dankbar, dass sie das nicht offen aussprach.

Ich furchte die Stirn. Meine Augen fühlten sich an, als hätten irgendwelche Heinzelmännchen sie während der Nacht mit Sandpapier abgeschmirgelt. Eine undeutliche Erinnerung daran, dass ich Clovers Drängen nachgegeben und eingewilligt hatte, bis nach dem Ball am nächsten Freitag zu bleiben, kämpfte sich durch den Morgennebel. Clover hatte gemeint, sie brauche jemanden, mit dem sie ihren Kummer ertränken könne, wenn Lawrence für immer wegging, dann war sie in Tränen ausgebrochen. Irgendwann zwischen dem Moment, als der Champagner alle war, und dem, als ich die altbackenen Erdnussflips aufgefuttert hatte, die Clovers Gesundheitstrip entgangen waren, hatte ich mich ins Unvermeidliche gefügt. Etwas mehr als eine Woche, um meine Sackgassen-Zukunft zu planen.

Ich tastete nach meinem Handy und schaltete es ein. Eine ernste Sprachnachricht von Mr Peters, hinterlassen um Mitternacht: »Dein Brief, dass du die Kinder von der Schule nimmst, ist ungefähr fünf Minuten vor der Klassenfeier auf meinem Schreibtisch gelandet. Jetzt denke ich, ich hab dich vielleicht völlig falsch eingeschätzt, aber wir sollten wenigstens reden.« Und eine SMS von heute Morgen um sechs Uhr: *Maia, bitte ruf mich an.*

Mich falsch eingeschätzt? Und was war damit, aus Stirling Hall wegzugehen, ohne ein Sterbenswörtchen zu sagen? Und nicht zu erwähnen, dass er intime Bekanntschaft mit Serenas Unterwäsche gemacht hatte? Es reichte, dass Colin mich von vorn bis hinten belog, ich brauchte mir nicht auch noch seinen Zwillingsbruder zu suchen. Mr Peters war intelligent, er konnte das bestimmt sehr viel besser. Wenn ich mit ihm sprach, würde er mich austricksen und mich rumkriegen. Mühsam setzte ich mich halb auf und simste zurück: *Bringt nichts. Nichts zu sagen.* Das Handy klingelte augenblicklich. »Mary« leuchtete auf dem Display auf. Ich sah zu, wie es klingelte. Es juckte mir in den Fingern, den Anruf anzunehmen, seine Stimme zu hören, ihn sagen zu lassen, was ich hören wollte. Er hinterließ keine Nachricht auf der Mailbox. War wohl doch nicht so wichtig gewesen. Ich schwang die Beine über die Bettkante und überlegte, ob ich mich unter der Dusche vielleicht kurz ausheulen und es hinter mich bringen sollte. Das Handy klingelte erneut. Mein Herz machte einen Satz und stürzte wieder ab. Colin.

»Mai, Mai, ich bin's, Colin. Alles klar bei dir? Warst du gestern zu Hause? Ja? Um wie viel Uhr warst 'n du da? Halb zehn? Muss dich verpasst ham, da war ich bestimmt unten im Wettbüro. Zum Malen, nich' zum Wetten. Damit hab ich aufgehört. Also, nich' ganz natürlich, man weiß ja nie, wann man ma' ganz groß absahnen kann, aber vernünftig und so.«

Colin redete immer zu viel, wenn er irgendetwas verbockt hatte. Ich beschränkte meine Kommentare auf »Mmhmm.« Männer waren so verlogene Scheißkerle.

»Kommste zurück, Schatz?« Der konnte mich mal, von wegen Schatz. »Gefällt dir meine Malerei? Sieht doch toll aus, nich'? Hab versucht, dich zu überraschen. Die Sache is' so, ich brauch dich, Schatz, echt jetzt. Ich will nich', dass du da wohnst, und ich bin hier ganz allein. Ich will, dass wir wieder 'ne Familie sind.«

Ich setzte mich auf. Irgendetwas war da in seiner Stimme. Liebe war es nicht, auch kein Verlangen oder Einsamkeit. Ich hatte jede Menge Übung darin zu merken, wenn Colin etwas im Schilde führte. Fürs Erste würde ich mitspielen, obgleich eine Vision von seinen Eiern und einer Zickzackschere durch meinen Kopf zuckte. Ich konnte den Gedanken nicht ertragen, dass er dasaß, sich einen Joint drehte und vielleicht sogar Sandy zuzwinkerte und glaubte, er sei noch mal davongekommen.

Ich zeigte dem Handy den Mittelfinger, beschränkte mich aber auf: »Nächsten Montag bin ich wieder da. Kannst du Harleys Zimmer auch streichen? Ich möchte nicht, dass er sich benachteiligt fühlt. Und räum die Küche auf.« Dies war nicht der richtige Zeitpunkt, um ihn mir wegen Sandy zur Brust zu nehmen. Wenn ich eine Chance haben wollte, Colin vor die Tür zu setzen und das Haus wieder für mich allein zu haben, dann brauchte ich das Überraschungselement auf meiner Seite.

Die Erleichterung machte Colin großzügig. »Ich schau ma', was sich machen lässt. Ich glaub, unten im Wettbüro is' noch 'n bisschen blaue Farbe, ich versuch ma', mir die zu krallen. Und das mit der Küche tut mir leid.«

Ich drückte die Auflegetaste. Er hatte bekommen, was er wollte. Jetzt war ich dran.

Kapitel 28

Stirling Hall hatte neunzehn Wochen im Jahr Ferien, aber die Lehrer schafften es trotzdem nicht, die Zeit zu finden, sich ein bisschen weiterzubilden, ohne dass es gleich einen ganzen verdammten Fortbildungstag gab. Jeni, deren Terminkalender wahrscheinlich für die nächsten fünf Jahre voll war, hatte eine Lücke zwischen Hugos Schauspielunterricht und seinen Klarinettenstunden entdeckt und sie mit einer Panzer-Party anlässlich seines Geburtstags gefüllt. Harley und Orion taten während der ganzen Fahrt dorthin so, als wären sie Soldaten auf einem Einsatz in Afghanistan. Krach machte Clover nie etwas aus, meine Nerven jedoch lagen ziemlich blank, als der Land Rover den matschigen Feldweg hinaufrumpelte. Als wir um die Ecke bogen, hinter der die Scheune stand, begrüßte uns eine silberne Limousine, die mit »Happy Birthday, Hugo!«-Luftballons geschmückt war. Eine Limousine, die im Schlamm festsaß und mit durchdrehenden Reifen riesige schmutzige Fontänen über die vier Männer spritzte, die versuchten, sie aus ihrer feuchten Grube zu schieben. Jeni rannte hin und her und schrie dem Fahrer und den Anschiebern Befehle zu.

Harley sprang aus dem Land Rover. »Voll krass! Komm, Orion, wir helfen schieben!«

Ehe ich dazu kam, ihnen zuzubrüllen, dass sie von dem Wagen wegbleiben sollten, ergoss sich ein gewaltiger

Schwall brauner Pampe über die beiden. Sie fingen an, mit Schlammklumpen zu schmeißen, rempelten sich gegenseitig um und lachten sich halb tot. Hugo und Marlon stürzten sich ebenfalls ins Getümmel. Venetias Sohn Theo schrie, sie sollten aufhören. Mit verschränkten Armen stand er da und sah genauso aus wie sein pingeliger Vater, als ein Riesenbatzen genau auf seiner Brust landete. Plötzlich fielen der ganze Geigenunterricht, sämtliche Mandarin-Stunden und alle Kumon-Mathematik einfach von ihm ab, als er sich auf Harley stürzte und bei der Schlammschlacht mitmischte, lebhafter, als ich ihn jemals gesehen hatte.

Einer der Männer hörte plötzlich auf, das Auto anzuschieben, und kam auf die Jungen zugerannt. Ich machte mich schon darauf gefasst, dass sie vom Panzerfahren ausgeschlossen werden würden, doch stattdessen zog der Mann Orion in seine Arme.

Clovers Hand zuckte zu ihrem Mund empor. »Das ist ja Lawrence! Scheiße, verdammte, ich hab ihn seit sechs Wochen nicht gesehen, und jetzt steh ich hier in seinem alten Pullover. Und noch nicht mal Lippenstift.«

»Gehen Sie hin und sagen Sie Hallo.«

»Ich kann nicht. Mir ist schlecht.«

Wir sahen zu, wie Lawrence Orion an sich drückte und Orion ihn fest umarmte und sich einen Dreck darum scherte, dass alle seine Freunde dabei waren. Lawrence winkte Clover zu.

»Ich geh mal eben die Geschenke in die Scheune bringen«, meinte ich.

Clovers Hand schoss vor. »Nein, bleiben Sie hier, lassen Sie mich nicht allein.«

Lawrence sah aus wie eine Lehmfigur, als er, von oben bis unten mit Schlamm bedeckt, auf uns zugequatscht kam.

»Hallo, Liebling.«

Clover standen die Emotionen bis zu den Augäpfeln. Japsend brachte sie ein »Hallo« heraus. Ich konnte es nicht ertragen. Es gab Dinge, die eine Ehefrau ohne Freundin im Schlepptau bewältigen musste. Dazu gehörten Sex und heikle Beziehungsgespräche. Vor allem, nachdem ich Lawrence gedroht hatte, ihm mit einer Holzgiraffe den Schädel einzuschlagen, als ich ihn das letzte Mal gesehen hatte. Ich winkte zum Gruß und rannte davon. Die anderen Männer hatten bei ihren Bemühungen, die Limousine von der Stelle zu bewegen, eine Pause eingelegt, also ging ich zu Jeni hinüber. Sie trug ein Sweatshirt mit einem Babyfoto von Hugo und allem möglichen »11. Geburtstag«-Schwachsinn drauf.

Ich wollte nicht schadenfroh klingen, also erwähnte ich den Wagen gar nicht. »Das ist echt tapfer, am Tag vor dem Ball eine Party zu veranstalten. Sie müssen ja so was von organisiert sein. Harley hat sich unheimlich gefreut.«

»Wir haben gebucht, sobald wir von dem Lehrerfortbildungstag erfahren haben. Ich wollte Hugo doch nicht sagen, er kriegt keine Geburtstagsparty, weil Mummy zu viel mit dem Schulball zu tun hat. Er wird doch nur einmal elf – mein Kleiner ist elf! Und er kann doch nichts dafür, dass er heute Geburtstag hat. Ich hab die ganze Woche gebacken und alles eingefroren, also brauchte ich es heute Morgen nur aus der Tiefkühltruhe zu holen.«

»Mann! Als meine Kinder klein waren, hab ich ihre Geburtstage immer auf einen Tag verlegt, wo's mir besser gepasst hatte«, meinte ich.

»Was? Wenn Harley am Dienstag Geburtstag hatte, haben Sie's auf Donnerstag verlegt, wenn das günstiger für Sie war?«

»Ja.«

»Aber die Geschenke haben Sie ihnen doch an ihrem richtigen Geburtstag gegeben, oder?« Jenı starrte mich an, als hätte ich ihr erzählt, dass ich den beiden früher Whiskey in die Fläschchen getan hatte, damit sie schliefen, während ich in den Pub ging.

»Falsch. Ich hab einfach das Ganze auf zwei oder drei Tage später verlegt. Sie haben's gar nicht gemerkt.« Ich lächelte und reichte ihr die Geschenke. Dabei hätte ich gern ihr Gesicht gesehen, wenn Hugo sie auspackte. Sie hatte mich um Gutscheine für das Royal Opera House gebeten – »Er möchte unbedingt *Così fan tutte* sehen« –, was sich nicht wirklich mit meinem Fünf-Pfund-Geschenk-Limit vertrug. Clover hatte sie ein Vogelhaus vorgeschlagen – »Hugo beobachtet ja so gern die Vögel im Garten. Heute Morgen haben wir einen Grünspecht gesehen.«

Clover hatte abfällig geschnaubt. »Der arme kleine Kerl, ich wette, der kann Vögel nicht ausstehen und fürchtet sich davor, in irgend so eine grässliche Oper mitgeschleift zu werden, wenn er viel lieber ins Kino gehen und sich irgendwelchen computergenerierten Schwachsinn ansehen würde. Ich kauf ihm einen Riesenbottich Bonbons und eine Schleuder. Damit kann er die Vögel erschrecken.«

Ich hatte Jenı vollkommen ignoriert und war zu Oxfam getrabt, wo ich zu meiner Freude den dritten Teil der *Tribute von Panem* von Suzanne Collins fand, für fünfundsiebzig Pence. Ich wusste von Harley, dass Hugo gerade den zweiten Teil las, daher fand ich, das würde aufmerksam und wohlüberlegt rüberkommen, wenn auch nicht großzügig. Auf jeden Fall erschien es mir nicht unhöflicher, ihre Bitte zu ignorieren, als anderen Leuten überhaupt erst vorzuschreiben, was sie schenken sollten.

Ich blickte zu Clover und Lawrence hinüber. Orion stand

noch immer da und hatte die Arme um seinen Dad geschlungen, jegliche Zehnjährigen-Coolness war vergessen.

»Was macht Lawrence denn hier?«, fragte ich.

»Er und Leo sind unglaublich gut befreundet, und Lawrence wollte anscheinend schon immer einmal einen Panzer fahren, also hat Leo gesagt, er soll doch auch kommen. Ich wollte Clover noch warnen, aber dann musste ich Hugos Kuchen fertig machen. Es ist ein Chamäleon. Ich habe ungefähr sechs verschiedene Zuckergussfarben nehmen müssen. Ist gar nicht so schwer, wie es aussieht. Ein bisschen fummelig vielleicht, jede kleine Schuppe einzeln auszuschneiden, aber er ist ganz wunderbar geraten.«

»Clover freut sich bestimmt, dass Hugo einen schönen Geburtstagskuchen hat.«

Jeni starrte mich an, als versuchte sie dahinterzukommen, ob ich das ernst meinte oder nicht. Ich fragte mich, ob Leo in seinem ganzen Leben wohl schon einmal richtig mit ihr gelacht hatte.

Lawrence löste sich von Orion, und Leo brüllte allen anderen zu, sie sollten noch einmal den Wagen anschieben. Clover kam zu mir herüber und sah aus, als müsse sie schnellstens hier weg, ehe sie sich zum Affen machte. Ich zog die Brauen hoch, sie zuckte die Achseln. »Wir konnten nicht reden, weil doch Orrie dabei war. Lawrence hat gesagt, er hätte viel nachgedacht. Und dass er die Kinder schrecklich vermisst hätte. Aber ob er mich vermisst hat, konnte ich nicht erkennen. Ich hab ihn dazu gekriegt, dass er nächste Woche vorbeikommt, damit wir ein paar Entscheidungen treffen können. Und ich hab's geschafft, ihm zuzuflüstern, dass ich ihn liebe.«

»Hat er darauf was gesagt?«

»Nein. Hat mir nur ein ganz kleines bisschen zugezwinkert. Und ich liebe ihn doch wirklich.« Tränen rollten ihr übers Gesicht.

Ich nahm ihren Arm. »Kommen Sie, wir gehen. Ich helfe Jeni bestimmt nicht, ihre dämliche Limousine aus dem Schlamm zu kriegen. Blöde Kuh.« Und als Beweis dafür, dass was lange währt, tatsächlich irgendwann gut wird, suchte Jeni sich just diesen Moment aus, um bäuchlings in einer Matschsuhle zu landen. Ihr blondes Haar hing ihr um die Schultern wie ein schlammiger Oktopus. Ich winkte Harley zum Abschied sehr fröhlich zu und sprang mit bebenden Schultern in den Land Rover.

Kapitel 29

Am Morgen des Balls erschreckte Clover mich. Es war halb sieben, und normalerweise störte nichts mein Haferbreimümmeln, außer Spinner, der sich auf den Rücken rollte und den Bauch gekrault haben wollte. Sie kam hereingepoltert und wühlte in den Schränken nach etwas, das weniger gesund war als ein Kleiemuffin. Wahrscheinlich war es etwas dreist von mir, insgeheim verdrossen darüber zu sein, dass sie in ihre eigene Küche kam, aber ich war noch nie ein Morgenmensch.

Wir hatten am Abend zuvor bereits fünfhundert – oder vielleicht auch fünftausend – Lawrence-Szenarien durchgehechelt. Sei es, dass er plötzlich auf Männer stand, mit Prostituierten schlief oder sich in eine alte Schulfreundin verliebt hatte, die er auf Facebook gefunden hatte. Clover wollte von mir versichert bekommen, dass sie die perfekte Partnerin für Lawrence war, besser als jede andere, die uns einfiel. Das Problem war nur, ich wusste nicht genug über ihn, um auch nur den blassesten Schimmer zu haben. Wenn das, was man von einer Ehe wollte, ein großzügiger, witziger Mensch mit einem riesengroßen Herzen war, dann war Clover die Richtige. Legte man aber eher Wert auf blitzsaubere Scheuerleisten, blank geputzte Schuhe und die Fähigkeit, nie das Küchenpapier ausgehen zu lassen, dann wahrscheinlich eher nicht.

Kurz vor Tagesanbruch wollte ich nicht mehr über Lawrence reden. Ich glaubte nicht, dass es je einen Augenblick in Clovers Leben gegeben hatte, in dem ihr Mundwerk stillgestanden hatte. Normalerweise störte mich das nicht, weil sie mich zum Lachen brachte, aber ich durchlitt gerade mein eigenes Mr-Peters-Trauma. Inzwischen hatte ich so viele Anrufe und SMS von ihm ignoriert, dass es kein Zurück mehr gab. Ich brauchte ein bisschen Ruhe, um mir zu überlegen, was für eine Miene ich aufsetzen sollte, wenn er auf dem Ball auftauchte. Eigentlich glaubte ich nicht, dass er das tun sollte – Arbeiten in der Freizeit und so, und dann noch fünfundachtzig Pfund pro Ticket –, doch ich musste auf alles gefasst sein. Und das ging nicht, wenn Clover alle zwei Minuten eine Antwort von mir wollte. Ich machte auf »Oh mein Gott, ist es wirklich schon so spät?« und türmte zum Kastenwagen, ehe Clover die Debatte darüber eröffnen konnte, ob die Frau, die an Lawrences Arbeitsplatz die Mülltüten auswechselte, vielleicht sein Herz gestohlen haben könnte.

Meine Putzdienste vergingen wie im Flug, meine Kunden würden nichts zu beanstanden haben. Wo immer ich konnte, nahm ich Teppiche mit nach draußen und verdrosch sie nach Strich und Faden. Ich schüttelte Kissen auf, bis die Federn überall herumzufliegen drohten, polierte Tische, bis mein zorniges kleines Gesicht mir entgegenleuchtete. Es war fast zwanzig Jahre her, dass ich so blöd gewesen war, mich in Colin zu verlieben, aber ich konnte mich nicht erinnern, dass er jemals eine solche Reaktion bei mir ausgelöst hatte. Obwohl ich stinkwütend auf Mr Peters war, hatte ich jedes Mal dieses Fischzappelgefühl im Bauch, wenn ich an ihn dachte. Ich würde nebenberuflich mit Boxen anfangen müssen, um nicht verrückt zu werden.

Als ich nach Hause kam, stand Clover auf dem Kopf, die Beine an der Wand abgestützt. Ihr Gesicht hatte sie mit schwarzem Schlamm beschmiert.

»Irgendwo hab ich mal gelesen, dass Kopfstand die Durchblutung im Gesicht fördert. Dachte, das hilft vielleicht gegen meine Falten. Das Schlammzeugs ist aus dem Toten Meer. Weiß nicht, ob's sich deswegen verkauft, aber angeblich verjüngt es. Sehe ich schon aus wie achtzehn?« Sie überkreuzte die Beine vor und zurück, während sie das Gleichgewicht hielt.

Ich wollte sie nicht durch Lachen kränken, aber ich hielt es für eher unwahrscheinlich, dass Lawrence ähnliche Vorbereitungsmaßnahmen traf. »Sie haben doch gar keine Falten.« Das war keine Schmeichelei. Trotz Clovers karger Schönheitspflege, die aus einer Handvoll Wasser und einem Tupfer Patschuli-Öl bestand, hatte sie tolle Haut. Und ihre hohen Wangenknochen traten allmählich auch wieder hervor.

»Aber ein bisschen hamsterartig sehe ich immer noch aus. Na ja, da kann man jetzt nichts machen. Ich trau mich nicht, noch mehr von diesem Kaninchenfutter zu essen. Ihm ins Gesicht zu furzen bringt ihn bestimmt nicht dazu zurückzukommen.«

Ich schleppte ein riesiges Bündel Bügelwäsche in die Küche und ließ Clover nach oben huschen und mit dem Schminken anfangen. Diese Hemden mussten fertig werden, damit ich mir ein bisschen Zeit nehmen konnte, um mich zurechtzumachen. Ich würde aus einem Kieselstein keinen Diamanten schleifen, aber mit dem Kleid, das Clover mir lieh, bestand eine kleine Chance, dass Mr Peters, so er denn aufkreuzte, nicht »Halleluja!« rief, weil er noch einmal davongekommen war.

Siebzehn Hemden und zahlreiche durchgeknallte imaginäre Konversationen sowohl mit Colin als auch mit Mr Peters später ging ich nach oben. Ich rechnete damit, Clover dabei anzutreffen, wie sie herumwirbelte und zu Hot Chocolate tanzte, wie sie es normalerweise tat, wenn sie sich zum Ausgehen fertig machte. Aber kein »You Sexy Thing«, kein »It Started With a Kiss.«

»Clover? Clover?« Ich klopfte an ihre Tür.

Sie öffnete in einem flauschigen Morgenmantel, das Haar in ein Handtuch gewickelt. Ihr fröhliches Gesicht sah aus wie das eines traurigen Clowns. Ich brauchte gar nicht zu fragen, was los war.

»Und wenn er mich nun nicht will?«

Ich lotste sie ins Schlafzimmer. »Es ist vollkommen ausgeschlossen, dass er Sie nicht will. Schauen Sie sich doch mal an, Sie sind wunderschön. Kommen Sie, ich föhne Ihnen die Haare.«

Die Zeit verging unerbittlich. Sechs Uhr, und in einer Stunden mussten wir los. Dann würde ich eben beschissen aussehen müssen, das würde am Lauf meines Lebens nichts ändern. Ich bändigte Clovers blonde Mähne, bis sie glatt und einigermaßen frei von kräuselnden Spitzen herabhing. Sie sagte immer wieder, ich solle gehen und mich fertig machen, doch inzwischen hatte die Rebellin in mir die Oberhand gewonnen, und ich hatte nicht übel Lust, im Trainingsanzug auf dem Ball aufzuschlagen, um allen zu beweisen, dass sie über mich herziehen konnten, so viel sie wollten, und es mir egal wäre.

Ich reichte Clover ein kleines braunes Fläschchen mit Rescue-Tropfen und verdrehte dabei die Augen. Rescue-Tropfen gehörten in dieselbe Kategorie wie Homöopathen, Chakren und Auren. Ehe ich es wieder ins Badezimmer stellte, nahm ich rasch einen kleinen Schluck. Dies war ein Abend, an dem man auf Nummer sicher gehen sollte. Ich zog den Reißverschluss von Clovers brandneuem limonengrünem Kleid zu, und sie stieg in ihre silbernen Stilettos. Jegliche Ähnlichkeit mit einer Bauersfrau war verschwunden, sie war ganz die *Grande Dame.* Die vierschrötige Silhouette von vor ein paar Wochen war jetzt eine kurvige, vollbusige Figur. Ich drehte sie zum Spiegel herum und konnte Überzeugung und Erleichterung in ihren Augen sehen.

Sie probierte gerade verschiedene Ohrringe an, als ich hinauseilte. Ich hechtete unter die Dusche und föhnte mir die Haare über Kopf auf allerhöchster Stufe, bis ich aussah, als wäre ich vom Moor hereingeweht worden. Das Taxi hupte. Ich zog den Reißverschluss des roten Kleides zu, während ich die Treppe hinunterrannte, noch immer in meinen Crocs, die Sandalen in der Hand. Rasch rief ich den Kindern »Auf Wiedersehen« zu, die gerade lärmend Tischfußball spielten, während die Babysitterin als Schiedsrichter fungierte. Bronte kam zur Tür und winkte. »Du siehst toll aus. Gar nicht wie eine Putzfrau. Wie eine Prinzessin.« Ich fühlte mich immer noch wie eine Putzfrau.

Wir kletterten in das Taxi, wo ich mir das Haar mit dem schwarzen Plastikclip hochsteckte, den ich bei der Arbeit immer trug, mich im Spiegel einer Puderdose schminkte und mir die beiden Zehennägel lackierte, die in den umwerfenden Louboutins zu sehen sein würden, die Clover mir geliehen hatte.

Als das Taxi durch das Tor von Jeni fuhr, wurde mir klar, dass es hier mit zwanzig Minuten bleiben und dann wieder gehen nicht getan sein würde. Ich war noch nie auf einem Ball gewesen. Mir war klar, dass das Ganze keine Fete im Gemeindesaal war, in Jeans und Fleecepulli, aber ich hatte auch nicht damit gerechnet, dass es wie ein verdammtes Filmfestival in Südfrankreich sein würde. Die ganze Auffahrt war mit rosa Lichterketten geschmückt, die von Baum zu Baum gespannt waren. Neben dem Haus führte ein roter Teppich zu dem Festzelt. Schwarz war die dominante Farbe. Lang, kurz, mit Spitzen, mit Rüschen, mit Pailletten, mit Akzenten aus ein bisschen Gold oder Rot. Clover und ich stiegen aus. Ein Blitzlicht flammte vor meinem Gesicht auf. Vage erkannte ich einen der Väter hinter der Kamera. Bestimmt machte ich ein Gesicht wie der Dorftrottel nach zu viel Cider. Rasch schaute ich nach unten: Ich hielt die verdammten goldenen Sandalen in der Hand, und meine schlammgrünen Crocs schauten unter meinem Kleid hervor. Einmal SD1, immer SD1.

Ich wollte mich nur noch ducken und ins Zelt stürzen. Am liebsten aufs Klo, und nicht wieder herauskommen. Mir war klar, dass Clover nervös war. Und hier trat Selbstvertrauen auf den Plan, im Mädchenpensionat bezahlt und erworben. Sobald sie einen Fuß aus dem Auto streckte, war Showtime. Sie winkte, scherzte, posierte mit großer Geste für die Kameras und küsste die Ehemänner anderer Frauen, ohne sich auch nur ein einziges Mal ungeschickt mit den Nasen zu verhaken. Ich folgte ihr, lächelte unbeholfen und versuchte, nicht die Zähne zu zeigen, für den Fall, dass da Lippenstift dran war. Sobald wir den Schatten des Zeltes erreicht hatten, strebte ich auf die Toilette zu und ließ Clover mit zwei Gläsern Champagner in den Händen zurück.

Ich hätte wissen müssen, dass der Schulball die Umsätze von Friseuren, Kosmetikerinnen und Schuhgeschäften im März verdoppeln würde. Lange stand ich vor dem Spiegel und hantierte herum. Haare hochstecken wie eine Putzfrau? Oder offen wie Morticia Munster aus *The Addams Fa-*

mily? Leise öffnete ich das Schränkchen unter dem Waschbecken, um zu sehen, ob da eine Bürste oder irgendwelches Parfüm drin war, aber Bleiche und Kloreiniger waren meine einzigen Freunde. Ich fuhr mir mit den Fingern durchs Haar und ließ es offen. Dann begnügte ich mich mit einem großen Klecks Handcreme, die ich mir in Arme, Waden und Dekolleté rieb. Jemand klopfte an die Tür. Ich schob die Crocs unters Waschbecken, steckte die Füße in die Sandalen und trat mit einem innerlichen »Dann mal los!« aus der Tür. Serena genau vor die Füße.

»Hallo!«, sagte ich, als sei sie der Mensch, auf den ich mich am meisten gefreut hätte. Mein Bauch spannte sich dermaßen an, dass ich wünschte, Ram wäre hier, um es zu sehen. Was zum Teufel hatte die hier zu suchen? Sie hatte sich Locken ins Haar machen lassen, damit sah sie viel weniger nach festen Schuhen und Notizbuch aus und sehr viel mehr nach Sexy Playmate auf Leopardenfell. Alles an ihr glänzte. Leuchtend rote Lippen. Leuchtend rote Nägel. Schön gezupfte Augenbrauen. So ein glitzerndes Neckholderkleid, das Frauen über eins achtundsiebzig besser tragen konnten, als es mir jemals möglich wäre. Wehe, sie war mit Mr Peters hier.

Sie lächelte. »Dass wir uns ständig so über den Weg laufen. Schön, Sie wiederzusehen – Sie sehen toll aus. Bis später. Sie müssen mir unbedingt erzählen, wie Sie den Homöopathen gefunden haben.«

Ich nickte sinnlos. »Mhm. Ja. Der Homöopath war interessant. Bis dann«, erwiderte ich, als sie in der Toilette verschwand. Homöopath. Scheiße. Ich würde mir irgendwas aus den Fingern saugen müssen.

Ich fand zurück ins Partyzelt und stellte mich ganz hinten an die Wand. Ein Luftzug strich über meine Sandalen.

Die Heizstrahler waren an, aber es wehte mir kalt über den Rücken. Insgeheim wünschte ich mir, ich wäre zu Hause. Sogar in meinem beschissenen Colin-Zuhause. Clover war nirgends zu sehen. Aber ich hielt eigentlich auch gar nicht nach ihr Ausschau, sondern nach Mr Peters, und betete dabei zum Lieblingsheiligen meiner Mutter – St. Jude, dem Schutzpatron aller hoffnungslosen Fälle –, dass er nicht hier sein möge. Dabei konnte ich Mums kehlige Stimme im Kopf hören: »Amaia, San Judas Tadeo, seine Hilfe immer in letzter Minute. Du glauben, du beten, er immer antworten.«

St. Jude machte bestimmt gerade Kaffeepause, vielleicht war mein Fall aber auch sogar für ihn zu hoffnungslos. Mr Peters war sehr wohl hier, kehrte mir den Rücken zu und unterhielt sich mit dem Direktor. Mir war klar, dass er im Smoking umwerfend aussehen würde. Energisch rief ich mir ins Gedächtnis, dass er mich ohne ein Wort hatte hängen lassen, lange bevor er gewusst hatte, dass ich die Kinder aus der Schule nahm. Er drehte sich um, und ich schaute absichtlich zur Bühne hinüber, so dass sich unsere Blicke nicht begegneten. Ich hatte keine Ahnung, was ich in seinem lesen würde. Mitleid, Hass, Zorn? Oder vielleicht war ich ihm auch scheißegal. Es war besser, es nicht zu wissen.

Clover erschien neben mir. »Ich hab Lawrence gesehen.«

»Und?«

»Hab Schiss gekriegt und bin in die Küche gewitscht.«

»Aber er weiß doch bestimmt, dass Sie hier sind. Warum warten Sie nicht ab, bis er das erste Set gespielt hat, und dann gehen Sie hin und sprechen mit ihm? Er ist doch bestimmt nervös, wenn er vor Leuten spielen muss, die er kennt.«

»Da haben Sie wahrscheinlich recht. Hier, wir schnappen

uns mal noch ein bisschen Champagner.« Clover nahm zwei Gläser von einem vorbeikommenden Tablett.

»Wär vielleicht 'ne gute Idee, sich mit dem Trinken ein bisschen zurückzuhalten, damit Sie nicht gegen die Pflanzenkübel torkeln, wenn Sie dann endlich mit ihm reden.«

»Hören Sie doch auf, so eklig vernünftig zu sein. Morgen bin ich vielleicht am Boden zerstört, also lassen Sie uns jetzt noch ein bisschen Spaß haben.« Anstatt mir das zweite Glas zu reichen, kippte sie es selbst hinunter und griff sich gleich zwei neue. Eins davon nahm ich ihr ab. Zum Glück klopfte jemand mit einem Löffel gegen ein Glas und bat uns zu unseren Tischen. Clover hatte schon so etwas ganz leicht Provozierendes an sich.

Clover und ich waren die Ersten an unserem Tisch. Eine riesige Orchidee stand in der Mitte, von unechten Rosenblütenblättern und goldenen Pailletten umgeben. Kleine Tischkärtchen mit Goldrand schrieben vor, wo wir sitzen sollten. Clover fing an, sie nacheinander aufzuheben. »Gut, Frederica sitzt bei uns. Nicht gut, Venetia ›Wenn mein Sohn Violine spielt, kommen mir die Tränen‹-Dylan-Jones auch. Ooh, haben Sie ein Glück, Sie sitzen neben Mr Peters. Wer ist denn Serena Blake? Die sitzt auf seiner anderen Seite.«

»Serena ist die Polizeibeamtin, die damals geholfen hat, Bronte zu finden.« Mir war, als müsste ich gleich losheulen. »Ich kann nicht neben Mr Peters sitzen. Würden Sie mit mir tauschen?«, zischte ich beinahe verzweifelt.

»Wieso das denn? Ich sitze neben Venetias Mann Randolph. Für den besteht ein faszinierendes Tischgespräch darin, einem zu beschreiben, wie man ein Teleskop baut. Sie bleiben schön da, wo Sie sind.«

»Nein, nein, ist schon okay. Lassen Sie uns tauschen.« Hastig griff ich nach meinen Platzkärtchen.

»Maia, das geht zu weit. Ich kann Ihnen doch nicht einen ganzen Abend lang ›Mein Kind ist ein Genie, ich weiß nicht, ob die Schule ihm gerecht werden kann‹-Gelaber zumuten, wenn Sie gleichzeitig ein Tête-à-tête mit Mr Peters haben könnten.«

»Das macht mir überhaupt nichts aus. Kommen Sie, bitte. Mr Peters mag Sie wirklich gern, der will ganz sicher nicht neben mir sitzen. Glauben Sie, wir können Frederica neben ihn setzen?«

»Maia, Sie müssen diese Angst vor Autorität ablegen. Mr Peters ist doch bloß ein Lehrer.«

Ich setzte zu einem Protest an, verstummte jedoch rasch, als wir hinter uns jemanden »Guten Abend, Mrs Wright, Miss Etxeleku« sagen hörten. Clover lachte und bedachte Mr Peters mit einem frechen Winken.

Seine eine Hand ruhte auf der Lehne des Stuhls neben meinem, die andere lag um Serenas Taille und lotste sie auf ihren Stuhl. Mein Inneres zog sich zu einem Knoten zusammen, als ich sah, wie er sie berührte. Ich hasste sie so inständig, dass ich sie durch zusammengekniffene Augen betrachtete. Mr Peters sah aus, als wäre er dazu geboren, Abendgarderobe zu tragen. Niemand würde jemals ahnen, dass er mal ein Hooligan gewesen war. Jäh tauchte ein Bild von ihm vor mir auf, zu Hause, am Ende dieses Abends, mit aufgeknotet herabhängender Fliege und offenem Hemd. Irgendetwas in mir geriet ins Schlingern.

»Mrs Wright, das ist PC Blake.« Mr Peters stellte der Reihe nach Frederica, ihren Mann Lloyd, Venetia und Randolph und einen Mann namens Howard vor, dessen dürftige Erscheinung, die an einen vor Kurzem geprügelten Hund erinnerte, wahrscheinlich erklärte, warum er keine Ehefrau dabeihatte.

»Miss Etxeleku, Sie haben PC Blake ja bereits kennengelernt«, sagte Mr Peters.

»Nennen Sie mich ruhig Serena.«

Am liebsten hätte ich geantwortet: »Maia, alias Mr Peters' heftiger Kurzflirt. Das wussten Sie doch, oder?« Stattdessen nickte ich wie ein Wackeldackel auf einer Hutablage.

»Können wir die Stirling-Hall-Formalitäten für heute Abend mal beiseitelassen und Vornamen verwenden? Sonst kommt mir das hier vor wie ein Elternabend. Sie können mich gern Zac nennen«, meinte Mr Peters. Daraufhin nannten alle ihre Vornamen. Ich nuschelte meinen in Richtung Venetia, die neckisch mit den Fingern wedelte und »'n Abend, Amayra« dröhnte.

Dann nahmen wir Platz. Ich konnte Mr Peters neben mir spüren. Er zog Menschen so magnetisch an, ließ die Unterhaltung dahinfließen, schaffte es, jeden einzubeziehen. Ich wollte nicht Teil seines Publikums sein, obgleich er draufloslächelte, mein Wasserglas nachfüllte und mir die Butter reichte. Er konnte ja vielleicht so tun, als wäre ich nur eine Mutter unter vielen, aber ich könnte niemals so tun, als wäre er einfach nur irgendein Lehrer. Verstohlen versuchte ich, meinen Stuhl wegzurücken, damit sein Jackett nicht ständig meinen Arm streifte. Ich durfte nicht zulassen, dass irgendein Teil von mir irgendeinen von ihm berührte, denn dann gab es zwei Möglichkeiten: Ich könnte ihm eine kleben. Oder ich könnte losschluchzen. Wir waren zu neunt an einem Tisch für acht Personen – offenbar hatte sie alle Singles zusammengeschmissen –, also gelang es mir, ungefähr zwei Zentimeter näher an Howard heranzurücken, der zu meiner Rechten saß. Sein Mundgeruch war ein Grund, wieder vier Zentimeter in die Gegenrichtung zu rutschen.

Howard war ein Typ, dessen Anmache seiner Ähnlichkeit mit einem unterernährten Straßenköter nicht Rechnung trug. »Also, Megan, wie kommt's, dass ich Sie noch nie gesehen habe? An eine so schöne Frau wie Sie würde ich mich doch erinnern?« Ich versuchte, das Einatmen von Sauerstoff so zu takten, dass es nicht mit seinem Ausatmen von totem Tier zusammenfiel.

»Trinken Sie lieber nicht zu viel, Megan, sonst können Sie mir am Ende nicht widerstehen«, sagte er und schenkte mir Weißwein nach. »Ich persönlich hab's ja nicht so sehr mit Chablis, ich bevorzuge Chardonnay.«

»Chablis wird aber doch aus Chardonnay gemacht.« Clover hatte mich gut unterwiesen. Ich hatte gar nicht vorgehabt, ihn zu verbessern, ich freute mich einfach nur, etwas zu wissen, von dem ich dachte, vornehme Leute wüssten so etwas für gewöhnlich auch. Howard jedoch stand nicht besonders darauf, dass jemand Gewöhnliches etwas Vornehmes wusste. Er versuchte, Frederica einzuspannen, um mir zu beweisen, dass ich unrecht hatte. Sie sah ihn an, als hätte er sich gerade bäuchlings vor ihr auf den roten Teppich geworfen, und sagte: »Woher zum Teufel soll ich das wissen? Ich trink das Zeug, ich pflück die Trauben nicht selber.«

Zum Glück kam die Vorspeise. Krabben auf einem Bett aus Mango und Koriander. Frederica beklagte sich prompt, dass die Krabben noch in der Schale waren. »Bitte keine Gräten, keine Schalen, nichts, was mich daran erinnert, dass das hier mal gelebt hat. Ich will den verdammten Krabbencocktail zurück.«

Ich konzentrierte mich gerade darauf, mir keinen Krabbensaft aufs Kleid zu spritzen, als Howard sich zu mir herüberbeugte. »Die kleinen Schalen mit der Zitrone drin sind zum Fingerwaschen da.«

Ich spürte eine Bewegung neben mir. Mr Peters, der offenbar in Wirklichkeit eine Frau war und zwei Gesprächen auf einmal folgen konnte. »Mr Sutton, oder besser, Howard, wussten Sie, dass Maias Mutter Chefköchin war? Maia würde Ihnen bestimmt gern ein paar von ihren baskischen Rezepten verraten und Ihnen ein paar Kochtipps geben.«

Ich hielt dies nicht für den richtigen Augenblick, ihn darauf hinzuweisen, dass meine Mutter Köchin und Haushälterin gewesen war und nicht etwa ein Möchtegern-Jamie Oliver.

Howard plusterte sich auf. »Ich hab's ja nicht böse gemeint, war doch nur ein Witz.«

Mr Peters lächelte nicht. »Ich sage den Kindern immer eins: Es ist nur dann ein Witz, wenn alle lachen.« Er fuhr fort, seine Krabben zu schälen, als sei nichts geschehen. Howard schrumpfte auf seinem Stuhl in sich zusammen. Fast tat er mir leid. Ich schielte rasch zu Mr Peters hinüber, der mit finsterer Miene den Kopf schüttelte.

Serena unterhielt sich mit ihrer tiefen Lauren-Bacall-Stimme mit Clover. Niemand fragte sie, ob sie mit der Vorspeise zurechtkam. Sogar in einem feinen Kleid war ich bestimmt rübergekommen wie der totale Proll. Sicher war es für alle so deutlich zu sehen, dass ich nicht hierherpasste, dass Mr Peters seine Gewohnheit, sich für mich einzusetzen, einfach nicht ganz ablegen konnte.

Mein Appetit war verflogen, doch ich wollte nicht noch mehr Aufmerksamkeit erregen, indem ich nichts aß. Also steckte ich mir eine Krabbe in den Mund und bereute es augenblicklich. Neben Limone und Koriander war sie auch mit Chili gewürzt, und der bekam mir nicht besonders. Ein Hitzeblitz durchzuckte mich, und Schweiß trat mir auf die Stirn. Ich tupfte mir die Oberlippe mit der Serviette ab. Mir war klar, dass meine Wangen sich knallrot färbten. Hastig trank ich einen großen Schluck Wasser, dann noch einen. Ich wusste, dass es mir die nächsten zwanzig Minuten aus jeder Pore kommen würde, also entschuldigte ich mich und ging hinaus, um in der Kälte zu stehen und zu schauen, ob ich mein kochendes Blut nicht schneller abkühlen konnte.

Ich setzte mich auf eine Bank unter einem großen Ahorn, betrachtete die Sterne und spürte, wie der Schweiß auf meinem Gesicht und meinen Armen trocknete und das sengende Chili-Glühen zu einem sanften Schmoren wurde. Die kalte Luft trug Rufe und Gelächter herbei. Leises Stimmengemurmel auf der anderen Seite des Zeltes drang durch die Dunkelheit zu mir. Ich hörte eine Frau sagen: »Ich wüsste gar nicht, was ich ohne dich machen sollte«, verstand jedoch nicht, was die Baritonstimme darauf antwortete.

Unwillkürlich zog ich die Knie hoch und schlang die Arme darum. Das Liebesgeflüster anderer Leute zu belauschen machte mir mein eigenes Scheitern nur umso deutlicher. Also stand ich auf und ging andersherum um das Zelt, um nicht an den beiden vorbeizumüssen. Als ich durch die Küche kam, warf ich einen kurzen Blick auf den Bildschirm der Überwachungskamera. Das Bild wechselte zwischen der Garage, dem Zufahrtstor und beiden Seiten des Zeltes hin und her. Gerade rührte sich das undeutliche Szenario ein wenig. Ein Mann mit zerzaustem dunklem Haar kuschelte mit einer Frau mit blondem Nackenknoten. Lawrence. Aber das da war doch nicht Clover. Ich starrte wie gebannt.

Jeni.

Kapitel 30

Wo waren Sie denn?«, fragte oder vielmehr lallte Clover, als ich zum Tisch zurückkehrte. Mein Herz pochte immer noch wie wild. Scheiße. Lawrence und Jeni. Wie sollte ich das Clover beibringen? Sollte ich lieber auf einen nüchternen Moment warten? Oder war so ein Hammer unter Alkohol leichter zu verkraften. Falls sie beschloss, ihren Zorn am Überbringer der schlechten Nachricht auszulassen, könnte sie mir glatt die verdammte Birne abreißen. Ich sagte nichts von meiner Chili-Allergie – jedes Kind in Stirling Hall war gegen irgendwas allergisch, Erdnüsse, Eier, Milch, Weizen, und ich wollte nicht den Eindruck erwecken, als wolle ich auf diesen Zug aufspringen. Stattdessen plapperte ich etwas von wegen frische Luft schnappen.

Serena und Clover schienen sich blendend zu amüsieren, sie lachten sich über Fernsehkrimis kaputt und stritten darüber, ob die nun das wahre Leben darstellten oder nicht. Venetia saß mit starrem Grinsen daneben, als würde sie sich gerne beteiligen, hätte aber immer nur *Panorama, University Challenge* und Nachrichten gesehen. Am liebsten hätte ich Serena auf die Schulter getippt und ihr gesagt, sie solle sich verpissen. Meinen Mann hätte sie ja schon, also sollte sie gefälligst die Finger von meiner Freundin lassen. Mr Peters saß auf meinem Platz und palaverte mit Howard und Lloyd darüber, wie lange Lehrer Ferien hatten.

Er stand auf, als ich näher kam. »Maia, hier, da haben Sie Ihren Stuhl wieder.«

»Nein, ist schon gut, ich wollte sowieso kurz mit Frederica reden.«

Er versuchte, mich festzunageln, bohrte mit diesem Stahlblick in meinen Geheimnissen. Darauf fiel ich nicht herein, nicht noch einmal. »Dann redest du also doch noch mit mir«, stellte er sehr leise fest.

»Es hat doch keinen Sinn zu reden, wenn's nichts zu sagen gibt.« Ich trank einen großen Schluck Wein, versuchte dabei, auf Dame von Welt zu machen, und hoffte, dass er nicht mitbekam, wie ich mir übers Kinn kleckerte.

»Geht's dir gut?«, fragte er.

Ich schaute kurz zu Serena hinüber und zuckte die Achseln. »Super. Ganz prima. Könnte nicht besser sein.«

Er sah aus, als wolle er etwas sagen, doch ich konnte sehen, wie sich die Ausreden und die Lügen sammelten wie Tauben auf einer Stromleitung. Also ließ ich ihn stehen und ging um den Tisch herum zu Frederica. Aus dem Augenwinkel sah ich, wie er den Kopf schüttelte, und schaffte es gerade noch, ihn nicht anzubrüllen: »Was denn? Was hast du für ein Scheißproblem?«

Frederica winkte mir und dröhnte mit ihrer Bühnenstimme, als wolle sie auch noch die billigen Plätze erreichen: »Na, Maia, wo haben Sie denn heute Abend Ihren knackigen Göttergatten gelassen? Also, das ist doch mal ein Mann, der im Smoking klasse aussehen würde. Ich finde ja wirklich, Colin hat was von Daniel Craig.«

Das Herunterklappen meiner Kinnlade war mit Sicherheit auf der Richterskala messbar gewesen. »So was wie das hier ist nicht so sein Ding. Er hat's mehr mit Bier und Pizza. Ich bin mitgekommen, um Clover Gesellschaft zu leisten.«

»Sie sehen fantastisch aus.« Frederica hielt inne. »Hat Harley Marlon jetzt erzählt, dass Sie zurzeit bei Clover wohnen? Oder hab ich mir das nur ausgedacht? Ich weiß immer nicht, was ich glauben soll.«

»Ich habe eine Weile bei ihr ausgeholfen, solange, na ja, Sie wissen schon, Lawrence und so. Jedenfalls, am Montag geht's wieder nach Hause.« Das sagte ich so ganz leichthin und versuchte, das Thema dann abzuhaken. Ich wollte nicht, dass Mr Peters es mitbekam, und dachte, ich würde mit eingezogenem Schwanz zu Colin zurückkriechen. Frederica beschallte noch immer das andere Ende des Zeltes, als Clover, die ihrerseits einem Nebelhorn in nichts nachstand, sich einmischte.

»Sie hat genug von den Wrights. Ich versuche ja die ganze Zeit, sie zum Bleiben zu überreden, aber nein, anscheinend ist ihr Colin lieber als ich.« Das nahm ich übel. Colin hatte damit überhaupt nichts zu tun, und das wusste sie ganz genau.

»Ein Supertyp wie der, Clover? Überrascht Sie das etwa, Darling? Sie haben ja eine Menge Qualitäten, aber ich nehme doch an, auf manchen Gebieten ist Colin Ihnen dann doch überlegen. Nicht wahr, Maia?« Und Frederica gackerte los, überschlug sich fast vor Lachen über ihren eigenen Witz. Ich war froh, als die Lammkeule kam und ich mich wieder hinsetzen konnte. Serena sprang auf und fing an, Spargel, Zuckererbsen und Kartoffeln zu verteilen, tätschelte den Männern die Schultern und tänzelte um den Tisch herum, als kenne sie alle schon seit Jahren.

Als sie auf der anderen Seite des Tisches war, neigte Mr Peters den Kopf zu mir herüber. »Du gehst also zu Colin zurück?«

»Hast du ein Problem damit?«

»Ja. Dasselbe wie früher. Er ist ein Arschloch.«

»Das musst du gerade sagen.« Ich hörte mich an, als wäre ich ungefähr zwölf, aber es ging eben nicht anders. Einen winzigen Moment lang dachte ich, ich wäre zu weit gegangen, und meine Schultern krochen in »Oh, Scheiße!«-Stellung bis zu meinen Ohren hinauf. Noch war ich nicht ganz bereit, das Gesprächsthema Nummer eins in Stirling Hall zu werden.

Mr Peters hatte viel zu viel Klasse, um eine Szene zu machen. Er gab ein Geräusch von sich, als hätte ihn jemand in den Magen geboxt. »Hab ich irgendwas verpasst? Bisher hatte ich nicht den Eindruck, dass du mich für ein Arschloch hältst.«

Ich merkte, wie ich vor jeglicher Konfrontation mit ihm zurückschreckte, und ermahnte mich, dass ich keine Schülerin war, die ihm eine Erklärung schuldete. Er war nicht mein Lehrer, er war ein Mann, nichts Besonderes, war bloß ein bisschen länger auf der Schule gewesen als ich. Also verdoppelte ich meine Anstrengungen und fand ein wunderbares Zornreservoir. »Wo du schon fragst, ich fand's echt zum Kotzen zu erfahren, dass du aus Stirling Hall weggehst und dir nicht die Mühe gemacht hast, es mir zu sagen.«

»Wer hat dir das erzählt?«, wollte er wissen.

»Stimmt es?«

»Ja, aber …«

»Aber was, verdammt noch mal?« Ich sah, wie Serena zu uns herüberschaute. Jeder Muskel meines Gesichts spannte schmerzhaft unter der Anstrengung, sie anzulächeln. Mr Peters beugte sich vor und füllte mein Weinglas neu. Mit starrem Grinsen saßen wir beide da, bis sie sich wieder Clover zuwandte. »Aber was?«, flüsterte ich. »Warum hast du nichts gesagt?«

»Gott, das ist kompliziert.« Ich hörte den Nordengland-Akzent in seiner Stimme. Er fingerte an seinen Manschettenknöpfen herum. Seine Stimme war so leise, dass ich mich zu ihm hinüberlehnen musste, um ihn zu verstehen. »Dasselbe könnte ich über dich sagen. Toll fand ich's nicht gerade, einen Brief auf den Tisch geklatscht zu kriegen, dass du Harley und Bronte von der Schule nimmst, ohne vorher mit mir darüber geredet zu haben.«

»Den hab ich nicht abgeschickt.«

»Fälscht Colin jetzt etwa deine Unterschrift?« Er trommelte mit den Fingern gegen sein Glas.

»Nein. Ich meine, ich hab den Brief geschrieben, ja, aber ich hatte vor, mit dir darüber zu reden. Ich hab ihn zu Hause liegen gelassen, weil ich immer noch darüber nachgedacht habe. Er hat ihn abgeschickt, bevor ich mit dir reden konnte.«

Seine Augen wurden schmal, dann entspannten sich seine Züge. Er fuhr sich mit den Fingern durchs Haar. »Du warst plötzlich ganz komisch zu mir, bevor ich Gelegenheit hatte, dir von dem Jobwechsel zu erzählen. Es gab einen guten Grund dafür.«

Den würde ich nie erfahren. Serena griff nach Mr Peters' Hand und ging dazwischen. »Hat du nicht gesagt, du willst unbedingt mal nach Florenz, Zac? Venetia war in den Ferien dort.«

Und wie ein Prediger, der den ungewaschenen Massen das Wort Gottes verkündet, ließ Venetia ihre Ansichten über Florenz vom Stapel, und Mr Peters blieb nichts anderes übrig, als zuzuhören. »Wir fanden es wahnsinnig wichtig, dass Hugo die *Venus von Milo* gewissermaßen direkt vor Ort sieht. Interessanterweise hat ihm Giotto besser gefallen als Botticelli. Und dann natürlich die unglaublich zahlreichen

Kirchen, wir mussten uns auf zwei am Tag beschränken. Mir persönlich hat ja Santa Croce am besten gefallen.« Venetia gab sich redlich Mühe mit der italienischen Aussprache, mit ihrem »Santa Crrrotchaaay« hörte sie sich an wie eine Pasta-Reklame.

Clover fing an zu kichern. »Braucht man da echt zwei Kirchen, um all seine Sünden zu beichten?«

Venetia sah aus, als wolle sie allen Ernstes darauf antworten. Im letzten Moment ging ihr auf, dass es ein Witz war, und sie bleckte die Zähne zu einem schmalen Lächeln. Frederica redete über Mauritius und irgendein tolles Hotel auf Stelzen, Howard fing mit seinem Ferienhaus in St. Lucia an. Sogar die verdammte Serena hatte es mal bis nach Kalifornien geschafft und eine Tour durchs Napa Valley gemacht. »Für Zinfandel Blush würde ich sterben.« Ich hätte sie zu gern nachgeäfft.

Mr Peters schien nicht geneigt, uns dahingehend zu erleuchten, ob das aberwitzige Stirling-Hall-Schulgeld auch Luxuskreuzfahrten auf die Galapagosinseln finanzierte. Er nickte an den richtigen Stellen, gab aber keine eigenen Ansichten zum Besten. Ich konnte nicht sehen, ob er noch immer mit Serena Händchen hielt. Stumm saß ich da, pickte an meinem Lamm herum und wünschte mir verzweifelt, die Band möge endlich auftreten und sie alle übertönen.

»Und was ist mit Ihnen, Amayra? Sind Sie aus Griechenland? Fahren Sie jedes Jahr nach Hause?«, erkundigte sich Venetia.

Mein Lebenswille war verebbt. »Ich war bloß mit den Kindern zum Campen in Suffolk.«

Venetia klatschte in die Hände. »Oooh, Glamping. Das ist doch der letzte Schrei. Haben Sie in so einer großen Jurte gewohnt, mit Holzherd? Gab's da eine solarbetriebene Dusche? Mussten Sie auf dem Fahrrad strampeln, um Ihren eigenen Strom zu erzeugen? Die meisten Resorts sind ja heutzutage so umweltfreundlich. Das muss ein Riesenspaß sein.«

»Das war ein ganz normaler Campingplatz.« Ich fügte nicht hinzu, dass es die ganze Woche geregnet hatte und wir vier uns in ein Zelt gequetscht hatten, das nach Schimmel stank, weil Colin es im Jahr davor nass weggepackt hatte.

»Oooh«, machte Venetia wieder. »Ferien an der englischen Küste sind heutzutage ja so was von angesagt. Dagegen klingt die Karibik richtig passé. Aber Sie sind ganz schön mutig, Amayra, ich weiß ja nicht, ob ich mich trauen würde zu campen.«

Nicht mutig. Nur arm.

»Wo denn in Suffolk?«, wollte Venetia wissen.

»Sizewell.«

»Ist da nicht der Atomreaktor?« Randolph erwachte plötzlich zum Leben. »Wollen sie da nicht unterirdische Lager für Nuklearabfälle bauen?« Und damit begann er eine Tirade über den »monumentalen Irrwitz« dieses, jenes und auch des nächsten Plans. Nicht einmal dass Clover so tat, als schliefe sie ein, konnte mich zum Lächeln bringen.

Gerade als ich dachte, schlimmer könnte es nicht mehr werden, wandte Serena sich mir zu. »Also, Maia, wie war's denn nun beim Homöopathen? Ich hab ja überlegt, ob Homöopathie mir vielleicht mit meinen Hormonen helfen könnte. Wie Zac weiß, bin ich zu einer gewissen Zeit im Monat oft wahnsinnig mies drauf.« Ein kleines Knietätscheln.

»Ich dachte immer, das wäre eben dein Charakter«, bemerkte er mit unbewegtem Gesicht.

Verdruss huschte über Serenas Züge. »Ich hab ganz vergessen, dir zu erzählen, dass ich Maia neulich bei dir zu Hause begegnet bin.«

Jetzt war es an mir, sauer zu sein. »Ich gehe zu der Homöopathin da im Haus. Sie behandelt mein Ekzem. Ich glaube, das kommt von den Putzmitteln.«

Serena zog die Brauen zusammen. »Sie? Ich dachte, der Homöopath ist ein Mann?

Scheiße. »Ich glaube, die sind zu zweit. Die Frau macht nur ein paar Stunden die Woche, denke ich.« Ich sah Mr Peters an.

»Ich hab da noch nie eine Homöopathin gesehen«, meinte er. »Vielleicht war's ja Mandy, die Kosmetikerin, die teilen sich die Praxis.«

»Ich gehe zu Mandy«, sagte Serena. Sie beugte sich zu mir herüber und hielt sich die Hand vor den Mund wie ein Schulmädchen mit einem Geheimnis. »Elektrolyse im Gesicht.« Dann sprach sie laut weiter. »Mandy hat nie was von Homöopathie gesagt. Kommen Sie schon, Maia, geben Sie's zu, in Wirklichkeit waren Sie doch da, um sich die Bikinizone wachsen zu lassen, stimmt's?«

Serena fand sich wahnsinnig witzig. Ich überlegte, ob sie wohl einen Landing Strip hatte, den sie später am Abend Mr Peters vorzuführen gedachte. Sein Gesicht war argwöhnisch, als gefiele ihm die Richtung nicht, die diese Unterhaltung nahm.

Tiefe Röte breitete sich über mein Dekolleté aus. Mir fiel nicht ein einziger Frauenname ein. Verzweifelt suchte ich nach Inspiration, als ich »Sherry-Essig« auf der Speisekarte entdeckte. »Ich glaube, sie heißt Sherry. Ich war jedenfalls bloß ein paar Mal da, ich weiß also nicht, ob's hilft.«

»Was hat sie Ihnen denn gegeben?«, fragte Serena.

»Fällt mir gerade nicht ein. So Pillen.«

Zum Glück kam die Käseplatte, ehe ich mir selbst eine Grube graben konnte, die tief genug war, um einem Känguru die Hand schütteln zu können. Venetia schnellte aufgeregt vom Stuhl. »Oooh, schaut doch mal. Duchy Originals Biscuits. Und Cambozola. Lecker.«

»Ich glaube, das ist Dolcelatte, kein Cambozola«, meinte Serena.

Venetia runzelte die Stirn. »Also, ich hab mal einen Cordon-Bleu-Kochkurs gemacht. Käse-Identifizierung gehörte dazu.«

»Entschuldigung, ich sag's ja nur.«

Venetia räusperte sich abfällig und zeigte weiter auf der Käseplatte herum. »Das da ist Cornish Yarg, schaut mal, da sind so Brennnesseln drum rum. Das da ist Norbury Blue. Der wird auf einer Farm oben in Mickleham hergestellt. Und ich glaube, das hier ist ganz gewöhnlicher Brie.«

»Oh Mann, gerade als ich mich nach einem Stück Edamer gesehnt habe«, meinte Frederica und zwinkerte in meine Richtung.

Howard reichte mir die Platte. »Sie zuerst, Megan.« Mir graute bei dem Gedanken, wie er nach einer Runde Blauschimmelkäse riechen würde. Gerade hatte ich mir ein Stück von dem Cambozola / Dolcelatte mit der Identitätskrise genommen und war dabei, mir etwas Brie abzuschneiden, als Howard aufkreischte. »Megan!« Suchend sah ich mich nach dem Feuer oder dem Mann mit der Maschinenpistole um, oder nach der Riesenhornisse mit einem Stachel von der Größe eines Bohrers.

»Was denn?«

»Sie haben dem Brie die Nase abgeschnitten!«

»Was?«

»Man darf dem Brie doch nicht die Nase abschneiden!«

Ein drittes Mal »Was?« zu sagen, würde mich ein bisschen fantasielos wirken lassen. Clover kam mir zu Hilfe. »Ach, regen Sie sich verdammt noch mal ab, Howard. Legen Sie sich ein Scheißhobby zu. Wenn Sie sich einen Kopf darum machen, wer das spitze Ende vom Brie abschneidet oder ob jemand mit der richtigen Scheißgabel isst, dann haben Sie nicht genug zu tun.« Man musste sie einfach lieben. Sie hatte es tatsächlich geschafft, mich wissen zu lassen, wovon Howard redete, ohne mich zur Seite nehmen und es ausführlich erklären zu müssen. Stumm formte ich »Danke« mit den Lippen. Sie antwortete mit einer nicht übermäßig subtilen »Wichser«-Geste.

Howard prustete empört, versuchte aber gar nicht zu widersprechen. Venetia setzte zu einer langweiligen technischen Erläuterung darüber an, wieso es wichtig sei, den Käse in seiner ursprünglichen Form zu belassen, damit auch jeder genau dieselbe Menge Gutes und Schlechtes davon abbekam. Howard nickte ununterbrochen, eine lächerliche schlaffe Haarsträhne hüpfte dabei auf und ab. Wie konnte es eine richtige und eine falsche Art geben, sich ein Stück Käse abzuschneiden? Dass es Schneideregeln gab, wenn man an jemandes Gehirn operierte, etwas aus Holz schnitzte oder wissenschaftliche Forschung betrieb, verstand ich ja noch, aber ein Stück Käse? Saß da irgendwo jemand in einem Büro und dachte sich dämliche Regeln für vornehme Leute aus? Galt das nur für Brie oder auch für Schmelzkäseecken, Philadelphia und Babybel? Und wenn man vornehm war, wie konnte es dann als Zeichen von guten Manieren gewertet werden, laut auf die gesellschaftlichen Fehltritte von Leuten hinzuweisen, die es eben nicht besser wussten?

Zum Glück wurde das Licht heruntergedimmt, und das grollende Hämmern einer elektrischen Gitarre setzte ein, ehe ich das Käsemesser dazu benutzte, Howard den Adamsapfel auszustechen. Vor Freude über eine Ablenkung von all diesen Lackaffen hätte ich mir glatt das Kleid vom Leib reißen und als Flitzerin durchs Zelt rennen können. Clover war ganz still geworden. Venetia versuchte, die Musik mit irgendetwas über die Vorteile von Käsedraht gegenüber einem Käsemesser zu überbrüllen, doch Clover hatte ihr den Rücken zugekehrt und schaute zur Bühne. Lawrence trat auf und wirkte in Röhrenjeans, Andy-Warhol-T-Shirt und Lederjacke viel jünger als seine zweiundvierzig Jahre. Mit dem lockigen schwarzen Haar und den blauen Augen sah er aus, als wäre er in Galway einem Roma-Caravan entstiegen. Er verbeugte sich und legte dann mit »I Love Rock 'n Roll« los. Howard beugte sich zu mir herüber. Ein Dunst von Tiramisu und zu lange in der Sonne gestandener Mülltonne waberte über mich hinweg. »Jeder Mann Anfang vierzig ist eben ein Rockstar.«

Am liebsten hätte ich so getan, als wäre er unsichtbar, aber ich musste doch Lawrence verteidigen. »Aber er ist doch klasse, schauen Sie nur.« Lawrence lebte und atmete jeden einzelnen Akkord, er hatte die Augen halb geschlossen und sah aus, als wäre dies hier genau das, wozu er geboren worden war. Ich konnte ihn mir nicht beim Brüten über Seiten voller Zahlen vorstellen oder in Meetings mit irgendwelchen schuppenrieselnden alten Bankern. Dann fiel mir wieder ein, dass er eine Affäre mit Jenı hatte, und ich hoffte, dass er gezwungen sein würde, von nun an bis in alle Ewigkeit ein Erbsenzähler zu bleiben, und dass ihn bis ins hohe Alter Mandelentzündungen heimsuchen würden.

Clovers Augen funkelten vor Begeisterung. Frederica hob ihr Glas und johlte. Als als Nächstes »Twist and Shout« kam, zog Lloyd Frederica auf die Beine, wodurch das Eis gebrochen wurde. Alles drängte sich auf die Tanzfläche und twistete, was das Zeug hielt. Sogar Venetia groovte wie wild, ihr mächtiger Hintern wabbelte, als hätte jemand einen Sitzsack daran festgeschnallt. In dem weißen Rüschenkleid mit Volant-Stufenrock sah sie aus wie eine in Wallung geratene Hochzeitstorte, während Randolph andauernd mit den Zeigefingern zur Decke zeigte, ein bisschen wie die Pinocchio-Marionette, die Bronte mal besessen hatte.

Howard tippte mir auf den Arm. »Kommen Sie, Megan, zeigen wir denen mal, wie man das macht.« Ich winkte Clover mitzukommen, die daraufhin kicherte und auf die Tanzfläche deutete. Also versuchte ich es mit bösen Blicken und verzweifelten Grimassen, doch die alte Kröte weigerte sich, mich zu retten. Sie saß da und grinste über ihr Weinglas hinweg. Howard war genau das, was ich erwartet hatte, mit einer ordentlichen Portion Körpergeruch als Dreingabe. Er hatte sein Jackett ausgezogen, vermutlich, um sich für seine Verrenkungen zu »Good Vibrations« Bewegungsfreiheit zu verschaffen, eine Kreuzung aus Freddy Mercury und russischem Kosakentanz. Als ich abermals zu Clover hinüberblickte, hatte sie den Kopf auf die Arme gelegt, doch ich sah, wie ihre Schultern vor Lachen wogten. Das würde ich ihr heimzahlen.

Mr Peters und Serena hatten sich einander mit ernsten Mienen zugewandt. Immer wieder berührte sie beim Reden sein Knie. Ich hasste sie dafür, dass ihr dieses Privileg zuteilwurde. Ich hasste sie dafür, dass sie ihn so ansah, mit schief gelegtem Kopf und Welpenaugen, und die ganze Zeit gekünstelt lächelte. Machte hier einen auf »Ich liebe Designerschuhe und flauschige Kätzchen«, während sie einen in Wirklichkeit wahrscheinlich glatt mit einem Paar Doc Martens und einem rostigen Schraubenzieher fertigmachen würde, wenn's hart auf hart kam. Ich hätte sie dafür umbringen können, dass sie sich dazwischengedrängt hatte, als wir gerade eine winzig kleine Chance gehabt hatten, ein paar Dinge zu klären. Jetzt war es zu spät. Mr Peters liebte jemand anderes. Jemand Kluges. Liebe hatte in meiner Welt ohnehin nicht viel zu suchen. Wie dämlich zu denken, es könnte anders sein.

Als die Band »Satisfaction« anstimmte, konnte ich die Aussicht auf Howards hochgereckte Arme nicht ertragen und sagte ihm, dass Clover unheimlich auf dieses Lied stünde und er sie doch zum Tanzen auffordern sollte. Er huschte zum Tisch hinüber und zerrte sie auf die Beine. Ich winkte und sah zu, wie eine große Wolke Schweißgeruch zu ihr durchdrang. Die Einzigen, die noch am Tisch saßen, waren Serena und Mr Peters. Beim Anblick seines Nackens mit diesem komischen kleinen Haarwirbel hätte ich ihn am liebsten dort gestreichelt. Ich verharrte am Rand der Tanzfläche. Frederica erblickte mich und zog mich mit, hinein in den Kreis der Füßestampfer und In-die-Luft-Boxer. Diamantencolliers hopsten in Dekolletés auf und nieder. Fettwänste quollen über Kummerbünde. Rolexuhren glitzerten an Handgelenken. Und alle tanzten, als wären sie auf einer Pfadfindersause und kippten sich anstelle von Châteauneuf Billigfusel hinter die Binde.

Die Musik wurde langsamer. Lawrence schaute ins Publikum hinaus. Sein Blick fand Clover. »Dieses Lied ist für eine ganz besondere Frau. Sie weiß, wer sie ist, aber wahrscheinlich fragt sie sich, wer zum Teufel ich im Moment gerade bin. Das hier ist für dich.«

Die ersten Akkorde von »Just the Way You Are« ertönten. Dann füllte Lawrences tiefe Stimme das Zelt, und überall sanken sich die Paare in die Arme. Aus dem Augenwinkel sah ich, wie Serena und Mr Peters aufstanden. Clover stand mit Tränen in den Augen mitten auf der Tanzfläche und nahm die Menschen um sie herum überhaupt nicht wahr. Howard zögerte ein paar Sekunden neben ihr, bis sogar er schlau genug war, sich davonzumachen. Lawrence sang ins Publikum und wandte den Blick nicht von Clover ab. Ein erstklassiges Einschleim-Manöver für ein untreues Arschloch. Was für eine brillante Methode, seine Spuren zu verwischen – ein kitschiges Liebeslied für die eigene Frau singen, wenn alle dabei sind, um es zu bezeugen. Ich konnte es nicht mit ansehen.

Also marschierte ich los, in Richtung Toilette, allerdings sah ich erst noch, wie Serena die Arme um Mr Peters' Hals schlang. Dann starrte ich mich im Spiegel an, um zu sehen, ob die würgende Eifersucht, die in meinem Inneren brodelte, sich im Gesicht zeigte. Ich konnte es gar nicht fassen, wie normal ich aussah, abgesehen von meinen Augenbrauen, die sich sträubten wie die irgendeines Expolitikers. Es war mir nie gelungen, sie zu eleganten Bögen zu formen. Ich wollte nicht wieder da rausgehen, also betrachtete ich noch einmal eingehend die Fotos von Jeni, Leo und Hugo. Hugo hatte genau denselben harten, verschlagenen Gesichtsausdruck wie Jeni, so einen, wie junge Mädchen ihn oft haben, wenn sie in Schuluniform rauchen. Leo hatte ein sehr viel offeneres Gesicht. Da war er mit Lawrence bei irgendeiner vornehmen Veranstaltung und hielt eine Auszeichnung hoch. Beide trugen Dinnerjacketts. Leo platzte fast vor Stolz. Lawrence schaffte es, trotz allem ein bisschen verlottert auszusehen, sein Haar stand in alle Richtungen, als sei er während eines Sturms in die Zeremonie hineingestolpert. Er lächelte verhalten, als wolle er gleich zu einer sarkastischen Rede ansetzen: »Und ich möchte meinem Agenten, meiner Maskenbildnerin und meiner Maniküre danken.«

Ich überlegte, ob Leo wohl wusste, dass Lawrence seine Frau bumste.

Jemand rüttelte an der Klinke der Toilettentür. Das Wummern der Musik, das meine Pobacken hatte vibrieren lassen, hatte aufgehört. Das bedeutete wieder am Tisch sitzen und nett zu Serena sein, während sie Mr Peters anschmachtete. Ich ertrug den Gedanken nicht, so zu tun, als freue ich mich für Clover, wenn ihr doch gewaltiger Kummer bevorstand. Also zog ich meine Crocs aus ihrem Versteck unter dem Waschbecken, schnappte mir die Goldsandalen und schlich den Flur hinunter. Vorsichtig spähte ich in die Küche. Da stand Jeni und kommandierte die Kaffeekellnerinnen herum wie eine Hausherrin aus der Zeit von Queen Victoria. »Jessica, nein, *bitte* nicht in die Untertasse schwappen. Nein, geben Sie her. Meine Güte, bringen die euch denn auf dem Catering College *überhaupt* nichts bei?«

Wie konnte Lawrence diese verkniffene Goldgräberin nur Clover vorziehen? Ich öffnete die Haustür und trat hinaus. Winzige Regentropfen prickelten auf meinen Armen. Ich schaute zu der Überwachungskamera hinauf, zeigte ihr für den Fall, dass jemand zusah, den Stinkefinger und ging die Auffahrt hinunter.

Kapitel 31

Als ich aus dem Tor kam, das den Palast von Jeni schützte, ging ich in Richtung Pub und spürte, wie der Saum von Clovers wunderschönem Kleid hinter mir über den Gehsteig schleifte, nachdem ich die High Heels ausgezogen hatte. Ich raffte es hoch. Es war Viertel nach elf. Wenn ich Glück hatte, würde ich es zum Pub schaffen, bevor die dichtmachten, und könnte mir von da ein Taxi rufen lassen. Ein paar Leute kamen gerade noch heraus, als ich auf den Parkplatz gestapft kam. Ich trat in den Schankraum. Der Wirt, der gerade Gläser abwusch, schaute auf und knurrte unwirsch: »Wir ham geschlossen.« Er zuckte angesichts der Tatsache, dass ich keinen Mantel anhatte, mein Haar klatschnass war und ich ein Ballkleid trug, mit keiner Wimper.

»Ich weiß. Ich wollte nur eine Nummer, um ein Taxi zu rufen.«

Er deutete mit einem Kopfnicken in Richtung Flur. »Da draußen anner Wand.« Ich tippte die Nummer in mein Handy ein, und da mir nicht angeboten wurde, drinnen zu warten, ging ich wieder hinaus. Als das Taxi kam, schlotterte ich vor Kälte.

»Meine Fresse, Schätzchen, wo is 'n Ihr Mantel? Ihr Mädels! Sie holn sich noch den Tod. War wohl 'n toller Abend, wie? Also, wo soll's denn hingehen?«, erkundigte sich der Taxifahrer.

Ich hatte es nicht geplant, es kam einfach so heraus. Rowley Road, SF1. Im Rückspiegel sah ich seine Augenbrauen in die Höhe schnellen. »Na, da sind wir aber ganz schön weit weg von zu Hause, was? Das wird nich' billig. Ham Sie genug? Viel von 'nem Zwanziger kriegen Sie da nich' wieder raus.« Ich dachte an all die Dinge, die ich mit zwanzig Pfund anstellen könnte. Aber zu Clover zurückzukehren war keine Option. Ich könnte es nicht ertragen, wenn sie mit Lawrence aufkreuzte, ich war nicht in der richtigen Verfassung, irgendjemandem beim Turteln zuzusehen.

Der Fahrer laberte weiter. »Is' ja 's erste Mal, dass ich wen aus Ihrer Gegend in 'nem Ballkleid mitnehm. Normalerweise fahr ich da gar nich' hin. Zu viele Junkies. War früher ma' auf der Strecke zwischen dem Freizeitzentrum und der Walldon-Siedlung unterwegs, aber da hab ich zu oft Kotze ins Auto gekriegt. Sie wohnen da, ja? Is' viel schlimmer gewor'n, seit die alle aus Osteuropa rübergekomm' sind. Jetzt ham die angefangen, uns die Taxijobs wegzunehmen. Könn' kaum Englisch, und in Sandbury auskenn' tun die sich auch nich'. Wenn Sie mal 'n Taxi brauchen, Schätzchen, dann rufen Sie meine Firma an und fragen nach Ronnie. Ich kenn mich hier aus, aber Hallo.«

Und so weiter. Ich schaute aus dem Fenster und überlegte, ob Mr Peters wohl gemerkt hatte, dass ich weg war. Ich schickte Clover eine SMS, dass ich nach Hause gemusst hätte, aber es sei kein Notfall, ich würde morgen früh die Kinder abholen. Sie rief an, als ich gerade aus dem Taxi stieg, aufgekratzt und glücklich. Ich wimmelte sie ab, sagte, ich hätte gewollt, dass sie das Haus für sich allein hatte. Besonders viele Einwände erhob sie nicht, nachdem sie gehört hatte, dass mit mir alles okay war.

Ich starrte das Haus an. Es brannte kein Licht. Nebenan war Sandys Schlafzimmer hell erleuchtet, und ich konnte ganz schwach Bob Marley hören. Sandys Rammelmusik. Die Sandalen und die schimmernde kleine Abendtasche in der Hand, schlich ich zur Haustür und öffnete sie. Im Haus war es still. Ich stand im Flur und lauschte, sah, wie mein Atem kleine Wölkchen in der kalten Luft bildete. Nachdem ich die Heizung aufgedreht hatte, schlich ich auf Zehenspitzen nach oben. Dort hängte ich Clovers Kleid auf einen Bügel, zog einen alten Trainingsanzug an und machte mich an die Arbeit. Ich holte ein paar Müllsäcke aus der Küche und stopfte Colins Klamotten hinein, wie es gerade kam, innerlich stinksauer, dass ich mir die Mühe gemacht hatte, seine T-Shirts zu bügeln. Egal. Das war jetzt Sandys Problem. Seine West-Ham-Glücksbringer-Unterhose landete in dem Sack, das England-Trikot, die Baseballmütze mit dem »I'm Forever Blowing Bubbles«-Logo, der Vereinshymne von West Ham. Dann schmiss ich einen Haufen verrostete Einmal-Rasierer hinterher, die räudige Zahnbürste, all die Socken, die er nicht zu Paaren sortiert hatte, seit ich weg war. Als Nächstes kam die kleine Dart-Zielscheibe an die Reihe, die er im Pub gewonnen hatte, alte Ausgaben der *Racing Post*, die wegzuwerfen er zu faul gewesen war, und sämtliche betagten Stiefel, Sweatshirts und löchrigen Jeans, die unten im Kleiderschrank vor sich hin gegammelt hatten.

In weniger als einer Stunde hatte ich Colin in ein paar schwarzen Müllsäcken verstaut. Ich stieg über den kleinen Zaun in Sandys Garten. »No Woman, No Cry« trieb in die Dunkelheit hinunter. Ein Müllsack. Zwei Müllsäcke. Ein Haufen mieser CDs. Colins Sammlung Mord-und-Totschlag-DVDs. Der Fußball-Aufblassessel. Ich klingelte. Ein Rumpeln im ersten Stock. Die Musik ging aus. Sandys schrille Stimme. Colins Gegrummel. Schwere Schritte auf der Treppe. Colins Stimme, mürrisch und aggressiv. »Wer is'n da?«

Ich antwortete nicht, sondern stand einfach nur da, ich wusste, dass die Neugier am Ende siegen würde.

Der Schlüssel drehte sich im Schloss. Colin, mit nacktem Oberkörper in einer Trainingshose.

Er trat einen Schritt zurück. »Maia!«

»Wie ich sehe, bist du ausgezogen. Aber du hast ein paar von deinen Sachen vergessen, also hab ich sie für dich zusammengepackt.«

»Mai.« Colins Mund arbeitete, aber er hatte Mühe, einen Laut hervorzubringen. »Es is'nich' so, wie's aussieht.«

»Wie sieht's denn aus? Du trinkst gerade ganz nachbarschaftlich ein Tässchen Tee mit Sandy? Du bringst ihr verstopftes Klo wieder in Ordnung? Lass stecken, Colin. Ich hab dich letzte Woche gehört mit deinem ›Tooor!‹. Nicht besonders originell, wie? Sie kann dich gern haben, und den ganzen Scheiß, der dazu gehört, auch.«

»Du kanns' mich doch nich' einfach so rausschmeißen.«

»Na, dann pass mal auf.« Ich hob einen seiner Doc Martens auf und pfefferte ihn in den Flur. »Das war's, Colin. Ich bin fertig mit dir. Jetzt kann Sandy sich von dir bespringen lassen wie von 'nem geilen Esel. Du kannst so viele ›Tooore‹ schießen, wie du willst.«

»Hey! Du has' doch immer gesagt, ich wär gut im Bett.«

»Nein, *du* hast immer gesagt, du wärst gut im Bett.«

Colins Augenbrauen zogen sich zusammen, als er fieberhaft überlegte, ob das nun stimmte oder nicht. Er fing an, sich aufzuplustern. »Du kanns' hier doch nich' einfach so aufkreuzen und mich vor die Tür setzen.«

»Hab ich gerade getan. Und wenn du nicht willst, dass ich denen vom Sozialamt stecke, dass du schwarzarbeitest, während du auf Stütze bist, dann bleibst du auch schön weg. Denk dran, ich weiß, welche Leichen du im Keller hast, angefangen mit all den geklauten DVD-Playern und Handys. Und ich liefere nicht nur dich ans Messer, ich verpfeif auch deine Kumpels. Wenn dich die Bullen also nicht drankriegen, dann werden das wohl Big Harry oder Bruno übernehmen.« Ich konnte sehen, wie Colins Gehirn ratternd ansprang, wie er im Geist den Schaden überschlug, den ich anrichten konnte.

Sandy erschien in einem Spitzen-Negligé hinter ihm im Flur, eine Torjubel-Zigarette im Mund. Eigentlich hätte sie zittern müssen wie Espenlaub. Aber da Sandy eben Sandy war, stand sie mit so einem »Na los, komm doch«-Zug um den Mund da, die eine Hand in die Hüfte gestemmt.

Ich hätte auf sie losgehen sollen, sie beschimpfen, ihr ein paar Beleidigungen an den Kopf knallen sollen, von wegen Schlampe und beschissene Freundin. Doch ich brachte die nötige Energie dazu nicht auf. Es war, wie ein neues Zuhause für ein Sofa zu suchen, das man loswerden wollte, ohne es zur Müllkippe karren zu müssen. Die größte Überraschung für mich war, dass ich gar keinen Zorn empfand, bloß Resignation. Kein großer Ertrag für neunzehn Jahre Schwerarbeit mit einem Mann.

Ich bog mich um Colin herum. »Du hast mir einen Gefallen getan, Schätzchen. Er gehört dir, ich will ihn nicht zurück.«

Sie legte Colin eine Hand auf die Schulter. »Ich hab echt nie verstanden, was du dauernd zu jammern hattest.«

»Wart's ab.« Ich wandte mich zum Gehen und hielt dann inne. »Nur eine Frage, Colin. Warum wolltest du mich wiederhaben?«

»Wollt ich doch gar nich'.«

Ich empfand einen winzigen Gabelstich der Kränkung. Wahrscheinlich Stolz. »Du hast mich doch praktisch angebettelt zurückzukommen.«

»Das Haus is' doch auf deinen Namen gemietet, nich'? Da hat so'n Typ vom Sozialamt rumgeschnüffelt, weil wir mit der Miete hintendran sin', und du warst nich' da. Hat gesagt, wenn du diese Woche nich' auftauchst, is' das Haus futsch. Die greifen jetzt durch, 'n Kerl allein lassen die nich' innem Vierzimmer-Haus wohnen.«

Ich nickte. »Na, Gott sei Dank. Ich dachte schon, du hättest mal an jemand anderen gedacht als an dich. Also, *das* wäre echt unheimlich gewesen.«

»Schau bloß, dass du das mit der Miete auffe Reihe kriegst, oder geh zu deiner vornehmen Freundin zurück. Ich will doch nich', dass meine Kinder kein Zuhause nich' ham.«

Das Erste, was ich in die Finger bekam, war sein West-Ham-Becher, der mit höchst befriedigendem Klirren am Geländer zerschellte.

Kapitel 32

Die Vögel sangen, als ich schließlich einschlief. Nachdem der Adrenalinschub abgeebbt war, den es mir beschert hatte, Colin den Laufpass zu geben, hatte ich festgestellt, dass der Boiler nicht funktionierte. Eine Ewigkeit lang hatte ich bibbernd auf einem Stuhl gestanden und auf den Knopf gedrückt, bis mir der Finger wehtat. Dann schlurfte ich nach oben und fragte mich, wie lange es wohl dauern würde, bis das Sozialamt das wieder hinbekam.

Ich wollte nicht in das Bett, das ich mit Colin geteilt hatte, für den Fall, dass er da mit Sandy zugange gewesen war. Also stieg ich in Harleys Bett, unter sämtliche Decken und Schlafsäcke, die ich finden konnte. Das Bett roch nicht nach Harley. Es war kalt und lieblos, genau wie der Rest des Hauses. Ich versuchte, an etwas Schönes zu denken, das riet ich immer den Kindern, wenn sie nicht schlafen konnten, aber mein Gehirn steckte in einer Unglücksschleife mit Bildern von Serena und Mr Peters fest, so dass ich die Knie mit den Armen fest gegen die Brust drückte und mich ganz klein zusammenrollte. Schließlich wanderten meine Gedanken weiter zu Lawrence und seinem Geknutsche, zu dem grässlichen Howard und seinem Schweißgeruch, ein kurzes Aufblitzen der Demütigung wegen dem Käse, und dann wieder zurück zu Colin und der Tatsache, dass es Sandy völlig egal war, dass sie mir den Mann ausgespannt hatte, ehe ich schließlich im schwarzen Morast der Gedanken über meine Zukunft landete.

Würde ich wirklich mit Bronte und Harley hier wohnen und den Kopf unter dem Kissen vergraben, damit ich Colin und Sandy nebenan nicht hören konnte? Und was war mit den Kindern? Gypsy und Denim hatten ihre Väter nie kennengelernt. Würde Colin diesen Part übernehmen? Bronte würde das bestimmt schrecklich finden. Die Professorin hätte die Nase gerümpft. »Verkommen, Maia, wirklich verkommen.« Sie hätte mit einem ihrer Lieblingssprüche aufgewartet: »Das können Sie doch besser, Liebes, viel besser. So eine reizende junge Frau wie Sie.« Es fehlte mir, sie an meiner Seite zu haben. Aus irgendeinem Grund hatte sie an mich geglaubt. Ich weinte, bis mir das Wasser in die Ohren lief und das Kissen roch wie eins von Harleys Schwimmhandtüchern, die immer von einer Woche zur nächsten in seiner Schultasche vor sich hin müffelten.

Als die Welt also am Samstagmorgen langsam zum Leben erwachte, schlief ich den tiefen, tiefen Schlaf der emotional Erschöpften. Es dauerte eine Weile, bis das Klopfen an der Haustür zu mir durchdrang, und noch länger, bis ich nachsehen ging. Wenn das Colin war, konnte er sich gleich wieder verpissen. Ich war erstaunt, dass er mich ernst genommen hatte und nicht einfach reingekommen war. Vorsichtig öffnete ich die Tür einen Spalt weit und spähte hinaus. Ein Mann im blauen Overall fuchtelte mit einem Klemmbrett. »Morgen, 'tschuldigung, dass ich so früh störe. Ich komm wegen dem Gas.«

»Oh.« Ich kreuzte die Arme über der Brust. »Entschuldigen Sie den Schlafanzug, ich hab mit jemand anderem gerechnet. Ich wusste gar nicht, dass ihr auch am Wochenende arbeitet. Jedenfalls, toll, kommen Sie rein.« Ich winkte ihn herein. »Der Boiler ist in der Küche, da drüben. Er geht nicht an. Warten Sie kurz, ich zieh mich nur schnell an.« Damit rannte ich nach oben und dachte zum ersten Mal seit einer ganzen Weile etwas Freundliches über Colin. Wenigstens hatte er sich die Mühe gemacht, das Sozialamt anzurufen. Das bedeutete wahrscheinlich, dass er nicht damit gerechnet hatte auszuziehen. Gut.

Ich schlüpfte in Jeans und ein Sweatshirt und rannte wieder nach unten. Eigentlich rechnete ich damit, dass der Typ am Boiler herumhantierte, doch er stand in der Küche, schrieb sich etwas auf und schaute sich um, als wolle er alles genau taxieren.

»Haben Sie sich's angeschaut? Was meinen Sie?« Ich blieb in der Tür stehen, für den Fall, dass ich da jemanden ins Haus gelassen hatte, der mir die Kehle durchschneiden wollte. Ehrlich gesagt, wenn ich mir das jetzt so richtig ansah, war da auch nicht viel mit Werkzeugkasten und so. Er drehte sich um. So etwas wie Mitgefühl huschte über seine Züge. Ich wusste Bescheid, noch ehe er auch nur ein Wort gesagt hatte.

»Ich bin nicht gekommen, um den Boiler zu reparieren. Ich bin im Auftrag des Gasversorgungsunternehmens hier, weil Ihre Rechnung nicht bezahlt worden ist.« Rasch warf er einen Blick in seine Unterlagen. »Und zwar seit November.« Er klopfte auf seinen Firmenausweis, als hätte ich ihn angezweifelt.

Die ganze Zeit hatte ich so getan, als wäre ich meine Großtante Immaculada, hatte einen lächerlichen spanischen Akzent aufgelegt, um nicht mit den Leute reden zu müssen, denen wir Geld schuldeten. Aber als es am meisten darauf angekommen war, hatte ich die Tür aufgemacht und ihm praktisch einen Einkaufswagen hingestellt, um unsere Habseligkeiten wegzukarren. Ich schaute auf meine Füße hinab. Die beiden knallroten Zehennägel hoben sich krass von den drei anderen ab, die ich gestern Abend beim Turbo-Zurechtmachen auf dem Weg zum Ball unlackiert gelassen hatte. Ich wartete.

Der Mann ließ eine Schulter kreisen, als hätte er im Schlaf komisch darauf gelegen.

»Wissen Sie, wie viel Sie schuldig sind?«

Ich wollte es ihm erklären. Dass ich nicht hier gewesen war. Dass Colin nicht arbeitete. Das ganze Geld, das für die Schulsachen draufging. Es würde ihn nicht interessieren, dass ich die Gasrechnung wegen der neuen Turnschuhe nicht bezahlt hatte, die ich Harley kaufen musste, weil die Schuhe nämlich vollkommen weiß sein sollten und nicht weiß mit schwarzen Streifen wie die, die ich ihm mitgegeben hatte. Oder wegen der fünfzehn Pfund, die ich für ein riesiges Französisch-Wörterbuch für Bronte ausgegeben hatte, plus noch mal vier für Ferrero-Rocher-Pralinen, die sie verlangt hatte, um sie am Italienisch-Tag mitzubringen. Und ein paar für Neon-Schnürsenkel für den Funky-Feet-Friday. »Nicht genau.«

Er blätterte eine Seite um. »Hundertsiebenundneunzig Pfund und dreiundzwanzig Pence.« Panik durchzuckte mich. In einer der Schubladen in Clovers Haus hatte ich fünfundneunzig Pfund gebunkert, zusammengerollt und mit einem Gummiband zusammengehalten. Mein Notgroschen.

»Das kann ich nicht bezahlen, so viel Geld hab ich nicht.« Ich dachte daran, wie Colin den ganzen Herbst und Winter auf dem Sofa Jaffa-Kekse gefuttert hatte, die Heizung weit genug aufgedreht, um Orchideen zu züchten. »Kann ich das monatsweise abstottern?«

»Hätten Sie tun können, aber das Gasunternehmen hat so viele Briefe geschrieben und so oft angerufen, ohne dass sich jemand gemeldet hat, da haben sie halt die Geduld verloren.« Er zuckte die Schultern.

»Meine Kinder kommen heute nach Hause. Wir können doch nicht ohne Heizung wohnen. Und mein Herd braucht auch Gas. Ich muss doch kochen können.«

»Tut mir leid. Wenn Sie mir nicht gestatten, einen Zähler einzubauen, der immer gleich über eine Prepaid-Karte abrechnet, wird Ihnen das Gas komplett abgestellt.«

Ich hatte Visionen davon, wie mitten im Kochen das Geld alle war, von endlosen eiskalten Duschen, davon, wie abends plötzlich die Heizung ausging, wenn es keine Möglichkeit gab, die Karte neu aufzuladen. Ich stellte mir vor, wie Harleys vornehme Schulfreunde hier saßen, während ich zum Laden an der Ecke stürzte, um die Gaskarte aufladen zu lassen, damit ich Baked Beans warm machen konnte. Bestimmt war als Nächstes der Strom an der Reihe. Der Mann klopfte auf so eine »Jetzt lassen Sie uns mal in die Gänge kommen«-Art und Weise mit seinem Stift.

Ich hob die Hand. »Moment bitte. Ich muss mit meinem Mann reden.«

»Mann« klang viel einfacher, als ihm diesen Versager zu erklären, der mich nie geheiratet hatte und der es jetzt mit der Tussi von nebenan trieb. Ich huschte hinaus und schlappte in einem Paar von Colins Arbeitsstiefeln, die ich bei meiner Blitzaktion gestern Nacht übersehen hatte, nach drüben. Dort hämmerte ich an Sandys Tür und brüllte durch den Briefschlitz.

»Colin! Colin! Colin!«

Das Schlafzimmerfenster ging auf und ein sehr zerzauster Colin streckte den Kopf heraus. »Was 'n los? Verdammte Scheiße noch ma', Maia, wieso machste 'n so früh so 'n Krach?«

»Entschuldige, dass ich dich von der Schönheitskönigin wegzerre, mit der du da gerade ›Vater, Mutter, Kind‹ spielst, aber ich hab den Typen vom Gaswerk nebenan. Der will so einen Prepaid-Zähler einbauen, sonst drehen sie uns das Gas ab. Wir schulden denen fast zweihundert Pfund.«

»Da biste bei mir falsch, ich hab keine Kohle.«

»Colin, ist es dir etwa egal, ob deine Kinder in einem Haus ohne Heizung, ohne Warmwasser und ohne Kochmöglichkeit wohnen? Dafür bin nicht ich allein verantwortlich. Du hättest was von deiner Stütze dafür hinblättern können, du hättest, Gott bewahre, mal einen Brief aufmachen können, als ich weg war, oder, gehen wir doch mal richtig in die Vollen, du hättest deinen Fettarsch hochkriegen und dich ein bisschen mehr um einen Job bemühen können. Dazustehen und zu sagen ›Da biste bei mir falsch‹ reicht verdammt noch mal nicht!« Ich brüllte so laut, dass meine Kehle vibrierte.

Seine Miene verdüsterte sich. Sandy rief irgendetwas, das ich nicht verstand. »Das ändert aber nichts dran, dass ich keine Kohle nich' hab. Warte mal.« Er verschwand. Ich hörte ihn brummeln und Sandy etwas vorblubbern, und einen Wirrwarr kurzer, keifender Antworten.

Sein Kopf tauchte wieder auf. »Ich kann dir vierzig Mäuse geben, das is' alles.«

»Na super. Ich brauch's aber sofort, der wartet nebenan mit dem Schraubenschlüssel.«

Mürrisch zog Colin sich ins Haus zurück. Ein paar Minuten später stand er in Boxershorts in der Tür; sein Wanst hing in einem sommersprossigen Schwabbelwulst über den Hosenbund. Er reichte mir einen Stapel zerknitterter Fünfer, ein Ein-Pfund-Stück und einen Haufen Zwei-Pence-Stücke.

»Toll. Der hält uns eh schon für das Letzte, und jetzt steh ich da und zähl ihm was vor.«

Colin kratzte sich den Bauch. Seine Fingernägel, die er wegen der Gitarre, die er nie spielte, lang wachsen ließ, schabten über seine Haut. »Was is' 'n mit deiner Nobelfreundin? Kannste die nich' anpumpen?«

Dass Colin es wagte, Clover auch nur zu erwähnen, reichte, dass ich am liebsten mit einem Baseballschläger auf ihn losgegangen wäre. Sandy hatte meinen Dank verdient, nicht meinen Zorn. Ich würde tun, was in meiner Macht stand, um sicherzugehen, dass Colin nicht wie ein Bumerang zu mir zurückkam. Er war nicht mal bereit, nach nebenan zu kommen und dafür zu sorgen, dass in dem Haus, in dem seine Kinder wohnten, die Heizung ging. Colin liebte die Kinder, aber nicht so sehr wie sich selbst.

»'n Dankeschön wär nett«, bemerkte er.

Ich beachtete ihn nicht, sondern stapfte wieder los und fand den Gasmann in der Küche.

Ich streckte die Hand aus. »Ich kann Ihnen jetzt gleich vierzig Pfund geben.«

»Tut mir leid, ich darf kein Geld annehmen. Lassen Sie mich den Zähler anbringen. Der speichert die Schulden und berechnet jede Woche einen vereinbarten Rückzahlungsbetrag.«

Ich konnte nicht widersprechen. In mir schien nicht genug Luft für eine verständliche Stimme zu sein. Im Geist ging ich meine Optionen durch. Clover. Mr Peters. Der Zähler. Vorn im Laden an der Ecke Schlange zu stehen, um die Gaskarte aufladen zu lassen, erschien mir weniger beschämend als ein Bettelanruf. »Okay, der Zähler.«

Er nickte. »Ist wirklich am besten so. Manche Leute sagen, sie würden nicht drauf verzichten, auch wenn sie erst keinen wollten. Das hilft Ihnen beim Wirtschaften.«

Ich schickte Clover eine SMS, dass ich die Kinder etwas später abholen würde, und bekam eine Nachricht voller Smileys zurück. Dann zog ich meinen allergrößten Pullover an, raffte all die ganz hinten auf dem Tisch aufgestapelten Briefumschläge zusammen und sortierte sie auf dem Wohnzimmerboden zu einzelnen Haufen. Gas, Strom, Telefon, Gemeindesteuer. Alle rot, amtlich und bedrohlich. Jedes Mal, wenn ich einen aufmachte, kniff ich die Augen zu und schloss eine kleine Wette mit mir selbst ab, wie schlimm es wohl sein könnte. Wenn wir für Strom weniger als hundertfünfzig Pfund schuldeten, wäre das gut. Mehr als zweihundert, fürchterlich. Weniger als vierzig fürs Telefon, okay. Mehr als fünfundachtzig, eine Katastrophe. Als ich fertig war, addierte ich, dass wir mit ungefähr achthundertfünfzig Pfund in den Miesen waren. Außerdem hatte Colin offene Kreditkartenrechnungen von über tausendfünfhundert Pfund. Ich hatte nicht mal gewusst, dass er eine Kreditkarte hatte. Seine Schulden konnten ein hübsches kleines Geschenk für Sandy sein, zum Einzug.

Unwillkürlich überlegte ich, wie verzweifelt wohl jemand war, dem sein Geschäft pleiteging und der Millionen Schulden hatte. Ich konnte mir schon nicht vorstellen, mich hundert Mal so schlecht zu fühlen wie jetzt, geschweige denn eine Million Mal. Meine Gedanken rasten. Vielleicht würden die Kinder ja ins Heim kommen, weil ich es mir nicht leisten konnte, sie zu versorgen. Vielleicht würde man uns auf die Straße setzen. Vielleicht würden wir am Ende alle nebenan bei Sandy wohnen und Colin würde einen auf Pascha machen wie so ein Sultan mit seinem Harem. Vielleicht würden wir in einen Wohnwagen ziehen müssen. Ich streckte mich auf dem Boden aus. Ich und meine großen Träume, dass die Kinder sich gewählt ausdrückten, dass sie

Latein lernten, Herrgott noch mal. Dass ich an der Open University studieren könnte. Das war doch lachhaft, jenseits von lächerlich. »Größenwahn«, so hätte die Professorin das genannt. Ich ließ die Tränen über mein Gesicht strömen. Es war mir egal, was der Gasmensch dachte oder sonst irgendjemand. Ich hatte es ja verdient, dass die Leute auf mich herabblickten, wegen meiner dummen, dummen, dummen Entscheidungen.

Ein Umschlag war noch übrig, der nicht nach einer Rechnung aussah. Mit der Hand beschriftet, mit blauer Tinte. Ich schaute nach dem Poststempel. Sandbury. Ganz kurz dachte ich, Mr Peters hätte mir vielleicht geschrieben. Aber er würde mir doch nicht an eine Adresse schreiben, wo Colin den Brief aufmachen könnte. Er würde mir überhaupt nicht schreiben, Punkt.

Ich wappnete mich gegen irgendein neues Grauen, auf das ich noch nicht gekommen war, und zog ein einzelnes Blatt Papier mit dem roten Briefkopf von Rose Staintons Anwälten hervor, Harrison & Harrold.

Sehr geehrte Miss Etxeleku,
bei uns ist ein Anschreiben der Stirling Hall School bezüglich des Schulbesuchs von Miss Bronte Cauldwell und Master Harley Cauldwell eingegangen. Wir würden es begrüßen, wenn sich eine Möglichkeit ergäbe, dies näher mit Ihnen zu besprechen, und schlagen daher ein Treffen in unseren Kanzleiräumen am Montag, dem 24. März um 10 Uhr vor. Wenn wir nichts Gegenteiliges von Ihnen hören, freuen wir uns darauf, Sie dann begrüßen zu dürfen.

Mit freundlichen Grüßen,
Peter J. Harrison

Noch zwei Tage, bis ich vor Mr Harrison Platz nehmen und offiziell eingestehen musste, dass ich eine Versagerin war. Ich rollte mich auf den Bauch, vergrub das Gesicht in den Armen und schluchzte, bis meine Kehle wund war.

Kapitel 33

Schließlich rief ich Clover an, um sie in Sachen Colin auf den neuesten Stand zu bringen. Und ich schwöre, ich hörte, wie sie in die Hände klatschte, obwohl sie immer genau das Richtige sagte und versprach, dass sie die Kinder nach Hause bringen würde. Als die beiden ankamen, sauste Harley ins Haus, als hätte es sich in eine spanische Luxusvilla verwandelt und müsse genau erkundet werden. Bronte stand mürrisch neben mir, während ich an der Tür mit Clover plauderte. Ich bat sie herein.

»Nein, Darling, ich lasse Sie lieber allein, Sie wollen doch bestimmt ein bisschen Zeit *mit den Kindern* verbringen«, wehrte sie nicht besonders diskret ab.

Ja. Mir war klar, dass ich mich auf das Vergnügen freuen durfte, den beiden zu erklären, dass ich Colin rausgeschmissen hatte. »Ist bei Ihnen alles klar?«, erkundigte ich mich und wusste, sie würde kapieren, dass ich Lawrence meinte.

Sie lächelte so strahlend, dass sich mir bei dem Gedanken, ihr das von Jeni zu erzählen, der Magen umdrehte. Aber *ich* würde wollen, dass mir jemand so etwas sagte.

»Wir haben unheimlich viel geredet. Allmählich wird mir eine ganze Menge klar.« Sie sah nicht aus, als wäre eins der Dinge, die ihr klar geworden waren, die Tatsache, dass ihr Mann etwas mit einer anderen hatte. Rasch schaute sie auf Bronte hinunter. »Na, jedenfalls, demnächst setzen wir uns mal zusammen und erzählen uns alles. Kümmern Sie sich jetzt erst mal um die Kinder.«

Sie reichte mir ein paar Taschen mit Kindersachen. Ich dankte ihr und umarmte sie ganz fest. Wenigstens wusste ich bereits, dass der Vater meiner Kinder ein Arschloch war. Ihr stand diese Erkenntnis erst noch bevor. Ich winkte ihr nach.

»Wo ist Dad?«, fragte Bronte.

»Im Moment ist er nebenan.«

»Bei Sandy? Macht er da wieder Regalbretter an?«

»Regalbretter?«, fragte ich verdutzt.

»Ja. Gypsy sagt, Dad montiert immer bei Sandy im Schlafzimmer Regalbretter an.«

Ich hatte noch nie erlebt, dass Colin irgendwo ein Regalbrett angebracht hätte. Wahrscheinlich war es besser, wenn alle glaubten, er hätte plötzlich ungeahnte handwerkliche Fähigkeiten entwickelt.

»Ich sag ihm Bescheid, dass ihr wieder da seid. Ich weiß, dass er sich unheimlich auf euch freut.«

Bronte furchte die Stirn und versuchte, das zu begreifen, also rannte ich nach drüben. Ich konnte Colin an Sandys kleinem Küchentisch sitzen sehen. Er stippte Kekse in Tee und lachte mit Gypsy und Denim. Wie sehr das wehtat, überraschte mich. Ich hatte nicht gedacht, dass irgendetwas, das mit Colin zu tun hatte, noch schmerzen konnte. Ich klopfte ans Fenster. Sandy blickte auf, ohne zu lächeln, aber die Kinder winkten mir zu, und Colin erschien augenblicklich in der Tür.

»Ich hab sie aus 'm Auto steigen sehn. Kann ich rüberkomm'?« Das Aggressive war verschwunden, etwas Weicheres war an seine Stelle getreten.

Bronte kam den Weg hinuntergerannt. Er schwang sie

hoch in die Luft, küsste sie und wirbelte sie herum. »Na, wie geht's denn meiner kleinen Prinzessin? Redest also doch noch mit deinem armen alten Dad, wie, bist jetzt nich' zu vornehm für mich? Sag ma', was ham die dir 'n zu essen gegeben, du bist ja mindestens zehn Zentimeter gewachsen.«

»Komm lieber rein, Harley möchte dich auch sehen.« Ich gab mir Mühe, nicht zu anklagend zu klingen.

Er trat in den Flur und fing an, die Hände aneinanderzurubbeln. »Mann, is' echt schweinekalt hier drin, wie?« Ich spürte, wie der rechte Haken, den ich bei meinem Boxunterricht mit Ram einigermaßen gemeistert hatte, mir in den Fingern zuckte.

Eine Prügelei im Flur würde unserer Familienbesprechung über das neue Wohnarrangement nicht zu einem guten Start verhelfen. Ich ließ Colin im Wohnzimmer zurück, wo er Bronte an den Füßen hin und her schaukelte, und ging nach oben, um Harley zu suchen. Er war in seinem Zimmer und quetschte sich gerade zwischen Bett und Schrank, um seine Hausschuhe zu suchen. Ich hatte mich so daran gewöhnt, ihn in einem Zimmer herumkugeln zu sehen, das groß genug war, um darin eine Carrera-Rennbahn aufzubauen, dass es sich anfühlte, als sei das Haus um uns herum geschrumpft. Einen Moment lang stand ich da und starrte.

»Mum, hör auf damit, immer in der Tür zu stehen und mich anzuglotzen, das ist voll krass.« Doch er lachte.

»Entschuldige. Ich versuch gerade, mich daran zu gewöhnen, wieder hier zu sein. Kommt mir komisch vor, dich in deinem kleinen Zimmer zu sehen.«

»Ich find's schön, wieder hier zu sein.« Harley zuckte die Achseln. »Und all meine Sachen wiederzuhaben.«

»Wirklich?«

»Ja. Nur wir vier. Die Zwillinge sind mir ein bisschen auf die Nerven gegangen, dieses ganze blöde Gesinge und Getanze und Haare-Frisieren und Klamotten-Anprobieren. Das Quadbike vermisse ich ja schon. Und den Hund. Und Orion wohl auch ein bisschen, aber den seh ich ja in der Schule.«

Ach ja. Ich hatte noch nicht mit ihnen über die Schule gesprochen. Vor diesem kleinen Vergnügen mussten wir erst mal das »Mummy wohnt nicht mehr mit Daddy zusammen, wir sind jetzt nur noch zu dritt«-Gespräch über die Bühne bringen.

»Dad ist unten«, sagte ich.

»Ja, ich hab ihn gehört. Dachte, ich lass Bronte zuerst Hallo sagen, sonst fängt sie bloß an zu jammern, dass sich keiner um sie kümmert.«

Doch er flitzte ganz schön schnell die Treppe hinunter und schlang die Arme um Colin, der ihm das Haar zauste und ein paar spielerische Pseudoboxhiebe mit ihm wechselte. Ich verbiss mir eine zickige Bemerkung, von wegen, hoffentlich sei Sandy es ja wert, das Familienleben aufzugeben, und ging Tee machen. Die Kinder hatten ein paar Minuten mit Colin verdient, ein paar letzte glückliche Momente, ehe wir unsere Handgranaten unter ihr Leben warfen.

Bevor ich ins Wohnzimmer trat, atmete ich tief durch. Ich sah sofort, dass Colin schon einen weiteren Streifen Kindheit weggerissen hatte. Bronte saß auf seinem Schoß und lutschte am Daumen. Harley machte tellergroße Augen. Er sah aus, als erwartete er, dass ich sagte, das sei alles gar nicht wahr. Keiner von beiden weinte, was mich noch mehr unter Druck setzte, so zu klingen, als sei dies ein froher Tag, ein ganz toller Neuanfang für uns alle.

»Ist Dad jetzt auch Gypsys und Denims Dad, Mum?«, fragte Bronte.

»Er wird immer dein Dad sein, deiner und Harleys. Ich meine, er wird drüben wohnen, deshalb verbringt er bestimmt ein bisschen Zeit mit Gypsy und Denim, weil sie ja alle im selben Haus wohnen, aber ihr werdet ihn ganz oft sehen. Er ist ja gleich nebenan.« Ich hoffte, das hörte sich so an, als sei es etwas Gutes.

»Ist Sandy dann auch unsere Mum? Wohnen wir dann bei ihr?«, meldete sich Harley mit wie immer großartigem Timing zu Wort.

»Nein!« Mir war klar, dass ich laut geworden war, und ich senkte die Stimme mehr oder weniger auf Zimmerlautstärke. »Nein, sie wird nicht eure Mum sein. Ich bin hier, und nichts wird daran je etwas ändern. Ihr wohnt weiter bei mir, in diesem Haus, und ich kümmere mich um euch und bin für euch verantwortlich.« Ich verschränkte die Arme vor dem Körper, damit sie aufhörten zu zittern.

Harley lächelte. »Gut. Eigentlich mag ich Sandy nicht, die sieht immer irgendwie schmutzig aus. Und bei der im Badezimmer riecht's so komisch.«

Ich warf Colin meinen allerbesten »Ich hab's dir ja gesagt«-Blick zu. Er schaute zu Boden.

»Jeder lebt sein Leben auf andere Weise, aber lasst uns alle versuchen, uns zu vertragen«, verkündete ich. Großer Gott, demnächst würde ich mich noch darüber auslassen, dass man Andersartigkeit respektieren müsse, so wie in dieser verdammten Schulbroschüre von Stirling Hall.

»Feiern wir dann Weihnachten zusammen? Kriegen wir dann zweimal Geschenke, so wie Suki? Die ist in meiner Klasse, und ihre Eltern sind geschieden, und sie hat zu Weihnachten einen Nintendo *und* eine Playstation gekriegt«, sagte Bronte.

»Mum und Dad sind doch gar nicht verheiratet, du Trottel, also lassen sie sich auch nicht scheiden. Mann!« Harley schnitt Bronte eine Grimasse.

Ich lächelte, es war mehr ein Lippendehnen, aber es schien sie zu trösten. »Das kriegen wir schon irgendwie geregelt, keine Angst.«

Ich sah Colin an, der an dem abgewetzten Samtstoff des Sofas herumpulte. Wie üblich hatte er den Todesstoß geführt und überließ es dann mir, die Scherben aufzusammeln, während er mit offenem Maul dasaß, als wäre er rein zufällig hier im Wohnzimmer gelandet.

»Warum will Dad denn lieber bei Sandy und ihren Kindern wohnen als bei uns?« Bronte schaffte es, diese Frage so zu stellen, als sei es irgendwie meine Schuld.

»Colin? Ich glaube, das solltest du beantworten.« Am liebsten hätte ich ihm den Schraubenzieher ins Auge gejagt, den er *nicht* zum Regale-Montieren benutzte.

Er rieb sich die Unterlippe. »Eure Mum und ich, na ja, wir ham uns wohl in letzter Zeit nich' mehr so richtig gut verstanden. Is' lange her, dass wir uns kennengelernt ham, und die Leute verändern sich eben, wenn sie Kinder ham und so.«

Die Kinder saßen da und starrten ihn an. Anscheinend dachte er, er hätte eine schlüssige Erklärung geliefert. »Dann sind wir also schuld?« Ich konnte die Unsicherheit in Harleys Stimme hören.

Ich holte ihn zu mir heran und zog eine seiner Locken glatt. »Natürlich nicht, überhaupt nicht. Denk so was gar nicht erst. Du und Bronte, ihr seid das Beste, was Dad und mir je passiert ist. Nein, wir trennen uns, weil wir uns nicht mehr lieb haben, und Dad liebt jetzt Sandy. Aber euch beide haben wir immer noch sehr, sehr lieb, und wir werden immer sehr, sehr froh sein, dass wir euch haben.«

Colin nickte bestätigend. Bronte schmiegte sich dichter an ihn. Harley sah mich an, als erwartete er irgendwelche ungemein klugen Worte, die dieses ganze Durcheinander verschwinden ließen. Niemand sagte etwas. Die Muskeln meines Gesichts fingen an zu zucken. Ich hielt die Luft an, doch es half nichts. Mein Mund verzerrte sich, und kleine prustende Geräusche entschlüpften ihm. Ich presste die Lippen fester aufeinander, biss die Zähne zusammen.

»Warum lachst du denn, Mum?«, wollte Harley wissen.

Das war eine sehr gute Frage.

Kapitel 34

Clover strahlte übers ganze Gesicht, als ich sie vor der Schule erblickte. Mit unter der blauen Pudelmütze rosig glühenden Wangen wartete sie beim Kastenwagen auf mich. Ich winkte und zögerte den Moment hinaus, in dem ich mich ihrer Glückseligkeit aussetzen musste. Oder ihn ihr versauen musste. Zunächst schaute ich Bronte hinterher, die langsam in die Schule schlurfte. Es war schwer zu sagen, ob sie unglücklich über Colins Auszug war, sie war morgens sowieso immer ultramies drauf – definitiv eins von den »einsilbigen Kindern«, über die die Professorin sich immer so aufgeregt hatte –, doch sie sah blasser aus als sonst. Als ich sicher war, dass sie wirklich im Gebäude war, setzte ich ein Lächeln auf und ging zu Clover hinüber. Die Freude in ihrem Gesicht machte mir Angst. Wenn ich das hier vermasselte, würde unsere Freundschaft darunter leiden.

»Wie läuft's?« Ich suchte in ihrer Miene nach einem winzigen Hauch von Zweifel, nach einer Andeutung davon, dass nicht alles gut war. Doch da waren keine Schatten, nur strahlender Sonnenschein. Ich lehnte mich gegen den Kastenwagen und hörte zu, während der Regen mir aus dem Haar tropfte und sie von Lawrence erzählte.

»Er hat seinen Job verloren. Eigentlich wollte er mir das an dem Abend damals sagen, aber dann hat Orion doch mit seinem Fahrrad das Fenster zerdeppert, und er ist einfach ausgerastet. Der Arme, all die Sorgen, und ganz allein. Männer sind da komisch, nicht wahr? Definieren sich über ihren Beruf. Eigentlich total bekloppt. Ich meine, da liest man von Männern, die sich ihren Anzug anziehen und so tun, als gingen sie zur Arbeit, aber man kommt nie auf die Idee, dass das mal der eigene Mann sein könnte. Ich fand's ja so schrecklich, dass er nicht mit mir reden konnte.«

All die Energie, die ich bei Clover bemerkt hatte, als ich sie kennengelernt hatte, war wieder da, das ein klein wenig zu schnelle Reden, das viele Fluchen, das Herumfuchteln mit den Händen. Sie holte Luft. »Entschuldigung, jetzt möchte ich von Ihnen und Colin hören. Ich benehme mich fürchterlich egoistisch.« Ich schüttelte den Kopf, und sie legte von Neuem los. »Jedenfalls, wir haben beschlossen, dass er sich als Musiklehrer selbstständig macht. Zuerst mal von zu Hause aus.«

Die Worte »Aber er hat doch was mit Jen1« lagen mir auf den Lippen. Ich schaffte es, zu fragen: »Wissen Sie schon, wo er gewohnt hat?«

»Das ist ja das Irre. Sie wissen doch, dass Lawrence Jennifer eigentlich nie leiden konnte? Leo hat darauf bestanden, dass Lawrence in ihrem Gartenhaus wohnt. Gott allein weiß, wie er Jennifer überredet hat, da mitzumachen. Laut Lawrence war sie sehr nett zu ihm.«

Ja, darauf würde ich verdammt noch mal wetten. Clover plapperte immer noch weiter. »Obwohl, ich muss zugeben, ein bisschen blöd bin ich mir ja schon vorgekommen, dass sie mit mir über Lawrence geredet hat und er die ganze Zeit bei ihnen im Garten gewohnt hat. Da haben wir uns ein bisschen drüber gezofft, ich hab doch so scheißblöd dabei ausgesehen. Aber dann hat er mich ins Bett gekriegt, und, na ja, ich hab ihm verziehen.« Sie kicherte verlegen. »Entschuldigung, das waren ein paar Informationen zu viel. Lawrence hat Jennifer gebeten, niemandem zu sagen, wo er war. Was wohl bedeutet, dass sie auf seltsame Weise recht vertrauenswürdig ist.«

Es überraschte mich, dass sie nicht hören konnte, wie mein Speichel vor Anstrengung, die Wahrheit zurückzuhalten, zischte. Aus dem Augenwinkel sah ich den Mitsubishi von Jeni aus der Schulausfahrt rollen, eingezwängt zwischen Venetias X5 und Fredericas restauriertem MG. Kurz hinter uns fuhr sie rechts ran und kam mit einer Tasche in der Hand auf uns zu.

»Maia, gut, dass ich Sie gesehen habe. Das hier wollte ich Ihnen zurückgeben. Hugo hat das Buch schon, das Sie ihm zum Geburtstag gekauft haben, deswegen hab ich überlegt, ob Sie es vielleicht umtauschen könnten, falls Sie den Kassenzettel noch haben? Tut mir leid, aber Hugo hat Harley doch erzählt, dass er die ganze Trilogie hat. Ich nehme mal an, Harley wusste nicht, was ›Trilogie‹ heißt. Etwas von Tolkien wäre toll, den *Hobbit* hat er aber schon gelesen.«

Bestimmt klaffte mein Mund sperrangelweit offen. Ich streckte die Hand nach der Tasche aus. Sogar Clover stand stumm da, während Jeni so ein Lächeln lächelte, bei dem sich ihre Wangen hoben, das jedoch nicht einmal in die Nähe ihrer Augen kam. »Ich muss los«, verkündete sie. »Ich lass mir in London die Nägel machen, und vorher muss ich noch tanken.«

Ich sah ihr nach, als sie davonging. Clover schüttelte den Kopf. »Die kann so was von scheißunhöflich sein. Ich weiß echt nicht, wieso sie so was macht. Sie hat ja bestimmt ein gutes Herz, aber sie denkt einfach nicht nach, bevor sie was sagt.«

Daraufhin wäre ich fast hinter Jeni hergestürmt. Ich

konnte es nicht ertragen, dass Clover so im Dunkeln tappte, ihr nichts Böses unterstellen wollte, während Jeni sie nach Strich und Faden beschiss. Wilde Bilder davon, wie ich auf die Kühlerhaube des Mitsubishi sprang und mich an die Scheibenwischer klammerte, schossen mir durch den Kopf. Aber ich konnte Clover doch die Wahrheit nicht einfach so an den Kopf knallen. Zumindest hatte sie es verdient, es zu erfahren, wenn sonst niemand dabei war. Ich schaute auf die Uhr. »Verdammt, hab ganz vergessen, ich muss heute Morgen zum Anwalt. Ich fahr wohl mal lieber.«

Ich folgte Clover die Auffahrt hinunter. Sie bog nach rechts in Richtung SD2 ab, ich nach links ins runtergekommene SD1. Als ich an der BP-Tankstelle vorbeifuhr, sah ich Jeni dort tanken. Der Blinker tickte im Takt meines heftig pochenden Herzens. Ich hielt an und ging auf sie zu.

Sie setzte ihre »Der Heilige Franziskus predigt den Tierlein«-Miene auf.

»Maia. Hallo.«

»Wie lange haben Sie schon eine Affäre mit Lawrence?« Ich starrte ihr fest in die Augen und wartete darauf, dass sie zusammenfuhr.

»Mit Lawrence?« Sie schaute nicht weg, aber sie sah wirklich verdutzt aus, und das machte mich sauer. Sie machte schon so lange auf unschuldig, da würde sie sich nicht so leicht überrumpeln lassen.

»Ja, mit Lawrence. Sie wissen schon, Clovers Mann, der, mit dem sie sich unbedingt versöhnen möchte. Der, der sich am Freitagabend hingestellt und Liebeslieder für sie gesungen hat, um sie zu verarschen, während er Sie vögelt.«

Sie schüttelte den Kopf. »Was? Was? Ich habe keine Affäre mit Lawrence.«

»Sie Scheißlügnerin. Stehen da und machen auf Seelsorgerin. Ich hab auf Ihrem Kameramonitor gesehen, wie Sie mit ihm rumgeknutscht haben.«

»Sie sind ja verrückt, Maia. Sie haben doch keine Ahnung, wovon Sie reden. Lawrence ist bloß ein Freund, ein sehr guter Freund von mir und Leo.« Sie hatte die dürren kleinen Ärmchen in die dürren kleinen Hüften gestemmt. Mit den hochgezogenen Lefzen sah sie aus wie ein wütender Chihuahua.

»Ich hab Sie doch gehört. ›Ich weiß gar nicht, was ich ohne dich machen würde, Lawrence.‹« Anklagend rammte ich ihr den Zeigefinger vors Gesicht; ich war dabei, mich in Colin zu verwandeln, doch das war mir gerade egal.

»Wenn Sie mir noch mal mit dem Finger kommen, reiße ich Ihnen den ab. Und jetzt verschwinden Sie und lassen Sie mich in Ruhe tanken. Kein Wunder, dass Harley glaubt, er kann alles mit den Fäusten regeln, bei so einer Mutter.«

»Lassen Sie Harley da raus. Lassen Sie ihn da raus, sonst wird's Ihnen wirklich noch leidtun.« Aus irgendeinem Grund war ich nicht darauf vorbereitet, dass sie sich zur Wehr setzte. Ich hatte angenommen, sie würde mich anflehen, niemandem etwas zu sagen. »Sie haben nichts, worauf Sie sich was einbilden können, überhaupt nichts. Wenn Sie Leo nicht geheiratet hätten, würden Sie immer noch an der Canary Wharf Schinkensandwiches verticken, den ganzen Scheiß, von wegen, Sie wären besser als ich, können Sie sich also schenken.« Der Schock malte ihr Flecken ins Gesicht. Sie hatte nicht damit gerechnet, dass ich das wusste. Jeder wusste, wo ich herkam, während Jeni es sich zur Lebensaufgabe gemacht hatte, ihre Herkunft zu verbergen.

»Lassen Sie ja die Finger von Lawrence, sonst erzähle ich Clover und Leo ganz genau, was Sie da abgezogen haben«, sagte ich. Der Regen wurde jetzt stärker, doch ich war nicht gewillt, irgendwo Schutz zu suchen.

Jeni riss sich anscheinend zusammen. »Ich hab überhaupt nichts abgezogen. Lawrences Stelle wurde gestrichen, weil die Abteilung, die er geleitet hat, geschlossen worden ist. Er war so wütend, als sie ihn gekündigt haben, dass Leo Angst hatte, er könne vielleicht was Dummes anstellen, also hat er ihm angeboten, bei uns im Gartenhaus zu wohnen.«

»Und wieso durfte Clover das nicht wissen? Statt dass Sie rumschleichen und so tun, als wüssten Sie von nichts«, wollte ich wissen.

»Ich musste versprechen, es niemandem zu sagen. Es ging ihm so schlecht. Er war jeden Tag bei einem Therapeuten, um den Kopf wieder klar zu kriegen. Clovers Familie war immer der Meinung, er wäre nicht gut genug für sie. Er kann den Gedanken nicht ertragen, wieder in die Finanzbranche zurückzukehren, aber er könnte es auch nicht ertragen, wenn die ihn für einen Schmarotzer halten würden.«

Jeni und Lawrence hatten ihre Storys offenbar gemeinsam einstudiert. Mich würden sie nicht so über den Tisch ziehen wie Clover. »Das ist doch Schwachsinn. Totaler Schwachsinn. Ich hab euch doch gesehen, ich hab euch zusammen gehört.«

Jeni nahm die Zapfpistole aus der Zapfsäule und schickte sich an, ihr Auto vollzutanken. Dabei keifte sie mich über die Schulter hinweg an und sah aus, als hätte sie gerade auf eine verdorbene Paranuss gebissen: »Na, Sie haben die Weisheit ja mit Löffeln gefressen! Kriegen Sie erst mal Ihre Fakten auf die Reihe, Maia, bevor sie rumrennen und den Leuten irgendwas anhängen, was sie gar nicht getan haben. Leo hätte seinen Job auch verloren, aber weil Lawrence ihn demjenigen empfohlen hat, der die Abteilungen zusammengelegt hat, ist Leo befördert worden. Dafür hab ich mich bei ihm bedankt. Wir hatten schlaflose Nächte, ich dachte schon, wir müssten die Schihütte verkaufen, und unser Haus hier vielleicht auch.«

»Doch nicht die Schihütte! Wie wollen Sie denn ohne Zweitwohnsitz in St. Moritz überleben?« Mein Zorn war nicht bereit, eine Hundertachtzig-Grad-Wendung hinzulegen. Wie ein durchgegangenes Rennpferd, das immer weiter über Hindernisse sprang, obwohl der Reiter runtergefallen war. Die Panik machte mich erst *richtig* zickig. Ich wollte ihr nicht glauben, doch auch wenn sie die größte Blenderin war, die ich kannte, mit ihrer French Manicure, den Extensions und ihrer Bio-Backerei, geriet meine Überzeugung allmählich ins Wanken. Trotzdem fand ich den Rückwärtsgang nicht, von der Bremse ganz zu schweigen.

»Bedanken Sie sich bei allen Männern, indem Sie sich ihnen an den Hals werfen?«

»Das würden Sie ja doch nicht verstehen, Maia. Das ist was für bessere Leute. Wir umarmen uns nun mal gern und geben Küsschen. Leute aus der Arbeiterklasse stehen da nicht so drauf.«

Ich dachte an Colin, an die Typen im Working Men's Club, an die jungen Kerle bei uns in der Siedlung. Die begrüßten einander nie mit dieser albernen Küsschen-Küsschen-Nummer. Ein Nicken und ein »Alles klar?«, vielleicht, mit den Händen in den Taschen. Eine Frau, die einen von denen umarmte, ohne einen sehr guten Grund dafür zu haben, würde als »notgeil« gelten. Ich war nicht bereit, es gut sein zu lassen. »Stimmt, Woher soll ich wissen, wie's die besseren Leute machen? Aber andererseits, woher sollten Sie das wissen?«

Das war der Moment, als ich mir eine fing. Eine heftige, brennende Ohrfeige, die meine Gehirnzellen wieder richtig anordnete. Ich rieb mir das Gesicht. »Sehen Sie? In Wirklichkeit sind Sie nämlich bloß so 'ne Streithenne aus der Arbeiterklasse. Die Duchess von Dagenham. Oder lieber Posh Pajero, nach Ihrem Auto? Sie wissen schon, dass ›pajero‹ auf Spanisch Wichser heißt, nicht wahr?« Ich war mir etlicher erschrockener Blicke bewusst, die sich über Autodächer hinweg auf uns richteten. Wütend funkelte ich einen Typen an, der mit langem Hals über seinen BMW hinwegspähte. Er schaute hastig weg.

Jeni war völlig außer sich. Sie rammte die Zapfpistole wieder in die Halterung und fing an, mich zu schubsen. Das Wort »Arbeiterklasse« ließ sie anscheinend auflodern wie einen Schweißbrenner. »Verpissen Sie sich. Verpissen Sie sich einfach. Na los, schlagen Sie doch zu. Sie kleines Dreckstück, Gott allein weiß, wie Sie's geschafft haben, Ihre Bälger in Stirling Hall unterzubringen, Sie gewöhnliche kleine Schlampe.«

»Genau wie Sie, Jenny. Denen ist Kinderstube doch egal, die interessiert nur die Kohle.« Die Schubserei erinnerte mich an Colin, wie er immer geglaubt hatte, er könne mit mir machen, was er wollte. Ich traute mich nicht zurückzuschubsen, denn die Wut in meinem Körper galt nicht nur Jeni, sondern auch Colin, Sandy und Mr Peters. Wahrscheinlich hätte ich einen Sattelschlepper wegrammen können. Wenn ich wegen Totschlags hinter Gittern saß, würde ich den Kindern nichts nützen. Also griff ich nach dem Eimer, der zum Scheibenputzen gedacht war, und kippte ihn über ihr aus, genoss das schwappende Geräusch und das befriedigende Platschen, als das Wasser auf den Boden klatschte und dabei ein wenig Make-up und eine ganze Menge Selbstgefälligkeit wegspülte.

Durch das Schaufenster des Tankstellengebäudes konnte

ich sehen, wie die Kassiererin sich den Hals verrenkte, um diese beiden erwachsenen Frau besser beobachten zu können – eine in einem sehr nassen Prada-Mantel und durchweichten Ugg-Boots, die andere in Billigjeans, Parka und Gummistiefeln –, die sich da auf dem Parkplatz gegenseitig anschrien. Angst, Schock, Todeswunsch – ich weiß nicht, was es war, doch zum zweiten Mal innerhalb von vierundzwanzig Stunden lachte ich aus vollem Hals los.

Ich musste mich auf den Weg machen. Mr Harrison wartete. Wenigstens musste ich nicht da rein und das Benzin bezahlen.

Kapitel 35

Vor der Anwaltskanzlei nahm ich mir kurz Zeit, um in den Rückspiegel zu schauen. Noch immer pumpte Zorn durch meinen Körper, ganz leicht durchmischt mit Panik, dass ich mich vielleicht doch irrte. Auf meiner Wange war ein deutlicher Vier-Finger-Abdruck zu sehen, und mein Haar hing mir in nassen, welligen Strähnen vom Kopf. Ich war bereits zehn Minuten zu spät dran, es war keine Zeit mehr für einen verzweifelten Versuch, mich präsentabler zu machen.

Die Dame am Empfang lächelte, als trüge ich Twinset und Perlen, schaute auf ihren Terminkalender hinab und zeigte auf die Treppe. »Er erwartet Sie bereits, gehen Sie ruhig rauf.«

Als ich die Treppe hinaufstieg, das Herz schwer vor Furcht, musste ich an den Tag denken, als Harley Hugo verprügelt hatte und wir vor Mr Peters gesessen und darauf gewartet hatten, das Urteil zu hören. Das schien so lange her zu sein. Mir war, als hätte ich seitdem ein ganzes zweites Leben hinter mich gebracht. Oben angekommen zögerte ich, dann schritt ich auf Mr Harrisons Büro zu. Er konnte auf mich herabsehen, so viel er wollte, weil ich die Stirling-Hall-Chance vermasselt hatte. Ich hätte darauf gewettet, dass er sich nicht jeden Abend auf dem Nachhauseweg Sorgen machte, ob vielleicht der Strom abgestellt worden war oder jemand auftauchen würde, um sich mit der Mikrowelle vom Acker zu machen. Aus meinen aufsässigen Gedanken wurde ein zaghaftes Anklopfen.

»Herein.«

Mr Harrison stand auf, erbot sich, mir meinen Parka abzunehmen, und rückte einen Stuhl für mich zurecht. Ich stammelte irgendeine Entschuldigung fürs Zuspätkommen, und dafür, dass ich triefnass war. Er winkte höflich ab und hob eine große Ablagebox für Dokumente auf seinen Schreibtisch.

»Also, Miss Etxeleku, wie ist es Ihnen ergangen?«

Clover hatte recht, ich hatte wirklich erbärmlich großen Respekt vor Autoritätspersonen. Mühsam verkniff ich mir die ehrliche Antwort: »Mein Lebensgefährte ist mit der Schlampe von nebenan durchgebrannt. Ich habe meinen Kindern ein schönes Leben gezeigt und werde sie jetzt wieder in ein mieses zurückschmeißen. Wir haben keine Heizung, und ich stecke bis über beide Ohren in Schulden. Außerdem habe ich gerade jemandem einen Eimer Wasser über den Kopf gekippt, der eingebildet ist bis zum Anschlag, und der Mann, von dem ich glaube, dass ich ihn liebe, obwohl ich nicht sicher bin, ob ich weiß, was Liebe ist, ist in jemand anderen verliebt.«

Stattdessen sagte ich: »Ich werde die Kinder nicht in Stirling Hall lassen können, ich kann mir das ganze Drumherum nicht leisten. Die Schulkleidung, die Bücher.« Die Niederlage in meinen Worten blubberte hervor wie Bleiche in einen Abfluss.

Er legte die Fingerspitzen aneinander. Ich konnte Männer nicht ausstehen, die das taten. Doch er machte gar kein hämisches Gesicht, tatsächlich sah er sogar ziemlich betroffen aus. »Ich bin von Stirling Hall benachrichtigt worden. So wie ich es verstehe, verlassen die Kinder die Schule nach dem nächsten Trimester, dem Sommertrimester?«

»Ich musste ein Trimester im Voraus kündigen, und ich wusste ja, dass das Schulgeld fürs nächste Trimester sowieso gezahlt werden muss, ob sie nun hingehen oder nicht. Ich wollte Professor Stainleys Geld nicht sinnlos zum Fenster rauswerfen, ich meine, sie hat doch unheimliches Vertrauen in mich gesetzt.« Unwillkürlich verzog ich das Gesicht und nickte der Professorin im Geiste zu. Ja, ja, schon klar, »unheimlich« waren Gruselgeschichten. Ich sagte das ja auch kaum noch. »Also gehen sie nächstes Trimester noch hin, und ich muss das halt irgendwie geregelt bekommen. Ehrlich gesagt habe ich keine Ahnung, wie. Dann gehen sie nach Morlands zurück, wo sie vorher waren.«

»Geht es dabei ausschließlich ums Finanzielle? Ich meine, sind Sie abgesehen davon zufrieden mit der Schule?«

»Die Schule ist wunderbar. Die Kinder haben sich richtig gut eingelebt, und sie sind so viel besser geworden.« Hastig schaute ich weg. »Es war wirklich schön, das zu sehen.« Ich hörte, wie meine Stimme ins Stocken kam.

Mr Harrison lächelte. »Professor Stainfords Bibliothek ist noch nicht veräußert worden. Meinen Sie, da könnte vielleicht etwas dabei sein, was Ihnen hilft, die nächsten paar Monate zu überstehen?«

Mein Herz schlug schneller. Die Professorin hatte jede Menge Klassiker besessen, Austen, Dickens, Oscar Wilde, Virginia Woolf. Alle paar Monate oder so hatte ich sie aus dem Regal gezogen, um darin gründlich abzustauben. Das dauerte immer eine halbe Ewigkeit, weil ich nicht widerstehen konnte, ein paar Seiten zu lesen, ehe ich sie wieder zurückstellte. Ich würde morden, um diese Bücher zu bekommen, aber ich konnte doch nicht so tun, als wären sie für die

Kinder. Bronte hatte die Lewis-Carroll-Gedichtsammlung der Professorin ganz toll gefunden. Ein Bild von der alten Frau, die in ihrem Sessel saß und Bronte *Jabberwocky* vorlas, tauchte in meinem Kopf auf. Harley hatte sie immer angebettelt, *Die Jagd nach dem Snark* vorzulesen. Vielleicht war es ja ihr ständig wechselnder Gesichtsausdruck dabei gewesen, ihre verschiedenen Stimmen und ihre Handbewegungen, denen er seine Vorliebe für Dramen verdankte.

»Sie können mir die Bücher doch nicht einfach so geben. Was ist denn mit, ich weiß nicht, ihren Verwandten? Wollen die sie nicht? Sie hat sie doch bestimmt irgendjemandem hinterlassen?« Ich versuchte, mich zu erinnern, ob sie jemals irgendjemanden außer ihrem Sohn Dominic erwähnt hatte, der in Australien bei einem Autounfall ums Leben gekommen war.

»Zufällig hat Professor Stainton mich zu ihrem Testamentsvollstrecker bestimmt, ich kann Ihnen also versichern, dass das keinerlei Problem darstellt. Wäre es Ihnen recht, mich jetzt gleich zu ihrem Haus zu begleiten? Dann könnten Sie sich vielleicht ein paar Bücher aussuchen, die Ihnen von Nutzen sein könnten.«

»Ich fand ihre Bücher immer wunderbar, aber ich möchte nichts nehmen, was jemand anderem gehört, ich will doch nicht, dass es später heißt, die Putzfrau hätte sich ihre Erstausgaben unter den Nagel gerissen«, erwiderte ich.

»Ich versichere Ihnen, es hat keinen großen Ansturm auf die Bibliothek der Professorin gegeben. Wollen wir?«

Ich folgte Mr Harrison zum Kastenwagen. Das Haus der Professorin lag nicht an einer meiner üblichen Routen, ich war also nicht mehr daran vorbeigekommen, seit sie vor gut vier Monaten gestorben war. Das Tor zu ihrer langen Einfahrt stand bereits offen. Die Narzissen blühten, wunderschöne goldene Büschel überall im ganzen Garten. Tulpen – die Professorin hatte Tulpen geliebt – nickten in Kübeln neben der Tür. Vielleicht hatten die, die hier was zu sagen hatten, ja den Gärtner weiterbeschäftigt, bis das Haus verkauft wurde. Mr Harrison stellte seinen Jaguar auf dem Parkplatz ab, den ich eigentlich als meinen betrachtete, eine kleine freie Stelle bei den Trauerweiden, unter denen Iago, der Pudel der Professorin, vor ein paar Jahren begraben worden war.

Er zog einen Schlüsselbund hervor und hantierte damit herum, suchte nach dem richtigen Schlüssel.

Ich streckte die Hand aus. »Soll ich mal? Ich sehe auf den ersten Blick, welcher passt.«

Er reichte mir den Bund. Ich musste mir streng ins Gedächtnis rufen, dass die Professorin nicht im Wohnzimmer sitzen würde, mit ihrem Kreuzworträtsel-Lexikon neben sich. Als die Tür aufschwang, tanzte Staub im Tageslicht, das durch die Terrassentüren hereinströmte. Wenigstens das Haus hatte mich vermisst. Ich hatte erwartet, dass es sich leer und klamm anfühlen würde, doch tatsächlich war es warm und gemütlich. Der Boiler war offensichtlich besser in Schuss als meiner. Ich wartete darauf, dass Mr Harrison mit mir in die Bibliothek ging. Er zögerte im Flur, schaute von einer Tür zur anderen. »Da entlang«, sagte ich und deutete mit einem Kopfnicken auf die erste Eichenholztür.

Dann stand ich im Türrahmen, während die Erinnerungen auf mich einstürmten. Wie die Professorin die Antworten auf die Fragen ihrer Lieblings-Quizsendung johlte. Wie sie ihre verkrümmten arthritischen Finger verfluchte, während sie Bronte beibrachte, eins rechts, eins links zu stricken. Wie sie Harley Bilder von ihrem Vater zeigte, der in den Zwanzigerjahren mit seiner Schutzbrille vor der Brooklands-Rennstrecke posierte. Mein Herz holperte kurz, als ich ihre Brille mit dem silbernen Gestell auf dem Beistelltischchen liegen sah, oben auf der *Times*. Ich fragte mich, wer wohl die Zeitungen abbestellt hatte. Mr Harrison hüstelte hinter mir. »Gehen Sie ruhig rein und schauen Sie sich die Bücher an. Sehen Sie mal, ob da welche dabei sind, die Sie gern haben möchten. Ich muss etwas aus dem Arbeitszimmer holen, ich lasse Sie dann also mal machen.«

Ich ging zu den Bücherwänden hinüber, die sich an zwei Seiten des Raums entlangzogen und vom Boden bis zur Decke reichten. Vorsichtig zog ich *Große Erwartungen* aus dem Regal. Das Buch fühlte sich schwer und glatt an. Ich hielt es mir dicht vors Gesicht. Ich liebte diesen alten Geruch, ein bisschen muffig, den Geruch all dieser Worte, die so klug aneinandergefügt worden waren. Die Professorin hatte mich immer gedrängt, mir Bücher auszuborgen, doch ich hatte es nie getan. Ich hatte den Gedanken nicht ertragen, dass Colin auf einem davon einen Kaffeering hinterlassen könnte. Stattdessen war ich in die Bezirksbibliothek gegangen. Ich fuhr mit der Hand an dem Regalbrett entlang, bis ich meinen Lieblings-Gedichtband fand, mit einem glänzenden silbernen Einband. Nicht zum ersten Mal las ich die Widmung darin:

Für Mutter.
Es tut mir leid, dass ich nicht bei Dir sein kann, aber ich denke über all die Kilometer hinweg an Dich. Lies das Gedicht auf S. 31.
Du fehlst mir!
Alles Liebe,
Dominic
15. August 1977

Das Jahr, in dem ich geboren worden war. Ich überlegte, wie viel später er wohl bei dem Unfall umgekommen war. Rasch schaute ich zu dem Foto von ihm hinüber, das auf dem Kaminsims stand. Für alle Zeit Mitte zwanzig, posierte er neben einem Känguru, sonnengebräunt und lächelnd. Ich schüttelte den Kopf, um die Gedanken zu vertreiben, dass Harley oder Bronte vor mir sterben könnten, und wandte mich wieder dem Buch zu.

Es klappte von selbst auf Seite 31 auf. Ich lächelte, als ich das Gedicht las, hörte im Geist die Stimme der Professorin, die Jenny Josephs Gedicht »Warning« vorlas. Es handelte davon, eine alte Frau in Lila zu werden und sein Geld für Fusel und schicke Sandalen zum Fenster hinauszuwerfen. Fast konnte ich sie kichern hören, so ein helles, vogelähnliches Lachen. Sie fehlte mir.

Rasch schlug ich das Buch zu, als Mr Harrisons Schritte auf dem Parkett im Flur ertönten. Ich hätte doch die Bücher zusammensuchen sollen, die ich haben wollte, und hatte noch nicht einmal nachgeguckt, ob es hier irgendetwas gab, was den Kindern helfen könnte. Harley hatte etwas davon gesagt, dass sie gerade Dichter aus dem Ersten Weltkrieg durchnahmen, und immer wieder mal mit irgendwelchen Rupert-Brooke-Versen aufgewartet. Ich suchte auf dem untersten Bord nach der Brooke-Anthologie der Professorin. Und Shakespeare, bestimmt würden sie doch Shakespeare lernen. Eilig fing ich an, die Tragödien herauszuziehen, dann die Komödien, und verspürte einen Anflug von Panik. Die Auswahl war einfach zu groß. Ich wollte doch nicht gierig erscheinen. Aber ich konnte auch den Gedanken nicht ertragen, dass diese wunderschönen Bücher in Kartons verpackt wurden und auf irgendeinem spinnenverseuchten Dachboden vergammelten.

Ich drehte mich um, als Mr Harrison hereinkam. »Entschuldigen Sie, ich bin noch nicht ganz fertig. Dauert nicht mehr lange. Haben Sie's eilig?«

»Nein, überhaupt nicht. Die Professorin hat das hier für Sie hinterlassen.« Er hielt einen DIN-A4-Umschlag hoch.

»Für mich?« Ich nahm den Umschlag. »Amaia Etxeleku. Bitte am Ende des 1. Stirling-Hall-Trimesters öffnen« stand in ihrer Alte-Damen-Handschrift darauf. Ordentliche, fließende Buchstaben.

»Wo haben Sie den gefunden?« Irgendetwas in mir wich langsam zurück. Diese ganze Nummer, dass Menschen aus dem Reich der Toten zu einem sprechen, das machte mir Angst.

»Er war im Safe.«

»Hier?«

»Ja. Sie hat eine Kopie an die Kanzlei geschickt, ein paar Tage vor ihrem Tod. Und Sie hat sehr deutlich gemacht, dass Sie die aus dem Safe bekommen sollen.« Mr Harrison hatte wieder diese ausdruckslose Miene aufgesetzt, ganz »Nichts Böses sehen, nichts Böses hören, nichts Böses sagen«. Ich fragte mich, wie oft er schon still und leise Hinterlassenschaften an Geliebte geregelt hatte, ohne dass die Ehefrau jemals davon erfuhr.

»Wissen Sie, was da drin ist?«

»Als Testamentsvollstrecker habe ich in sämtliche Dokumente von Professor Stainton Einblick genommen, während ich mich um den Nachlass gekümmert habe.« Er würde mir keinerlei Hinweise geben.

Ich kippte den Umschlag und spürte, wie etwas Schwereres als ein Brief ans andere Ende rutschte.

Meine Finger waren ganz unbeholfen und zerrissen den Umschlag, als ich ihn öffnete. Ein Haufen Fotos, manche schwarz-weiß, manche in Farbe, fiel zu Boden. Ich kniete mich hin, um sie aufzusammeln. Die Professorin, mit Dominic als Baby in so einem riesigen altmodischen Kinderwagen. Dominic und ein umwerfend hübsches dunkelhaariges Mädchen vor, war das Big Ben? Sie sah aus wie eine Ausländerin, doch da war ein Londoner Bus im Hintergrund zu erkennen. Dasselbe Paar beim Tanzen. Dominic sah im Dinnerjackett wirklich gut aus. Die Frau trug ein leuchtend rotes Neckholder-Maxikleid, ein bisschen wie das, das Mum gehabt hatte, als ich klein war.

Mein Blick fiel auf ihre langen Ohrringe aus Gold und Jade. Die waren mir sehr vertraut. Das *war* Mum.

»Was läuft hier? Das ist meine Mutter da auf dem Foto. Mit dem Sohn der Professorin.«

»Warum setzen Sie sich nicht hin und lesen den Brief? Er wird das alles erklären. Soll ich hierbleiben? Oder möchten Sie lieber allein sein? Mir macht es wirklich nichts aus.«

»Ich glaube, ich wäre lieber allein.« Ich konnte den Blick nicht von dem Foto abwenden, auf dem die beiden tanzten. Sie passten zusammen, als wären sie irgendwie miteinander verschmolzen, die Chemie zwischen ihnen vibrierte geradezu in dem steifen kleinen Polaroidfoto.

Mr Harrison steckte einen Stift in die Innentasche seines Jacketts und deutete mit einem Kopfnicken auf seinen Wagen vor dem Fenster. »Ich warte draußen.«

Fahrig griff ich mit zwei linken Händen nach den Fotos auf dem Boden. Ich stapelte sie auf dem Beistelltischchen der Professorin, legte behutsam ihre Brille zur Seite und setzte mich dann in den Sessel. In dem hatte ich noch nie gesessen. Es fühlte sich falsch an. Aber nicht so falsch, wie dass dieser verflixte Brief von der Professorin mehrere Monate nach ihrem Tod plötzlich auftauchte. Rasch blätterte ich die

Fotos durch, bis ich eins von Mum fand, das dunkle Haar zu einem hübschen Knoten hochgesteckt, wie ein Filmstar aus den Fünfzigerjahren. Ich legte es zur Seite. Dann zog ich den Brief heraus und sah verblüfft, dass er mehrere Seiten lang war. Büttenpapier. Natürlich.

Liebe Amaia,
dies hier wird zweifellos ein Schock für Dich sein, aber wenn Du genug Zeit hattest, um all diese Informationen zu verarbeiten, wirst Du hoffentlich die Ereignisse besser verstehen können, die zu diesem Brief geführt haben. Ich muss mich nach Kräften bemühen, mich so klar wie möglich auszudrücken, da es nicht meine Absicht ist, Dir unbeantwortete Fragen zu hinterlassen, wie schmerzlich die Wahrheit auch für Dich sein mag. Zu diesem Zweck muss ich ganz am Anfang beginnen.

Mein Sohn Dominic hat Deine Mutter Josune kennengelernt, bevor Du geboren warst, als sie als Haushälterin für die Familie Watson gearbeitet hat. Er war mit Robert Watson auf dieselbe Schule gegangen, und die beiden waren sehr gute Freunde. Um es kurz zu machen, Dominic hat sich in Deine Mutter verliebt. Ich glaube, sie hat ihm zuerst ziemlich die kalte Schulter gezeigt – sie war drei Jahre älter als er und so ein stolzer Mensch. Nie hat sie jemanden für irgendetwas zahlen lassen, obwohl sie eindeutig nicht wohlhabend war. Dominic hat sich nicht beirren lassen. Er war einundzwanzig und in seinem letzten Studienjahr in Cambridge. Er fing an, jedes Wochenende nach Hause zu kommen, und hat zusammen mit Josune Roberts kleinen Bruder gehütet, anstatt mit seinen Freunden auszugehen. Er war völlig betört von ihr.

Als er sein Wirtschaftsstudium abgeschlossen und eine

Anstellung in einer Bank in London gefunden hatte, da dachten wir wohl, Dominic würde ein Mädchen aus der Stadt kennenlernen und Josune vergessen. Stattdessen hat er uns mitgeteilt, dass er Deine Mutter heiraten wolle. Ich glaube, das war zwei Jahre später (inzwischen ist das alles so lange her), jedenfalls nachdem er in der Bank befördert worden war. Ich muss aufrichtig sein, ich mochte Deine Mutter sehr gern, und auch wenn sie nicht das war, was ich mir vorgestellt hatte, wenn ich mir eine Schwiegertochter ausgemalt habe, konnte ich doch sehen, wie glücklich die beiden waren. Sie hatte ein gutes Herz. Ich habe sie sehr bewundert. Sie war so eine tüchtige Frau, hat sich nach England durchgeschlagen und sich dort ein Leben aufgebaut.

Ich schäme mich, diesen nächsten Absatz niederzuschreiben, weil ich weiß, dass es Dir wehtun wird. Ich verlange schrecklich viel von Dir, aber Du musst bedenken, dass sich das alles vor fast vier Jahrzehnten zugetragen hat, und das waren andere Zeiten damals. Mein Mann Herbert fand, Dominic könne eine bessere Partie machen. Er mochte Josune, aber er war schon immer ein bisschen xenophob gewesen. Er war ein guter Mensch, aber sein Horizont war begrenzt. Er war jahrelang Bankmanager gewesen, alle, die er kannte, alle Menschen, mit denen wir gesellschaftlichen Umgang pflegten, waren Engländer, weiß und aus der Mittelschicht. Es war für ihn so gut wie unnötig, sich im wahren Leben mit irgendetwas anderem zu befassen. Deine Mutter war so überschwänglich, so enthusiastisch und gesellig. Ich glaube, er hatte fast Angst vor ihr. Er hat sich immer im Wohnzimmer hinter den Sessel gestellt, wenn Josune hereinkam, bis er absolut sicher war, dass sie nicht versuchen würde, ihn zu küssen.

Jedenfalls hat er über seine Kontakte dafür gesorgt, dass

Dominic an die Commonwealth Bank in Sydney versetzt wurde. Dominic war wütend und hat sich geweigert – Australien war am anderen Ende der Welt, ein Ort, wohin Menschen ausgewandert sind und ihre Familie vor ihrem Tod nur ein oder zwei Mal wiedergesehen haben. Damals haben die Leute keine »Auszeit« genommen. Es war, als würde man auf den Mond geschickt. Aber Herbert hat widersprochen, hat gedroht und ihn beschwatzt, bis er Dominic schließlich überredet hatte, die Stelle für ein Jahr anzunehmen. Wenn er Josune dann immer noch heiraten wolle, hätte er unseren Segen, hat Herbert gesagt.

Ich brauche Dir nicht zu sagen, dass Josune am Boden zerstört war. Sie war klug – ganz egal, was wir gesagt haben, von wegen, sie wären zu jung oder dass Dominic doch erst ein wenig Erfahrung sammeln oder ein bisschen von der Welt sehen müsse, sie wusste, dass wir, oder vielmehr Herbert (und ich war zu schwach, gegen ihn aufzubegehren), sie nicht als Schwiegertochter wollten und hofften, dass die Liebe durch die Entfernung alles andere tun würde, als zu wachsen. Und sie fühlte sich von Dominic verraten, weil er sich uns nicht widersetzt hat. Sie hat sich geweigert, zum Flughafen zu kommen und sich von ihm zu verabschieden, aber ich weiß, dass sie ihm jede Woche geschrieben hat, als er dort war, ihre Briefe wurden uns nämlich zusammen mit seinen Habseligkeiten zugeschickt. Dominic seinerseits hat nie aufgehört, in seinen Briefen von Josune zu sprechen, immer hat er gefragt, ob wir sie gesehen hätten. Sie hat keinerlei Kontakt zu uns haben wollen, wir hatten sie gedemütigt, und sie hat uns niemals verziehen.

Ich rieb mir die Augen. Mum hatte in ihrem Leben um alles kämpfen müssen. Vielleicht war sie deshalb jung gestorben – es war nichts mehr da gewesen, um die größte Schlacht von allen zu schlagen, die gegen den Krebs. Ich wünschte, sie wäre hier, um mir das alles zu erklären. Das klang ganz nach ihr, nicht mit ihnen zu reden. Ich konnte sie mir vorstellen: »Die denken, ich bin nicht gut genug für ihren Sohn, also sind sie nicht gut genug für mich. Also rede ich nicht mit ihnen. Ganz einfach.« In solchen Dingen gab es für sie nur Schwarz oder Weiß. Das war so typisch, dass ich beinahe lächeln musste. Ich atmete tief durch und blätterte zur nächsten Seite.

Er war erst fünf Monate dort, als wir einen Anruf bekamen, dass er bei einem Autounfall ums Leben gekommen wäre. Ein vollkommen banaler Verkehrsunfall – jemand hatte sich beim Überholen verschätzt, und Dominic war der Leidtragende. Am 28. August 1977 hat sein Vorgesetzter uns um elf Uhr abends aus der Bank heraus angerufen. Ich weiß noch, wie wir uns ständig gegenseitig ins Wort gefallen sind, wegen der Zeitverzögerung beim Telefonieren. Auch jetzt, sechsunddreißig Jahre später, kann ich nicht daran denken, ohne mir vorzustellen, wie die Worte von der anderen Seite der Welt kommen und ganz kurz innehalten und wie mein Leben den Bruchteil einer Sekunde noch so ist wie früher, ehe sie bei mir ankommen.

Die Schrift wurde größer und unordentlicher, als koste die Anstrengung, das alles zu Papier zu bringen, der armen alten Professorin alle Lebenskraft. Ich war ganz durcheinander. Rasch schaute ich zu Mr Harrisons Jaguar hinaus. Er saß auf dem Fahrersitz und las den *Daily Telegraph*, blätterte um, während alles, was in meinem Leben wichtig war, in einen Mixer geschmissen wurde. Die Farbe der Tinte wechselte von Schwarz zu Blau, als hätte die Professorin eine Pause gemacht und eine Weile später weitergeschrieben.

Am nächsten Tag bin ich zu Deiner Mutter gegangen. Meine Erinnerung an die Begegnung mag ungerecht sein, da sie durch meine eigenen unbeschreiblichen Gefühle getrübt ist. Alles, woran ich mich erinnere, ist, wie sie mit dem Finger auf mich gezeigt hat. Sie trug knallroten Nagellack, der anscheinend nie abgeblättert ist, ganz gleich, wie viel sie im Haus gearbeitet hat. Immer wieder hat sie gesagt: »Tiene usted la culpa, tiene usted la culpa. Sie sind schuld. Sie. Sie. Ihre Schuld!« Und wie sie geheult hat, geheult wie ein Wesen, das grauenvolle Schmerzen leidet. Es hat sich richtig wild angehört. Deine Mutter war sehr zierlich, sehr schlank, aber als sie aufgestanden ist und die Hände in die Hüften gestemmt hat, habe ich gesehen, dass sie schwanger war. Ich habe gewusst, dass es Dominics Baby war, natürlich habe ich es gewusst, aber der Kummer hat mich unbeholfen gemacht, und ich habe den Fehler gemacht, sie zu fragen, ob das Kind von ihm sei. Ich habe Trost gesucht, nach einem winzigen Schimmer von etwas anderem als völliger Verzweiflung, woran ich mich hätte klammern können. Ich war Deiner Mutter nicht gewachsen, sie hat mich mit Gewalt aus der Tür gedrängt.

Du hast gesagt, Du weißt nicht, wer Dein Vater ist. Seit Du angefangen hast, für mich zu arbeiten, sind sämtliche Zweifel, die ich gehegt habe, längst verschwunden. Wie Du die linke Augenbraue hochziehst, wenn Du verwirrt bist, das ist Dominic, wie er leibt und lebt. Wie Du Dir beim Lesen das Haar um den Zeigefinger zwirbelst. Deine scharfe Beobachtungsgabe, wenn es um die Natur der Menschen geht. Deine Liebe zur Sprache, zum Klang der Worte. Während ich dies schreibe, überlege ich, ob es fair ist, Dich jetzt mit diesem Wissen zu belasten, wenn diejenigen, die Dir helfen können zu verstehen, nicht mehr da sind – ich, Deine Mutter, Dominic, sogar Herbert. Wie sehr ich mir wünsche, Dominic hätte Dich kennengelernt. Ich weiß, er wäre unendlich, unermesslich stolz auf die wunderbare junge Frau gewesen, die Du jetzt bist, und natürlich auf Deine Kinder.

Ich hatte einen Vater. Ich hatte einen Dad. Die Leerstelle auf meiner Geburtsurkunde hieß Dominic Stainton. Ich hatte einen Dad mit einem englischen Nachnamen. Stainton. Wie einen Kirschkern rollte ich den Namen auf der Zunge herum. Amaia Stainton. Fürchterlich korrekt. Die Tatsache, dass ich aus Liebe entstanden war und nicht aus Gewalt, wie Mums verkniffenes Schweigen mich glauben gemacht hatte, warf mich schier um.

Ich griff nach dem Foto von ihm im Abendanzug und betrachtete eingehend sein Gesicht. Irgendwie kam ich mir Mum gegenüber illoyal vor, aber ich wollte mich selbst dort sehen. Ich studierte jede Einzelheit. Der Mund vielleicht, diese vollen Lippen. Mums Lippen waren schmaler, weniger geschwungen. Es war schwer zu sagen. Er hatte große Ähnlichkeit mit Bronte, diese weit auseinanderliegenden Augen mit den langen Wimpern. Das da war mein Dad, dort auf diesem Foto, real und greifbar, nicht nur der Rockstar/James Bond aus meiner Fantasie. Ich las weiter, zwang mich, keine Zeile zu überspringen oder gleich zur letzten Seite umzublättern.

Bestimmt fragst Du Dich, warum, warum in Gottes Namen ich nicht schon vor meinem Tod etwas gesagt habe. Natürlich wollte ich das tun. Ich hatte mir vorgenommen, dass ich es Dir sagen würde, wenn ich Dich erst ein bisschen bes-

ser kannte und das Gefühl hätte, dass Du mir vertraust. Wie stets bei solchen Dingen hat sich der perfekte Augenblick noch immer nicht eingestellt, und ich glaube, er wird es auch nie tun. Ich habe nicht mehr lange zu leben, mein Herz macht allmählich schlapp, und ich habe keine Kraft mehr zu kämpfen. Man kann also sagen, dass es mir an Mut fehlt. Doch meine Angst ist, dass Du, nachdem ich Dich gefunden habe, Dich ebenfalls von mir abwenden wirst, wenn Du die ganze Geschichte kennst.

Ihre Zeilen, am Anfang der Seite noch sauber und gerade, kippten schräg nach unten weg. Ich konnte den Gedanken nicht ertragen, wie schwer es ihr gefallen sein musste, dies hier zu schreiben, all diese schrecklichen Gefühle von damals nach so langer Zeit wieder hervorzuzerren.

Nachdem Deine Mutter mich hinausgeworfen hatte, habe ich immer wieder versucht, Kontakt zu ihr aufzunehmen, ich weiß gar nicht, wie oft. Sie hat sich geweigert, mich zu empfangen oder meine Anrufe entgegenzunehmen. Alle Briefe kamen ungeöffnet zurück. Ich wollte ihr Geld anbieten, das Gartenhaus, Gott weiß es, ich wollte für sie sorgen. Aber sie hat sich so vehement an ihre Wut geklammert, an ihren Hass. Ich bin nicht zu ihr durchgedrungen.

Die Watsons mochten Deine Mutter sehr gern und haben sie behalten, nachdem Du geboren worden warst. Mrs Watson hatte drei Söhne, und ich glaube, sie war recht froh, nach all dieser Zeit ein kleines Mädchen verwöhnen zu können. Was andere Leute denken, hat sie nie groß gekümmert, auch wenn uneheliche Kinder in den Siebzigern noch immer als anstößig galten. Mir ist klar, wie egoistisch sich das anhören muss, aber es hat mir schrecklich wehgetan, dass Mrs Wat-

son Dich jeden Tag sehen durfte und ich nicht. Josune hat einige Jahre bei den Watsons gelebt, ich weiß nicht mehr, wie viele, bevor sie die Sozialwohnung in der Nähe der Grünanlage bekommen hat. Als Du in die Schule gekommen bist, habe ich den Hund immer dann ausgeführt, wenn gerade Pause war, so dass ich Dir durch den Zaun hindurch zusehen konnte. Heutzutage würde ich dafür wahrscheinlich verhaftet werden.

Ich bin Deiner Mutter einmal zufällig in der Stadt begegnet, als Du ungefähr acht warst, ein hinreißendes kleines Ding mit blanken, leuchtenden Augen und voller Neugier. Deine Mutter hat Dich eilig von mir weggezerrt, als hätte ich irgendeine ansteckende Krankheit. Ich glaube, dieser letzte Zwischenfall hat schließlich jegliche Gegenwehr ausgelöscht, zu der ich noch fähig war. Ich wusste, sie würde mir niemals verzeihen.

Ich forschte in meinem Gedächtnis, doch ich konnte mich nicht an diese Begegnung erinnern. Verzeihen war nie Mums starke Seite gewesen. Ich bemühte mich, von Professor Stainton, der eleganten Dame, für die ich geputzt hatte, auf meine Großmutter Rose umzuschwenken. Hilfloser Zorn tobte in alle Richtungen. Auf meine Mutter, weil sie so verdammt stur gewesen war. Auf Herbert, weil er Dominic nach Australien geschickt hatte. Auf Rose, weil, ich weiß auch nicht, weil sie nicht über ihrem Earl Grey mit der Wahrheit herausgerückt war.

Ich habe Dich ein paar Mal kurz in der Stadt gesehen, während Du herangewachsen bist, und ich habe mich aus der Ferne über Dich auf dem Laufenden gehalten. Dass Du in die Walldon-Siedlung gezogen bist, wusste ich, weil ich Dich im Telefonbuch gefunden habe. Als du im Supermarkt gearbeitet hast, bin ich immer zu Deiner Kasse gegangen. Herbert war sehr dagegen. Er fand, das wäre doch alles »Schnee von gestern«. Wahrscheinlich hatte er recht, aber ich konnte es einfach nicht lassen. Vielleicht empfindet eine Mutter den Tod eines Kindes stärker als der Vater. Solange ich Dich ab und zu gesehen habe, war ein winziges Stückchen von Dominic für mich noch greifbar.

Als ich die Todesanzeige Deiner Mutter im Surrey Mirror *gesehen habe, hat mich das fast genauso sehr mitgenommen wie damals Dominics Tod. Sie war doch noch so jung, gerade mal sechzig. Ich wollte bei Dir sein, Dich trösten. Damals war es um meine Gesundheit noch etwas besser bestellt. Autofahren konnte ich nicht mehr, aber wenn Herbert Golfspielen gegangen ist, habe ich immer den Bus genommen, in die Stadt und dann zur Walldon-Siedlung. Ich habe Stunden damit zugebracht, vor Deinem Haus auf und ab zu gehen und zu versuchen, den Mut aufzubringen, bei dir zu klingeln. Getan habe ich es nie. Deine Mutter und ich hatten einander genug wehgetan, es erschien mir fast töricht, noch mehr Schmerz zu verursachen.*

Ich konnte mir gar nicht vorstellen, wie die gebrechliche kleine Rose irgendwie die Busfahrt überstand, in der Siedlung ausstieg, sich einen Weg durch die Hundescheiße suchte und nicht auf das Gegröle der Siedlungs-Hooligans achtete. Sie hatte doch immer eine echte Perlenkette getragen – großer Gott, sie konnte von Glück sagen, dass sie nicht ausgeraubt worden war. Warum war sie mir nie aufgefallen?

Und dann war ich eines Tages auf dem Postamt, nicht lange, nachdem Herbert gestorben war, und dort habe ich die

Karte im Fenster gesehen, auf der Deine Dienste als Putzfrau angeboten wurden. Der Name war Etxeleku, Du musstest es sein. Meine Hände waren vor Aufregung so nutzlos, dass ich die junge Frau am Schalter bitten musste, mir die Telefonnummer aufzuschreiben.

Ich erinnerte mich daran, wie Rose mich angerufen hatte. Ich hatte sofort zugegriffen, weil sie mir fünfzehn Pfund die Stunde angeboten hatte – »Ich bin bereit, mehr als üblich zu zahlen, weil ich zwischendurch nicht selbst putzen kann.« Das war meine bestbezahlte Stelle gewesen, Dienstag und Donnerstag je sechs Stunden. Sie hatte mich immer gebeten, eine Kanne Earl Grey zu machen, und mich dann aufgefordert, mich doch zu ihr zu setzen. So richtig entspannen konnte ich mich dabei nie, denn ich hätte doch staubsaugen sollen, statt ihre Sahnewaffeln zu futtern, die ständig mit dem Lieferservice von Fortnum & Mason kamen. Für eine alte Schachtel, die aussah, als könne ein ordentlicher Windstoß sie in der Mitte durchbrechen, konnte sie ganz schön neugierig sein. »Also, Ihr junger Mann, Colin, was macht der beruflich?«

»Behalten Sie auch ein bisschen Geld für sich, Liebes?«

»Hat Ihre Mutter denn jemals über Ihren Vater gesprochen?«

Ich lehnte mich in dem Sessel zurück. Sie hätte es mir doch sagen können. Es hatte bei unseren Gesprächen so viele Gelegenheiten gegeben. Wütend drosch ich auf die Armlehne ein. Staub wölkte empor. Hier musste mal anständig sauber gemacht werden. Derjenige, der das Haus kaufte, würde wohl die ganzen schönen alten Möbel rausschmeißen. Na ja, ich fand sie schön. Vieles davon war ein bisschen abgenutzt, aber gemütlich und in Würde gealtert, und nicht einfach nur von schlechter Qualität.

Ich fand es so schön, wenn Du zum Putzen gekommen bist. Du hast mir wirklich geholfen, die ersten Witwenjahre zu überstehen, ich fand es unglaublich tröstlich, meine »anderen« Verwandten um mich zu haben. Besonders auf die Ferien habe ich mich immer gefreut, wenn Du Bronte und Harley mitgebracht hast. Ich hatte jegliche Mutterliebe verdrängt und stattdessen alles in meine Karriere investiert. Dich und die Kinder in meiner Nähe zu haben, hat anscheinend etwas in mir geweckt – ich war alt, aber auch wieder jung. Durch Harley und Bronte hatte ich das Gefühl, dass ich ein wenig von der Zeit zurückbekommen habe, die ich während Deiner Kindheit und Jugend verloren hatte. In Harley habe ich so viel von Dominic gesehen, ganz ähnliche Verhaltensweisen, sogar eine Art, sich auszudrücken. Und Bronte sieht ihm natürlich sehr ähnlich.

Die Schrift wurde blasser, schwerer zu entziffern.

Ich habe nicht mehr viel Zeit, obwohl ich ja hoffe, dass ich diese Weihnachten noch erlebe, oder wenigstens noch ein paar Dienstage und Donnerstage. Wie dem auch sei, wenn Du dies hier liest, dann, weil ich tot bin und die Kinder ein Trimester in Stirling Hall absolviert haben. Ich hoffe, Du erkennst die Vorteile der Schule, obgleich ich mir ganz sicher bin, dass Du einiges an Opfern bringen musstest, um sie dort zu halten. Ich weiß, dass das Geld in Deinem Haushalt immer knapp war, und ich nehme an, die laufenden Kosten einer Privatschule haben eine zusätzliche Dauerbelastung dargestellt. Es war nicht meine Absicht, noch mehr Stress für Dich zu schaffen. Ich hatte ganz einfach das Gefühl, wenn ich Dir einen Geldbetrag hinterlasse, bevor Du den Wert, den eine schulische Ausbildung in Stirling Hall für Deine Kinder hat, selbst erlebt und erkannt hast, dann hätte Colin sich vielleicht Geld angeeignet – und möglicherweise verspielt –, das dafür gedacht war, Deinen Kindern den bestmöglichen Start ins Leben zu ermöglichen.

Es war seltsam, sauer auf eine Tote zu sein. Rose hatte mir nicht zugetraut, dafür zu sorgen, dass Colin das Geld nicht in seine verschwitzten Pfoten bekam, dass die Kinder in Stirling Hall bleiben konnten. Groll durchzuckte mich. Daran, wie ich mit den Zähnen mahlte, merkte ich, dass Rose mir da etwas mitgeteilt hatte, was ich nicht hören wollte. Nämlich die Wahrheit. Vielleicht hätte ich mich wirklich für sechs Wochen nach Korfu in die Sonne abgesetzt, oder ich hätte mich von Colin mitreißen lassen und ein schickes Auto gekauft. Diese Maia kam mir jetzt vor wie ein anderer Mensch.

Ich bin sicher, dass ein einziges Trimester in Stirling Hall signifikante Änderungen im Leben von euch allen bewirkt haben wird. Ich hoffe, ich baue darauf, dass die Erfahrung zu erleben, wie Deine Kinder ihr Potenzial verwirklichen, Dich dazu inspiriert, Deine eigenen Prioritäten zu überdenken. Aus diesem Grund hinterlasse ich Dir meine gesamten Vermögenswerte, was Dir zumindest die Möglichkeit eröffnen sollte, Dich selbst weiterzubilden. Wenn Du dies hier zu Ende gelesen hast, dürfte Mr Harrison die Testamentsvollstreckung abgeschlossen haben, und Du solltest imstande sein, Dein neues Leben mit einem Minimum an Verzögerung zu beginnen.

Amaia, das Leben ist kostbar. Mach das Beste daraus. Ich vertraue voll und ganz darauf, dass Du das tun wirst.

In Liebe,
Deine Großmutter Rose

Ich las die letzten paar Zeilen noch einmal. Mein Herz pochte so schnell, dass ich unwillkürlich dachte, ich würde vielleicht gerade einen Herzinfarkt erleiden, so wie meine Großmama, während Mr Harrison draußen saß und an seinem Sudoku-Rätsel herumbastelte. Meine schweißfeuchten Finger hinterließen feuchte Knicke in dem Briefpapier. Sie konnte damit doch unmöglich meinen, dass das Haus mir gehörte? Aber Vermögenswerte, dazu gehörte doch auch das Haus, oder? Maia Etxeleku, Hausherrin in einer Riesenvilla? Butler? Tee, bitte. Die Bücher. Die gehörten alle mir. Sieben Schlafzimmer. Meine. Obstgarten mit Apfelbäumen. Mein Eigentum. Käsemesser. Ich hatte immer schon ein Käsemesser haben wollen. Nie wieder würde ich dem Brie die Nase abschneiden. Nicht eine Treppe, sondern zwei. Alles, absolut alles meins. Harley und Bronte würden sich vor Freude überschlagen. Sie würden alles tun können, was sie wollten, in die Oberstufe von Stirling Hall wechseln, auf Rugby-Tour nach Südafrika reisen, die Studienreise in Politische Weltkunde in die USA mitmachen, sogar die »Tropische Ökosystem«-Fahrt nach Belize, Herrgott noch mal.

Und ich würde es genießen, es Colin mitzuteilen. Riesenvilla, meine. Sozialamt-Reihenhaus und Sandy, deins.

Kapitel 36

Ich konnte es nicht fassen. Mr Harrison hatte mich in höchst zufriedenem Tonfall davon in Kenntnis gesetzt, dass er in den Monaten seit dem Tod der Professorin – meiner Großmutter – sämtliche juristischen Formalitäten abgeschlossen hatte und das Erbe nunmehr mir gehöre, »sobald Sie so weit sind«.

Merkwürdigerweise empfand ich keinerlei Verlangen nach weiteren Verzögerungen. Die nächsten fünf Tage allerdings, bis das Trimester endete, fuhr ich wie gewöhnlich zur Arbeit. Jetzt, wo ich es nicht mehr nötig hatte, machte es mir nicht mehr so viel aus. Ich verlor kein Sterbenswörtchen über das Ganze, keinem Menschen gegenüber. Fast hätte ich mich verraten, als ich sechzig Pfund hinblätterte, damit Harley einen Schulausflug nach Frankreich mitmachen konnte, um die Schlachtfelder des Ersten Weltkriegs zu besichtigen. Das entzückte Staunen auf seinem Gesicht erfüllte mich mit einer Freude, die meine Füße ganz leicht werden ließ. Viele Male hätte ich fast die Katze aus dem Sack gelassen, doch ich wollte die Osterferien abwarten, damit wir uns an unser neues, nicht vom Staat unterstütztes Dasein gewöhnen konnten, ohne dass alle Welt über uns flüsterte.

Am letzten Schultag brachte ich die Kinder früher als sonst zur Schule. Der Kastenwagen hatte einen Husten bekommen, bei dem jedes Mal eine schwarze Rauchwolke aus dem Auspuff quoll, wenn ich in den dritten Gang schaltete. In dem Wissen, dass ich losziehen und mir einen Lamborghini kaufen könnte, wenn mir der Sinn danach stand, winkte ich Jeni zu, als sie einen übertrieben großen Bogen um uns machte. Als ich an den Empfang trat, drückte ich auf die Klingel, anstatt mich auf der anderen Seite der Glasscheibe herumzudrücken und zu hoffen, dass irgendjemand mich bemerkte. Ich konnte den Flur bis zu Mr Peters' Büro entlangblicken und wünschte mir mit aller Kraft, dass die Tür aufging. Ich wünschte mir mit aller Kraft, dass die Tür zublieb. Mein Herz machte jedes Mal einen Satz, wenn ich Schritte hörte, und sackte dann wieder ab, wenn ein falsches Gesicht in Sicht kam.

Felicity kam geschäftig herausgewuselt. »Guten Morgen, Miss Etxeleku, was kann ich für Sie tun?«

Ich überlegte, ob sie wohl jemals ohne so ein kleines Klemmbrett unterwegs war. »Ich wollte Sie wissen lassen, dass sich die Lage geändert hat. Die Kinder bleiben auch nach dem nächsten Trimester in Stirling Hall.«

»Ich schau nur schnell mal nach, Miss Etxeleku, ich glaube nicht, dass Ihre Plätze schon anderweitig vergeben worden sind. Einen Moment bitte.« Sie zog einen großen Ordner aus dem Regal und fing an, die Seiten durchzublättern, den gespitzten Bleistift im Anschlag. Ich war gar nicht auf die Idee gekommen, dass es vielleicht keinen Platz mehr für die beiden geben könnte, obwohl ich jetzt in der Lage war, ihr säckeweise Kohle auf den Schreibtisch zu knallen. Wenn sie jetzt sagte, die zwei müssten trotzdem gehen, dann würde ich am Ende vielleicht noch durch die Glasscheibe stürmen wie ein Nashorn mit einem Pfeil im Hintern, brüllend und alles aufspießend, was mir in die Quere kam.

Felicity kritzelte irgendetwas in ihre Akte. Ich balancierte auf Zehenspitzen, um zu sehen, was sie da schrieb.

Sie blickte auf. »Wunderbar. Fertig. Zum Glück hatten wir noch keine Zeit, die Plätze neu zu vergeben, weil so viel zu tun war. Auf der Warteliste für Brontes Klasse stehen sechs Anwärter und auf der für Harleys drei.«

Offenbar war Felicity der Meinung, dass ich dankbar dafür sein sollte, dass ich vierundzwanzigtausend Pfund im Jahr in Stirling Hall ausgeben durfte. War ich auch. Fantastisch, ekstatisch, gewaltig, ungeheuer, wunderbar dankbar dafür, dass ich in dem riesigen Misthaufen all der Dinge, die ich falsch gemacht hatte, eines richtig hinbekommen hatte.

»Außerdem muss ich Ihnen unsere neue Adresse geben. Wir ziehen heute um.« Sobald ich die Worte »Gatsby, Stamford Avenue« ausgesprochen hatte, legte sie das Gesicht in Falten, als bemühe sie sich, einen Immigranten mit ganz besonders heftigem Akzent zu verstehen. Ich würde es nie leid werden, »SD2« zu sagen. Oder die verdutzte Miene zu sehen, wenn die Leute begriffen, dass Maia Etxeleku, Kloputzerin, Kastenwagenfahrerin, Trainingsanzugträgerin, in einer – wie hatte Mr Harrison noch mal gesagt? – in einer der hochwertigsten Straßen von ganz Sandbury wohnte. Ich ignorierte den natürlichen Drang zu erklären, wie ich dort hingekommen war. Stattdessen lächelte ich ihr ins verdatterte Gesicht, dann bückte ich mich und tat so, als schnüre ich meinen Turnschuh zu. Ich wollte nicht gehen, ohne Mr Peters gesehen zu haben, und wenn es mir auch nur die Gelegenheit verschaffte, ihn links liegen zu lassen, aber ich konnte nicht länger hier herumhängen, ohne dass Felicity misstrauisch wurde. Vielleicht hatte er sich ja schon auf diese neue Schule abgesetzt. Vielleicht liebkoste er gerade jetzt

Serenas Gesicht ebenso zart, wie er meins berührte hatte. Erst gestern Abend hatte ich Tennysons Gedicht *In Memoriam* gelesen und versucht, mir einzureden, dass geliebt und verloren zu haben wirklich besser war, als niemals geliebt zu haben. Ich musste endlich erwachsen werden und aufhören, immer das ganze Märchen zu wollen. Die Professorin hatte doch bereits die Rolle des Ritters in strahlender Rüstung übernommen. Eine prächtige Zukunft für meine Kinder, das reichte als Märchen vollauf.

Ich fuhr zu meinem alten Zuhause zurück und versuchte, das Gefühl loszuwerden, dass Mr Peters sich in seinem Büro versteckt und auf die Meldung gewartet hatte, dass ich das Schulgebäude verlassen hatte.

Als ich vor dem Haus hielt, fielen mir zum ersten Mal die hässlichen viereckigen Fenster mit den vergilbenden Kunststoffrahmen auf. Fenster waren für mich immer eine Barriere gegen Einbrecher gewesen, keine Kunstwerke. Ich ging hinein und fing oben an, marschierte von Zimmer zu Zimmer und hielt Ausschau nach allem, was ich nicht zurücklassen konnte. Eine kleine Puppe in traditioneller baskischer Tracht saß auf Brontes Kommode. Ich hob sie auf. Die hatte Mum ihr geschenkt. Danach griff ich mir Gordon Gorilla, stopfte Harleys *Top-Gear*-Jahreshefte in eine Plastiktüte und nahm die hässlichen Papageien-Buchstützen der Professorin mit. In der Tür meines Schlafzimmers blieb ich stehen. Ich wollte nichts haben, das mich an Colin erinnerte. Überhaupt nichts. Also zog ich meinen Freundschaftsring ab – das, was bei ihm einer romantischen Geste am nächsten gekommen war – und ließ ihn auf dem Nachttisch liegen. Er konnte ihn ja bei Sandy wiederverwerten.

Das Wohnzimmer betrat ich gar nicht erst. Ich hatte nicht vor, schäbige alte Sessel von der Haustür zum Wagen zu schleppen. Es reichte. Alles, was ich brauchte, würde ich mir kaufen. Ich fand es toll, wie arrogant sich das anhörte.

Auf der Schwelle blieb ich kurz stehen und sagte laut Lebewohl in den Flur hinein, dann knallte ich die Tür zu. Jetzt war nur noch eins zu erledigen, bevor es an der Zeit war, nach dem ersten Akt von »Maia Etxeleku« den Vorhang fallen zu lassen. Ich klopfte an Sandys Tür. Als sie sah, dass ich es war, trat sie einen Schritt vorwärts und reckte das Kinn vor. »Was is 'n?« Sie rotzte ein verschleimtes Husten hervor, ohne sich die Mühe zu machen, die Hand vor den Mund zu halten.

»Ist Colin da?«

»Col, es is' Maia«, schrie sie nach hinten ins Haus.

Er erschien im Flur, unrasiert und mit einem dicken Ketchup-Klumpen auf dem T-Shirt. Auch er machte nicht viele Worte. »Ja?«

Großer Gott. Wo war all die Liebe geblieben? Wie viele Leute liefen auf der Welt herum, sahen die Menschen an, die sie früher mal geküsst hatten, mit Zunge und allem Drum und Dran, und dachten bei sich: »Du schmuddelige, hängebackige Kröte, fass mich ja nicht an, sonst schrei ich«? Seitlich am Hals hatte er einen feisten Eiterpickel. Nie wieder würde ich jemanden küssen können, der nicht so gut roch wie Mr Peters.

Ich hielt ihm die Hausschlüssel hin. »Gute Neuigkeiten. Ich ziehe aus. Du kannst das Haus haben – frag mal beim Sozialamt nach, was ich tun muss, um es auf dich zu übertragen. Ruf an, wenn du die Kinder sehen willst.«

Sein Mund klappte ein wenig auf. Ich konnte sehen, wie sein Gehirn gegen die bekiffte Trägheit ankämpfte. Wäre Colin ein Auto gewesen, wären jetzt Fehlzündungen zu hören gewesen. »Wo ziehste 'n hin?«

»Stamford Avenue.«

Er plierte mich an, als bräuchte er eine Brille. »Stamford Avenue? Wie, haste da 'n Job als Haushälterin?«

»Nein. Ich hab da ein Haus. Die Professorin, die letzten Herbst gestorben ist? Sie hat mir ihr Haus vererbt. Also ziehen wir da heute hin.«

Ich blieb gerade lange genug stehen, um zuzusehen, wie die ersten Tröpfchen des Begreifens durchsickerten. So, wie ich Colin kannte, würde er gleich anfangen, mächtig zurückzurudern, jetzt, wo ein lebenslanger Freifahrtschein auf dem Tisch lag.

»Wann haste 'n das rausgefunden? Und wieso hast'n mir das nich' gesagt?« Empörung waberte über sein Gesicht.

Ich hatte keine Lust, irgendetwas zu erklären. Verhasste Jobs aufzugeben war mir schon schwerer gefallen als das hier. Neunzehn Jahre, und alles, woran ich denken konnte, war, ob ich noch Zeit hatte, schnell zum Gartencenter zu fahren und Erbsensamen zu kaufen, bevor ich mittags die Kinder abholen ging.

»Mach's gut, Colin. Ich grüß die Kinder von dir.«

Damit ließ ich ihn grunzend und stammelnd stehen, direkt neben dem Haus, in dem ich über zehn Jahre gewohnt hatte, und sprang ohne das leiseste Bedauern in den Kastenwagen, als wäre ich ein Flugzeug in einer Warteschleife gewesen, das nur darauf gewartet hatte, am richtigen Zielort aufzusetzen.

Manche Abschiede erwiesen sich als leichter als andere.

Kapitel 37

Ein kleiner, aufgeregter Freudenquietscher vibrierte in meiner Kehle, als ich vor der Schule vorfuhr. Ich wartete vor dem Gebäude auf Harley und Bronte, trat von einem Fuß auf den anderen und ließ suchend den Blick über die Gesichter der Kinder wandern, die mit Pappmaché-Vulkanen, Hockeyschlägern und ihren ganz eigenen Kandinsky-Kreationen beladen herausgestürmt kamen. Als Harley und Bronte schließlich aus der Tür geschossen kamen, konnte ich mich überhaupt nicht auf ihr Geplapper konzentrieren. Selbst als Harley mir seinen Theaterpokal in die Hände drückte, musste ich mir große Mühe geben, ein »Toll gemacht!« hinzubekommen. Bronte merkte als Erste, dass ich nicht auf kürzestem Weg nach Hause fuhr.

»Wo fahren wir denn hin?« Neutral ging nicht bei ihr, nur anklagend. Heute konnte mir das nichts anhaben.

»Das ist eine Überraschung.«

»Gib uns mal 'nen Tipp«, drängelte Harley.

»Wartet's einfach ab.«

Bronte hockte krumm auf dem Vordersitz des Kastenwagens und maulte, sie wolle nach Hause und chillen. Ich bog in die Stamford Avenue ein und drückte auf den Knopf der Fernbedienung, um das Tor zu öffnen.

Harley reagierte als Erster. »Wieso fahren wir denn zur Professorin? Willst du da saubermachen?«

Bronte setzte sich ein wenig gerader auf. »Wie lange brauchst du? Können wir so lange Tennis spielen gehen?«

»Nein, heute nicht.« Ich riss die Wagentür auf, und Bronte und Harley kletterten eilig heraus. Bronte machte ein eingeschnapptes Gesicht und war drauf und dran loszumeckern. Ich wollte diesen Augenblick nicht verderben, deshalb sagte ich ganz schnell: »Ihr könnt heute nicht Tennis spielen gehen, weil ihr euch jeder ein Zimmer aussuchen müsst.«

Bronte sah mich finster an. »Wie meinst du das? Müssen wir dir etwa helfen?«

Ich verdrängte den Gedanken, dass sie mich an Colin erinnerte, der ständig Angst hatte, sich zu überanstrengen, wenn er mal etwas tat, das nicht unmittelbar ihm selbst zugutekam.

»Das ist jetzt unser Haus«, verkündete ich. Schweigen, ein verwirrtes Schulterzucken von Bronte, dann begann Harley zu grinsen, die Augenbrauen fragend hochgezogen. Ich nickte.

»Wie meinst du das? Das ist unser Haus? Echt? Für immer? Wie *das* denn?«, stieß Harley hervor und schlang beide Arme um mich. Sogar Bronte fing an, auf und ab zu hüpfen und jubelte und johlte. Ich sagte, Rose Stainton hätte es uns hinterlassen, und ich würde ihnen später alles erzählen. Im Moment wollte ich mich auf die Zukunft konzentrieren. Die Vergangenheit würde sich nicht ändern, wenn ich noch eine halbe Stunde wartete.

Ich öffnete die Haustür und freute mich an dem satten Geräusch, mit dem sich der Schlüssel in dem Messingschloss drehte. Dann trat ich einen Schritt zurück, als die Kinder unter einigem Ellenbogeneinsatz darum rangelten, wer als Erster durch die Tür kam. Die Größe der Eingangshalle mit der Standuhr und den schweren goldgerahmten Spiegeln schien als Bremse zu wirken, und die beiden blieben stehen und schauten sich um, als warteten sie darauf, dass die wahre Besitzerin erschien und sie anwies, sich die Schuhe auszuziehen.

»Na los, geht alles auskundschaften. Das Haus gehört wirklich uns.« Harley und Bronte stürmten die breite Treppe hinauf, zerrten an den Dienstboten-Klingelzügen und zählten die Schlafzimmer. Ich folgte ihnen langsam nach oben und strich dabei mit der Hand über das massive Eichengeländer. Bronte kam aus einem Zimmer geschossen, das auf den Obstgarten hinausging, und winkte mich zu sich herauf.

»Kann ich das Zimmer hier haben, Mum? Das ist echt total schön, mit Fenstersitzbank und all so was. In dem Schrank da kann ich meine Polly-Pocket-Figuren aufbewahren, die kleinen Regale da, das kann ihr Zuhause sein. Kann ich eine Lavalampe haben, so eine wie Saffy?« Ich nickte. Mein neues Bankkonto konnte eine Lavalampe verkraften. Bronte belohnte mich, indem sie mich so fest drückte, dass ich die Luft aus meiner Lunge entweichen hörte.

Harley suchte sich das kleinste Zimmer aus, eine merkwürdige, halb-sechseckige Turmkammer im zweiten Stock. »Das Zimmer ist voll der Hammer, ich komm mir vor wie Harry Potter. Ich freu mich schon total drauf, wenn Orion mal zu Besuch kommt. Kaufst du mir einen Fernseher? Und eine Playstation? Und einen Computer? Und kriege ich einen Hund, wo wir doch jetzt ganz viel Platz haben? Vielleicht kann Bronte ja ein Pferd haben, dann streiten wir uns nicht. Ich will so einen Pyrenäen-Berghund. Oder eine Dogge.«

Natürlich versprach ich nichts, sondern lachte nur und

meinte, ich würde darüber nachdenken, wenn wir uns erst einmal eingelebt hätten. Ich brauchte Zeit, um mir darüber klar zu werden, was richtig war und nicht nur reich. Ich konnte mich noch immer nicht daran gewöhnen, in den Nobel-Supermarkt zu gehen und mir einfach alles auszusuchen, was ich wollte. Eine halbe Ewigkeit hatte ich dagestanden und mit mir gekämpft, ehe ich Blaubeeren für zwei Pfund neunundneunzig pro Schale in meinen Einkaufswagen getan hatte. Und selbst dann aß ich pro Tag immer nur ein paar davon und wäre am liebsten richtig hochgegangen, als Harley sie sich einfach so in den Mund gestopft hatte.

Jetzt, wo die Kinder die frohe Kunde gehört hatten, konnte ich es auch Clover erzählen. Sie hörte sich an, als freue sie sich sogar noch mehr als wir, so das denn überhaupt möglich war. Sie verlor keine Zeit, um das glückliche Los der Etxeleku / Cauldwells selbst in Augenschein zu nehmen und kam schon am nächsten Tag vorbei, um alles gründlich zu inspizieren. Ich riss mit einem dramatischen »Willkommen in meiner bescheidenen Hütte« die Tür auf und staunte dann nicht schlecht, als ich sie alle fünf – einschließlich Lawrence – auf der Schwelle stehen sah.

»Sie haben doch damit gerechnet, dass ich Lawrence mitbringe, oder?«, fragte Clover, während die Kinder in einem riesigen Knäuel nach oben preschten. »Hab am Telefon vergessen zu fragen. Wir können ihm ja was zu arbeiten geben, er ist echt fingerfertig.« Sie gab ein anzügliches kleines Lachen von sich.

Ich hatte mich dermaßen auf alles konzentriert, was bei mir los gewesen war, dass ich eigentlich noch gar nicht richtig begriffen hatte, dass er wieder da war. Also setzte ich eine Art Willkommensmiene auf.

»Natürlich habe ich mit Lawrence gerechnet, kommt

rein, kommen Sie doch rein. Ich geh auch bestimmt nicht auf Sie los, ich versprech's.« Ich gab mir alle Mühe, nicht verdrossen zu klingen, weil der Tag mit Clover, den ich geplant hatte, jetzt ein höfliches Kennenlernen mit Lawrence werden würde. Er sah auch nicht aus, als freue er sich besonders, hier zu sein. Die Hände in den Taschen stand er in der Eingangshalle.

»Nicht schlecht«, bemerkte er. Die Häuser von Freundinnen zu besichtigen, die ihn nicht im Mindesten interessierten, war eben der Preis, den er dafür zahlen musste, wieder in den trauten Schoß der Familie zurückgekehrt zu sein.

Clover klatschte in die Hände. »Kriegen wir eine Schlossführung? Das ist ja ein tolles Haus. Ich nehme doch an, die Kinder bleiben in Stirling Hall? Sie müssen nächstes Jahr unbedingt Eltern-Klassensprecherin werden, damit Sie alle zum Kaffee einladen können. Mann, würde ich gern Jennifers Gesicht sehen. Die würde doch glatt dafür morden, auf der ›richtigen‹ Seite von Sandbury zu wohnen. Aber geht's uns nicht allen so?«

Als sie Jeni erwähnte, musterte ich Lawrence eingehend, um zu sehen, ob ihm das unangenehm war. Er sah nicht peinlich berührt aus. Einfach nur völlig ausdruckslos, als hätte er jegliche Emotionen aus seinem Gesicht getilgt. Vielleicht war ich ja dank Colin und Mr Peters ein so gebranntes Kind, dass ich hinter jedem Vorhang Lügen und Betrug witterte, und dabei war der arme Kerl einfach nur ein Mann, der mal vorübergehend durchgedreht war. Ich musste diese Lawrence/Jeni-Geschichte abhaken.

Also führte ich die beiden nach oben und hörte dabei das Poltern und Krachen eines wilden Versteckspiels. Die Kinder rumpelten die Dienstbotentreppe hinauf und hinunter und kletterten in alle möglichen Schränke. Insgeheim fand ich es grässlich, dass sie so herumtobten, doch mir war klar, dass Clover nichts sagen würde. Ich könnte es nicht ertragen, wenn irgendetwas zu Bruch ginge, ehe ich Gelegenheit gehabt hatte zu entscheiden, ob der fragliche Gegenstand mir gefiel. Harley kam mit heraushängendem Hemd an uns vorbeigerannt und krachte dabei gegen das Geländer. Ich gab mir alle Mühe, ihn nicht anzufahren, doch ich konnte nicht anders.

»Okay, ich glaube, es ist Zeit, dass ihr euch nach draußen verzieht. Geh die anderen holen und spielt ein bisschen Tennis. Oder schaut doch mal, ob im Bach Kaulquappen sind.«

»Das ist doch voll langweilig. Es macht doch gerade so viel Spaß, in dem Haus hier kann man echt voll krass Verstecken spielen«, begehrte Harley auf.

Ein Tag in der neuen Villa, und der Bengel langweilte sich bereits. Als wir in der Siedlung gewohnt hatten, hatte ich nie andere Kinder aus der Schule zu uns eingeladen, weil es mir peinlich gewesen war, wo wir wohnten. Und jetzt, wo ich es hätte tun können, wollte ich sie hier nicht haben. Ich bedachte Harley gerade mit meinem »SOFORT!«-Blick, als Lawrence mir zu Hilfe kam. »Deine Mutter möchte bestimmt nicht, dass ihr hier alle durchs Haus tobt wie eine Herde Büffel. Warum sammelst du nicht die anderen ein, dann komm ich mit runter und ihr könnt mir den Garten zeigen?«

»Das wäre toll, vielen Dank, Lawrence. Ich mache gleich Kaffee. Neben dem Haus ist ein ganz süßes kleines Küchengärtchen mit einer Mauer drum herum. Dort ist es völlig geschützt, wir könnten also draußen sitzen«, meinte ich.

Er strich Clover über den Arm. »Ist dir das recht, Liebling?«

»Klar.« Sie sahen sich tief in die Augen. Ich konnte nicht erkennen, ob das ein »Ich liebe dich«-Moment oder ein »Benimm dich«-Moment war.

Ich wollte auch mit den Augen mit jemandem sprechen.

Lawrence legte den Arm um Saffys Schultern, als die fünf Kinder die Treppe hinunterpolterten und mit kleinen Schmuddelpfoten an der Wand entlangstreiften.

Ich führte Clover im Haus herum und zog dabei Bettdecken glatt und schloss Schranktüren. »Das ist unglaublich«, stellte sie fest und drückte sich die Nase an dem Bullaugenfenster in Harleys Zimmer platt. »Ich freu mich ja so für Sie, ich hab immer gewusst, dass Ihnen was Besseres bestimmt ist.«

Ich grinste. »Na ja, jetzt mal genug von mir. Wie läuft's bei Ihnen, ich meine, mit Lawrence?« Dabei beobachtete ich sie ganz genau.

Clover nahm ein Modellauto zur Hand, James Bonds Aston Martin DB5, und dann Tschitti Tschitti Bäng Bäng, die Harley beide in einem der Schränke gefunden hatte. »Die hatte ich als Kind auch«, sagte sie. Eine kurze Pause entstand, dann wandte sie sich zu mir um. »Ganz gut, glaube ich. Er wird immer ein bisschen komisch, wenn ich nach der Zeit bei Leo und Jennifer frage. Er redet wirklich nicht gern darüber. Ich glaube, er schämt sich ein bisschen. Ich weiß nicht genau, ob er jetzt wirklich einen richtigen Nervenzusammenbruch hatte, aber was es auch war, ich glaube, er findet es nicht besonders männlich.«

Da war es wieder. Dieses Gefühl, am Rand einer Klippe zu stehen, als wäre ich drauf und dran, die Wahrheit herauszubrüllen. »Glauben Sie, er hat sich jetzt wieder im Griff?«

»Ich weiß es nicht. Ich hoffe es. Es ärgert mich ein bisschen, dass Jennifer mehr über meinen Mann weiß als ich.«

»Ist Lawrence immer noch mit ihr befreundet? Trifft er sich manchmal mit ihr?«, fragte ich. »Oder mit Leo?«

»Lawrence telefoniert nicht so wahnsinnig gern. Mit Leo

hat er ein paar Mal gesprochen. Ich denke immer, ich sollte die beiden mal zum Essen einladen, um ihnen zu danken, aber jedes Mal, wenn ich mir vorstelle, wie Jennifer ihr Essen auf dem Teller rumschiebt und große Reden schwingt, dass sie nur Bio-Lammfleisch und mit Quellwasser gewaschenen Spinat isst, möchte ich am liebsten für immer nach Afrika auswandern.«

Sie rückte Truly Scrumptious zurecht und stellte Tschitti Tschitti Bäng Bäng wieder in die Reihe aufs Fensterbrett. »Ist ja schon ein bisschen komisch, dass er da hingezogen ist. Und das dann geheim gehalten hat. Ich meine, so eng war er nun auch nicht mit Leo befreundet. Und über Jennifer hat er immer total hergezogen, aber jetzt verteidigt er sie dauernd. Vielleicht hat er sie ja einfach besser kennengelernt. Obwohl ich ja nicht weiß, ob es was Gutes wäre, sie näher kennenzulernen. Ich glaube, wir würden nur noch mehr Dinge an ihr finden, die wir nicht mögen.«

Das war meine Chance. Ich strich Harleys Bettdecke glatt und schaute durchs Fenster zu den Kindern hinüber, die im Bach herumplantschten. Schuhe aus, Hosenbeine hochgekrempelt, aber nicht hoch genug. Bronte sprang von einer Seite des Bachs auf die andere und wieder zurück. Ich war noch dabei, mir meine Worte zurechtzulegen, als Clover sagte: »Vielleicht steht er ja auf sie. Gut aussehen tut sie ja.«

»Sie sieht gut aus, wenn man auf Strichmännchen steht. Sie sind doch viel schöner als die.« Ich würde mich streng an die Fakten halten müssen, wenn ich es Clover erzählte, damit es sich nicht anhörte, als würde ich aus einem Gekuschel vor laufender Kamera eine Riesensache machen, weil ich Jeni eins reinwürgen wollte.

»Aber ich glaub nicht, dass ich danach fragen werde. Ich will gar nicht wissen, dass mein armer Mann mit einer Riesenbirne geschlagen ist, während er viel lieber Sex mit einer Bohnenstange hätte. Vielleicht haben sie ja tatsächlich was miteinander gehabt, als er da gewohnt hat.« Sie zuckte die Achseln und lachte, als wäre der Gedanke lächerlich. »Jedenfalls, ich will's gar nicht wissen. Er ist wieder da, und er scheint ganz zufrieden zu sein. Hat ein bisschen mehr Geduld mit den Kindern, und den Musikunterricht macht er wahnsinnig gern. Die meiste Zeit ist er so was von ruhelos, aber wenn ich ihn unterrichten sehe, dann wirkt er richtig friedlich.«

Die verdammten Gitarrenstunden und Lawrences Zen-Zustand, wenn er auf dem Piano rumklimperte, waren mir egal. Ich versuchte es noch einmal. »Würden Sie's wirklich nicht wissen wollen?« Mein Herz hämmerte wild in meinem Brustkorb.

»Scheiße, nein. Wozu denn? Ich liebe ihn. Ich will nicht, dass er mich verlässt. Letzten Endes ist es doch bloß Sex. Wenn's vorbei ist, brauche ich's auch nicht mehr zu wissen. Ich meine, wenn Mr Peters splitternackt in meinem Schlafzimmer auftauchen würde, wer weiß, ob ich da nicht der Versuchung erliegen würde?«

Ich konnte die Emotionen nicht genau benennen, die mich durchzuckten, als sie Mr Peters erwähnte. Eifersucht, weil Clover überhaupt so an ihn denken konnte. Und außerdem eine Art Vermissen. Traurigkeit, weil er nur an den Tiefpunkten in meinem Leben teilgehabt hatte. Ich versuchte, meine Gedanken über das Dilemma »reden oder nicht reden« neu zu ordnen.

Clover wedelte mit den Händen. »Großer Gott, gibt es was Schlimmeres als Menschen, die denken, man müsse unbedingt die Wahrheit wissen? Meistens erzählen die einem die Details doch eh nur, damit's einem erst so richtig mies geht, und nicht weil man's wissen muss. Um die Wahrheit zu sagen, ich glaube, bei neunzig Prozent aller glücklich verheirateten Paare gab's irgendwann mal ein Techtelmechtel. Dieses ganze Habseligkeiten-Aufteilen, sich um den Familienhund fetzen und darum, wer Tante Ethels Teekanne behalten darf, das scheint mir doch ein sehr hoher Preis für eine schnelle Nummer, die nichts zu bedeuten hat.«

Sie schaute aus dem Fenster und winkte mich heran. Lawrence ließ die Kinder gerade einen Hindernisparcours rauf- und wieder runterrennen, der mit einem Sprint durch den Bach endete. Es war ein perfekter Schnappschuss, genau so sollten Kinder aussehen – sorgenfrei, rotwangig, fröhlich. »Jedenfalls ist er bei uns zu Hause für die Disziplin zuständig. Ich kann so was nicht besonders gut, ehrlich gesagt bin ich ein bisschen eine lausige Mutter. Gott allein weiß, wie ungebärdig die Kinder wären, wenn er sie nicht zur Räson bringen würde. Orion ist ja schon fast so groß wie ich.«

Ich war aus dem Schneider. Eigentlich spielte es gar keine Rolle, ob Lawrence nun etwas mit Jeni gehabt hatte oder nicht. Selbst wenn ich es beweisen könnte, Clover wollte es doch gar nicht wissen. Zeit, Kaffee zu kochen, *Tarte aux pommes* von Waitrose aufzufahren und für alle Zeit meine große Klappe zuzumachen. Aber ich würde die Augen offen halten.

Kapitel 38

Obwohl es erst Mitte April war, fing der von einer Mauer umgebene kleine Küchengarten den Sonnenschein so nachhaltig ein, dass ich die Wäsche dort aufhängen konnte. Neben dem Hundekackeschmeißer zu wohnen hatte bedeutet, dass ich sämtliche Kleidungsstücke im Haus trocknen musste. Nach Jahren der steifen Socken und auf Heizkörpern gedörrten Hosen erfüllte mich Wäsche, die in der frischen Luft flatterte, mit geradezu lächerlicher Freude. Ich summte »Wonderful Life« vor mich hin und strich ein paar Laken aus ägyptischer Baumwolle glatt, die ich in einer Wäschetruhe entdeckt hatte. Im Laufe der drei Wochen, die wir jetzt in Roses Haus wohnten, hatte ich mich recht gut mit dem Luxusleben angefreundet, Nylon-Wirkware ging *gar* nicht mehr. Ich zog die Laken zu einem ordentlichen Rechteck zurecht, spürte die Sonne auf meinem Gesicht und stellte mir die Gardenien und die Dahlien vor, die ich im Sommer pflanzen würde. Schritte auf dem Weg hinter mir ließen mich herumfahren. Meine Hand zuckte zu dem Schal-Turban empor, mit dem ich mein Haar beim Arbeiten gebändigt hatte.

Mr Peters.

Sofort lief ich tiefrot an.

»Hi.« Er lehnte sich gegen den Torbogen.

»Hallo.« Meine Lunge schien ein bisschen dürftig gefüllt

zu sein. Ich fühlte mich gut, zum ersten Mal seit einer Ewigkeit. Dass er vorbeikam, um mich daran zu erinnern, was ich nicht haben konnte, brauchte ich nun wirklich nicht. Er sah toll aus, in Jackett, kariertem Hemd und Jeans. Jetzt, wo Osterferien waren, hatte er offenbar beschlossen, sich einen etwas legereren Look zuzulegen, der besser zu einer staatlichen Schule passte. Sein Haar wellte sich jetzt ziemlich, wo es nicht mehr so ganz kurz geschnitten war. Ich ignorierte das Flehen in meinem Bauch und verschränkte die Arme.

Er zerrte an seinem Hemdkragen. »Entschuldige, dass ich dich bei der Arbeit störe, aber kann ich kurz mit dir reden?«

»Woher wusstest du, dass ich hier bin?«

»Ich war vorn am Tor. So ein Typ mit 'nem Spinnennetz am Hals hat mich erst mal ins Verhör genommen, bevor er mir gesagt hat, wo du bist. Sah eigentlich nicht aus wie ein Stamford-Avenue-Ureinwohner.«

»Das ist Tarants, der macht hier den Garten und so dies und das. Hat sich selbst nebenberuflich zum Security Guard ernannt. Ich hab nicht gemeint, woher du wusstest, wo ich meine Laken aufhänge, ich hab gemeint, woher wusstest du, dass ich hier wohne?«

Er lächelte. Sehnsucht wallte durch mein Inneres. »Ich wusste, dass du nicht rangehen würdest, wenn ich anrufe, also bin ich zu dir nach Hause gefahren. Die letzten paar Wochen war ich jeden Tag da, aber es war nie jemand zu Hause. Deine Nachbarin hat zum Fenster rausgebrüllt, du würdest nicht mehr da wohnen, oder vielmehr, du hättest dich ›verpisst‹, wie sie es ausgedrückt hat. Bevor ich sie noch was fragen konnte, hat sie das Fenster zugeknallt und angefangen, ein paar sehr unfeine Wörter zu keifen, als ich bei ihr an die Tür geklopft habe. Die mag dich wohl nicht besonders?«

»Das kannst du laut sagen. Colins Zweit-Betthäschen. Und wie hast du mich dann gefunden?«

»Ich habe Felicity angerufen und gefragt, ob du eine neue Adresse angegeben hast.« Beschwichtigend hob er die Hände. »Ich weiß, ich weiß. Wahrscheinlich hat jetzt alle Welt erfahren, dass ich nach dir gesucht habe, aber mir ist nichts anderes eingefallen. Wie dem auch sei, können wir kurz reden? Oder soll ich später wiederkommen, wenn du fertig bist?«

Ich konnte praktisch hören, wie das bessere Wissen zum Bach unten im Garten davongaloppierte. »Ich hänge nur die Wäsche auf, dann mach ich dir einen Kaffee.« Dabei deutete ich mit einem Kopfnicken auf die Glastür, die zur Küche führte.

»Bist du sicher, dass es okay ist, wenn ich reinkomme?« Mr Peters schien ein bisschen nervös zu sein.

»Natürlich. Die Kinder sind unten im Obstgarten und bauen Höhlen. Die finden's hier absolut toll.« Ich zerrte mir den Schal vom Kopf und schüttelte mein Haar aus.

»Kann ich mir vorstellen. Sieht aus, als ob man auf dem Rasen da hinten klasse Fußball spielen könnte.«

Wir duckten uns unter dem Magnolienbaum hindurch, an dessen Zweigen große rosafarbene Blütenschalen aufplatzten, und traten in die sonnenhelle Küche. Ich stellte den Kessel auf den Herd und lehnte mich dann dagegen, spürte die Wärme durch meine Jeans. Er rieb die Hände aneinander und nagte an seiner Unterlippe, als habe er irgendetwas Unerfreuliches zu sagen. Dann fing er an, die Ärmel hochzuschieben. Ich konnte es nicht mehr aushalten.

»Also, was bringt dich her?« Ich machte meine Gesichtsmuskeln bereit, ein Lächeln zu fabrizieren, falls er jetzt verkündete, dass er Serena heiraten würde.

»Ich habe gehört, wie Harley Orion im Französischunterricht erzählt hat, dass Colin ausgezogen ist. Stimmt das?«

Harley und seine verdammte große Klappe. »Ja.«

»Und das macht dir nichts aus?«

»Warum sollte es? Um es mit deinen Worten zu sagen, er war ein Arschloch. Er hatte was mit Sandy, der Frau, die dir gesagt hat, dass ich weg bin.«

»Warum hast du mir das nicht erzählt?«

Ich spürte, wie mein Gesicht sich zu jener »Oh Mann!«-Miene verzog, die Bronte immer aufsetzte, wenn ich ganz besonders uncool war. Hinter mir fing der Kessel an zu pfeifen, und ich war froh über eine Ausrede, mich umzudrehen. Anscheinend bekam ich mein Gehirn nicht schnell genug in Gang. Die Wahrheit? Dass ich bei ihm zu Hause aufgekreuzt und in der Tür mit Serena zusammengestoßen war, die gerade mit völlig rotgeknutschtem Gesicht herauskam? Mir fiel einfach keine Lüge ein. Bestimmt gab es doch da draußen eine, mit der ich aufwarten und mir ein winziges Restchen Stolz bewahren konnte.

Ich wärmte die Teekanne an. Darauf hatte Rose immer bestanden. Ich persönlich machte mir meinen Tee ja lieber im Becher, dick und stark, aber im Augenblick probierte ich gerade allen möglichen großbürgerlichen Quatsch aus, um zu sehen, ob er zu mir passte. Meine Großmutter sollte stolz auf mich sein.

»Maia? Warum hast du es mir nicht gesagt?«

»Herrgott noch mal, ich bin zu dir gefahren, um es dir zu sagen, aber dann bin ich Serena begegnet, als die gerade aus deiner Wohnung kam, und ich bin mir echt lächerlich vorgekommen, weil ich nämlich nicht wusste, dass du mit ihr zusammen warst, während du gleichzeitig mit mir, na ja, nicht zusammen warst. Du weißt schon, was ich meine.

Offenbar hab ich da was total falsch verstanden, wie eine absolute Vollidiotin.« Meine Stimme wurde lauter, ich merkte, wie in der Ferne Tränen drohten.

»Ich bin doch gar nicht mit Serena zusammen.«

Stirnrunzelnd stellte ich Roses blau-weiße Wedgwood-Teetassen auf den Tisch. Er machte mich noch wahnsinnig. »Was? Und das weiß sie auch, oder?«

Mr Peters nickte.

»Na, das muss ja dann was ziemlich Neues sein, ich hab sie nämlich aus deinem Haus kommen sehen, und vor ein paar Wochen hat sie auf dem Ball an dir geklebt wie eine Klette.« Ich goss ein ganz kleines bisschen Milch in seinen Tee und hasste mich selbst dafür, mir das völlig unnütze Wissen bewahrt zu haben, dass er seinen Tee fast schwarz trank.

»Ich war früher mal mit ihr zusammen, das ist jetzt ein paar Jahre her. Hat nicht lange gehalten. Sie ist eine tolle Frau, aber sie war nicht die Richtige für mich.«

»Aber auf dem Ball hast du Händchen mit ihr gehalten.« Im Geist sah ich, wie sie die Hand nach ihm ausstreckte, und ja, ich hätte ihr immer noch am liebsten eine geknallt.

Mr Peters rührte seinen Tee um, obwohl er gar keinen Zucker nahm. Ich zog einen Stuhl für ihn heraus, doch er fing an, um den Tisch zu tigern.

»Maia, mein Gott, wo soll ich anfangen?« Er fuhr sich mit der Hand durchs Haar, so dass es in hinreißenden kleinen Wirbeln emporstand und er aussah, als käme er gerade aus dem Bett. Bettgedanken hatten in diesem Gespräch überhaupt nichts verloren. Er schaute auf die Uhr. »Scheiße, ich stehle dir hier jede Menge Zeit. Ist das okay?«

»Ja, jetzt spuck schon aus, was du sagen wolltest.« Dass Colin Sandy gebumst hatte, hatte mir nicht annähernd so wehgetan wie Mr Peters' Händchenhalten mit Serena.

Seine Miene wurde starr. »Mach's mir ruhig leicht, Maia.«

Ich zuckte die Achseln. »Also?«

Er sah mich nicht an. Wir fuhren beide zusammen, als der Kuckuck aus Roses Uhr geschossen kam und sie elf schlug. Das Geräusch schien ihn aus seiner Trance zu reißen.

»Maia, das hier ist die reine Wahrheit, und hinterher werde ich mich umbringen müssen, weil es so dermaßen peinlich ist, aber sei's drum. Als Bronte damals verschwunden war, hab ich gemerkt, dass ich dir zu nahe komme. Als ich dich da auf dem Sofa im Arm gehalten habe und du geweint hast, da wollte ich dich einfach nicht loslassen. Ich wollte dich nicht da zurücklassen, bei Colin. Du hast so einsam gewirkt, so verletzlich. Ich habe mir vorgenommen, mich von dir fernzuhalten, ich wollte dir oder den Kindern auf gar keinen Fall irgendwelche Probleme in Stirling Hall machen. Ich hab doch gesehen, dass du schon genug Schwierigkeiten hattest, ohne dass sich alle das Maul zerreißen. Das Problem war nur, ich konnte nicht aufhören, an dich zu denken. Es gab da immer wieder so Momente bei irgendwelchen Besprechungen, wo ich eigentlich fest und entschlossen hätte auftreten müssen und stattdessen von dir geträumt habe. Dann bin ich hochgeschreckt und habe in eine Reihe verdutzter Gesichter geschaut, die darauf gewartet haben zu hören, wie wir jetzt an die Eltern eines aggressiven Kindes herantreten sollen oder wie nächstes Trimester das Budget für die Theatergruppe aussieht.«

Er wandte mir den Rücken zu und stützte die Hände auf die Arbeitsplatte, studierte anscheinend eingehend Robert Frosts Gedicht »Der unbegangene Weg«, das dort an der Wand hing. Das war auch gut so, sonst hätte er die große Etxeleku-Klappe nämlich weit aufklappen sehen.

»Du hast von mir geträumt?« Ich lachte los. Während ich

sein Gesicht beim Putzen im Spiegel heraufbeschworen hatte, hatte er in irgendwelchen Besprechungen vor sich hin geschmachtet. Mann, waren wir ein tolles Paar.

»Lach nicht. Ich weiß, das hört sich an wie bei einem Teenager, der zum ersten Mal verknallt ist. Mir war klar, dass ich als Leiter der Sekundarstufe nicht etwas mit der Mutter zweier meiner Schüler anfangen konnte. Und ich wollte dich und Colin nicht auseinanderbringen, wegen der Kinder, aber dann bist du mit dem blauen Auge angekommen, und ich wusste, du wärst ohne ihn besser dran. Also habe ich angefangen, eine Versetzung an die andere Schule in die Wege zu leiten. Ich hab's dir nicht erzählt, weil ich wusste, dass du versuchen würdest, mir das auszureden. Du hast doch immer gesagt, du hast Angst, mir mein Leben zu versauen. Ich dachte, wenn du's wüsstest, würdest du dich nicht mehr mit mir treffen, also hab ich beschlossen, dich vor ein *fait accompli* zu stellen.«

»Du hast das gemacht, damit du weiter mit mir zusammen sein kannst?«

»Ja, hab ich. Ist dir klar, wie oft ich an dich gedacht habe? Das ist bestimmt das Nordengland-Arbeiterklasse-Erbe meiner Mutter. Ich kriege diese bürgerliche Gefühlsduselei einfach nicht hin.« Er schaute abermals weg. »Ich war absolut hin und weg von dir. Aber dein Timing war echt brillant, ich hab genau an dem Tag den Anruf wegen der Versetzung gekriegt, als dein Brief kam, dass du die Kinder aus Stirling Hall nimmst.«

»Und warum hast du nicht mit mir geredet? Ich hätt's dir doch erklären können«, entgegnete ich.

»Okay, jetzt wirst du mich auslachen. Ich habe Himmel und Erde in Bewegung gesetzt, um an eine andere Schule zu kommen. Ich wollte dich bitten, zu mir zu ziehen. Ich konnte den Gedanken nicht ertragen, dass du bei Colin bleibst, nicht dass er am Ende wieder auf dich losgeht. Als ich den Brief gekriegt habe, hatte ich das Gefühl, dass ich dir nicht vertrauen konnte, dass ich dich gar nicht kannte, dass du mich nur benutzt hattest.«

Ich starrte ihn an und verfluchte mich dafür, dass ich diesen verdammten Brief da liegen lassen hatte, wo Colin ihn in die Finger bekommen konnte. »Zu dir ziehen? Aber du hast doch noch nie mit jemandem zusammengewohnt. Und ohne Harley und Bronte wäre ich eh nicht bei dir eingezogen.«

»Ich hab natürlich damit gerechnet, dass du sie mitbringst.«

Bei der Vorstellung zu versuchen, Harley in dieser makellosen Wohnung zu bändigen, wurden meine Augen riesengroß. »Also, lässt du dich jetzt versetzen, oder was?« Ich wusste nicht recht, wie ich ihm beibringen sollte, dass die Kinder doch in Stirling Hall bleiben würden.

Klirrend stellte er seine Teetasse hin. »Ja. Glücklicherweise denke ich, dass es sehr interessant werden wird.«

Ich hoffte inständig, dass sämtliche Lehrerinnen an dieser neuen Schule Schielaugen und dicke Fettärsche hatten und ausschließlich vernünftige Schnürschuhe trugen. »Es tut mir wirklich leid, dass ich das nicht mit dir besprochen habe – dass ich die Kinder runternehme. Du hattest so sehr an mich geglaubt, ich wollte dich nicht enttäuschen. Und dann, als ich bei Clover war und weg von den Gerichtsvollziehern und den Schulden und all dem, da hab ich wohl ein bisschen den Kopf in den Sand gesteckt. Und dann hat sich natürlich Colin eingemischt. Ich hätte den Brief auf gar keinen Fall abgeschickt, ohne dir vorher Bescheid zu sagen. Glaubst du mir wenigstens das?«

Er legte den Kopf schief. »Ja, ich denke schon. Aber du hast nicht mit mir geredet, ich hab nicht verstanden, was los war.«

»Ich hatte rausgefunden, dass du dich mit Serena triffst. Du erzählst hier die ganze Zeit, wie du von mir geträumt hast, dass du hin und weg warst, oder wie auch immer du das ausgedrückt hast, aber du hattest dabei trotzdem schön deine Polizistin in der Hinterhand. Wolltest wohl auf Nummer sicher gehen, wie?«

Unmut zuckte über sein Gesicht, und er hob abwehrend die Hand. »Moment mal, du warst doch diejenige mit dem Lebensgefährten, nicht ich. Bis vor ein paar Wochen wolltest du noch zu Colin zurück.« Er machte einen Schritt auf mich zu. »Okay, ich verstehe, Serena ist hier der Knackpunkt. Kümmern wir uns also erst mal um die. Sie hat mich lieber gemocht als ich sie. Wir hatten ein paar Dates, aber ich hab das Ganze dann auslaufen lassen.«

Damit ließ ich ihn nicht davonkommen. »Aber sie war da, als ich dich angerufen habe, nachdem Bronte gefunden worden war. Ich hab sie doch gehört, wie sie rumgemault hat, dass sie rumgesessen hätte wie ein Trottel, während du mit mir gesprochen hast.« Ich gab mir Mühe, die Hände von den Hüften zu nehmen, aber ich wusste nicht, wie ich ganz natürlich dastehen sollte.

Mr Peters schüttelte den Kopf. »Bevor Bronte verschwunden ist, hatte ich sie seit einer Ewigkeit nicht mehr gesehen. Ich glaube, sie hatte das Gefühl, das Schicksal hätte uns wieder zusammengeführt. Sie ist unter dem Vorwand rübergekommen, dass wir besprechen sollten, wie die Schule mit Brontes Verschwinden umgehen sollte, und ich war ganz froh über die Ablenkung. Das Ganze hat dann ziemlich übel geendet, sie hat nämlich damit gerechnet, über Nacht zu bleiben, und ich habe ihr ein Taxi gerufen, gleich nachdem ich mit dir gesprochen hatte.«

Ich fand die Vorstellung zum Kotzen, wie Serena sich in Mr Peters' Wohnung räkelte und sich anschickte, die Nacht dort zu verbringen, mit verführerischen Augenaufschlägen und mädchenhaftem Gekicher. Doch ich war nicht bereit, mich damit abspeisen zu lassen. »Aber ich hab sie doch bei dir aus dem Haus kommen sehen, vor ungefähr einem Monat. Das hab ich mir doch nicht ausgedacht.«

Allmählich schlich sich ein gereizter Tonfall in Mr Peters' Stimme. »Sie geht da zur Kosmetikerin, zur Gesichtsbehandlung, oder was immer ihr Frauen mit euch anstellen lasst. Ich hab gehört, wie sie das auf dem Ball zu dir gesagt hat. Das hat nichts mit mir zu tun, ich schwöre, seit Bronte gefunden worden ist, hab ich sie nur noch ein einziges Mal gesehen, und das war auf dem Ball.«

Ich wusste nicht, was ich glauben sollte. Vielleicht hatte das Knutschgesicht ja etwas mit der Elektrolyse zu tun und nichts mit Mr Peters. Unschlüssig starrte ich ihn an. Er zappelte nicht herum oder schaute weg wie Colin immer, wenn er mir irgendwelchen Bockmist auftischte.

»Aber du musst sie doch auf den Ball eingeladen haben?«, sagte ich.

»Das stimmt, ich weiß nicht, was ich mir dabei gedacht habe. Der Direktor hatte schon ein Gerücht gehört, dass ich etwas mit dir hätte, wahrscheinlich von Felicity. Natürlich habe ich das rundheraus abgestritten, aber er hat mich beobachtet. Hat uns beobachtet. Er legt sehr viel Wert auf gute Publicity und hatte eine Liste aller Großen und Guten gemacht, die zum Ball eingeladen werden sollten, Leute von der Polizei, von der Gemeinde und von diversen Wohltätigkeitsorganisationen – auch Serena. Jeder aus dem Lehrkörper musste in Begleitung erscheinen. Du bist nicht ans Telefon gegangen, wenn ich dich angerufen habe, also hab ich's mir leicht gemacht und mich für Serena entschieden. Ich dachte wohl, dann hören die Leute auf, sich das Maul zu zerreißen. Jedenfalls über dich und mich.«

Er warf einen raschen Blick auf die Open-University-Formulare, die ich auf der Arbeitsplatte liegen gelassen hatte, und ein breites Grinsen zeigte sich auf seinem Gesicht. Dann schien ihm klar zu werden, dass dies nicht der richtige Moment für so etwas war. »Okay, das lässt mich jetzt nicht besonders gut dastehen. Ich war nämlich auch deshalb bereit, Serena auf den Ball zu begleiten, weil ich dachte, das macht dich vielleicht ein bisschen eifersüchtig.« Er schaute zu Boden. »Maia, ich wollte irgendein Zeichen von dir, dass das nicht alles bloß ein Spiel war. Und als ich dann auf dem Ball war, wollte ich dich nicht mehr eifersüchtig machen, ich wollte einfach nur bei dir sein.«

Seine Stimme verklang und er schloss die Augen. »Ich hätte diesem grauenhaften Howard immer wieder eine reinhauen können. Dass er dich angebaggert hat, hab ich gesehen, aber er hat außerdem versucht, dich zu demütigen, und das hat mich angekotzt. Und dann hast du Frederica erzählt, dass du zu Colin zurückgehst, und mir ist klar geworden, dass ich meine Chance verpasst hatte. Ich bin rausgegangen und hab nach dir gesucht, wollte versuchen, dir das auszureden, aber du warst schon weg.«

»Ja, ich bin nach Hause gegangen, um Colin rauszuschmeißen. Und um mir deinetwegen die Augen auszuheulen.« Ich starrte ihm unverwandt ins Gesicht, versuchte, die Wahrheit dort herauszulesen. Ein – wie hatte Rose das immer genannt? – »Fünkchen freudiger Erregung« glomm irgendwo ganz tief in meinem Inneren auf.

Mr Peters kam auf mich zu. Ich roch einen Hauch seines Aftershaves, und die Erinnerung daran, wie er in seiner Wohnung fast auf mir gelegen hatte, zog durch meinen Kopf. Er stand nahe genug, um mich zu berühren, und ich hielt den Atem an.

»Ich muss dich weiterarbeiten lassen.« Rasch schaute er hinter sich zur offenen Küchentür. »Okay, das ist jetzt nicht besonders cool und ein bisschen schwülstig für einen Jungen aus Bolton, aber ich mag dich wirklich wahnsinnig gern.« Der Mann wurde rot. *Richtig rot.* »Ich weiß nicht, wie du's geschafft hast, mir dermaßen unter die Haut zu gehen. Na, jedenfalls, ich gehe dann wohl lieber, ehe du noch gefeuert wirst.«

»Ich glaube, es ist nicht sehr wahrscheinlich, dass ich gefeuert werde«, erwiderte ich. Dabei starrte ich ihn an, ob er mich vielleicht auf den Arm nehmen wollte. Für einen so klugen Mann schien er nicht wirklich kapiert zu haben, was sich für mich alles geändert hatte.

»Wer sind überhaupt die Besitzer?«, erkundigte er sich.

»Eine ganz tolle Frau, eine alleinerziehende Mutter mit zwei reizenden Kindern. Im Moment fehlt ihr bloß ihr hinreißender Freund.« Dann lachte ich los und trat ein wenig näher an ihn heran. Ich konnte die Schnabelspitze des Adlers aus seinem Hemd hervorragen sehen.

Mr Peters machte ein völlig verwirrtes Gesicht. »Was?« Er wich ein wenig vor mir zurück. »Ich denke, ich sollte mich auf dieses Gespräch konzentrieren. Das ist ein bisschen schwierig, wenn du so dicht vor mir stehst.«

Er schüttelte den Kopf, versuchte aber nicht, mich zurückzuhalten, als ich ein paar Knöpfe seines Hemdes aufknöpfte. Ich küsste den Adler und legte das Ohr an seine Brust. Sein Herz hämmerte. Als ich aufschaute, sahen diese dunklen, graugrünen Augen mich fragend an, doch er schien es nicht besonders eilig zu haben, das Weite zu suchen. Ich streifte seine Lippen mit meinen. Seine Hände wanden sich in mein Haar.

»Ich dachte, du weißt Bescheid«, sagte ich ihm leise ins Ohr. »Das Haus hier hat früher der Professorin gehört, Rose Stainton, die, die mir das Geld für die Schule hinterlassen hat. Ich hab erst vor ein paar Wochen erfahren, dass ich auch das Haus von ihr geerbt habe. Und eine ganze Menge Geld. Ist eine lange Geschichte, aber in Wirklichkeit war sie meine Großmutter.«

Er bog sich von mir zurück. »Deine Großmutter? Du hast das alles hier geerbt? Ich dachte, du, ich weiß nicht, wohnst mit den Kinder oben unterm Dach oder so. Das ist ja großartig. Oh mein Gott, das ist echt kein Witz, dass das Haus dir gehört, oder? Und ich mach hier auf großen Retter und denke, du willst in meine Dreizimmerwohnung ziehen. Bin ich ein Idiot.«

Ich zog ihn wieder zu mir heran. Meine Beine zitterten, jeder Nerv in meinem ganzen Körper wartete darauf, von ihm beschwichtigt zu werden. Er senkte das Gesicht zu meinem herab und küsste mich zart, winzige kleine Küsse. Dabei hielt er immer wieder inne und sah mich mit diesen Augen an, die wie Scheinwerfer brannten. Ich merkte, dass er sich zurückhielt, mich nicht verschrecken wollte. Ich brauchte mehr als das. »Zac, es ist okay.« Ich spürte, wie sich seine Lippen wölbten, als ich seinen Namen sagte. Dann presste er seinen Mund hart auf meinen und küsste mich, bis kein Platz mehr für irgendwelche Gedanken war, nur für schwindelerregende Freude. Ich konnte praktisch hören, wie das Blut durch meinen Körper pumpte. Zac vergrub das Gesicht in meinem Haar. Seine Hände glitten unter meinem

T-Shirt aufwärts, und ich musste mich darauf konzentrieren, gleichmäßig weiterzuatmen. »Wie viele Schlafzimmer gibt's hier noch mal?«, fragte er halblaut.

Ich kam nicht dazu zu antworten. Die Kinder kamen durch die Haustür gepoltert, stürmten in die Küche und legten eine Zeichentrick-Vollbremsung hin, als sie Zac erblickten.

»Hallo, Sir. Wie geht es Ihnen?« Harley bestand aus Schlammplacken und einem Lächeln. Sogar Bronte grinste breit. Ihre Wangen waren von der frischen Luft gerötet und ihre Augen leuchteten.

Ich tat so, als suche ich im Kühlschrank nach irgendetwas, damit ich mein T-Shirt zurechtziehen konnte. Zacs Hemd klaffte oben auf, doch er schaffte es irgendwie, cool und hip auszusehen statt halb ausgezogen. Er nahm das alles ganz locker. »Morgen, ihr zwei. Bin nur mal kurz vorbeigekommen, um ein paar Dinge mit eurer Mutter zu besprechen. Ihr findet's wohl ziemlich klasse, hier zu wohnen.«

Harley sprudelte Hunderte von Details hervor – dass er ein Quadbike bekommen würde, dass er jeden Tag Tennis spielte und was für Fische er gefangen hatte –, ehe er nach oben sauste, um an dem Klingelzug in seinem Zimmer zu zerren, worauf ein Lämpchen auf einem Schaltbrett in der Küche aufleuchtete. Bronte begnügte sich damit, Roses Buch über Wildvögel hervorzuholen und ihm ein Bild von einem Eisvogel zu zeigen, den sie am Bach gesehen hatte. Er war so entspannt mit den beiden, so interessiert.

Eine halbe Stunde später ging ich mit ihm zu seinem Wagen hinaus. »Wirst du es den Kindern sagen?«, fragte er, als er die Tür öffnete.

»Was soll ich ihnen sagen?«

»Dass ich dein neuer Freund bin.«

»Bist du denn mein neuer Freund?«

»Ich wär's gern. Das heißt, wenn es dir nichts ausmacht, dich mit den niederen Kasten einzulassen, jetzt, wo du zur Aristokratie gehörst.« Er hatte die Arme verschränkt und wippte auf Zehen und Fersen vor und zurück.

Ich griff nach seiner Hand. »Ich mag's ganz gern ein bisschen derb.«

Zac lachte und zog mich in seine Arme. »Maia, ich möchte dich nie wieder loslassen. Ich hab rumgeeiert und alles falsch gemacht, und ich will jetzt einfach nur eine Chance, mich verdammt noch mal ein bisschen normal zu benehmen.«

Er küsste mich sanft und dann nicht mehr ganz so sanft. Dann schaute er kurz über meine Schulter zum Haus hinüber. »Ich gehe. Du musst mit den Kindern reden, bevor die uns zusammen sehen. Ich liebe dich.«

»Du liebst mich? Du warst ja noch nicht mal mit mir essen.« Ich musste erst noch lernen, dass Klugscheißen nicht immer die richtige Reaktion auf peinliche Situationen war.

Er schüttelte den Kopf. »Geh. Sofort. Sag den Kindern, dass ich sehr lange in ihrem Leben sein werde. Das ist mein Ernst.«

Ich fühlte mich nicht wie eine Putzfrau. Ich fühlte mich wie eine Prinzessin. Und das hatte nichts mit Geld zu tun.

Danksagung

Ich hatte das große Glück, ein paar tolle Cheerleader zu haben, die mich von »hier« nach »dort« begleitet haben. Wäre ich nicht auf das »Creative Writing«-Programm an der UCLA gestoßen, würde ich immer noch einem gähnenden Publikum davon erzählen, dass ich davon träumte, einen Roman zu schreiben. Also ein Riesendankeschön an meine Lehrer: Jessica Barksdale Inclàn, Lynn Hightower und Robert Eversz sowie an meine Mitstudenten Carol Starr Schneider, Karen Genkelman, Rochelle Staab und Romalyn Tilghman.

Auf dieser Seite des Atlantiks haben mich Harry Bingham und sein Team von The Writer's Workshop sowohl angespornt als auch bei Bedarf mit weisen Ratschlägen versorgt, desgleichen die Schriftstellerin Adrienne Dines.

Meine Familie hat mich unglaublich unterstützt, besonders mein Mann Steve, der es geschafft hat, nicht laut zu fragen: »Wann hört denn dieser ganze Quatsch mit dem Bücherschreiben endlich auf?« Ich glaube, ein paar von ihnen sind jetzt vielleicht sogar ein bisschen stolz. Freunde, viel zu viele, um sie hier alle zu erwähnen, haben ihren Part dabei übernommen, mich weiterzudrängen, wenn mir das Ganze verdammt noch mal zu schwer erschien. Mein besonderer Dank gilt Caroline Broderick, Bushi Pearson und Sharon Woodrow – und meiner Schriftstellerfreundin Jenny Ashcroft, ohne die ich wimmernd in der Ecke sitzen würde.

Mary Wheeler hat mir großzügig Hilfestellung geleistet, was das Vorgehen der Polizei betrifft, und Mark Collins hat mich in Sachen Testamentsvollstreckung beraten. Sämtliche Fehler stammen von mir – die beiden kennen sich auf ihrem Gebiet aus.

Manche Autoren haben über Nacht Erfolg, aber sehr viel mehr mühen sich jahrelang ab und finden die Vorstellung aufzugeben nur wenig unerträglicher als die, weiterzumachen. Ich weiß, zu welcher Kategorie ich gehöre. Entsprechend bin ich ja so froh, dass ich, als sich bei mir endlich etwas tat, zwei wunderbare Menschen gefunden habe, mit denen ich arbeiten kann: meine Lektorin Helen Bolton bei Avon (und ihre Mitarbeiter) und meine Agentin Clare Wallace bei Darley Anderson. Beide haben den Prozess des Veröffentlichens zu etwas Freudigem gemacht.

Und schließlich … erhebe ich mein Glas auf alle, die dieses Buch in seiner vorigen Inkarnation als *The Glass Ceiling* gekauft oder empfohlen und damit für genug Erfolg gesorgt haben, um es den nächsten Schritt weiterzubringen. Cheers.

Kerry Fisher

Kerry Fisher, die fließend Italienisch, Spanisch und Französisch spricht, ist in Peterborough aufgewachsen und lebt heute mit ihrem Ehemann, ihren zwei wundervollen Kindern und dem Familienhund Poppy in Surrey. Im Anschluss an ihr Studium an der Bath University hat sie an der City University ein Aufbaustudium zur Journalistin absolviert – um nach einigen Jahren in ihrem vermeintlichen Traumjob zu erkennen, dass sie in Wahrheit vom Bücherschreiben träumt. »Die Liebe, das Glück und ein Todesfall« ist ihr erster Roman.

Mehr Informationen zu Kerry Fisher unter:

www.kerryfisherauthor.com und
www.facebook.com/kerryfisherauthor

GOLDMANN
Lesen erleben

Unsere Leseempfehlung

340 Seiten
Auch als E-Book
erhältlich

Hannas Leben könnte so wunderbar sein. Hätte sie nur nicht diese Restaurantkritik geschrieben, wegen der eine italienische Gutsherrin einen Herzinfarkt erlitten hat! Als sie dann auch noch versehentlich in den Besitz der Urne gelangt, reist Hanna nach Italien – und wird zum unfreiwilligen Opfer eines Testaments, das es in sich hat. Denn selbst über ihren Tod hinaus verfolgt Giuseppa Camini nur ein Ziel: ihren Enkel Fabrizio endlich zu verheiraten. Eine Aufgabe, die ein toskanisches Dorf in Atem hält, ein Familiendrama heraufbeschwört und Hannas Gefühlswelt komplett durcheinanderwirbelt!

www.goldmann-verlag.de
www.facebook.com/goldmannverlag

GOLDMANN
Lesen erleben